【改訂増補版】

私の中の山岡荘八

思い出の伯父・荘八

山内健生

展転社

改訂増補版について

本書にはわが伯父、大衆小説家・山岡荘八にまつわる「思い出」九十四項が収められている。六十八項から成っていた前著の「あとがき」に、「まだは他にも何かありそうな気がするが、切りがないのでここらで筆を擱くことにする」と記した。その上梓後、記憶の底にありながらも上手く文章化し得なかったことどもが浮上して来て、それら長短まちまちの項を書き加えての九十四項である。さらに前著の六十八項の中の一部にも追記を施した改訂増補版である。

身びいき且つ独善的ながら加筆したのは、前著で伯父の人物像については書き及んだのだが、さらに具体的に知ってもらいたいと思ったからである。追記は施したが、「はじめに」と「あとがき」は前著のままである。前著（平成二十六年五月刊）が「思い出の伯父・荘八」の起点だからである。

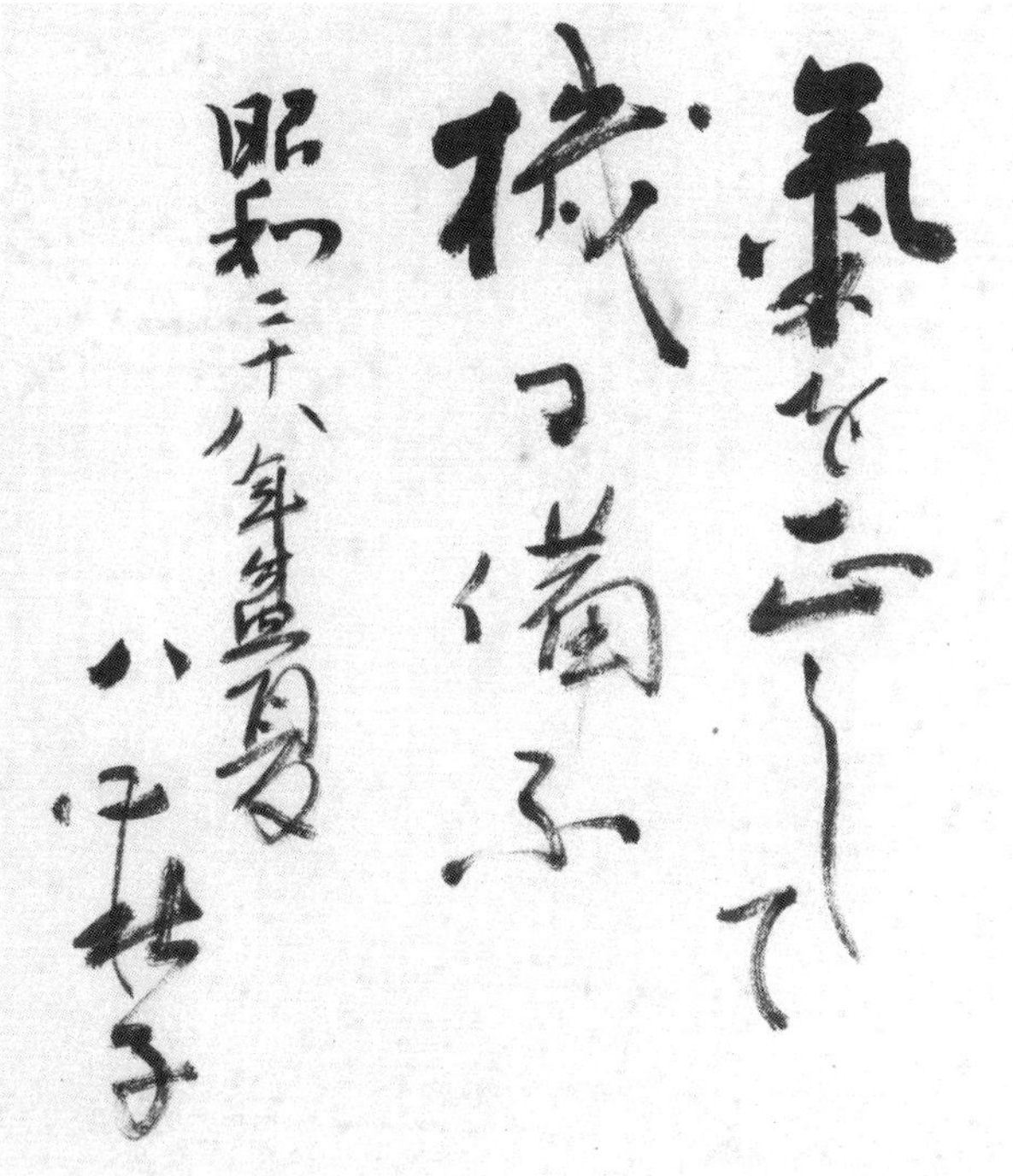

気を正して
機に備ふ
昭和二十八年盛夏　八荘子

前年の昭和二十七年六月、母・セイが亡くなり、一年余り経っても、なお気落ちしたままの妹（私の母）に、「活」を入れるべく旧盆に帰省した伯父が書いたもの。この時、一周忌を期して建てた墓にお参りをしている。この色紙は丸い額縁に入れられて、わが家の茶の間の茶箪笥の上にずうっと掛けられていた。

この章句は、禅家が重んじた「機熟」—機に備へて気を正す—の教えからのものと知ったのは後日のことだが、天下の覇者たらんとした安土桃山時代から江戸初期の武将・伊達政宗も若き日に師の虎哉禅師に「機熟」の大切さを説示されたという。ここでは「気を正して機に備ふ」となっていて、「ごなたれている」（しょんぼりしている）妹の背筋を伸ばさせるべく、より日常的で実践的な意味合いになっているように思われる。

私は毎日、この額を見ながら育った。

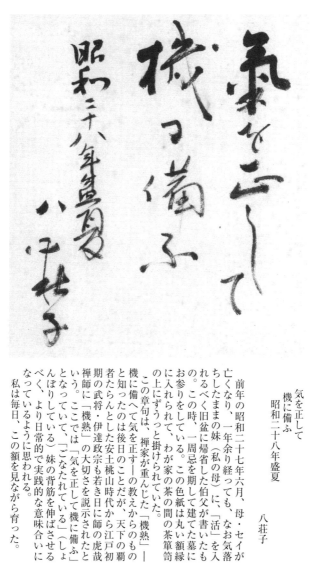

浴衣姿の伯父・荘八　六十六歳

二三一頁掲載の写真「伯父とともに」と同じ時（昭和四十七年七月）のもので、自宅の縁側にて浴衣姿でくつろぐ中にも、どことなく取り澄ました感じでレンズに収まってくれた。

おめかしした「山内庄蔵」青年

伯父・荘八の四十九日法要の折に預かった分骨された遺骨を故郷・小出に届けた際、初めて母（荘八の妹）に見せられた写真で、その時、なかなかハンサムだったんだとちょっと驚いた。私は迷わず複写した。二十歳頃のものだろうと母は言っていたが、もしそうなら昭和八年創刊の『大衆倶楽部』編集長として「誤解」から吉川英治邸に乗り込み、吉川氏に摑みかかったとされる事件（四五頁）の八年前の、おめかしした「山内庄蔵」青年である。

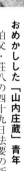

はじめに

「山岡荘八歴史文庫」（全百巻、講談社）の各巻のカバーの内側に、その略歴が次のように記されている。

山岡荘八　略歴（一九〇七―一九七八）

明治四十年一月十一日、新潟県小出町に生まれる。本名・山内庄蔵、のち結婚して藤野姓に。高等小学校を中退して上京、逓信官吏養成所に学んだ。十七歳で印刷製本業を始め、昭和八年「大衆倶楽部」を創刊し編集長に。山岡荘八の筆名は同誌に発表した作品からである。十三年、時代小説『約束』がサンデー毎日大衆文芸に入選、傾倒していた長谷川伸の新鷹会に加わった。太平洋戦争中は従軍作家として各戦線を転戦。戦後、十七年の歳月を費した大河小説『徳川家康』は、空前の〝家康ブーム〟をまきおこした。以来歴史小説を中心に幅広い活躍をしめし、五十三年九月三十日没した。

山岡荘八の故郷である新潟県北魚沼郡小出町は、現在は魚沼市（近隣の二町四村が合併、平成十六年十一月発足）となっている。荘八には三人の姉（もう一人、四人目の姉がいたが夭折）と二人の妹がいて、すぐ下の妹・山内美代が私の母である。三人の姉が結婚し、ただ一人の男子である兄・庄蔵（荘八）が藤野秀子（筆名・山岡道枝、石川県小松市安宅の生まれ）と結婚して藤野家に婿入りしたため、三つ違いの妹である私の母が婿を取った。そこには若干の事情があるのだが、分かりやすくいえば、兄が他家に婿に入ったためにすぐ下の妹が隣町（渡邉家）から婿を取って家を継いだということである。

荘八の母・セイ（私の祖母）が亡くなったのは昭和二十七年六月二十四日のことで、私は小学校二年生だった。梅雨の季節で、どんよりとした日の午後だった。翌年、一周忌を期して墓が建てられたが、そこには「維時　昭和二十八年六月二十四日建之」と刻まれ、「山岡荘八　山内秀雄」と横並びに彫られている。山内秀雄が私の父である。

○

荘八の詳細年譜が「山岡荘八全集」（全四十六巻―第一期三十六巻・第二期十巻、講談社）の第三十六巻に、それを少々簡略にしたものが「山岡荘八歴史文庫」の第百巻に、それぞれ載っている。どちらも作家・杉田幸三氏（新鷹会会員、不二歌道会会員で、居合道七段。その著作の末尾にいつも「山岡荘八に師事」と記しておられた。平成十六年歿）の筆になるもので、単なる年譜ではなく、さまざまな逸話が折り込まれていて「山岡荘八略伝記」の趣がある。三十余年にわたって荘八に師事したとされる杉田氏の伯父への篤き思いが偲ばれるものとなっている。

また「山岡荘八全集」の第一期三十六巻の各巻末には、文芸評論家・清原康正氏による「評伝・山岡荘八」が連載されたが、荘八生誕百年にちなんで平成十九年、この部分がまとめられて電子書籍化されている。さらに「山岡荘八歴史文庫」百巻のうち八十七巻が今日までに電子書籍化されている。

○

これから伯父・山岡荘八について、直接、見たり聞いたりしたことを踏まえつつ、その人となりについて書いてみたいと思っている。思い出を書くことで、人物像を具体的に浮かび上がらせたいと思っている。もとより一人の人間を描くのは容易なことではない。その人物について知っているとして語っても、語る者が理解できている一面を語っているに過ぎないからである。他者を語ることは実は自らを語ることに他ならないと言われる所以《ゆえん》もそこにある。まして身内なら見方が甘くもなろう。しかし、それを敢えて承知の上で、伯父・荘八について、折々、脳裡に浮かぶことどもを記してみたい。正直に言うと、私も還暦をとうの昔に過ぎた身になって、六十歳代半ばを過ぎて、あらためて思い起こされることが多々あるのである。しかし、実際に書き出して、果たしてどうなるのか。全く見当がつかないが、伯父について私なりに知ることを書き残しておきたいのである。

思い出と言っても、私の場合はかなり断片的である。断片的であるが故に記憶に残っているという面もあるような気がしている。

①幼少期から高校卒業までの「小出町」で過ごした幼少年時代に見た「帰省した伯父」のこと。

②昭和三十八年四月に上京し、新聞配達をしながら大学に通ったのだが、結婚までの間、今思うと恥ずかしいことだが、時々、図々しくも夕飯前に訪ねたものだった（実家の次男だという意識がどこかにあって甘えていたように思う）。そうした中で、目にし耳にしたこと。

③昭和四十四年四月、高校（神奈川県）の教員になり、二年後に結婚した際、初めの一年半、伯父宅の表門に連なって建つ貸家風の離れを拝借していた。その頃に見聞きしたこと。

そして、その後、人生経験を重ねる中で、伯父の著作を読みながら考えることで、次第に見えてきたこと等々である。

それらはバラバラの点に過ぎないが、年齢を重ねて改めてふり返ると点と点を結ぶものがなくもないなあとの思いが湧いて来るのである。歿後すでに三十五年、ある意味で遠い存在となった伯父ではあるが、それ故にまた見えて来たものがあるように思われるのである。

雪深い新潟・魚沼地方の農家に生まれ、裸一貫で上京して、文字通り腕一本筆一本で世をわたった伯父ではあったが、時に喜怒哀楽の感情に激するところがあって誤解されがちな面がなくもなかったと思う。それは「純」なる真情のなせる業であると思っているが、その一方で私には、いつも何かを求め、何かを願い、何かを念じながら、世間と闘っていたようにも見えるのである。その実像にせまるなどとはとても言えないが、記憶に残っているたわい無いことも含め思い出すままに記してみたい。題して「私の中の山岡荘八―思い出の伯父・荘八」である――（本書での年齢は「数え年」となっている）――。

（平成二十五年一月十一日記）

目　次

改訂増補版
私の中の山岡荘八——思い出の伯父・荘八〈ひとつの山岡荘八論〉

はじめに　1
一、遠い日の「甘くて、美味い」思い出　19
―バナナ・サンドウィッチ・豚カツ―
二、六年間、壊れなかった自慢のランドセル　22
―それは「姑への気遣い」だったと気づく―
三、校長先生が家にやって来た！　27
―「祖母の葬儀」にまつわる思い出―
四、明敏で譲らぬ「荘八の母」、涙もろい「荘八の父」　32
―祖母にねだった〝伯父さんからの甘納豆〟―
五、「荒ぶる神」の来訪だった　37
―伯父の帰省は「ハレ」の出来事だった―
六、度外れていた喜怒哀楽　40
―孝心を示す、傷心の母宛ての「悔やみ状」―
七、伯父夫婦と、「婿取り娘」の母との関係　46
―「兄嫁と小姑」の微妙な綱引き―
八、毎年、三ヶ月近くわが家に滞在した「桐生のおばあちゃん」　49

—挨拶をする素面の伯父はまことに「行儀の良い紳士」だった—
九、「人間性の善良さを物語る」〝明るい酒乱〟 54
—新田次郎氏曰く「とにかくびっくりしましたですねえ」
一〇、「けいこ」でも、「本番」でも、泣いた〝世田谷団十郎〟 60
—「芝居後の山岡さんは〝水気〟が失せていた」—
一一、「跡取り」の若い住職の法話に泣き通しだった 67
—伯父は年忌法要を怠らなかった—
一二、故里の残雪を見ても、伯父は泣いた 69
—「父の位牌」が伴われた母とのお伊勢参り—
一三、一滴も飲まないことも、飲んでも「荒れない」ことも… 72
—突然、カバンひとつで来訪して、「三等車」で帰京した—
一四、「涙」もなく「乱れ」もなく、お開きとなった還暦の祝い 75
—飲めば「荒れる」と決まっているわけではないのだ—
一五、「嬉しさ八分、不安二分」で同行した車での帰省 77
—二泊の日程が平穏に過ぎてホッとする—
一六、新聞店でどんぶり飯の朝食中、伯父がテレビに登場して驚いた 81
—伯父原作の少年向け連続ドラマ「泣くな太陽」は夕飯時だった—

一七、「原作 山岡荘八」のナレーションが心地よかった 85
―講談「徳川家康」のラジオ放送、「虚々実々」から契った〝義兄弟〟―
一八、「こんな懸命になってひとを慰める場面に遭遇したのは初めてであった」 89
―武田八洲満氏曰く「山岡さんの気遣いに、私は愕然としていた」―
一九、あッ、今夜、伯父さんがラジオに出る！ 92
―朝から放送が待ち遠しかった―
二〇、「この映画の原作は山岡荘八ですてぇ」と母は薦めていた 95
―新発見！ へぇー、伯父さんは現代劇も書くんだ―
二一、寝ている伯父の手足を勝手に揉んだ 98
―ふくらはぎが、つるッとした感じだった―
二二、蚊に刺され、熱を出して医者が来た！ 101
―私の「ビール初体験」、縁側から「放水」の伯父―
二三、伯父の「芸者買い」に同行した母は、自慢気に語っていた 105
―そば屋で差し出され色紙を前に、思いを凝らす顔つきは真剣そのものだった―
二四、長岡市での講演二題 111
―「その〝秀才〟は私の従兄弟ですよ」―
二五、越後長岡藩の「士魂と意地」を描いた小説 115

―山本五十六元帥の故里、長岡の士風を語る『桜系図』―
二六、初めて訪ねた伯父宅で目にしたもの　119
―特攻隊員の署名簿、「総調和運動」のパンフレット、「志ん太郎」の表札―
二七、伯父と〝親しい〟村上元三氏の「安保反対派」批判　124
―紙面は騒がしかったが、町中は平静だった―
二八、「浅沼もなあ、悪い男じゃないんだが」と目頭を熱くしたことだろう　131
―「苦々しい出来事」に違いなかった安保反対闘争―
二九、「メンバーが凄い、ゴッタ煮の座談会」　136
―終戦の翌年、伯父は福田恆存氏と座談会で同席していた！―
三〇、ゲイボーイに平手を飛ばして、「江戸川乱歩先生の説諭!?」を受ける　142
―「肉親の叔父御といった気持ちでずいぶん我儘をさせて貰った」―
三一、「これは素ッ裸の私であって、如何なる批評にも責任を持つ」　146
―小説「原子爆弾」の冒頭に掲げられた挑戦状のような〝作者の言葉〟―
三二、伯父の生真面目さを示す小説「原子爆弾」　153
―「一体論的原子力時代！」の到来から、「統制経済」批判まで―
三三、「六〇安保」の前年に書かれた『小説岸信介』　162
―再読して、「あとがき」に驚いた、伯父の反「進歩的文化人」宣言だ！―

三四、わが手元にある半世紀以上前の〝黄ばんだ〟切り抜き　168
—朝日新聞連載の「最後の従軍」—
三五、「丹羽文雄氏の眼にほんとにそう映ったのか」　172
—特攻基地・鹿屋の町で「哀れな下士官を意地悪く揆る」士官!?—
三六、「ことごとに陸軍の肩をもって海軍を罵倒し、口を極めてののしった」　184
—丹羽文雄氏の『告白』に登場する「大衆小説家の山岡荘八」!—
三七、丹羽文雄氏らとともに伯父の訳文も収めた『現代語訳しんらん全集』があった　192
—丹羽氏の小説『徳川家康』評、「国民文学の名にふさはしい作品」—
三八、母曰く「そりゃあ、いい男っぷりたらなかったよ」　195
—椿山荘の屋外舞台で「国定忠治」を熱演—
三九、ある夜、「俺は小説家ではない、理想家だ」と語った　200
—「過去の人間群像から次代の光を模索する」—
四〇、「〝小夜更けて〟は、この際は無意味だよ」　206
—「吉川英治文学賞」受賞祝う〝拙詠〟への批評と添削—
四一、新鷹会のパーティーに、「氷壁」の作者・井上靖氏のお顔があった　211
—コンパニオンに囲まれて御機嫌の伯父の、その後が気になった…!?—
四二、「一龍齋貞鳳のところの女房は、かなり年上だったぞ」　216

――「健生、どこかに良い婿はいないか」――
四三、「バカヤロー、長州だ!」に、ガラスは震動した　218
――かくして、式場は乃木神社に決まる――
四四、「健生、どこに住むのか?」　221
――「ウチの離れはどうかな」に思わず飛びつく――
四五、女優村松英子さんが「役作り」で、伯父宅を訪ねていた!　223
――学研版、山岡荘八著『吉田松陰』余話――
四六、清酒「白雪」の社長の肝いりで学研版『吉田松陰』がドラマに　225
――横やり?で盛り上がらなかった〝白雪劇場〟――
四七、「藤野庄蔵」名義の賃貸契約書を書いてもらう　230
――住宅手当の受領に「成功」――
四八、あまた「傍線」が引かれた古びたロシア文学全集があった　233
――「自然主義の身辺雑記的な純文学では物足りなかった」――
四九、〝ジャーロック・ホームズ〟物の翻案小説を書いていた　236
――コナン・ドイル原作『緋色の研究』の翻案「復讐の天使」――
五〇、「いいか、披露宴の前に紹介するんだぞ」　239
――挙式前夜の忠告――

五一、「この男は、私の目の前で、二階から庭に落ちた」 242
—披露宴での思い掛けない挨拶—
五二、「結婚十年か、まだこの味は出ないなあ」 245
—ホームドラマを見ながら、つぶやいていた—
五三、私は〝十時さま〟と陰で呼ばれていた!? 249
—谷崎潤一郎著『台所太平記』のドラマと伯父宅がダブってしまった—
五四、「健生、取り締まる警視総監が学生に同情して泣いていたよ」 254
—教師はどうあるべきかを教えられ、独断で警察署へ—
五五、ノーベル賞作家・川端康成氏、都知事選でマイクを握る 257
—特攻基地「鹿屋」の後も続いた交流—
五六、「秦野はいいところにいくぞ」とならなかった都知事選 262
—あきれた、「山岡荘八」擁立の動き—
五七、「しょうがない男だ。都知事のことだよ」 266
—美濃部都知事の登場で、ゲストが一瞬にしてホストとなった!?—
五八、「三島由紀夫氏追悼の夕べ」の発起人代表だった 269
—三十九年後、当夜のパンフを見て驚いた!—
五九、「三島さんは死んでも、再びみんなのところにかえってきている…」 272

—四百勝投手、金田正一氏との対談—
六〇、「白き菊捧げまつらむ憂国忌」 276
—憂国忌へ献句もしていた—
六一、妻曰く「万葉集の歌碑が建つらしいわよ」 281
—妻は揮毫する伯父の姿を目にしていた—
六二、すべて伯父まかせだったわが子の名前 284
—今もわが家にある「伯父宅の居間にあった洋服箪笥」—
六三、作者も主演も「小出」の出身だった大河ドラマ「独眼竜政宗」 287
—お蔭で「母」が写真週刊誌に載る—
六四、「たしか、俺は審査員だったはずだぞ」 289
—伯父の無責任な？名義貸し—
六五、「角栄は喋りすぎでなあ…」と言いつつも、励ます会の会長を務める 292
—同郷の誼から来る義侠心のあらわれ—
六六、「俺は、これを書き上げないと死ねないんだ」 295
—晩年、広池千九郎博士の伝記小説に取り組む—
六七、「いきなり激して、『原稿をとり返せ』と叫んだ」 300
—いささか荒っぽく見えたのは、それだけ「純情」だったのだ—

六八、母の歎き「実の娘だったら特急で追っ掛けて来るだろうに…」 304
―「椿事」発生！。だが、御在位五十年奉祝委員会の会長を務める―
六九、お湯割りの清酒・緑川に「やっぱり美味い！」 306
―亡くなる前年の夏、存分に故里の空気を吸う―
七〇、総理秘書官からの電話に、声を荒らげる 313
―「十年ぶりにお墓参りに来ているんだ！」―
七一、「太郎七」「荘八」と来て、「九太郎」に 316
―「九」にこだわった、わが筆名―
七二、「健生も、いいことを書くようになったよ」 321
―伯父は、母に向かっては「褒めて」くれていた―
七三、伯父の最期、「私も拭かせて」と義伯母は言った 327
―私は、初めて「臨終の場」に立ち会った―
七四、骨壺を胸に、私は明治神宮に額づいた 331
―わが家に仮寝して、遺骨（分骨）は故里へ―
七五、伯父の死まで続いていた母と義伯母の「微妙な」綱引き 334
―「〝嘘っぽい〟!?貼り紙」と「〝抜けた稚気を持つ作家〟の女房」―
七六、故里のいしぶみ、「魂魄の依り代」の除幕 341

―「菊ひたし我は百姓の子なりけり」―
七七、鹿島孝二氏曰く「長谷川伸先生が、山岡君は〝大説〟を書く男だと仰有っていた」 346
―人生の師からのありがたき評言―
七八、追いつめられた編集者を助けようと「久米正雄の代作」を引き受けていた 350
―久米さんは「私の名前で発表しては、相手にわるいよ」と言った―
七九、居間に掲げられていた短大「名誉学長」の委嘱状 356
―二時間に及んだ就任挨拶、オープンカーで目抜き通りめぐる―
八〇、「子供に大人の批判など言わせるな」と言った 361
―進歩派批判の随筆に、私が「甥の大学生」として登場していた！―
八一、気になっていた『海底戦記』を読む 367
―「戦中の記念碑的長編、『御盾』のみを躊躇することなく収録した」―
八二、なぜタイトルが『小説太平洋戦争』となったのか？ 372
―主権回復二十周年記念国民大会の会長を務める―
八三、シュバイツアー博士への「冷評」 380
―「今の日本で、国宝級の人物はこの三人だよ」―
八四、戦後日本における異色作、『小説太平洋戦争』 384
―「八月十五日、再び天皇は慈父として国民の前に姿を現わしたのだ」！―

八五、「日本的な生命観が、アメリカにとって最も恐ろしい敵であった」！
—「当時の日本人の感情を忘れてはならない」— 387
八六、「無条件降伏どころか、〝無限大の要求〟をしていた」
—〝マルクス〟が語られた「国民総調和の日」の講演— 391
八七、杉田幸三氏曰く「私には山岡荘八の侠気の強さが魅力だった」
—この泡盛は「沖縄が再び日本の沖縄県になるまで」封を切らない— 394
八八、小説家がわざわざ「小説」と銘打った作品
—『小説太平洋戦争』と『小説明治天皇』— 399
八九、伯父の二作品が〝《日本主義》ブックフェア〟の書籍コーナーにあった
—「『天皇機関説』式の近代国家は崩壊し、神国日本が甦生していた」— 406
九〇、「山岡荘八生誕之地」碑の除幕 411
—魂魄の新たな依り代、「名誉市民」称号の追贈—
九一、初めは「小さな行き違い」だったが… 414
—悲しいかな、すべてが伯父の不祥事になってしまう！—
九二、女房からの褒詞！「戦後を必死に、ひたむきに生きた主人の心が滲んでいる」
—〝ただ一つ残れる姉よ…夜を訪れる霜と語れよ〟— 420
九三、「山岡荘八こと藤野庄蔵ハ…」と、自ら書いた墓誌 423

―ついに伯父夫妻は「無縁仏」になってしまったのか―
九四、父の死で、ハッと気づいた伯父の「孤独」⁉ 426
―伯父からもらった「浴衣、ネクタイ、革靴」―
あとがき 432
改訂増補版「あとがき」 441

一、遠い日の「甘くて、美味い」思い出
――バナナ・サンドウィッチ・豚カツ――

果物屋の店頭にならぶ一房いくらの特売のバナナを見ると、初めてバナナと出会った時のことをつい思い出す。そして伯父・荘八の顔が瞼にちらつくのである。何歳頃のことだっただろうか。帰省した伯父の土産がバナナだった。土産としてもらった記憶があるわけではないが、当時、家でバナナを買うことは考えられないし、新潟県の田舎町でバナナを売っていたはずもない。どう考えても伯父がもたらしたに違いない。

季節が冬だったことは確かである。バナナとの出会いを振り返る時、いつも茶の間の掘り炬燵が連想されるから、冬であったことは間違いない。伯父が冬に帰省したとすれば、前年十一月に床についた母・セイを見舞うために泊まりに来た昭和二十七年の二月頃のことになる。それは六十年以上も前のことで、私は小学校一年生の三学期だった（昼寝から起きた祖母が「えびす講」に供える鮭をおろそうと包丁を握ったのだが、手が痺れて力が入らないと言って寝込んだ時のことも、伯父が見舞いで帰省したこともはっきり覚えている）。炬燵に当たりながら、手に取ったバナナの甘い香りが何とも言えなかった。そしてその味の、これまた何とも言えない押さえた甘味と軟らかな舌触り、その味と舌の感触が今も忘れられない。この世にこんなに美味《うま》

いものがあるのか、と思ったものだった。

今も時おりバナナの香りを嗅ごうとするが何も匂わない。バナナに甘い香りがしたというのは、不可思議な甘味の強烈な記憶から来るあるいは錯覚だったのかも知れない。

今では国中どこに行っても、産地にもよるが一本二、三十円の廉価で手軽に口にできるバナナであるが、六十年ほど前はそうではなかったはずだ。当時のバナナの値段は、今ならいくらに相当するだろうかなどとバナナをみると胸算用したくなるが、そのたびに鼻髭を生やした伯父の顔が脳裡をかすめるのである。

サンドウィッチの微妙な味も忘れられない。

「バナナとの出会い」の数年後のことで夏だった。旧盆の墓参りで伯父夫妻が泊まりに来た際、義伯母から「食べない？」と小函入りのサンドウィッチをもらったのである。土産というわけではなく車中で買い求めたものが手つかずで残っていたという感じだった。今でこそ、どこのコンビニでも売っている珍しくも何ともないものだが、当時、田舎の子供には何とも珍しい食べ物だった。あの微妙な味はハムに塗られたマスタード（洋辛子）のせいだと知るのは、ずっと後のことである。ハム自体が珍味でもあった。

今では小腹が減った時などによく食べるが、昔はもっと深味のある微妙な味だったなあと、そのたびにサンドウィッチと遭遇した時のことを思うのである。

美味《びみ》のものといえば、初めて口にした豚カツの味も忘れられない。これも伯父が泊まりに来た時のことで、中学生になっていただろうか。

初夏だったと記憶する。午後、学校から帰って来ると、茶の間に見慣れない細長い座卓がコの字に並んでいて、その上に食後の皿がまだ片付けられずに残っていた。仕出し屋から料理を取ったらしい。近くの親戚も来て一緒に食事をした模様であった。皆二階に上がっていて部屋には誰もいなかったのを幸いに、皿に載っていた残りものの一片を頬張ったのである。肉だということはすぐ分かったが、初めて口にするもので本当に珍しい味で美味かった。

この時、つまみ喰いしたものが豚カツであったと気づいたのはずっとずっと後のことだった。四十歳代半ばを過ぎたある日、ふとそう言えばあの時の、あの味は豚カツに違いなかろうと気づいたのである。ということは、三十余年もの間、私は意識の底で、いつも、あの時の、あの珍しい味は何だろうかと思い続けていたことになる。

母は、台所仕事はお世辞にも得意とはいえず、少年時代、家でふだん食べる肉料理といえば野菜と一緒に煮込んだものに限られていた。それもひと月に数回だ。もっともあの頃、田舎で豚カツを自宅で揚げる家はあっても稀だったとは思われるし、昭和三十年代前半当時、今日のようなスーパーマーケットはまだなく、魚屋に比べて肉屋は少なく、町に四、五軒しかなかった。何しろ、小学校六年生の新潟市への一泊の修学旅行（昭和三十一年六月）の際、旅館で食べた夕食のメーンのおかずがコロッケだった時代である。

食いものの話ばかりで品がないが、それほどに強く少年時代の私の記憶に焼き付いているのである。そして、そこには伯父の影がちらつくのである。

バナナ、サンドウィッチ、豚カツと来れば、三題噺のお題のようだが、客観的には戦後復興による食生活の変化を物語るだけのことで、それが都市部から人口一万五千人ほどの新潟の田舎町まで及んだというだけの取り立てて言うほどのことではないだろう。ただ私の少年時代の思い出としては、「東京の伯父さん」とともにやってきたバナナ、サンドウィッチ、豚カツは、大袈裟に言えば、日本神話が伝える田道守命《たぢまもりのみこと》が常世《とこよ》の国からもたらした「非時《ときじく》の香《かぐ》の木の実」のようなもので、この世のものとは思われないほどの美味珍味だったのである。やはり「東京の伯父さん」そのものが、私にとって特別な存在だったのである。家ではいつも「東京の伯父さん」と呼び、伯父たちを「東京の衆―とうきょんしょ―」と呼び慣わしていた。

二、六年間、壊れなかった自慢のランドセル
――それは「姑への気遣い」だったと気づく――

現在では小学生が、六年間、同じランドセルを使うのは当たり前だろうが、昭和二十六年に小学校に入学した私のまわりに、六年間同じものを使い続けた者は少なかったように思う。素材が今のものとは異なるから壊れ（破れ）やすく、三、四年生になると仲間の多くがフタの

付け根が裂けたりフタが取れたりして、新しく買い換えたものを使っていた。なぜこんなことを覚えているかというと、「革」の、それも「上等の革」!のランドセルを背負っていることが何となく自慢だったからである。俺のランドセルは東京の伯父さんが買ってくれたもので、良い「革」で出来ているから丈夫だということが頭に染みこんでいた。事実、卒業まで同じランドセルを背負いつづけた。

見た目にはランドセルは同じでも、私のものは明らかに仲間のものと触った感じが違っていた。私の勝手な想像だが、友達のものの多くは「腰の強い厚目の和紙」製(?)で裏表に布か麻かを貼ってあって、その上に塗料が塗られたものだったろうから、人工皮革がランドセルまで普及していなかったのだろうか、材質が弱かった。「革」製のものも、毛穴のようなブツブツがあって、ザラザラした感触であった。私のランドセルは牛皮を鞣《なめ》して作ったもの(?)で、しっとりした感じだった。背負う肩紐の金具が外れて一度だけ町の靴屋で直してもらったことがあるが、ランドセル本体は六年生が終わるまで壊れることはなかった。こんなことを不思議と良く覚えている。

あまり出来の良くない田舎の小学生は、心のどこかに「東京の伯父さん」をいつも意識しながら、「革」のランドセルを背負って登校していたわけである。わが家ではランドセルは「東京の伯父さんが買ってくれるもの」だということになっていた。四つ年上の兄も、終戦早々の時期の入学で、どのような素材のものだったかは分からないが、伯父からのランドセルだったはずだ。弟が買ってもらって兄はそうではなかったということはあり得ないからである。

これまで、なぜ伯父からランドセルが届いたのかを考えたことはなかったが、今にして思えば新一年生のランドセルは、普通は親か祖父母かが用意するものだろう。祖母（荘八の母）も健在だったから、伯父としては「内孫の入学を祝う」ことで祖母を喜ばせたかったのではないか。甥っ子のランドセルを買って送るなどということは、あまり聞いたことがないが、伯父の親孝行のあらわれだと思うとあり得ることとなる。むしろ他人の場合の方が、とくに目を掛けて親しくしている後輩のお子さんへの入学祝いのように、あり得ると思われるが、ここでは「内孫の入学祝い」と考えるのが自然だろう。

このように見て来ると納得がいく。ここまで書いて来て、このランドセルには義伯母の「姑への気遣い」があったのだということに初めて気がついた。伯父がランドセルにまでいちいち口を出したとは考えられないからである。「伯父さんからのランドセル」が、伯父の「孝心のあらわれ」であり、義伯母の「姑への気遣い」ではないかと気がついたことで、さらに思い当たることがある。

小学校に入学する前のことだが、茶の間の帽子掛けに「薄茶色」と「紫色」のふたつフェルト製の帽子があった。薄茶の方は兄のもので「芝居の帽子」と呼んでいたし、「映画の帽子」と呼ばれていた紫の帽子は弟の私のものであった。芝居か映画を家族で揃って観に行くような特別な時にかぶる帽子ということになっていた。いまふり返ると四つ違いの兄はこうした帽子をかぶる年齢ではなく、私だけが家の中で時々かぶって遊んでいた記憶がある。何となくわが家の暮らし向きとは似合わない感じのもので、事実外出時にかぶった記憶はまったくないが、これも「義伯母の姑への気遣い」によるものだったであろう。この帽子で遊びながら、漠然とではあったが、いつか〝ばば〟（荘八の母で祖母のこと）と一緒に外出する日が来たらいいのになあなどと夢見たことを覚えている。

わが家に前輪の壊れた（スポークが三本ほど折れていた）三輪車があって、小学校入学前、ハンドルを握って前輪を持ち上げ二つの後輪を押し転がしながら町内を毎日駆け廻っていた記憶がある。不思議と壊れる前の三輪車は記憶にないのだが、この三輪車もランドセルと同じ性質のものだったに違いないと思い至ったのである。そもそも昭和二十二、三年当時、三輪車を持っている幼児は田舎では稀だったはずで、小商人《こあきんど》のわが家に三輪車を買う余裕があったとは思われない。兄は昭和十五年生まれであり、間もなく金属類回収令が布かれる時代だから、あの三輪車は昭和十九年に生まれた私が、お襁褓《むつ》が取れる頃に送ってもらったものにほぼ間違いない。今と比べて車輪の材質が粗悪で軟《やわ》だったから、すぐ前輪のスポークが折れてしまったのだろう。四つ年上の兄も面白がって乗ったから早々に壊れたのかも知れない。

ランドセルのほかに、小学生時代の自慢がもう一つあった。祖母が亡くなった翌年の旧盆のことだったと思うが、墓参で帰省した伯父たちと、タクシーで五、六里ほど離れた須原（須原村から守門村へ、現在は魚沼市の一部）の人造湖までボートを乗りに行ったことである。ボートに乗るのも初めての体験だったが、それはどうでも良かった。とにかくタクシーで片道四十分余りの距離を往復したということが、何にも増して自慢だった。いつか、このことを皆の前で話す機会が来ないものかなあなどと思いながら遂にその機会がないまま、小学校を卒業した。

当時、どこからとも聞き及んで「今日は嫁が通るゾ」などと隣近所の遊び仲間と待っていると、文金高島田の花嫁さんが裾《すそ》をからげて、嫁ぎ先にはまだ間があるのかわが家の前の県道をすいすいと歩いて行った時代である。それを何度も目にしている。雨模様のなかを裾をたくし上げてゴム長靴に唐傘をさした花嫁姿さえ目にしている。嫁ぎ先までの道のりにもよったのだろうが一里程度までなら花嫁さんでさえタクシー（ハイヤー）を使わずに歩くのがさほどは珍しくはなかったのだろう。

今となれば、長い時間タクシーに乗ったことを自慢したかったなどと思ったこと自体、まったくの笑い話に類することだが、六十年前の田舎町の小学生は、仲間の誰も経験していないことを自分は経験したのだと胸中密かに優越感を覚えていたのだった。今の子供なら、何時間タクシーに乗ろうが、それ自体を自慢したいなどと思う者はまずいないだろう。航空機に乗ったとしても、海外旅行をしたとしても同様だろう。しかし、当時、小学校三年生の私にとってはタクシーに「長い距離」乗ったということが誇らしくもあったのである。それは「東京の伯父さん」によってもたらされた密かな「誇り」だったのである。

三、校長先生が家にやって来た！
――「祖母の葬儀」にまつわる思い出――

小学校二年生になった昭和二十七年の六月、祖母が亡くなり、葬儀が終わって翌々日だったろうか、小学校の校長先生が七、八人の人たちと一緒にぞろぞろとわが家にやって来て驚いたことがあった。校長先生といえば、毎週月曜日の朝礼の際、壇上で「きちんとしたお話」をする近寄り難い人で、わが家とは無縁の人だと思っていたから驚いたのである。伯父に会いに来たのだ（この校長先生は六年間代わらず、住安孝三九《すみやすこうさく》というお名前だった）。

何の用で校長先生が伯父のところに来たのか、不思議に思いつつビックリした私は、そのまま敬遠した感じで外に遊びに出た。しばらくして家に戻って、校長先生は何で家に来たのかを母に尋ねると、創立八十周年を控えて「グランドピアノを購入するについて、なにがしかの寄付を願いたい」というようなことだったと記憶する。今思うとそうした大人の世界の話を軽々に子供にするような母ではないはずだし、どこから私の耳に入ったのか定かではないが、ともかく右のようなことだったと記憶する。その後この話がどうなったかは私には分からない。校長先生が家に来たことがとてつもなく大きな出来事で、小学生には話の首尾は関心外のことだったのだ。

校長先生と一緒に来た人たちは、おそらく町の教育委員やPTA役員、町会議員だったのだろう。私は校長先生のお顔しか知らないから、いつも立派なお話をする校長先生が大勢の人を引き連れて来たと思ったわけだが、本当はPTAの役員が主役だったに違いない。ともかくあの立派な校長先生が会いたいと訪ねて来るのだから、伯父さんは偉い人なんだと思うばかりであった。祖母の葬儀を思い起こす時、いつも校長先生の上品なお顔が一緒に思い浮かぶ。考えてみれば、講和条約の発効（四月二十八日）から二ヶ月後の時期で、まだ国全体は貧しかったのだろう。学校の設備備品にまで、予算が十分には付かなかったのだろう。

この当時のことで、ちょうど一年前の小学校入学早々、貞明皇后の御大葬では教室の床に正座してラジオ放送を聞いた記憶がある（平成二十一年、この折のことを記して『正論』誌に投稿した。『正論別冊』11、［遙かなる昭和］所載）。しかし、翌昭和二十七年の講和条約発効・主権回復（占領統治終了）に関する記憶がまったくない。朝鮮戦争については「今戦争している所があるんだぞ。知っているか」などと友達に話した覚えがあるが、講和条約発効に関しては何の記憶もない。とくに小学生の心を揺さぶるような大々的な式典や行事などなかったのだろう。そうとしか考えられない（遊びの中で敵味方にわかれる際、「ここが三十八度線からな、来るなよ」などと陣地を決めていたが、朝鮮戦争の影響だったわけである）。

本来であれば国中が日の丸で覆われるほどに「主権回復」を祝うべきだった。そうすることで、主権喪失の被占領期を正常ならざる期間だったと広く強く認識することにもなっただろうし、さらにその後も依然としてアメリカの施政権下に置かれことになる沖縄県民の「無念さ」にも全国民的な思いがもっと及ぶことになったはずだと、今にして思う。伯父は二十年後の昭和四十七年五月の「主権回復二十周年記念国民大会」では会長を務めることになるのだが…。それは沖縄県の祖国復帰が実現（沖縄返還協定の発効）した翌日のことであった。

六月二十四日に亡くなった祖母（享年七十六歳）の葬儀は二十九日に行われた。『徳川家康』の新聞連載が始まって三年目で、伯父の仕事の関係で間を置くことになったのだと思う。後に帰省した伯父が折々語ったことは、見舞った際に、祖母が「死んだという電報が届いても、すぐ来るな。いいか、仕事の段取りをつけてから来い。葬式はその後でいい」と言ったというのである。その時、決まったように「お袋の気性の激しさは死ぬまで変わらなかったよ」と言っては、伯父は涙を溢れさせたのだった。

食品雑貨の小売りがわが家の仕事だったが、葬式は家で行われ、売り物の商品類は片付けられて店舗部分と茶の間が一つの部屋になっていた（小さな店とはいえ、今思うとうまく商品を片付けたものだと感心する）。家の前には大きな花環が飾られ、祭壇のまわりも花、花、花で一杯だった。その前に果物の籠がいくつも並んでいた。そしてお坊さんが何人も来たことが脳裡に強く焼き付いている。五、六人ものお坊さんが輪になって、ぐるぐる廻りながらお経を唱えた。「遶行《にょうぎょう》」という所作らしい。花環は新聞社や出版社からのもので、大勢のお坊さんによる読経は伯父の孝心のあらわれだったのだ。大きな花環がいくつも並んだことでも、東京

荘八の母・セイの葬儀

左から３人目が伯父（46歳）、その前でしゃがんでいるのが義伯母。伯父の右へ順に母、父、従姉・上村幾（旧姓、山内）、従兄・山内敬二（当時、中学校英語教師。のち東映教育映画プロデューサー）、兄（小学校６年生）。父の前が私（小学校２年生）。伯父の左隣は伯父の父・太郎七の生家、梅田家の当主・貞夫氏。撮影時は祭壇の飾り付け等が終わった葬儀前日、昭和27年６月28日の午後かと思われる。

の伯父さんはすごいんだと思った。数日後、近所の老婆が悔やみの言葉に添えて「あっけに（あんなに）豪気な（立派な）葬式は小出ではめったにねえことだったのんし」と感心したように母に話かけていたことを覚えている。

葬儀の直後、私は学校での作文に、「火葬で焼かれる祖母が熱かろうと思って扇風機を焼き場の方に向けました」というようなことを書いた。この作文がどういう訳か父の目に留まり、その後四十九日忌とか一周忌や三回忌が営まれると、その都度、父が笑いながらこのことを親戚の前で話すので、恥ずかしいような面映ゆいような妙な思いがしたものであった。この作文のことが頭に残ったのは、父が何度か人前で話したことで、その度に面映ゆい思いをしたからであろう。

〈私は、日本古来の霊魂観と融合して変質した日本仏教＝「誰彼となく死者をホトケと呼ぶ葬式仏教」に意味があると考える者で、葬式仏教を嘲笑し揶揄する現代の風潮には違和感を覚えている。ただし、外来仏教＝「釈尊を仰いで自己を高めるべく修行する求道《ぐどう》仏教」を「葬式仏教」たらしめた神祇信仰に魂《たま》祭りの原点があるとも思っているので、平成六年、妻が急逝した折は、神式で葬儀を営んだ〈神葬祭〉。盆や彼岸、大晦日〈正月〉、あるいは命日、その他折にふれて御魂が来訪するとの観念は「求道仏教」〈「葬式仏教」に対比しての仮の呼称であるが〉では説き明かせないものと考えるからである。

日本における神仏習合を正月の鏡餅に譬えれば、下段の神祇信仰の上に葬式仏教が乗かっている形になるであろう。この場合、上段が少しだけ小さい鏡餅で、真上から見ると日本の国はほとんど仏教国〈葬式仏教〉であるが、真横から見ると神祇信仰の上に「葬式仏教」が安定的な位置を占めている二重構造〈シンクレティズム・多宗教習合〉が浮かび上がるのである―ちょっと余計なことを書いてしまった〉。

一周忌を期して建立された墓石の銘は、越前永平寺七十三世貫首、熊澤泰禅師の揮毫によるものであった。わが生家は曹洞宗である。

毎年八月の旧盆の時期になると、父が二つの盆提灯を仏壇に飾った。そのたびに、「これは長谷川伸さんからのもの、こっちは土師清二さんからのもの」と言うのが父の口癖だった。この時も、伯父が立派だから提灯が届いたのだ、伯父さんのお蔭なんだと神妙になって提灯を見上げたものだった。長谷川伸氏や土師清二氏が、どのような方なのかは、まだ知る由もなかったが。

四、明敏で譲らぬ「荘八の母」、涙もろい「荘八の父」
――祖母にねだった〝伯父さんからの甘納豆〟――

祖母・セイは、今にして思えば、やはり「山岡荘八の母」たるにふさわしい負けず嫌いで気の強さと明敏さを兼ねそなえた女であった。強情っ張りでもあった。

伯父の自伝（『大衆文芸』連載、「或る阿呆な男の一生―未完―」）によれば、母から何度も何度も聞かされたことではあったが、婿取りの一人娘（兄がいたが十九歳で亡くなっていた）でありながら、父・熊吉と衝突してすったもんだの末に、夫・太郎七と下の三人の子と一緒に家を飛び出している。上の娘二人、「満津埜《まつの》」と「わか」はすでに結婚していた。一番年長の娘・満津埜も婿を取っていたので三世代の夫婦が同居していて、その真ん中の夫婦が飛び出したわけである。一緒に家を出た三人の子供の中に伯父（九歳）や母（六歳）がいた。祖母三十九歳、祖父五十歳、大正四年の時である。その衝突の原因は「父太郎七、母セイの長男」庄蔵（荘八）が、二年前の小学校への入学通知によって、「父熊吉、母きわの二男」庄蔵となっていたことが明らかになったからであった。すなわち戸籍上、わが子・庄蔵は「わが弟」になっていて、これでは家督（長男子単独相続が原則）は夫を通り越して息子が相続することになってしまう。

祖母にしてみれば、婿養子たる夫の立場がまったく無視されたことになり、夫の生家（梅田家）に顔向けもできない事態だったのである。当然、父娘の関係は悪くなり、家の中の雰囲気も気まずくなった。このまま父と同居していては体調を崩しがちな夫の健康が損なわれる…。

母・セイに抱かれた満一歳の荘八

『大衆文芸』山岡荘八追悼号に載っていた写真だが、同じものを少年時代、何度となく目にしている。亡くなった「母・セイ」を懐かしむように、母が時たま、押入の手箱から取り出しては眺めていたのだ。母はまだ生まれていなかった。その時、そばで一緒に見ていて、子供心に写真の伯父が奇妙に見えて仕方がなかった。

しかし、祖母の表情には子供ながらも惹きつけられるものがあった。「凛として」などという言葉をまだ知らなかったが、そういうことだったと思う。今改めて見ても、祖母の剛気で勝ち気な性分が写真に現れていると思う。32歳だった。祖母は私が小学校２年生の６月に亡くなった。いつも「ばば」と呼んでいた。

熊吉は、なぜ「孫・庄蔵」を「わが子・庄蔵」として届けたのか、そこには笑うに笑えぬ祈りがあったのだった。息子を十九歳で亡くし、四人続けて女の子の孫が生まれたことで「山内家には男の子は育たぬ」と思い込んでいたところに、男児が誕生した。そこで無事に成長して欲しいと願うあまりに、さらには婿・太郎七が四十二歳で厄年の時の子でもあるから、一層その無事なる成育を願う強い気持ちもあって、「捨て子は良く育つ」の風習にならい、自分が「拾い親」になったつもりで「父熊吉、母きわの二男」として出生届を出したらしいのだ。「庄蔵」は家の名でもあった。「戸籍などよく考えずに、捨て子の例にならったのであろう」と、伯父は自伝に記している。「祖父が亡くなれば当然私が後を継いでしまう」「何という妙な親不孝の倅《せがれ》にされたものであろうか」とも、記している。

しかし、喧嘩別れで家を出たものの食っていくのが大変で、伯父はすぐに新聞配達を始めたという。出て行く娘夫婦に、薪十把と米一俵の他は、何ひとつ持たせなかったのは、早く戻って来て欲しいからでもあった。家を出る際、熊吉は孫・庄蔵に「家に残っていれば、師範学校へやって先生にしてやる。母と一緒だば、遠からず下男か丁稚だ」、どっちがいいか、お前が決めろと言ったという。本心は「ここに残れ」と言いたかったはずだが、娘・セイとの衝突から、「ここに残れ」と高飛車に言うと逆効果になるかも知れないと考えて、祖父はこちらに下駄預けたのだろうと伯父はふり返っている。その時、学問もしたいが、貧乏も負けさえしなければいいもんだと思われて、九歳の伯父は「おらぁ貧乏がしてみたくて仕様がなかったとこだ」と答えたのだ。祖父はがっかりしたらしい。

伯父は、手間賃稼ぎで早朝から不在の両親に代わって、朝飯を用意し、妹（私の母）の髪をお下げに結い、近所に妹を預けて登校した。快く妹を預かり昼飯も心配するなと言ってくれた隣家の親切は、伯父の記憶に強く残っていて、後年、帰省すると涙ながらによく語ったものだった。そうした中で、農業のかたわら製糸業を営んでいた熊吉の弟・寅吉大叔父の好意もあって何とか一年後に始めたのが「三文商《あきな》い」の店であった。伯父は進んでその店の手伝いをしたという。小学生ながらも、盆暮れ勘定の請求書書きやその取り立て、現金売りの行商などもした。「この私の行商は母にとっても辛かったらしい」と伯父は母・セイを偲んでいる。「月日屋《つきひや》」というのが店の名で、私は子供の頃からこの屋号が気に入っていた。成長するに従ってますます気に入った。誰がつけたものかを、高校生の頃、母に質問したことがあった。母が言うには一夜の宿を与えた旅の僧が御礼にと付けてくれたということだったが、伯父にもきちんと尋ねておくべきだったと少し後悔している。

それにしても熊吉とか寅吉とか、天保と嘉永の生まれというが、猛々しい名を付けたものである。こういう人達やその親世代が明治の独立日本の支えたのだと思う。

太郎七は五十八歳で急逝するのだが、伯父は自伝の中で、父は「母の何倍もよく泣いた」と書いている。兄が家の前を通ったと言っては泣き（太郎七は、自分の息子が舅《しゅうと》の子として届けられたことも知らずにいて、自ら不要の人間に成り下がり梅田家の祖先を辱めたというので、生家から絶交を宣せられていたのだ）、十七歳の娘・シゲが製糸工場へ住み込みで働きに行くことになったと言っては泣き、薪を背負って歩く九歳の庄蔵の足が細すぎると言っては泣いた。「この方は病的だったと言っていい」とまで書いているが、こうした情に脆《もろ》い、純なる涙はそのまま伯父のものとなる。少年時代に何度も目にした帰省した際の、伯父の「涙」は半端なものではなかった。

また、父・太郎七には仕入れ値を打ち明けないと気が済まない「奇癖」があったとも伯父は記している。少し大袈裟ではないかと思うが、太郎七の生家・梅田家は寺の過去帳によっても十八代はさかのぼる旧家であって、田舎言葉でいう旦那衆育ち《だんなしょ》の太郎七は、近隣の人たちから「仏の太郎七」と言われるほどの好人物で、あまり商人向きではなかったようだ。時に、太郎七は「おい庄蔵！　根性まで三文商人《あきんど》になったのか」と叱ることがあったと伯父は書いている。現在の梅田家当主・正夫氏によれば、「太郎七」は梅田家の三男で、その名前は家名「七兵衛」家の男子ということに由来しているとのことだった。長い間、私は七男坊かなと思っていた。

祖母とのことで懐かしい思い出がある。

祖母が寝ついたことで、「東京の伯父さん」から見舞いの箱入りの甘納豆が送られて来た。小学校一年生の三学期の時である。祖母は茶の間の奥の寝間で臥せていた。甘納豆の箱は茶の間の床の間に置かれていて、学校から戻って来ると枕元に行って、「ばば、ただいま」と言いながら、甘納豆をねだるのだった。すると祖母は「よし、あの箱を持って来い」と答える。箱を持って来ると「自分で開けろ、五っ粒だぞ」と言う。私は祖母の枕元で箱を開けて、親指の頭ほどの大きさのものをひとつ、ふたつ…と数えたあと、宝石箱のようにそっと箱を床の間に戻すのだった。

駄菓子は店で売っていたが、「箱入り」の甘納豆は粒が大きく格別だったのである。

五、「荒ぶる神」の来訪だった
――伯父の帰省は「ハレ」の出来事だった――

一年の暮らしの中のさまざまな事象を研究対象とする民俗学に「ハレ」（晴）と「ケ」（褻）という概念がある。生業《なりわい》にいそしむ日常（ケ）と、祭礼など特別なことを行うために仕事を休み衣食住が改まる非日常（ハレ）との組み合せで、一年の暮らしは成り立っていると考えるのである。「ハレ」の日は衣食住だけでなく気持ちも改まる。

二、三年に一度、泊まりに来る伯父が滞在する三、四日は、わが家にとっては特別の日であり、まさに「ハレの日」だった。泊まりに来るとの連絡が入ると、大した造りの家ではないが、伯父たちが寝《やす》む二階の座敷はもとより、茶の間から階段、台所、風呂場、手洗い等々、家中が磨かれる。ほんの少し整理整頓され物が片付けられただけだと思うのだが、子供心には磨かれたように感じられた。何よりも母が張り切るのだ。婿を取って家を継いでいるからには張り切らざるを得ないのだろう。兄に良いところを見せて安心させたいと思うのも自然だろう。少しばかりの田んぼは他家に貸して、食品雑貨を商《あきな》うちっぽけな店を営んでいるから、客の応対もあって、ふだんは家事にはあまり手が回らない母だが、伯父が来るとなるとやはりいつもとは違って見えた。家の中がピーンと張りつめた感じがした（何の前ぶれもなくカバンひとつで、伯父が一人で来て驚いたことがあったが、そのことは後で述べる)。

おそらく新聞や雑誌の連載などをやり繰りした上で、泊まりに来るのだから、仕事があるわけではなく、夕方から酒を飲みながら長い時間大きな声で語っていたものだった。そして笑っていたかと思うとたちまち泣き出し、また大声で笑う。子供心に不可解で、大人がポロポロ涙を流すとはどういうことなのかと少し気味がわるかった。いい歳の大人が泣くところなど見たことはないし、不気味で仕方がなかった。「東京の伯父さん」が泊まりに来るのは嬉しいのだが、手放しでは喜べなかった。

飲んでいるところに顔を出すと、こっちへ来いと膝の上に抱き寄せられ「大っきくなったら何になる?」などと頬ずりされ、髭がチクチクと痛いのはまあ我慢できるが、「大っきくなったら何になる?」と聞かれても、機転の利かない田舎の子供にはどう答えたらいいのか分からずモジモジするばかりだった。すると、「そうか、そうか」とまた頬ずりをされる。

私には父に頬ずりをされた記憶はないが、伯父に頬ずりをされた記憶はある。小学校四、五年生になるまで、帰省の都度、繰り返されたからであろう。そうした折の、何人をも蕩《とろけ》させるような眼差しは今も瞼に焼き付いている。酒飲みが吐く息の微妙な甘味をふくんだ匂いと髭のチクチクとした痛みは父とは無縁のものだったが、嬉しくもあり、いつまた泣き出すのかが分からず半分怖いような気持ちで膝に乗っていた。

帰省するたびに、酒は深夜におよび、笑ったり吠えたり泣いたり、また笑ったりだった。

例えば芝居の声色《こわいろ》を演《や》っていたかと思うと、亡き父を語り出してドッと涙を流す。十七歳の時、急逝した父・太郎七の死に目に会えなかった。ことされた父の布団に入って一晩明かしたと言いながら、「本当に冷たくなってたんだ…、あの時は」とポロポロと涙を流す。亡き母に会いたいと「青山は枯山《からやま》の如く泣き枯らし、河海《かわうみ》は悉に泣き乾しき」と『古事記』が伝える須佐之男命《すさのおのみこと》の号泣もさもありなんと思うほどだった。

酒を飲んで饒舌になったり唄ったりして、はしゃぐ大人は子供心にも何度も見ていたが、ここまでは伯父とても同様だが、さらに大きく嗚咽しながらポロポロと涙を流す大人は他にはいなかったので、なぜ泣くのだろうか不思議でならなかった。そんな時、一緒に泊まりに来ている義伯母も、そして父も母も落ち着いて相手をしている。なぜ驚かないのか。このことも不思議でならなかった。

中学生になった頃だろうか、何かが心の琴線にふれた時に、堪らずに一気に涙が吹き出すのだと少しは得心できるようになって、不気味さも徐々に薄らいだ。それにしても、あそこまで泣く者はそう多くはいないだろう。

そして伯父たちが帰ったあとの数日は、嵐が過ぎ去ったあとのように家の中がシーンと静まり寂しく感じられた。学校から帰ってもちょっと物足りなかった。ハレからケに戻ったのだ。

六、度外れていた喜怒哀楽
――孝心を示す、傷心の母に宛てた「悔やみ状」――

喜怒哀楽の感情の幅が度外れていたと言うべきか。酒が入ると、それがむき出しになるようだった。

伯父が来ていると聞きつけた近所に住む同級生が顔を出すとオーッと大声を発して、その畑仕事で日焼けして黒光りする禿げ頭をペロペロなめる。「こいつは俺より学校の勉強ができたんだ」と言いながら嬉しくて嬉しくてたまらないといった様子だった。隣町に嫁いでいる伯母（伯父よりも八つ年上の姉・シゲ）にはよく怒鳴っていた。伯母がまた何か言い訳のようなことを言うとさらに怒鳴る。そんな時は隣の部屋に退却していたが怖かった。今思うと本当に怒っていたのかどうか分からない。母にも「このわがままな婿取りめが」などと大きな声を浴びせていたものだった。姉や妹と面と向かっている場を半分楽しんでいたのかも知れないが、子供に分かるはずもない。

私が小学校二年生の時までに、すでに伯父の一番年上の姉・滿津埜も次の姉・わかも、一番末の妹も鬼籍に入っていた。六人姉兄妹《きょうだい》の半数が亡くなっていた。それも年齢の若い方から順に帰幽していた。一番最初に亡くなった末の妹・タカ（大正六年生まれ）は、隣町に嫁いで一年あまり後の昭和十六年六月、身ごもったまま病いで歿したとのことで、わが家の仏壇に飾られた大きな遺影を見ながら私は育った（享年二十五歳）。まさに「美人薄命」の言葉通りだと言いたいほどの美人で、伯父にとっても自慢の妹だったに違いなかった。美人のうえに、大勢の前で独唱することなど平気の平左で、積極的で明るい茶目っ気たっぷりの性格で、町でも評判の人気者であったらしい。

この叔母が亡くなった際、伯父が祖母・セイに宛てて送って来た悔やみ状がある。最近、書棚から出て来た地元・新潟の古い雑誌（『護光』昭和五十四年二月号、新潟県警察本部教養課発行）の記事に、母から提供されたと思われるのだが、その全文が載っていた（斎藤光雄氏「郷土史・山岡荘八―その生いたちなど―」）。たぶんこの雑誌が刊行された直後にも、読んでいたはずなの

若くして亡くなった叔母・タカ

伯父の末の妹、私の叔母・タカは隣町の井上家に嫁いだが一年あまりで病没した。25歳だった。明るく活発な性格だったという。6人姉兄妹の中の末っ子だったが、一番早く世を去った。しかも身ごもっていたというから、周りはどんなにか悲嘆に暮れたことだろう。母・セイの胸中を思って、伯父はどれほど嗚咽したことだろう。

この写真はわが家の仏壇にずうっと飾られていた。母とは七つ違いで姉妹だから似てはいるが、やはり到底及ばない。近頃はこの写真を見るたびに、甥の私が言うのも変だが「美人薄命」とはよく言ったものだとつくづくと思う。そして、私が生まれる3年前に亡くなった叔母は、どんな声をしていたんだろう、どんな風に快活だったんだろう、もうひとり従兄姉がいたはずなのになあ、と見果てぬ夢ながら感慨にふけるのである。

だが、その時は、まだ親子の情愛の深刻さに思いが及ばず、それほど印象に残らなかった。そのためか、手紙の内容はすっかり失念していた。改めて読んでみて、娘を、身重《みおも》の身の娘を亡くした「母」の悲しみを慰めんと心砕く伯父の真情が痛いほど伝わって来て、こんなことが書かれていたのかと、若き日の自分の不明が恥ずかしくなった。それは伯父の孝心を示す文面であった。

冠省

さて、た子（妹・タカの愛称）の死、あまりに突然で夢のやうですが、生きてゐるものは何時か必ず死ぬのですから力を落さないでしつかりしてゐて下さい。行かれないのがまことに残念ですが、その代りに今夜はここで通夜をしてやりました。念仏を申してやりました。間違ひなくあの子に通じてゐます。

何処に行つても可愛がられる子でしたから極楽でもさぞ可愛がられることでせう。母上も世間から気丈な人と言はれてゐる。又ほんたうに珍しいご気性なんですから、やれやれ先に行かれたか——ぐらゐのことにして決して力を落さないで下さい。

世間には、三人もの男の子を、この戦争でそつくり御国に捧げた人さへあります。その事を思へばまだ五人もあるのですし、た子の代りにみよ（美代）も私も秀雄も一所懸命孝行をします。あの子の代りに世の中へも尽します。毎日拝んでもやります。それで諦めて下さい。母上が躰を悪くしたのでは、あの子の霊が浮ばれません。ものは考へやうで、六人もある子供なのですから、母上が冥土に行かれた時に、一人位迎へに出て呉れる子供があつても賑やかでいいでせう。さう思つてみて下さい。きつと諦められます。

私も来月は行きます。行つて面白い話や有難い話をいつぱいしてさしあげます。その時、ニコニコ丈夫で笑つてゐて下さるやうに――それが一番た子も好きでした。あの賑やかずきの子ですから、私が行くと又一升瓶を下げて跳んで来るかも知れません。

人間は魂さへしつかりしてゐれば、生きるも死ぬもない、何時も心の中で逢つたり話したりしてゐられるのですから――あべこべにあんまりメソメソすると先祖様にしかられます。私も可愛くて可愛くて仕方がないが泣きません。泣くとあの子の極楽行きの邪魔になる。

さ、母上もニコッとひとつ笑つてやつて下さい。その笑ひ顔を、何んなにた子が喜ぶか…

呉々も躰をだいじにして下さい。

通夜の朝

庄蔵

母上様

「力を落さないで下さい」「来月行つた時には面白い話をいっぱいしてさしあげます」「泣くとあの子の極楽行きの邪魔になる」と、母・セイに書き送った伯父ではあったが、自らは涙をぬぐいながら筆を執ったことだろう。母に会った時、「面白い話」が始まるまで、「いっぱい」泣いたのではなかろうか。逆に、「気丈な人と言はれてゐる」母から、〃庄蔵！ はあ（もう）泣かんでいい〃と言われたかも知れない。そんな光景が目に見えるような気がする。「通夜の朝」に認めた悔やみ状のはずのなのに、書き出しのところで「今夜はここで通夜をしてやりました。念仏を申してやりました」と過去形になっている。おそらく母が封を切る時のことを考えてのことではないかと思われる。

帰省中の伯父の話に戻すと、伯父にとっても、その数日は日常の執筆から解放された非日常（ハレ）の時間だったに違いなかった。もともと喜怒哀楽の振幅が大きいところに、帰郷したことで日頃の箍《たが》が外れるのだろう。姉・シゲや私の母に向かって吠える声の大きいことといったら、ガラスがビリビリッと音を立てて割れるのではないかと思われるほどの大声だった。「そんなことを言っているんじゃないッ」「なんで俺の言うことがわからないんだ、馬鹿を言うなッ！」。その睨んだ眼光がまた並ではなかった。時に人を蕩《とろけ》させる眼差しは、ここでは射竦《いすく》めるほどの凄味を伴っていた。喧嘩になって本気で怒ったらもっとすごい形相になったはずである。しかし、酒席ではそれがまたひょんなことから笑い声に変わったりした。

伯父のどの場面を目にするかで荘八像はガラリと変わる。

幼なじみの禿頭をなめたり、涙ながらに亡き父、亡き母を語り、姉や妹に「悪態」をつくだけならまだ可愛いものだが、親戚の家で大立ち回りを演じそうになって、まわりをハラハラさせたことがあった。それも齢七十近くになった頃の話である。私はその場にいなかったから伝聞だが、親戚の法事に招《よ》ばれた伯父が、お斎《とき》の席で初めはワアワア楽しく飲んでいるうちに、ちょっと癇にさわったことがあったのか、同年配の又従弟と言い争いになったらしい。こんな時の声はことのほか大きいし、形相も半端ではないから、伯父を良く知らない者には驚きだったであろう。「山岡さんって、飲むと手が付けられない人なんだ」。同席のご婦人方の中には、声の大きさを聞いただけでも、肝を潰した方がいたらしい。

老境に入って、なおこのエネルギーである。若き日の武勇伝が想像できるというものである。

山岡荘八全集所載の詳細年譜、昭和九年の項に、当時の週刊新聞に拠りながら次のようなことが記されている。

雑誌記者Yが大衆文壇の巨匠・吉川英治氏から執筆の約束を取り付けるも、なかなか原稿が来ない。すでに読者には題名まで予告してある。何度か催促すると来月号には、来月号にはと待たされるばかりで、半年は夢の如くに過ぎ去った。原稿料が安くて強くは言えなかったらしい。ところが、誤解もあって「破約する」との連絡が来た。すると、Yはすぐさま吉川邸に乗り込んで氏に摑みかかったというのである。

この時は、「先生に向って何をするんだッ」と、控えていた文学青年達が駆け寄りYに鉄拳を浴びせたため、Yは「伸びてしまった」。このYとは『大衆倶楽部』編集長の山岡荘八と見て間違いなく、「文脈からみて誇張もあろうが、当たらずといえども遠からずである」と詳細年譜にはある。

多勢に無勢では、肉体は「伸びてしまった」となるだろうが、負けず嫌いで伸びたままで終わるような伯父ではないから、機智を働かせてどう切り抜けたのか、少々と興味を覚えるが、今となってはどだい無理というものだ。この時、伯父は二十八歳、吉川氏は四十三歳だった。

奇縁というか、三十四年後、伯父は第二回吉川英治文学賞をもらうのである。

七、伯父夫婦と、「婿取り娘」の母との関係
――「兄嫁と小姑」の微妙な綱引き――

怒鳴り出した時になまじっかの「まあまあ」といった訳知りのような静止は逆効果だ。火に油を注ぐ結果になるかも知れないからである。ひとしきり吼えればやがてはさすがの伯父も、少しは静かになる。頃を見はからって「いい加減にしなさいよ」などと義伯母が言うと、

また再噴火することもあるが、だいたい収まりはじめる。伯父の扱いはやはり義伯母にまさるものはいなかった。「もう止したら」と言われて、あんなに吼えていたのが嘘のようにニコッとして「そうか、そう思うか」などと言いつつ戦線を縮小するのだ。愉快な話に切り替わる。切り替えのきっかけを待っていたかのようでもある。時には、突進する手負いの猪にも似るのだが、うまく躱《かわ》せば大騒ぎにはならない。扱いひとつで波は静まる。やはり夫婦だなあと今なら良く分かる。

神経が細いというか過敏というか、感受性が鋭いというのだろうか、心の動きをすぐ読みとる感じであったから、うまく機転を利かせて上手になだめるとケロリと態度が変わる。もたもたしているとイライラしてそのことで小噴火してしまう。もし義伯母と一緒にならなかったら伯父の人生はどうなっていただろうかと、時々、思うことがある。母も「庄蔵は並でねえから、良い女《ひと》とめぐり会ったよ、あっけに（あんなに）利巧な者《もん》はめったにいねんし。本当だ」と折々にふれて語っていた。

夫唱婦随という語があるが、夫唱のように見えて実は婦唱かも知れず、婦随が必ずしも婦随とは限らない。外見はどうあろうとも、夫婦のあり様には百組百様の真実があって曰く言いがたいものがあると、伯父夫婦をふり返って思うのである。伯父が『織田信長』の中で描いている、信長に、丁々発止、一歩も退かず、それでいながら信長にぞっこん惚れ込んで支える正室「濃姫」とは、実は「わが良き伴侶」をモデルにしたものに違いなかろうと思うのである。結婚の際に、伯父は「輿に乗れば三日三晩は帰らないから捜すに及ばず。ただし四日になったら奇禍ありとして捜すべし」との条件を呑ませていたということだ。

義伯母は伯父の歿後一年の昭和五十四年九月十日に亡くなった。六十八歳だった。伯父とは四十六年、連れ添った。「内助の功」という言い方も出来るが、伯父たち夫婦は四つに組んで互角にわたり合っていたようにも見える。夫は夫として、妻は妻として、それぞれの役割を十分に果たしながら…。

前に「壊れなかったランドセル」に関して、義伯母の「姑への気遣い」があったのではないかと記したが、かゆいところに手が届くようなまさに賢夫人の名に恥じない女丈夫《じょじょうふ》であった。しかし、伯父と一緒に泊まりに来た時には、亭主の扱いに日頃いかに手を焼き苦労しているかを母に向かって愚痴る感じでよく話していた。むろん、明け方近くまで飲んだ伯父がまだ朝寝していて、その場にいない時のことだが。そんな時、母は「それは大変だのんし」と相槌を打って、もっぱら聞き役だったが、そこには「兄嫁と小姑」の間の、ある種の綱引きがあったようにも思う。冒頭に記した通り母は家付きの婿取りで「わがまま」ではあったが、義伯母と勝負できる強さもあった。さすが「荘八の妹」だと思わせる剛気な一面があったと息子の私は思っている。義妹に当たる母の方が二歳年上だった。

しかし、考えてみると、二人とも婿取りだった。私が結婚して伯父宅の離れを借りていた頃のことだが、義伯母から何かの折に「美代さんはちょっとわがままだから…」と言われたことがあった。その時は、正直言ってあまり良い気持ちはしなかったが、しかし当たっているなとも思った。

さらに、今になってふり返ると、伯父を禦《ぎょ》した義伯母の気苦労はかなりのものだった思われるし、その目から見れば小商人《こあきんど》商売の母の苦労などまだまだと言いたかったのかも知れない。父はまじめ一方の人物でおとなしかったが、伯父の方は並外れたエネルギーを時折発散させていたからである。

ただし、義伯母の気苦労と言っても、伯父の性分を十分にわきまえた上での、惚れた亭主との「あうん」の呼吸でなされたもので、大きく世に出ていく夫を支えるというある意味では女房冥利に尽きるものだったのではないかとも思うのである。

ともかく、義伯母と母は互いに一目を置いて、間合いを取り合っていたようにも見えたのであった。

八、毎年、三ヶ月近くわが家に滞在した「桐生のおばあちゃん」
――挨拶をする素面の伯父はまことに「行儀の良い紳士」だった――

祖母（荘八の母）が七十六歳で亡くなったのは前記のように、私が小学校二年生の六月二十四日（昭和二十七年）だったが、翌日の夕方、遺体は近くに住む親戚の者も来て棺におさめられた。納棺を前に皆で遺体を浄める湯潅《ゆかん》を行っていたその時、毎年この時期になると訪ねて来て長逗留する「桐生のおばあちゃん」が顔を見せて、湯潅に加わった。子供心に間に合って良かったと思ったことを良く覚えている。祖母の葬儀は二十九日だったが、この折は一泊しただけで「桐生のおばあちゃん」は他所に行って、しばらくして再び訪ねて来た。

「桐生のおばあちゃん」は祖母よりは十歳ほどは若かっただろうか。この「桐生のおばあちゃん」は、弘法大師ゆかりの御詠歌を善《よ》くし、お灸にも通じていた。知り合いになった近所の年寄りの家にお茶を飲みがてら御詠歌を教えに行ったり、噂を聞いて訪ねて来た人たちにお灸をすえたりしていた。

いつ頃からわが家に来るようになったかは分からないが祖母が健在だった時からであることは確かだった。私が高校を卒業して東京に出て来るまで（その後も何年かは続いたと思うが）、毎年わが家に滞在した。そして年とともにその日数が多くなって、私が中学生の頃には秋の彼岸過ぎまでの三ヶ月にも及ぶようになった。年によっては一ヶ月ほどで去って、旧盆が終わった頃に再び顔を見せた。なぜ「桐生のおばあちゃん」と呼んだかというと、ふだんは息子さんたちと群馬県の桐生市に住んでいて、「息子は桐生で東武バスの運転手をしているん」と折あるごとに息子の自慢をしていたからであった。

すこし気が強く頑固な感じがしなくもなかったが、小柄でこまめに台所仕事を手伝っていたから母は助かったはずだ。朝の味噌汁の具は決まり切ったように「じゃが芋」と「玉ねぎ」

だったし、煮汁が残らぬように魚を煮付けるのが得意で、そのたびに自慢していた。

母は時折、「利巧なおばあちゃんだから、嫁と一緒の暮らしを避けて旅に出ているがんだねえかい（旅に出ているのではないか）。長く泊まっていても、一遍だって桐生から手紙が来ねえから、本当は嫁とは上手く行ってねえがんだろう（上手く行っていないのだろう）」などと言っていた。親の代からということで、母は若干の不審の念を覚えながらも、そうしたことを「桐生のおばあちゃん」に問うようなことはなかった。名前も分からず息子さんの住所も分からない「桐生のおばあちゃん」だったが、母の話を聞いて、なるほど大人の世界にはそういうこともあるのかと納得し、彼岸過ぎにわが家を去った「桐生のおばあちゃん」は、桐生の家にちょっと立ち寄って、今度は積雪のない暖かな南の地方をまわるんだろうなあなどと想像したものだった。私の少年時代の思い出の中で「桐生のおばあちゃん」のことは欠かせない。

祖母とは気が強い者同士で引き合ったにしても、必ずしも身元のはっきりしない「旅の人」を長く泊めるとは、現在では考えられないことだし、当時でもそれほど多いことではなかっただろう。よほど引き合うものがあったのだろう。そういえば「月日屋」というわが家の店の屋号も、一夜の宿を貸した旅の僧が御礼に付けたものだと母は言っていたが、その意味ではわが家は少し変わったところがあったのかも知れない。

私が中学生の頃だったと思うが、伯父の帰省と「桐生のおばあちゃん」の逗留とが重なったことがあった。その時、「桐生のおばあちゃん」は、別人のように控え目で目立たないようにしていた。伯父が寛いでいる茶の間に顔を出すこともなかった。今から思うと、伯父も母から何か聞かされていたのか、ちょっと挨拶はしたが、詮索するような素振りは見せなかった。素っ気ない感じで言葉少なに挨拶をするだけだった。

伯父が身内以外の人と話す場面を間近にしたことがなかったから、あまりの違いに意外な感じがしたのであった。私にとっては家族も同然の「桐生のおばあちゃん」であっても、伯父にとってはまだ他人だったのだろう。素面《しらふ》の伯父はまことに行儀の良い紳士に見えた。今となってふり返ると、心遣いに長《た》けた伯父のことだから、答えに窮することにならないようにと儀礼的な挨拶に止めていたのかも知れない。帰省中の伯父は「衣」を脱いで思いっきり「地金」を見せるかのように振る舞っていたから、その落差の大きさが、私には意外に感じられたのである。

祖母は莨《たばこ》を吸っていた。祖母のことを思う時、いつも真っ先に瞼に浮かぶのは床の間を背に座ってキセルをくわえた姿である。もともと強情っ張りだった祖母は四十歳代で夫を亡くして、さらに強くなっていたことだろうが、そのせいと言うわけではない。祖母の年代では、女でもキセルで莨を燻《くゆら》せるものは珍しくなかった。近くの老婆も吸っていた。

祖母の常用していたキセルは値打ちものらしく、買い物ついでにお茶飲みに上がり込んだ知り合いの農夫が、「俺に譲らっしゃいって（譲ってくれてもいいだろう）」とキセルを手に取ると、祖母が慌てたように「駄目、駄目、これだけは駄目だんし」と取り返そうとして、ふたりで引っ張り合いになったのを何度か目にしている。半ば本気で半ば冗談のような引っ張り合いだったが、農夫にしてみれば羨ましく見えたキセルだったのだろう。それは刻み莨を丸めて詰める火皿に続く雁首《がんくび》のところが四角形で「一分銀」と刻印されていた。おそらく伯父が「わが母・セイ」のために買い求めたものだっただろう。キセルを取り返そうとする時の祖母の「真剣な様子」を思うと、そうとしか考えられない。

このキセルは、その後、父の常用するものとなった。強《きつ》い祖母のもとで婿養子の父は、まだ子供の私には良くは分からなかったが、それなりの苦労もあったことだろう。ずっとこのキセルで刻みを吸っていた父だったが、晩年は簡便なフィルター付きの紙巻き莨に転向していた。父が亡くなった時（昭和五十八年）、私は父が直前まで使用していた「腕時計」に加えて、祖母と父が愛用した「キセル」を形見として貰ったのであった。

祖母から母に引き継がれたものに、四国の観音寺のお札配りがあった。どう考えても祖母の代からのものだと思うのだが、年末にそれなりの護摩料をお送りすると二月になるとお札が届く。それを二十軒ほどの家に配るのだ。小学校の四、五年生頃から私の仕事になっていて、母の言いつけで「観音寺のお札でーす」と言いながら、決まった家々をまわるのだ。すると各家では「ありがとござんす。御苦労だったのんし」と言って、押し頂くように受け取ってくれた。その際、なにがしかの金子《きんす》を預かったような気がする。どうのようにして四国の観音寺との因縁が生まれたのかは分からないが、亡き祖母の手伝いをしているような感じでお札を配ったのであった。懐かしい思い出である。

九、「人間性の善良さを物語る」〝明るい酒乱〟
――新田次郎氏曰く「とにかくびっくりしましたですねえ」――

帰省した伯父に見たものは酒が入ると千変万化する姿であった。世間ではこれを酒癖が悪いと言うだろう。もちろん酒癖が悪くないなどと言うつもりはまったくない。しかし、単に酒癖云々では語られないのではないかとも思っている。酒の席での哄笑する姿や人を蕩《とろけ》させるような眼差しに接した者は、酒癖が悪いとは言わないだろう。酒席での「荒ぶる神」のごとき様相を目にした者は、手が付けられないほど癖が良くないと思うはずだ。プラスとマイナスに振れる針の幅が広く平均値を取れば程々に収まるはずだが、そんなわけには行かないから、こうした揺れ幅の度外れた人物は、やはり扱いにくく世間的には「酒癖」が良くないと言わざるを得ないだろう。

並外れて「荒れる」エネルギーはそのまま仕事をするエネルギーでもあるはずで、酒席での「乱行」だけで判断してはその人物の一端を見たに過ぎないことになる。伯父の場合は、度外れて「荒れる」パワーは、そのまま仕事に向かうパワーでもあったと、弁護したいのである。両端を、全体像を、見てもらいたいと思うのである。

「愛嬌のあるヒゲ」と「トレードマークのエジソンバンド」……

伯父は昭和53年9月に亡くなったが、翌年3月中旬、義伯母から新鷹会の同人誌『大衆文芸』2月号が届いた。全87頁のすべてが伯父への追悼記事だった。編集人の作家・花村奨氏は編集後記に「表紙の遺影は、愛嬌のあるヒゲとともにトレードマークだったエジソンバンドを着けての執筆中のものとしました」と認めている。昭和30年代初めの50歳頃の写真だろうか。伯父の鼻髭を「愛嬌のあるヒゲ」と評した花村氏の審美眼は秀逸だ！　新鷹会のお仲間から「明るい酒乱」と称されたように飲むと〝若干〟（かなり？）乱れたし、飲まなくとも涙腺を緩ませることは度々だった。鼻髭とともに執筆時の「エジソンバンド」も「山岡荘八」らしさを示すものだった。

伯父の「酒乱」ぶりについて、『大衆文芸』山岡荘八追悼号（昭和五十四年二月号）に、『黒部の太陽』の著者・木本正次氏による新鷹会の忘年会での見聞談が載っている。それによれば、ワル酒の自分に比べれば「山岡さんの暴言などは物の数でもなかったわけです」とか、「それが陰湿なものでなく、罵詈暴言という〝明るい酒乱〟だったのは、やはりご当人の人間性の善良さを物語るものだったのでしょう」とか、すこぶる好意的である（傍点、山内）。素面《しらふ》の時の伯父を多く知る方はつい甘くなるのかも知れない。〝明るい酒乱〟とは言い得て妙であると思った。この木本氏の思い出の記は「ふたりの山岡さん」が標題だった。

さらに伯父の酒について、長らく『大衆文芸』の編集に携わった作家・花村奨《すすむ》氏（詩人でもあった）は同じく山岡荘八追悼号に次のように書いている。「愛酒家ではあったが、どんなに酔っぱらっていても、芯はしっかりしていた。従って、山岡さんが我儘気儘を言い、大声を発し、拳を振り挙げる相手は、信頼できる人・好きな人・甘えることのできる人に限っていたように思う。傍点部分の外見だけに捉われて、山岡さんを敬遠し、逃げ出してしまった人もいたかと思うが、その人はせっかくのよきめぐり会いを失って、惜しいことをしたのである」（傍点、ママ）。これまた極めて好意的である。しかし、我儘・大声・拳《こぶし》と来れば「敬遠し、逃げ出してしまう」のが普通で、それを「惜しいことをした」と評する花村氏は、さすがに長年にわたる新鷹会のお仲間で、裸の伯父を良くご存知の方だったと脱帽したくなる。ことに荒れる相手が「信頼できる人・好きな人・甘えることのできる人」だったとまで見破っているとは、さらに脱帽である。

　花村氏は同じ追悼文のなかで、「わたしはしばしば、山岡さんがちょうど何か原稿を書き終えられたところへ行きあわせている。そんなとき、山岡さんは、『ちょっと聞いてくれませんか』と叮重に断って、原稿を朗読して聞かせられた。五、六枚の随筆のこともあり、二十枚、三十枚の小説のこともあった」と記している。

「ときに涙ぐみ、訴えずんば止まずの気迫をこめた山岡さんの朗読を聞きつつ、老いを知らぬ旺盛な作家精神に驚嘆し…」と続く。こうした正気の折の「隠れた努力」に接しておられたから、酒乱の様相だけで退いた人は余計に「惜しいことをしたのである」と感じることになったのだろう。

愛酒家・荘八への好意的な批評はともかくとして、伯父が亡くなった直後（昭和五十三年十月）の『週刊現代』に、伯父と講演旅行で同行した折の新田次郎氏の思い出話が載っている。それによると「ある夜、私の小説の『笛師』をほめてくださいました。そして、すぐ泣き出されました。すると突然、こんどは怒りだしたのです。途方にくれましたよ。人によっては『あばれ酒』と形容されているようですが、とにかくびっくりしましたですねえ」。困惑する新田氏の様子が目に見えるようだ。大いに驚かれたことだろう。

同じ頁で新国劇俳優の大山克巳氏は「われわれの前ではそんな（「あばれ酒」のような）こと一度もなかったです。いいお酒だったですねえ」と語っている。どちらもその通りで本当だろう。しかし、新田氏のような場合には強烈な印象を後々まで残すことになるのは間違いない。

新鷹会の本筋である勉強会では「罵詈暴言」ならぬ適評を呈していたようである。直木賞作家・穂積驚《みはる》氏は、同じく追悼号で次のようにふり返っている。三十二枚の短編を書いて「新鷹会で批評を仰いだところ、山岡さんの言葉が一ばん厳しかった」という。それは「勝烏《かちがらす》」という作品で、で「勤王運動に挺身した夫が死んだ時、妻は身籠もっていた。ようやく出産をすませてものの、まもなく判明したのは、夫が他の女にも子を産ませていた事実で、その子の養育まで頼まれる破目となった。妻は濠端に佇んで去就に迷ったが、勝烏の鳴声に促されて、二人の子供を共に育てようと決心する」するというものだった。ところが、「決心しただけでは小説にならない、どう育て、どう育つかを書くべきだよ」と言われて、「ハタと困惑した」が、「それでも気を取り直し取り直しして、百二十枚まで書延ばした」ところ、「図らずも第三十六回直木賞（昭和三十一年下半期）に選ばれた」「山岡さんの酷評を聞かなかったら、そんな幸運には巡り会えなかったに違いない」（中谷治夫氏の『大衆文学の誘い―新鷹会の文士たち―』によれば、「穂積氏の直木賞受賞祝賀会の司会を買って出たのは山岡荘八である」とのことだった）。

そういえば、日本文芸家協会編で毎年刊行されている『代表作時代小説』では、昭和三十年代から四十年代の終わりまで、ほぼ例年のように選考委員に名を連ねていた。

さらに『龍の子太郎』で松谷みよ子氏が第一回講談社児童文学作品（昭和三十五年、のちの講談社児童文学新人賞）を受賞した時には、江戸川乱歩氏や林房雄氏らとともも選考委員を務めていた（『龍の子太郎』は、昭和五十年代の終わりことだが、小学生だった私の子供が夢中になって読んでいた。その時は伯父が選考委員のひとりだったとは知らなかった）。講談社の中心雑誌『講談倶楽部』の名を冠した講談倶楽部賞（のちの『小説現代』新人賞）でも、昭和三十年代に数回選考委員を務めていて、井上靖氏、海音寺潮五郎氏、田村泰次郎氏、司馬遼太郎氏らと一緒だったようだ。今ふと思ったのだが、選考委員会が終わると一席が用意されていたと思われるが、どんな酒席になったのだろうか。「とにかくびっくりしましたですねえ」となったか、「いいお酒だったですねえ」となったか。どちらにしても「山岡荘八」である。

私の勝手な想像だが、小説家は仲間のように見えても、同時にそれぞれが「個人商店」でライバル関係にあるのではなかろうか。作品はつとめて作者の内面の表現であって、他者がかかわる度合いは零であろう。善くも悪しくも頼れるのは自分しかいない「孤独な仕事」である。言わば一匹狼であるから、世間の常識から見て、わがままでマイペースのように見えるのも分かるような気がする。

こんなこともあった。ある時、伯父の書いた山下奉文《ともゆき》大将についての読み切り小説が講談社の『小説現代』に載っていた。ちょうど同じ時期に、ある作家が別の雑誌に山下大将のこと書いていたので、「〇〇さんも山下大将について書いていますよね」と、挨拶代わりのつもりで言ったところ、そんなことは言われなくても分かっているよといった感じで、「あの野郎、先走ったことをしやがって」などと口惜しそうに言うので驚いたことがあった。他所では口にしない言葉だろうが、負けたくないという小説家の意地というか自負心から出たひと言だったと思う。山下将軍については自分の方が深く理解していると言わんばかりの口振りだった。かなり親しい作家のはずで、それだけに荒っぽい言い方になったのだろうが、作品がすべてだから、ふだん親しく交際しているように見えても、突き詰めていくと孤独な仕事であるということなのだろう。

一〇、「けいこ」でも、「本番」でも、泣いた〝世田谷団十郎〟
――「芝居後の山岡さんは〝水気〟が失せていた」――

こと涙に関しては、涙ぐむなどというレベルではなかった。一気に吹き出す、そんな様子を人によっては山岡さんの「瀉涙《しゃ》」とか「射涙」とかと言い伝えている。瀉涙なら「一瀉千里《いっしゃせんり》」の「瀉」（そそぐ、はく）であるが、同じ音ながら後者のように表記すると、いささか即物的に過ぎる…。こうなると戦後の漢字制限の罪はこんなところにも波及するのかと苦笑するほかはない、と考えるのは考えすぎで、当人は、自伝の中で新鷹会の作家仲間で親しかった玉川一郎氏が「私の泣き方は涙を流すというのではなくて、涙を噴射するのだという彼一流のユーモラスな表現で」云々と「射涙」を品良く記している。

感情の激して涙すること必ずしも酒席とは関係なかった。それはもともと純なる真情のあらわれであったからである。荘八全集の詳細年譜にさまざまな場面での落涙の様子が記されている。ただし酒の席とは無関係だ。弔辞を読みながらとか、仲の良かった作家の亡くなったその枕元でとかなら、他の人にもありそうなことではある（富田常雄氏が亡くなった際には、枕元で号泣したらしい）が、さらには芝居を演じながらの「瀉涙」となると「山岡荘八」の独擅場《せんじょう》のようである。前述のように、伯父は父・太郎七のことを「母の何倍も、病的なほどよく泣いた」と自伝の中で回顧しているが、それはまた伯父自身のことでもあったのだ。父親譲りの「落涙」だったのだ。

文士劇の涙について、いかにも伯父らしいと思うことが、全集の詳細年譜にあったので抄出してみたい。

それは文藝春秋主催の文春文士劇「日本でいちばん長い日」（脚本は大宅壮一編の同名著作に拠るものと思われる）で、終戦時の阿南惟幾《あなみこれちか》陸相役を演じた折のこと。漫画家・加藤芳郎氏は次のように記している（文士劇迷演記）。

「山岡さんは、ホントに涙を流しながら『陸相』を演じていた。けいこ中も目がしらを押え、楽屋で『ビデオテープのテレビ』に映った自分の演技を見ながら泣き、本番の出る幕、出る幕で涙を流していた。芝居が終わってエレベーターで会った山岡さんの顔はすっかり〝水気〟が失せたように見えたほどであった」

阿南陸相と言えば、昭和二十年八月、降伏を迫る米英華の対日宣言（ポツダム宣言）に対して、本土決戦を唱えて受諾反対を強く主張するも、宣言受諾の御聖断が下るや抗戦派を抑え、陸軍の内部分裂を回避して、八月十五日未明、「一死以テ大罪ヲ謝シ奉ル」との遺書とともに自刃した陸軍大将である。この結果、小波乱はあったものの、正午に玉音放送が流れた。もしこの時、陸軍が分裂していたら、ポツダム宣言の受諾は深刻な軍部内対立の呼び水になっていたかも知れなかった。

その陸相役を涙ながらに演じたというのだ。昭和四十二年十一月のことである。講談社の中心雑誌『講談倶楽部』(のち『小説現代』と改称)に昭和三十七年七月号から、自分の半生と重ね合わせるかのように「小説太平洋戦争」を連載中(〜昭和四十六年十月号)の伯父にしてみれば、阿南陸相の胸中が他人ごととは思われず、それで涙、涙、涙…の熱演迷演となったのだろう。

さらに年譜を見ると文士劇の常連のようで何度も出ていて、いろんな役を演じている(文士狂言にも)。文春文士劇の場合、観覧希望の往復はがきを出して抽選に当たれば見られるシステムだったと記憶するが、私は一度もはがきを投函しなかった。ふだんの伯父に会っているからだと思うが、有名人の揃い踏みのような舞台にはどういうわけか興味を覚えなかったのである。一時期、東京12チャンネル(現在の7チャンネル、テレビ東京)で年末になると録画を放映したこともあったが、それにもあまり興味を覚えず見ていない。それでも想像できることがある。伯父はおそらくどんな役の場合でも大まじめに取り組んだのではなかろうかということである。

もともと芝居は大好きだった。祖父・熊吉仕込みで、長姉・満津埜の婿取りの際、余興で歌舞伎の「奥州安達ヶ原」をやったというのが語り草になっていた。その時、「安倍貞任《あべのさだとう》」を演じた伯父は三歳で、十一歳の姉・シゲの扮する「袖萩《そではぎ》」と組んで袖萩祭文の段を演じたというのだ。後年、七十歳近くなって、「実はいまもそのせりふの一部がすらすらと口から出て来るのだから、幼児の頃の記憶というものは身についてしまうものだ」(自伝)などとふり返っている。帰省の折にも興に乗ってよく大見得を切っていた。文士劇の出演者が雑誌などに寄せた体験談を読むと、初めから「笑い」をねらっておふざけの人もいたようだが、たぶん伯父は稽古の段階から力を入れて正面から演じたのではないかと思う。そんな生真面目な一面をもっていた。

全集の詳細年譜をめくっていたら、昭和四十八年十一月、「文春まつり、恒例の文士劇〝め組の喧嘩〟の相撲役」で出演、「舞台稽古も本番さながら」とあったから、私の推測は外れていないようだ。この前年の「坂の上の雲」では東郷平八郎大将役を演じている。「太閤記」が上演された折は徳川家康に、「新撰組始末記」では徳川慶喜に扮している。また漫画家・横山隆一氏の「ぼくの〝文士劇〟評」には「川口(松太郎)座長の河内山は文士劇の極付」「水上勉も本人がいうほどではないが、立派にやった。ちゃんとやって意外だったのは、山岡荘八(北村大膳役)である。もっとも山岡は浅草の花月や塩原温泉で文士劇のドサ廻りをやって、年期を入れている」云々と記されている由である。阿南陸相を演じる二年前の〝劇〟評である。

伯父も芝居に関しては、前から、少々自信があって、奉られた「世田谷団十郎」のアダ名を甘受していた。長谷川伸一門が、京都・南座での新国劇公演の前夜祭に、「荒神山」で参加した際には、右足骨折の身もなんのその、伯父は京都まで出向き松葉杖にすがりながら十八番の「次郎長」を演じている。「演劇界前代未聞の松葉杖姿の次郎長」であった。しかし、

「客席の最前列に長谷川一夫、市川右太衛門、片岡千恵蔵など、名だたる本モノの剣戟スターがずらりと顔を揃えていたから」、さすがの名優も冷汗たらたらで、「この時ばかりは団十郎の名前を返上したい気持ちにさせられたものでした」などと殊勝なことを記していた（「次郎長罷通る」「アダ名は世田谷団十郎」、随想集『睨み文殊』所載）。「松葉杖姿の次郎長」は、沢田正二郎記念の「沢田祭り」（昭和二十八年）の時で、伯父は四十七歳だった。もちろん、「団十郎の名前を返上したい気持ちにさせられた」だけで、返上する気の無かったことは、その後の熱演ぶりで明らかであろう。

松葉杖姿の次郎長を演じた七年後、全集所載の年譜（昭和三十五年）によれば、名古屋市公会堂での浪曲連鎖劇「沓掛時次郎」では、「山岡荘八の役柄は、ヒーロー沓掛時次郎という大役である。観客の三分の一ほどがハンカチを取り出したというからその熱演ぶりがわかろうというものである」とあった。ここでは観客の涙腺をも巻き添えにしていたということだろう。主催は愛知県社会福祉協議会と愛知県共同募金会で、長谷川伸先生喜寿記念と社会福祉事業資金募集とを看板に掲げた大舞台だったというから、大した名優！であった。

文藝春秋の『オール讀物』創刊八十周年記念特大号（平成二十二年五月号）のグラビア「作家と歩んだ八十年」では、〝よっ！　千両役者〟と銘打った頁に、文士劇「太閤記」で秀吉役の村上元三氏とともに家康を演じる伯父の晴れ姿！が載っている。梶山季之氏が柳生但馬守宗矩を演じていたようだ。

″世田谷団十郎″58歳のきめポーズ

文春文士劇は歌舞伎座と東京宝塚劇場の指導・協力のもと、文壇、画壇、漫画界からの″名優″たちによって演じられた。「山岡荘八」もそのひとりであった。

写真は昭和39年11月の東京宝塚劇場での「太閤記」の一コマ。最晩年の秀吉が贅を尽くした″醍醐の花見″の場面かと思われる。各大名は仮装して宴を盛り上げたという。写真は秀吉役の村上元三氏（前）とともに舞う家康を演じる″世田谷団十郎″の決めポーズ。「よっ！千両役者」の声が掛かったかどうかは定かではない。

文藝春秋から贈られたのだろうか、この時の襖二枚ほどの大きさの別場面の写真パネルが伯父が晩年の十年、帰省時に寝泊まりした小出の隣り村に建てた家に″飾られていた″⁉。

ちなみに昭和四十年代の前半、『オール讀物』新人賞の選考委員を五味康祐氏、曽野綾子氏、城山三郎氏、水上勉氏、山口瞳氏らと務めていた。事後、ここでも一席が設けられただろうが、どんな感じだったのだろう。

帰省した伯父が、酒が程よくまわって声《こわ》色《いろ》をやり出すと、父も母も「大したもんだ」と感心したように耳を傾ける。さらに熱が入って声は一層大きくなる。今にも立ち上がらんばかりだった。そんな時、芝居のことが分からない少年は、何時、怒声や嗚咽に変わるのか、ハラハラしながら見ていたものだった。

以前から感じていたことであるが、伯父の小説では、他の作家の作品に比べて、登場人物が「涙を流す」「嗚咽する」ことが多いように思われる。例えば最近再読した『小説明治天皇』の第二巻―碧血怒濤の巻―を例にとれば、幕末の志士を描く場面で「眼はもう真っ赤になっている」「オイオイ声をあげて泣き出した」「そのままハラハラと涙をこぼしてゆくのである」「わなわなと躰がふるえ、こらえても、こらえても、双眼がぬれてゆくのであった」「泣くまいとしても、あとからあとからと涙が出て来てとまらなかった」といった箇所がある。これまで伯父の小説を読んでいて、ここでは伯父自身が本当に泣きながら書いているな、と思うことが度々あった。芝居でも役に成りきってしまう伯父が、作中人物に感情移入して、涙ながらに筆を執ることは十二分に有り得ることだと思う。涙を流す流さないにかかわらず、「人物の内側から」その心の動き（心理）をたどるような描写が多いように思うのである。

長年ご指導に預かった小柳陽太郎先生（福岡県立修猷館高校教諭、のちに九州造形短大教授―国文学―）が、平成四、五年頃のことだったが、「山岡さんの『小説明治天皇』を読んだが、山岡さんって、情に篤いというか情の本当に深い方なんですね」と驚かれたように仰有ったことがあった。その後再読して、先生の言われた通りだなあと、お言葉の意味が改めて良く理解できたのであった。その際、先生が「いつ頃、あの小説をお書きになったんですか」とお尋ねになったので、「昭和四十年前後です」とお答えすると、「あぁ、そうですか。私はまた戦時中のものかなと思いました」と、さらにビックリされたご様子だった。戦後の思潮に影響されざる皇室観が率直に多く語られているのでそう思われたのかも知れない。

一一、「跡取り」の若い住職の法話に泣き通しだった
――伯父は年忌法要を怠らなかった――

酒と無縁の涙については、こんなこともあった。

祖母・セイの二十三回忌の法事の時だったと思うが、読経が終わって檀那寺の三十歳過ぎの住職が説法を行った際、伯父は法話が始まるや泣き出して、最後まで一人泣き続けていた。亡き母を偲んでではなく、それもあったかも知れないが、若い住職の話しぶりに心が震えていたのではないかと思う。

住職の話は、山菜採りの主婦が近道をしようと只見線の線路を歩き、そのまま鉄橋を渡っていたら折り悪く進んで来た蒸気機関車に轢かれてしまったという実際にあった悲劇を入り口として、日常の心がけの大切なこと、ちょっとした油断が取り返しのつかないことになりかねないこと等々であったと記憶する。伯父の涙腺をゆるませたものは住職の話そのものというよりも、人前で立派に説法をする檀那寺の跡取りの成長がたまらなく頼もしく嬉しかったに違いなかったのだと今でも思っている。

その檀那寺は遠い親戚筋でもあったし、それ故、私より二歳年上の跡取りは駒澤大学在学中、七月の盆には棚経を誦ずるため同じ世田ヶ谷区内の伯父宅に行っていたと後日知らされ

て、あの日の、あの涙は嬉し涙に違いないと改めて強く確信した次第であった。

法事といえば、私が小学校四年の二月（昭和三十年）、祖父・太郎七の三十三回忌法要が営まれた。盛大にと言うのは少し変かも知れないが、檀那寺である観音寺の本堂で厳修された。昭和二十七年に亡くなった祖母・セイの年忌法要も、それぞれ鄭重に営まれた。

祖母の七回忌は中学校二年生の年だったが、その年が明けて正月が終わってしばらくすると「婿取りの母」は、どのような法事にしたらいいのか、日時はいつが都合がいいか、引き出物は何にするかなどを問合わせる長い手紙を伯父に書いていた。何事も手落ちがないように、「兄」である伯父から叱られないようにと手紙を書いていた。やがて「妹への指示」が書かれた「義姉」からの返書が届き準備が始まるのであった。

祖母の十七回忌法要の時だったはずだが、伯父達が帰省して寺に向かって皆で揃って出発する直前に、「健生さん ちょっと」と義伯母に小声で手招きされたことがあった。何事かと近寄ると「数珠を忘れてしまったわ。悪いけど急いで買って来て頂戴。普通のものでいいの。女ものもね。そっと分からぬように私に渡してね」とお金を預けられたことがあった。敏感な伯父が数珠の違うことに気がつくのではないかと、私は密かに義伯母が数珠を手渡す場面を注視した。受け取った伯父は指触りが違うのか「ふむッ」とした感じで、少しだけ数珠に目を凝らしたが何事もなかった。もしかしたら「いつものものと違うぞ！」と大きな声を出すのではないかと思っていたのだ。この時、私は念珠に男女の別があることを初めて知った。

翌年のお盆の時期に帰郷した時、前年の法事で伯父が使った数珠だけが位牌の前に置かれていた。それを見て、「この数珠は？」と母に尋ねると「東京の伯父さんが忘れていったんだ」との答えだった。そういうことになっているのかと思って何も言わなかったが、私は小さな秘密を義伯母と共有したような気分になったのだった。

年忌法要は、私が東京に出た後も営まれ、その都度、私も都合をつけて帰省した。そのたびに、孝心の篤い伯父の姿を間近にしていた。

一二、故里の残雪を見ても、伯父は泣いた
――「父の位牌」が伴われた母とのお伊勢参り――

私が教員になって五年が過ぎようとする春休みの三月末、伯父が帰省するというので、私も小出に帰ったことがあった。その年は例年より降雪が多く、まだ家の二階近くの高さまで雪が残っていた。雪国では屋根に積もった雪を何度も降ろすから、ぐるりと家の周りは「土塁」で囲まれたように雪が高く堆積する。新聞やテレビでは「雪下ろし」とか「雪降ろし」とかと報道されるが、魚沼地方では屋根の雪を降ろすことを「雪掘り」と言う。雪を掘るのだ（「雪を抛《ほう》る」の転訛？か）。以て降雪の多さがお分かりいただけるだろう。冬の寒さなら北海道に大きく負けるが、雪の量だけは日本一と言っていいだろう。ともかく田畑の雪が消え

た後でも家の周りには雪が残る。ことに陽の光の射さない棟の北側はかなり遅くまで、五月になっても雪が残ることも珍しくない。三月末では一部の除雪した大きな道路以外、道も田畑もまだ白く覆われ、軒先には固い雪が残っている。

降雪の多かったその年は、なおのこと残っていた。二階からしばらく雪を見ながら話していた伯父が、しばし沈黙したかと思うと、いきなり外を指さしながら、「おい、この雪を見ろッ、この雪の下で、この雪の下で」と言葉に詰まり、「越後の人間は…、越後の人間は…」と、言いながらポロポロと涙を流したのだった。私も三十歳近くになっていたから、もう不気味とも何とも思わなかった。伯父の胸中を察して、しばし思いを共にしたものである。雪国から、積雪のない関東へと出て来た者でないと分からない雪への感慨がある。しかし、故郷の残雪を見ながら、嗚咽し涙を流す者は滅多にはいないだろう。

父・太郎七の急逝に、当時十七歳の伯父が東京から駆けつけ、こときれた父の布団に入って一晩明かしたことは前述した。父の死は大正十二年の二月のことだったから、まさに雪の季節の真っ最中であった。残雪を見て嗚咽した伯父の脳裡を先ずかすめたものは、おそらく雪の中で育った幼き日々の自分の姿であり、同時に雪に埋もれたように暮らす在りし日の父母の相貌ではなかっただろうか。それらが一気に走馬燈のように脳裡を駆け巡ったに違い。

この半年前の昭和四十八年十月、伊勢では神宮の第六十回正遷宮が厳修され、臨時出仕者として作曲家・黛敏郎氏、洋画家・向井潤吉氏、京大教授（哲学者）・上山春平氏らとともに、伯父は庭燎《ていりょう》奉仕を仰せつかった。夜間、御神霊が新宮にお遷りになるのだが、その遷御《せんぎょ》の儀の際、篝火（庭燎《にわび》）の番をする役目である。庭燎奉仕は伯父の生涯における感激的な任務だった。御遷宮に奉仕できたことを誉れに思い、どれほどの喜びとしたかは、後日その折りの白丁姿の写真を焼き増しして親戚に配ったことからも容易に察せられる。第六十回御遷宮に先立つ六年前の六月（昭和四十二年）、新宮の御用材を神域に運ぶ「お木曳《きひき》—川曳《かわびき》—」にも、作家・林房雄氏、講談の宝井馬琴師匠らと一緒に参加していた（私も、二十年後、次の第六十一回御遷宮〈平成五年〉に先立つ六年前の昭和六十二年六月、國學院大學奉曳団に加わり、「お木曳き—陸曳《おかびき》—」に加わった。この頃、私は夜間定時制高校に転勤していて昼は國學院大學に通っていた。当時は文学研究科神道学専攻博士課程の後期を修了して大学院の特別研究生だった）。

庭燎奉仕で、白丁姿の伯父

　昭和48年10月2日、伊勢の神宮第60回御遷宮で、庭燎奉仕の役を務めている。伯父(67歳)にとって生涯における最も感激的な任務だったに違いない。それは、この白丁（はくちょう）姿の写真を焼き増して親戚に配ったことからも察せられる。

　昭和40年春、昭和42年春、昭和44年秋に続き、この月の31日にも、園遊会へのお招きに預かっている。

　父・太郎七の死から十七年後（昭和十五年）、作品が映画化されて原作料が入った三十四歳の伯父は、六十四歳の母・セイを連れてお伊勢参りをしている。伊勢の旅館では「三人分の食事」

を頼んで不審に思われたという。「もう一つ」の御膳は父・太郎七の位牌に供えられた。位牌とともに参宮したのだ。伯父は大いに落涙したことだろう。このお伊勢参りの話は何度も聞かされた記憶がある。もちろん、その話をするたびに伯父は泣いたのだが、後年、故郷の残雪を指さして「越後の人間は…、越後の人間は…」と言いながら嗚咽する伯父の脳裡に浮かんでいたものは、しんしんと雪が降り続く冬の最中に逝ってしまった父の、そして「一生に一度」のお伊勢参りが叶わずに歿した父の、在りし日の面影であったに違いないと思っている。そこに母の相貌が伴われたことは言うまでもなかろう。

　伯父の庭燎奉仕からちょうど一年後の昭和四十九年十月、教員になって六年目の私は母を連れてお伊勢参りをしている。伯父にあやかった訳ではないが、〝一生に一度はお伊勢参り〟という言葉が私の頭にあったし、伯父が御遷宮に関わったということもあって思い立ったのである。父は町の商工会の慰安旅行でお参りをしていたが、母はまだ伊勢を訪ねたことがなかった。二見浦の旅館に一泊しての旅であった。僅かばかりであったが奉賛金を納めていたので、念のためと思って持参して来た会員証のお蔭で御垣内参拝《みかきうちさんぱい》をすることが出来た。母は六十五歳、私は三十一歳だった。

一三、一滴も飲まないことも、飲んでも「荒れない」ことも…
——突然、カバンひとつで来訪して、「三等車」で帰京した——

「東京の伯父さん」が泊まりに来るとなると、子供心に先ず酒が、ついで涙が、笑いが、そして大きな声が連想されるのだったが、一滴の酒も飲まずに帰って行ったことがあった。それなりの準備をしていた父も母も、「飲まないと本当に楽でいい」と言いながらも、拍子抜けのようでもあった。二泊か三泊したのに、「荒れる」こともなく帰ったことが、少し物足りなかった。まだ中学生にはなっていなかった頃のことだったと思う。珍しいことがあるものだとこれまた不可思議だった。ブレーキ役（？）の義伯母も一緒だったのだが、本当に飲まずに帰ったのである。医者から体に悪いから酒を控えるように言われたというのがその理由であった。

伯父が時には手負いの猪の如くなるのは、義伯母がうまく扱い躱《かわ》してくれるのを予期している趣がなくもなかったと思うのだが、その義伯母も一緒なのに、これまでの「荒ぶる神」もどきが嘘のように楽しく語り、笑い、芝居の声色を演《や》るにとどまったのである。涙もあったはずだが、酒が絡まなければその量は「やや少ない」。飲まないから時間も短い。といっても深夜には及んだ筈だが。

伯父たちが帰った後、医者から飲酒を止められたというが、本当か、体のどこが悪いのか、あんなに元気なのにとても信じられない、というのが両親の一致した感想であった。何度となく飯時《めしどき》の話題になったから良く覚えている。そして父と母の下した結論は、「飲むと暴れることがあるから医者に頼んで、かく言わしめたに違いなかろう」というものであった。大人の世界ではそんなことがあるんだと妙に感心したものだった。そして、もし両親の結論が当たっているとしても、嘘なら何時かはばれるはずだから、その時は却って大暴れすることになるのではないかと、子供ながら気になったものであった。

この話はそれっきりになって真相は私には分からない。次に帰省した時は旧に復していた。だからといって、母とても「お義姉さん、本当のところは、どうだったんですか」などと聞くわけにも行かなかっただろう。

一滴も飲むこともなく帰ってから一、二年後の四月末頃のこと。夕方、学校から戻ると茶の間に伯父が座っていて、ニコッと笑顔で迎えられビックリしたことがあった。突然、訪ねて来たのだ。講演のため新潟県内に来たついでに寄ったということだった。この時は飲んだのかどうか。

翌日の午後、帰京する伯父を父と兄との三人で駅まで見送りに行ったのだが、ということは学校が休みの連休の頃だったのだろう。その時の伯父は背広姿で大き目のカバン一つであった。私達はゴム長靴をはいていた。雪国では気温が上がって雪が降らなくなっても、四月の末頃は、冬の延長でゴム長靴をはいていたから、伯父の突然の来訪はやはり連休の頃だったと思う。空はカラリと晴れていた。上野行、急行列車の三等車に乗って帰って行った。三等車は今の普通車で、二等車（グリーン車に相当）も連結されていたと思うが、列車全体はガラガラで「ここでいい、ここでいい」と言いながら三等車のドア近くの二人席に座ったのであった（二人用の座席が向き合うのが基本型の車両だったが、さらにドア近くには壁に面した二人席が付いていた）。伯父は五十一、二歳で若かったのだ。上野までの四時間余りをひと眠りしながらゆっくりと帰るとするか、といった感じであった。

これまで泊まりに来る伯父たちを出迎える時は、いつもホームに入って二等車の停車する位置で待っていたから、三等車で結構だと言いながら乗り込んだ伯父を少し奇異に感じもしたのであった。この時は、三等車で帰ったことが強く脳裡に焼き付いていて、飲酒のことは全く記憶にない。飲まないはずはないから、たぶん飲んでも「荒れなかった」のだろう。

一四、「涙」もなく「乱れ」もなく、お開きとなった還暦の祝い
――飲めば「荒れる」と決まっているわけではないのだ――

大学四年（昭和四十二年）の一月のこと、伯父の還暦祝いの小宴に招かれたことがあった。この時は飲んでもまったく乱れなかった。アルバムで確認したら総勢で十四人の小宴であったが、終始ニコニコしていて嬉しそうだった。「乱れ」そうな気配は全く感じられなかった。自分の還暦祝いで荒れる者がいるはずはないが、それにしてもこれまでの伯父ならば、過ぎし日のことどもをいろいろと思い起こして、大いに泣いてもおかしくはない。ところが「まさか、こうして還暦を迎える日が来るとは、夢にも思わなかったよ」と盃を重ねるばかりだっ

た。笑顔で終始して、赤い烏帽子をかぶり赤いチャンチャンコに袖を通して照れくさそうだった。この三ヶ月後の四月に『徳川家康』の最終巻、第二十六巻が刊行されている。

会場は二子玉川園(世田ヶ谷区)近くに建つ富士観会館の中のちょっとした上品な感じの料理屋で、広間の真ん中に金屏風で囲って宴席が設《しつら》えてあった。余計なことだが、近年その周辺の再開発がすすみ、遊園地も富士観会館も壊されて大型商業施設や高層マンションに生まれ変わった。時たま田園都市線に乗車して、電車が二子玉川駅(旧名・二子玉川園駅)に近づくと、平穏に宴が果てた日のことがよみがえり、思わず外に視線が行ってしまう。

あの日、私は「還暦」を意識して、お祝いにとバームクーヘンを買って行ったのであった。

還暦の宴から五年半あまり経った八月初め、伯父宅の表門に連なる離れを拝借して新所帯の生活を送っていた時のことだが、従兄弟(伯父の次姉・わかの長男)の家の結婚式に出席する伯父と一緒に車で新潟に向かったことがあった。勤務先の高校は夏休みで授業がなく私には時間がたっぷりあった。伯父と私と、私たちとは別棟の離れに住み込む運転手さんとの三人であった。義伯母は同道しないから、万一、何かあれば私にお鉢が回って来るようで、伯父と一緒に行くのは嬉しいのだが、もし荒れたら困るなあと一抹の不安を覚えながら同行したのだった。私は式には出なかったが、数時間後、一緒に招《よ》ばれた母とご機嫌で戻って来て、さらに少々飲んでそのまま静かに寝たのでホッとしたことを覚えている。

飲めば「荒れる」と決まっているわけではないのだ。そもそも酒を飲むたびに大いに乱れていたら仕事にならないだろう。全集の詳細年譜には、作家仲間との旅行に加えて、『大衆文芸』所載の座談会のことが何度も何度も記されている。長谷川伸門下（新鷹会）の作家達による座談会であるから、当然終わったあとは飲んだであろう。軽く飲みながらのことだってあったかも知れない。その都度、荒れたとは考えにくい。伯父とて、当然のことながらその場その場を考えていたはずである。それでも激しがちな気性からいろんなことがあったであろうことは、前記の『大衆文芸』山岡荘八追悼号の記事からも察せられるところではある。

ただ帰省中の数日は執筆するという箍《たが》がない分だけ、別の意味で赤裸々になったことは確かだったと思う。根を詰める日常から解き放たれた感覚は当人だけのものだが、酒で「荒れた伯父」の記憶は、私の場合は全て故里・新潟でのことであった。

一五、「嬉しさ八分、不安二分」で同行した車での帰省
――二泊の日程が平穏に過ぎてホッとする――

従兄弟宅の結婚式で帰省する伯父に同行する際の「一抹の不安」はすでに記した。伯父が帰省すれば父や母が（兄や兄嫁が）相手をするのだが、この時は少し事情が違っていた。

前に記したように両親は小さな商店をやっていて、何かと買い物客が出入りする。店のすぐ奥が茶の間で客との遣り取りがそこまで聞こえる。茶の間には神棚と仏壇があって、帰省

中の伯父は寝る時以外は、大体は茶の間にいたから、泊まりに来ても落ち着かないということで、この頃、小出の隣り村の農家の跡地を買い取ってそこに家を建てて、晩年の十年ほどは戻って来るともっぱらそこで寝泊まりしていた。

その家は「何《いず》れ健生に遣る」と伯父が親戚の前で公言していた家であった（前に、二階から残雪を見ながら「この雪を見ろッ、この雪の下で、この雪の下で…」と言いながら涙を流したことを記したが、その嗚咽はこの家でのことである）。このたびの新潟行きはその家に行って泊まるのだし、「健生さん、よろしくね」と義伯母からも言われている。当然、〝夜〟何かあれば相手をするのは私になるだろう。飲み出すと長いし、それだけならまだいいのだが、少年の日に見た光景がよみがえり、飲んだ後の先の展開が読めないことが不安の種だったのである。

その家には、私が親に頼らずに新聞配達しながら大学を卒業したことへのご褒美的（？）な意味もあった（四年間のうち、初めの一年五ヶ月は新聞店に住み込みで朝刊夕刊を配達した。日曜祝日も夕刊のあった時代である。残りの期間は店の近くに部屋を借りて朝刊だけを配達した）。

新聞を配達しながら学校にいくということを母から聞いた伯父は、その時、「大丈夫か、すぐ音を上げるんじゃないのか」と言ったというが、伯父の少年時代ほど切羽詰まってはいなかったにせよ、私も店の手伝いを結構良くしていたから、腰の軽いところがあって、音を上げることがなかったのである。小学校高学年の頃から、店番や配達、月末の集金、中学生になると野菜の買い出し（五月から秋口に掛けてのことだが、登校前に、ちょっと離れた農家を自転車で廻って青菜や茄子、胡瓜などを仕入れた）等々が加わって、われながら感心するほど家の手伝をしていた。話し込んで行くお客へのお茶出しは小学生の三、四年生の頃にはしていた。頭の動きは鈍かったが、手足を動かすことを苦にしないところがあった。将来、大学に進んだとしても、食品雑貨小売りの家の経済状態を考えれば親からの仕送りは期待できなかったから、新聞配達しながら通学することになるんだと、既に高校入学早々から母と話していた（その割に受験勉強はしなかった）。かねて母から伯父に頼るな！と言われていたし、頼ろうなどとはゆめゆめ思わなかった（この頃、伯父は文壇長者番付の上位に名を連ねるベストセラー作家になっていた）。伯父に頼らずに、自分でやらなければ駄目だぞ！との母の言葉の裏には、義伯母と母の、すなわち「兄嫁と小姑」との微妙な綱引きもあった感じで、当時、そのことを薄々ながら面白く感じ取っていた（私の学生生活は、新聞配達の他に、北銀―北越銀行―奨学会・日本育英会・五島育英会からの奨学金に支えられていた。当時、亜細亜大学の理事長は東急の五島昇社長だった）。

当時の私は、伯父の人生だって裸一貫から始まっているのだと思っていたから、新聞配達を負担に思ったことはただの一度もなかった。時々、伯父のところを訪ねたが、物欲しそうな素振りはしていなかったはずである。夕飯は美味しく頂戴したが、それだけであった。そもそも、負担に思うような観念を全く持ち会わせていなかった。そのように、予想に反して「音を上げない」甥っ子を伯父は見ていてくれたのだろう、そんなこんなで家を私に遣ると言ってくれていたのであった（伯父の死後、その家が未登記だったというオマケが付いて、田舎はのんびりしたもんだなあと思ったのであった。現在は家も土地も私名義になっている)。

私が高校生から大学生の頃の伯父は、推理小説や昭和史ものの松本清張氏や、サラリーマン小説の源氏鶏太氏らと文壇長者番付のトップを競って(?)いた。時々マスコミに話題を提供する「東京の伯父さん」は私の密かな誇りであった。自分で言うのも変だが、あの有名な「山岡荘八」の家で一緒に夕飯を食べているということが、得も言えない力になっていた。しかし、それを友人に話すことはなかった。そもそも「山岡荘八」が伯父であると自分の方から言うことはまずなかった。伯父の死後、かなり経ってから、三十年近く経ってから時たま自分から人前で話すこともあった(今も、こうしてあれこれ思い出を記している)が、当時は自分から言うのは、「有名人」と近い関係にあると言いふらすようで厭だった。それは「山岡荘八」を意識しすぎていたからかも知れない。気障《きざ》な言い方をすれば、近すぎて客観的に見ることができなかったのだと思う。しかし、心の中ではいつも伯父を誇りに思っていた。

この時の帰省は二泊三日の日程だった。

一日目、結婚式の前日の朝、七時頃出発。国道十七号線経由で新潟に向かった(まだ関越自動車道はなかった)。群馬から新潟への山越えに差しかかると「おい、ストップだ。ここらで美味い蕎麦を食って行こう」と猿ヶ京温泉の近くで早めの昼食。午後三時過ぎに新潟の家に到着。着くと早速ウイスキーのオンザロックで喉を潤す。なかなかグラスを手放さない。「さあ、ちょっと休むか」といっては、グラスに注ぐ。こっちは早く畳の上に大の字になりたいと思っているのだが、「さて、ひと休みするか」と言ってはボトルに手をかける。飲み出すと伯父さんは長いなあ、と思いながら相手をした。兄も来てくれたので助かったが、本当に伯父さんの酒は長いなあと思った記憶がある。「さて、涼しくなったが、ひと休みだ」と腰を上げた時には、サントリーのダルマを大方空けていた。この後のことは母が来て一緒に夕飯を食べたはずだが記憶にない。ということは平穏だったのだろう。

二日目は午後からの式に出て、前述のようにご機嫌で戻って来て静穏。三日目は昼過ぎに東京に向けて出発。途中渋滞もあって、午後八時頃、世田ヶ谷の家に帰着。「健生さん、もっと早く出発すれば混まなかったのよ」と義伯母に言われはしたが、私には渋滞など大したことではなく、二晩がこともなく過ぎたことでお役ご免となったことが何よりだった。ホッとした気分でお風呂をもらい、板塀の潜り戸を抜けて借宅へもどったのであった。

一六、新聞店でどんぶり飯の朝食中、伯父がテレビに登場して驚いた
―伯父原作の少年向け連続ドラマ「泣くな太陽」は夕飯時だった―

私が高校を卒業して東京に出て来たのは昭和三十八年四月だったが、当時、『徳川家康』は第十九巻目までが刊行されていて、ベストセラー『徳川家康』のからみと思われるのだが、伯父は「随想徳川家康」を『週刊現代』に連載していた。村上元三氏の脚色によって『徳川

家康』が舞台化され歌舞伎座で上演されたのも、この頃だった。何度目かの伯父の作品の歌舞伎座上演だった。さらに全集の年譜によれば、この年、早稲田大学で「徳川家康を語る」との題で講演をしたり、「戦国時代と現代」というタイトルで全国小学校社会科研究協議会でも話をしたりと、出版社（例えば文藝春秋「文化講演会」など）や新聞社が主催する講演会とは別に講演の依頼があって、一面で〝時の人〟になったように見えるが、年譜でみる限り本業の執筆件数に変化はない感じである。「徳川家康」の新聞連載は続いていたはずだし、雑誌長期連載の「小説太平洋戦争」「小説明治天皇」に加えて、読み切りの短編から日刊紙への随筆等々まで、例年と変わらず多くに筆を執っている。

新聞配達の仕事は朝四時少し前の起床に始まって、手作業で広告のチラシを挟み込んでから出掛けて、配達は七時前終わった。住み込んだ店は杉並区（青梅街道沿いの井草八幡宮の真ん前）の朝日新聞の専売所であった。朝食を摂って八時に店を出れば、大学まではバスと電車で四十分余りだったから、九時からの一時限目の授業には余裕を持って間に合った。夕刊の配達は午後四時頃からだったが、週に一度、必修科目で四時に授業が終わる日があって、その日は授業の終了とともに一目散で店に帰った。その授業が休講になった時は、良かった！慌てて帰なくていいといった感じで、えらい拾い物をしたような気分になったものだった。

ある朝、テレビを見ながら配達仲間（予備校生三人と大学生三人）と朝飯を食べているとブラウン管に伯父の顔が大きく映し出されて、エッと驚いたことがあった。ＮＨＫだったが、ニュースに続くゲストに質問するコーナーで、伯父の顔がアップになったのである。たぶん生放送だったと思う。所謂モーニングショウ形式の報道番組がＮＨＫで始まる前のことだった。伯父が招《よ》ばれたのは、伯父が発足当初（昭和三十四年）から関係していた「総調和運動」が取り上げられたからであった。「総調和運動」とは、米ソ冷戦の余波が国内に及んで生じている左右の政治対立を何とか和らげようではないかという大衆的な国民運動で、「小説家の山岡さんがどうしてこの運動に関わるようになったのですか」という観点からインタビューがなされていたと記憶する。言わば伯父流の世直し運動で、この運動には終生関わっていた（「総調和運動」については、四年前の中学校三年生の夏、初めて伯父宅を訪ねた折に、直接聞かされていた）。

放送時間は十五分ほどで、少々驚いた私は時々テレビに視線を送りながら他の仲間とともに、いつものように黙々とどんぶり飯を食べていた。しかし、やはり耳だけはふだん通りとはいかなかったことを覚えている。ここでも伯父のことは何も言わなかった。「有名人」と親戚であることを自慢しているように思われたくなかったのだ。

夕刊の配達もしていた頃だから、同じく昭和三十八年のことだったと思うが、伯父原作の少年ものの連続ドラマが、夕方六時から放送されていた。題して「泣くな太陽」。ちょうど夕刊の配達から戻って飯を食べる時間帯の、やはりＮＨＫテレビで、店の仲間とともに食事をしながら、毎週見ていた。たまたま放映時間が夕飯と重なったからではあったが、伯父はは子供向きの小説も書いているんだと感心しながら見ていた（全集に連載された評伝によれば、昭和二十年代には少年向けの野球小説や冒険小説をかなり書いている）。

腕白な主人公が遊び友達と悪戯《いたずら》をしては叱られ、それが思わぬ善行となっては褒められたりしながら地域の大人たちの中で成長していく物語だったと記憶する。時々登場する寺の和尚さんの叱声や説諭が物語にひと味添えるといった内容だったと思う。伯父が婿入りした藤野家の養父が真宗の僧侶だったと聞いていたから、そうしたこともあって、時には恐いが、本当は心の温かいお坊さんが出てくるのかななどと思いながら、見ていた。藤野家の養父は伯父が婿に入った時は既に亡くなっていたとも聞いていた。ここでも配達仲間に伯父のことを言うことはなかった。

「泣くな太陽」は、昭和二十八年の作品で、年譜には『少年クラブ』（一月〜十二月）に連載とあった。昭和二十八年と言えば祖母・セイが亡くなった翌年で、この年の旧盆には伯父は新しく建てた墓にお参りをするために帰省している。冒頭部で記した私がタクシー「長距離乗車」体験をした小学校三年生の夏のことである。まさにこの時、伯父が書いていた小説が「泣くな太陽」だったのだ。昭和二十八年当時、伯父はこの作品だけを書いていたわけではないが、その小説が、十年後にテレビドラマになり、東京に出て来て大学一年生なった私が新聞店で見ていたわけである。他人《ひと》様にはどうでも良いことだが、私にとっては自分自身の「十年間の変化変貌」とダブって、思い出されるのである。

朝のテレビ出演はもちろん、「泣くな太陽」のテレビドラマ化も年譜には書かれていない。

一七、「原作 山岡荘八」のナレーションが心地よかった
――講談「徳川家康」のラジオ放送、「虚々実々」から契った〝義兄弟〟――

私の記憶では『徳川家康』が広く話題になり始めたのは昭和三十二、三年頃であった。中学生だった。家で購読していた朝日新聞の広告欄に大きく「山岡荘八 畢生《ひっせい》の力作」とあって、「畢生」の読みも意味も分からず、母に何と読むのかを聞いたが要領を得なかったことが記憶にある。それから書店に行って『徳川家康』の第十二巻と第十三巻の二冊を買った。昭和二十五年に新聞連載を始めて昭和四十二年に全二十六巻で完結するのだから、ちょうど半分のところであるが（もちろん二十六巻で終わるかどうかは、まだ見通せなかったはずだが）、第一巻からではなくずいぶんと中途半端な買い方をしたものだと今にして思う。本屋には新刊のそれしかなかったことにもよるが、新聞の広告に煽られたような気分で書店に足を運んだだけだったのだ（私が『徳川家康』を読むのは完結して、さらに二年余り後のことである）。

『徳川家康』は、その数年前からラジオの文化放送で日曜日の夜八時から講談で放送されていた。夜になると東京から発する民間放送の中波の電波が新潟（小出）でも受信できた。

五代目・宝井馬琴師匠が講ずる名調子が東芝の提供で茶の間に届いたのである。だからといって毎週、初めから終わりまで三十分をきちんと聞いたわけではない。冒頭の「原作 山岡荘八」というナレーションを聞くことが半ばダイヤルを合わせる目的でもあった。

心地よく「原作 山岡荘八」とのナレーションに耳を傾けていた頃から四十余年後の平成十一年、私は『日本及日本人』という明治時代から続く雑誌に依頼されて小論を書いたことがあった。偶然とは本当に不可思議なもので、拙文が収載された号に馬琴師匠の回顧談（遺稿）が連載されていたのである。さらに師匠の文章の中に、伯父の名前が出て来るだけでなく、師匠と伯父との写真まで添えられていたのである。キャプションには「昭和三十二年、文化放送の収録スタジオで撮られたもの」とあった。講談「徳川家康」の放送は七年間に及び「前人未踏の長編新作もの」となったというが、小説が完結する前に打ち切りとなったはずである。ともかく宝井馬琴師匠と山岡荘八、そして「山内健生」の三者が、図らずも『日本及日本人』の同じ号で揃い踏みとなったのである。

実は伯父と馬琴師匠の間柄は単なる原作者と芸人の関係ではなく、それ以前から深いつき合いがあって、義兄弟の契りを結んでいた。ちょっとした「いい話」だと思われるので、その概略をここに記してみたい

塩原温泉が文人たちの仕事場として、あるいは遊興の場としても利用されて来たことは名高いが、長谷川伸門下の作家たちも塩原の地を好み、よく同温泉福渡《ふくわた》の和泉屋旅館のお世話

になっていたらしい。戦時下の昭和十九年、和泉屋に滞在していた伯父は当時の若旦那・泉漾《よう》太《た》郎《ろう》氏（詩人、新鷹会会員）と「あること」について賭けをしたというのである。それが泉氏も加わって三人が義兄弟の関係になる切掛けとなった。「義兄弟の話」は伯父から少しだけ聞いてはいたが、前出の『大衆文芸』山岡荘八追悼号所載の泉氏の「虚々実々」と題する文章が「山岡の愚弟になった」顛末を具体的に語っている。

それによると、当時、和泉屋旅館では近くの傷痍軍人療養所の兵隊さんのために月一度、慰安会を数年来開いていた。それを美挙とした馬琴師匠は毎回進んで出演してくれていたという。しかし、次第に戦雲急を告げ交通事情も悪くなり、来てくれる芸人の数が減って、ついには「馬琴のひとり舞台」になっていた。ある時、この交通難では「さすがの馬琴師匠も塩原には来られまい」と伯父が言うと、若旦那は「必ず来てくれる約束になっている」と応じた。そこで伯父は「このような困難な状況を克服してまで来てくれたら、俺は馬琴を生涯の兄とする」と宣言したのだった。二人が「来るのは無理だ」、「いや、必ず来る」と張り合って、ついに伯父は「よし馬琴が来るまで箸も盃もとらない」と威儀を正してしまった。「必ず、来る」と泉氏も譲らない。時刻は深夜十二時を報じた。そこで「一時まで待つことにしよう。一時きっかり！」と伯父が叫んだ、その時、木炭自動車が息苦しそうな音を発しながら到着して、馬琴師匠が降りて来た。伯父は「やあ、兄貴！　よく来られたなぁ！」「兄貴、よく来てやってくれた。有難う」「やっぱり俺の兄貴だ」と、「兄貴」を連発して出迎えたという。泉氏から経緯を聞かされて、師匠曰く「ほう、偉い舎弟が出来てしまった」。伯父の方が四歳若い。泉氏は「酒を召上れば必ず泣く山岡荘八先生は、その夜、まだ一滴も飲まぬのに、泣き出してしまった」と記している。

しかし、この泉氏の文章を読んで、張り合ううちに「荘八先生は威儀を正してしまった」とあるから、ある意味で恐いような凄味の伴ったやり取りになっていたに違いないとは思ったが、伯父が「来るのは無理だ」と言いながら、「よし馬琴が来るまで箸も盃もとらない」と言ったというのは妙なことで、まさに「虚々実々」、伯父も師匠が来ることを胸中深く期待していたのではないか。傷ついた軍人を慰問するために、わざわざ足を運んでくれた師匠の姿を目にした伯父の胸中は張り裂けんばかりだったであろう。「待った甲斐があったよ、兄貴！」といった感じだったに違いない。

その泉氏は、昭和四十六年、伯父の書き下ろし小説『春の坂道』がＮＨＫの大河ドラマで放送された際、日本コロンビアから販売された同名歌謡曲の作詞をしている（作曲は古賀政男氏）。歌っているのは舟木一夫（徳川忠長役で大河ドラマ「春の坂道」に出演していた舟木さんが翌年結婚した際の媒酌を伯父夫妻が務めている）。昭和四十六年は私が結婚して伯父宅の離れを借りていた時で、伯父と一緒に「春の坂道」のレコードを聞いたことを覚えている。日曜日の昼前で、家賃を払わない借家人の〝負い目〟から伯父宅の庭を掃いていると、「おい、健生ちょっと来い。こんなレコードが出たよ」と声を掛けられ、そのまま脇の入り口から応接間に上がった。他には誰もいなかった。伯父は器用にも自分で針を替えて小型プレーヤーのターンテーブルにレコード盤を乗せ、電源を入れたのであった。

その折、「この歌の作詞をした泉漾太郎はな、塩原温泉の旅館のオヤジで俺の弟分なんだ。講談の馬琴はお前も良く知っているだろう…」云々と、あまり詳しくはなかったが、三人が「義兄弟の関係にある」と聞かされたのである。契りを結んだ経緯は良くは分からなかったが、「義兄弟である」との結論だけは頭に残っていたので、伯父が亡くなった年（昭和五十三年）の暮れ、塩原温泉に近い矢板市に知人を訪ねた際、帚川《ほうきがわ》沿いの和泉屋旅館に立ち寄って女将に御挨拶をした記憶がある。泉氏の「虚々実々」を読む三ヶ月前のことであった。

一八、「こんな懸命になってひとを慰める場面に遭遇したのは初めてであった」
――武田八洲満氏曰く「山岡さんの気遣いに、私は愕然としていた」――

和泉屋旅館が関係したことで、戦後、かなり経った頃のことと思われるが、いかにも心遣いに長《た》けた伯父らしい話が同じ『大衆文芸』山岡荘八追悼号に載っている。新鷹会の武田八洲満氏による「雨のなかの二〇メートル」と題する追悼文である。やや長くなるが伯父の気遣いの様子が述べられているので要旨を記してみたい。ちなみに武田氏には多くの時代小説があって、四回直木賞候補になっている。マリア・ルーズ号事件を描いたノンフィクション作品もある。

それは新鷹会一同による宴会が果てた折のことであった。宴がひとまず終わり二次会に移って、「周囲では飲んだりはねたり、おどったりしている」時であったという。伯父もかなり飲んでいたことだろう。「いきたいところがあるのだが、ついてきてくれるか」と、武田氏は伯父から声を掛けられたのだ。伯父の方が二十歳ほど年長だった。タクシーが呼ばれ、どしゃぶりの雨の中をどこに行くのかと思って乗った車は、道路を横断しただけで「ものの二〇メートルも走らないで、とまった」。やはり酒をのませる店であった。すぐに店の若夫婦（あるいは兄妹であったか）が現れ、仏壇の前に通された。そこには「不幸な死をとげたこの家の母親がはいっていた」。氏は次のように続ける。

「山岡さんはその位牌に線香をあげたかったのであろう。だが、不幸な死であったため、この家の方々それを遠慮したらしい。だが山岡さんはどうしても拝みたい。

それでこの突然の行動となってあらわれていたのである。気をつかう、というのはこのことか、私は　愕然としていた。つまり、なにも知らない私をつれていくことにより、また酔った状態をつくることにより、突然の弔問の衝撃をやわらげ、また非礼を非礼でなくしよう、とされていたのである」

さらに武田氏は「あるいはこれは、文学者としてのシャイ（はずかしがり）であったかもしれない。山岡さんの一面をみた思いがした」と記している。伯父は若い二人を種々慰め、不幸な死に負けるな、立派に生きていけと声を掛けて、和泉屋に戻るために再び車を呼んだという。その際の伯父の「泣きそうなんだ」との言葉に、氏は「泣きたいのはこっちである」とこの時のことを振り返って、「こんな懸命になってひとを慰める場面に遭遇したのは初めてであった」と認めている。氏は「みんなのところに戻ります」と言って、「雨のなかの二〇メートルを、私は走った。痛飲した」と記す。翌朝、目覚めると「山岡さんはまだ当日酔いであった」と思い出の一文は結ばれていた。

嬉しいにつけ悲しいにつけ涙を溢れさせた伯父ではあったが、若い二人を慰め励ます際には、ここで自分が泣いては励ましにならないと必死に堪《こら》えたことだろう。「泣きそうなんだ」と傍らの武田氏にはもらしながらも、必死だったであろう。涙腺の弱い伯父は本当に必死だったであろう。前に花村奨氏による「愛酒家ではあったが、どんなに酔っぱらっていても、芯はしっかりしていた…」との荘八評を紹介したが、タクシーで和泉屋から出掛ける際、武田氏によれば、氏自身すでに「かなり酩酊していた」し、「山岡さんも相当の量を飲まれていた筈である」。

雨の中とはいえ向かいの店への行き帰りに車を呼んだというのも、今夜は客で来たのではなく弔問であるとの筋を通そうとしたのだと思う。そして、自分だけではなく店の若夫婦に対しても、互いに今夜は情に溺れることのないようにと、帰る時もわざわざ車を呼んだのだと思う。この時は雨のためにタクシーを呼んだという形になったが、もし星空の下であったとしても、車を呼んだのではなかろうか。酔狂の末に向かいの店との往復にタクシーを使ったかのように装いながら。

花村氏が「どんなに酔っぱらっていても、芯はしっかりしていた」と評した伯父の言動とは、例えば右のような振る舞いを指すのである。子供時分から伯父を見て来た私は、いかにもそうであったであろうなあと納得するのである。

一九、あッ、今夜、伯父さんがラジオに出る！
――朝から放送が待ち遠しかった――

週一回の「原作 山岡荘八」のナレーションに耳を澄ましていたのだから、伯父が直接、ラジオやテレビに出るとなると当然、胸の中はワクワクした。

ＮＨＫラジオ第一放送の、これも週末の夜だったと思うが、「私はとんち教室の青木先生です。出席を取りま～す。石黒敬七さん〝ハーイ〟、玉川一郎さん〝ハーイ〟、西崎緑さん〝ハーイ〟、長崎抜天さん〝ハーイ〟、桂三木助さん〝ハーイ〟」の出席点呼で始まるバラエティー番組「とんち教室」に、レギュラー組に混じって、伯父が時たま出演していた。司会の青木一雄アナが先生役で出題して、とんちを利かせて「生徒」が即興で答えるというもので、新聞の番組欄に伯父の名前が書かれていようものなら、「あッ、今夜、伯父さんが出る！」となって、その日、一日が特別のハレの日となり、朝から放送が待ち遠しかった。

『とんち教室』は、番組欄に伯父の名前がなくとも、もしかしたら伯父が出るかも知れないと思っていたから毎週のようにスイッチを入れた。小学校三、四年生から分かったつもりで面白おかしく耳を傾けていた。そんなことが昭和三十年を挟んで十年近く続いた。またこの頃、同じくNHKラジオの第一放送で時々放送された「架空実況放送」では、「関ヶ原の戦い」が採り上げられた際、尾崎士郎氏らと解説者として出演していたことも覚えている。

NHKテレビの、〝事実は小説より奇なりと申します〟との高橋圭三アナの名セリフで始まる人気のクイズ番組「私の秘密」に、伯父がゲスト解答者として出た時は、家にはまだテレビがなく、母と二人で近所のお宅で見せてもらった。放送は「六〇年安保」騒動がピークの昭和三十五年の六月頃で、小出でテレビが映るようになってまだ二年にも満たない時期であった。この時もワクワクしたものだった。

この放送の二週間ほど前、NHKの担当者から、家に電話が掛かって来ていた。番組の終盤に組み込まれている「ゲストのご対面」コーナーに誰かを推薦してくれませんかというものだった。ゲストが思い出すのに少し時間が掛かって、司会の出すヒントで「ああ、あの時の、そうでしたねぇ」と気づくような人はいないかというのであった。数日後、再び掛かってきた電話に、母はいろいろと考えた末、横須賀市久里浜の薬局のおかみさんに納まっている自分の同級生、番場文子さん（旧姓「那須」）のお名前と住所を告げた。担当者は郷里の関係者で東京近辺にお住まいの方と言っていたらしい。こうした事前の経緯があったので、この時の放送は、これまで以上にワクワク、ドキドキで待ち遠しかった。

待ちに待ったご対面コーナーでは、伯父は一瞬、考えていたが、それほど間をおかずに「妹の…？」と恐る恐る言った。「そうなんです、妹さんの美代さんの…」と番場さん。高橋アナがヒントを言うまでもなかった。ある事柄で、ある時期に限って一緒だったという関係ではなく、同じ村（佐梨《さなし》地区）で生まれ育ち、同じ佐梨小学校で学び、互いの生家も、その家族構成も知り合っていたはずだから、番場さんにはお兄さんもいたから、人も土地も伯父の身に頭に染み込んでいたのだろう。

「私の秘密」にも何度か出ていたようだが、この時は小出にテレビ電波が届くようになってから初めてのことであった。

伯父のテレビ出演と言えば、ずうっと後のことだがこんなこともあった。

NHKから民放に転じた八木治郎アナが進行を務める「人に歴史あり」（東京12チャンネル、現在のテレビ東京）という番組が伯父を採りあげた時、昭和五十年前後のことだが、番組後半に、私が大学生時代、英語の授業を受けていた皆川三郎先生がお出になったことがあった。その時、「あれッ、英語の皆川先生だ！」と、思わず叫んでしまった。先生は伯父とは佐梨小学校で同級生だったというのだ。そう言えば、先生には独特の越後訛りが少し感じられた。先生は明治学院大学の教授で、私が在学した亜細亜大学には講師として出講されていたのだった。さらにそれから十年ほど後、私は亜細亜大学で週二日ばかり、講師の立場で授業を持つようになったのだが、なんと講師控室に皆川先生がおられるではないか。

その他大勢の中の一学生に過ぎなかった私だったが早速、かくかくしかじかですと御挨拶申し上げたことは言うまでもない。先生は喜寿を超えて、なお、お元気で教えておられたのだ。伯父は既に七回忌を迎えようとしていた。先生は私の話にビックリされたようだったが、その時、伯父のことをどう語られたかはあまり記憶にない。

海軍兵学校を目ざして攻玉社に学ばれた先生ではあったが、視力に難点があって兵学校への入校をあきらめざるを得ず、英語学に転じたと古武士然と語られたことが印象的だった。海軍兵学校へ進むことがかなわなかったことを今でも残念に思っているといった感じで話されるのだった。それを聞きながら、ここに「もう一人」負けず嫌いの越後人がいると思ったのであった。

二〇、「この映画の原作は山岡荘八ですてぇ」と母は薦めていた
――新発見！へえー、伯父さんは現代劇も書くんだ――

実家が小さな店を営んでいたこともあって映画館から届くポスターを店先に貼り出していた。まだ小学校の低学年の頃だったと思うが、何気なしに店頭のポスターを見ていたら、「原

作　山岡壮八」と印刷されていたことがあった。あれッ、字が違うぞ、と妙な満たされない気持ちになったことを覚えている。映画の題名は忘れてしまったが、誤植などということを知らない小学生には、色刷りされた綺麗なポスターなのに、何で字が違うのだろうと怪訝な思いがしたものであった。

映画のポスターは日付の入った割引券とともに届けられた。当時の映画館の入場料は百円位だっただろうか。割引券があると半額で済んだ。ある時、券をもらいに来た人に、母がポスターを指さしながら、あれこれ説明し「この映画の原作は山岡荘八ですてぇ」と薦めるような口調で話し掛けていたことがあった。その映画は時代劇でタイトルが「月夜桜」であったことはハッキリ記憶している。荘八全集の詳細年譜を見たら昭和二十九年二月に同名の単行本が刊行されている。おそらく映画化も同年か、翌年のことで、私が小学校四、五年生の時だったのだろう。「この映画の原作は山岡荘八ですてぇ」とやや遠慮がちながらも薦める母の声と姿が今も瞼の裏にはある。

わが家では高校生になると月に一回、映画を観に行っていいことになっていた。四つ上の兄が映画館から戻って来て、「今日の映画の、もう一本は伯父さんのものだった」と言ったことがあった。二本立て上映が当たり前の時代で、時には三本立てもあった。そこで店先のポスターを見たら確かに「原作　山岡荘八」と書かれていた。映画の題名は「その夜のひめごと」で、主演は三橋達也と司葉子。へえー、伯父さんは現代劇も書くんだと意外であった、と思ったのは私の短慮で、確かに時代物が多いが、「時代」を問わずに書いている。その時は現代劇だったので、ポスターに書かれていた「原作 山岡荘八」を見落としていたのだ。記憶に誤りがないかと詳細年譜を開いたら、映画化は昭和三十二年のことで、タイトルも俳優の名前も記憶通りであったが、映画には「花ある銀座」の副題が付けられていたようだ。小暮実千代も出演していた。

店頭のポスター貼りを小学生の頃からずうっと手伝っていたので、と言うか、何時の間にか私の仕事になっていたから、俳優の顔と名前、所属映画会社などが自然と頭に入った。佐田啓二と岸惠子が主演した菊田一夫原作の「君の名は」は松竹の制作で何部かの続きものだったが、近所の遊び仲間とそのポスターを見ながら騒いでいた時、同学年のひとりが「君《くん》の名は」と大きな声で読んだので、「バ〜カ、〝くん〟じゃないよ。〝きみ〟と読むんだぞ」と皆で大笑いしたことがあった。時代劇俳優、大映の黒川弥太郎と松竹の北上弥太郎の「顔」を見分けられる者はそうはいまい、などと今でも胸中ひそかに自慢に思っている。そんな雑知識が六十年近く経った今日、飲み会でちょっぴり役に立つことがある。邦画に比べて洋画の場合、「俳優の名前と顔」はごく少数しか頭に入らなかった。洋画の上映自体が少なかったことにもよるが、どこか遠い世界のことのようで、洋画にはあまり興味を覚えなかったからである。

当時、町の映画館では三日〜四日で上映作品が入れ替わり、店には二十日分ほどのポスターが折りたたまれて届けられた。ポスターは順次貼り出されたが、何時とはなしに届くと先ず全部に眼を通すようになっていた。どんな映画が来たのかな、伯父さんの作品があるのかなどと、ワクワクしながら全部のポスターを広げて確かめたものだった。

二一、寝ている伯父の手足を勝手に揉んだ ——ふくらはぎが、つるッとした感じだった——

帰省すると大体が深夜というよりも明け方近くまでの独飲会であり、かつ独演会となるから、起きるのは遅い。もちろん、私は早く布団にもぐった。午後、学校から戻ってもまだ寝ていたことが何度かあった。そんな時、気を利かせたつもりで勝手に伯父の手足を揉んだものだった。もともと母の肩を時々揉んでいて、その度に健生は揉むのが上手いと言われていたこともあって、揉むことだけは自信があったのである。

寝《やす》んでいる二階の座敷にそっと入って、布団の中に手を入れて揉み始める。寝息を立てている。時々、フーと大きく息をしながら眠っている。寝返りを打つこともある。小一時間すると体を少し動かすようになり、しばらくするとやおら頭をあげて「なんだ、お前か」と言って、また枕に頭を落とす。母が揉んでいるものと思っていたようだった。眠るというよりもうつらうつらしているのだろう。しばらくすると「お前、なかなか上手だな」と言うけれども目を開けない。ふだん母の肩を揉む時は長くても十五分ほどだったが、伯父の時は二時間近く揉んでも不思議と厭にならなかった。

今思うと、私にとって伯父はハレの日の「客人《まろうど》」であって、折口信夫が言うところの、異郷から来訪して歓待を受けて帰る神だったのだ。だからだろう、時間のことはまったく気にならなかった。小説が映画になったり歌舞伎になったりする、そのうえラジオやテレビにも出演する「東京の伯父さん」は、まさに異郷から来る「客人」だったのだ。

伯父は揉まれ慣れした感じで気持ち良さそうに身をまかせていた。世田ヶ谷の家でも伯父は義伯母からよく揉んでもらっていたのではなかろうか。

ある帰省の折、この時も得意になって伯父を揉んだ。また「上手だな」と言われたかったのだと思う。たぶん高校生になっていたはずである。揉むといっても手と足に限られていた。手の場合は、上腕部から肘へ、肘から手の甲へと移り、そして指へ。指の一本一本、その先まで揉んだ。片方が済むと反対側にまわって、もうひとつの腕を同じように揉み始める。この手で書いているんだろうなあなどと思いながら揉んだものだった。それから足に移って、ももも、ふくらはぎ、すね、足首から指にかけて、足の指も一本一本、丁寧に揉んだ。その時気づいたことがあった。ふくらはぎが平坦な感じで弾性がなく、つるッとしていたのである。五十歳代半ばの伯父のふくらはぎに筋肉の張りが感じられなかった。今の私は当時の伯父より十歳以上も年上になるが、毎日出歩いているせいか、ふくらはぎに張りと弾性がある。おそらく伯父は仕事に精を出すあまり、勤め人のように毎日急ぎ足で歩いたり、駅の階段を上り下りする等々のことがなかったからではないかと思っている。

この折、揉み出してかなりの時間たったところで、「オイ、何か欲しいものがあるか。小遣いでもいいが、何か欲しいものがあるか」と聞かれた。さて、どう答えようか。ちょっと考えて物を貰った方が形が残るかなと思って、「ズボンが欲しい」と返事をした。田舎の高校生でも少しはオシャレ気が出て来ていたのだ。「よし、分かった」。その後もなお揉み続けた。伯父は横になったままだ。次第に、こちらが焦って来た。伯父の帰る汽車の時刻が近づいたからである。ズボンを買う時間がなくなる！

汽車の時刻の一時間余り前に起き上がって、身支度を始めた。駅まではタクシーを呼べば五分もかからないから時間的には余裕があるが、ズボンを買うとなると町の洋品店に寄らねばならない。その時間があるのか、気が気でなかった。身支度をした伯父が茶の間に降りて来ると、母が「たちわ（発際《たちぎわ》）に茶を飲んで行かっしゃい」とお茶の用意を始める。「よし、それじゃ、一杯もらうか」。伯父はズボンを買う約束をしたのを忘れていると、あきらめかけていると、「おいッ、健生、ズボン代だ」と財布から五千円札を取り出したのだった。あ～あ、良かった忘れていなかった。私としては伯父と一緒に洋品店に行くことしか頭になかったから、なるほどこういうことなのかと安堵しつつも、一緒に買い物をする楽しみが潰《つい》えたようでチョッピリ残念であった。

二二、蚊に刺され、熱を出して医者が来た！
――私の「ビール初体験」、縁側から「放水」の伯父――

こんなこともあった。小学生時代のこと。学校から戻ってくると、伯父が熱を出したのでお医者さんが来ているという。おかしいなあ、朝、何ともなかったのにどうしたんだろうと、不審に思ったのだが、その日の朝、帰省中の伯父には珍しく朝早く、五時過ぎに、起き出して川へ釣りに行ったのが原因だという。その際に蚊に刺されたからだという。

東京から釣り竿をわざわざ持って来ていたのだろうか、それはあまり記憶にないが、ともかく釣り竿を手に出掛ける伯父にまとわりつくような感じで付いていったことは良く覚えている。家の裏手は一面の水田で、畦道を四、五分ほど歩けば魚野川に出る。信濃川の支流で、夏場は鮎が、晩秋には鮭が獲れる。ここは佐梨川が流れ込む合流地点で河原が広く、毎年八月末の清水川辺《しみずかわべ》神社の祭礼の際には、花火の打ち上げ場所となっていた。

ちょっと話がそれるが、故里・小出の花火は二晩にわたって打ち上げられ、ひと晩に三百発ほどだっただろうか。そのうちで十発？が次々に連続して花開くスターマインだった。食料品雑貨の店をやっていた関係で、わが家には商工会発行の打ち上げ順番表が届けられていた。花火には粋な名前が付けられていて、例えば「次は横町通り○○製作所様、ご提供の〝千歳の輝き〃、〃千歳の輝き〃」というような声が大きな拡声器から響きわたった。わが家のような小さな店が単独で上げることはなく、十数軒からなる町内の「佐梨通り商工連盟」で七寸玉か八寸玉かを上げていた。うわさではスターマイン一発の値段は「一万円」だった。スターマインの提供者は「花王石鹸」とか「ハウス食品」といったお馴染みのメーカーだったと記憶する。町の卸問屋が提供をはたらき掛けたのだろう。小出の花火でいちばん大きなものは尺玉で、打ち上げ場所が家から近かったので開いた時の音でガラス戸が震動した。

五寸玉や七寸玉の花火が「枝だれ柳」のように垂れて開いて消えたあと、青色や黄色の火の玉がゆらゆらと風に揺られてゆっくり落ちて来て消える。パラシュートがついているのだが、翌朝、そのパラシュートを拾うために、早起きをして打ち上げ場所の河原であちこち探しまわったものだった。うまく拾えた時は嬉しかった。何千発もの花火が次々に打ち上げられる都会の花火では、ゆっくりと火の玉がゆれ落ちる「間」がないのでパラシュートは仕込まれてはいないだろう。花火の話題に接すると、私はガラス戸の振動と早朝のパラシュート探しをすぐに思い出すのである。

しかし、この花火の打ち上げは旧盆が過ぎていたので、この時期に伯父が帰省したことはなかった。

釣りの話に戻すと、花火の打ち上げ場所から、十分ほど上流の魚野川とその小さな支流、通称「赤川」が交わる辺りで糸を垂れたのだが、さっぱりだった。一匹も掛からず空しく引き揚げた。この辺は腕白少年だった伯父が、かつて縦横に駆けめぐった場所に違いない。そのあと私は朝飯を食べてから登校したはずだから、糸を垂れていた時間は長くても二時間ほどだったであろう。

伯父は浴衣姿の尻端折《しりぱっしょ》りだから、しゃがみ込まなくとも脛《すね》はむき出しだし、歩いている時はまだいいが立ち止まれば、刺しに来いといわんばかりの出立《いでた》ちだったわけだ。たぶんステテコは穿いていたとは思うが、釣りの最中も盛んに脛のあたりを気にして、パチンパチンと叩いてはいた。しかしそれで熱が出るとは、「東京の伯父さん」は強そうに見えるが案外弱いところがあるんだと妙な感じであった。半ズボンのこっちは何ともないのに…。

今、改めて振り返ると、早起きはしたが、深酒をしなかったわけではなく、おそらく飲兵衛独特の、あの「甘い」匂いがプンプン漂っていただろう。蚊には恰好の標的だったわけだ。蚊にしてみれば半ズボン姿の小学生などどうでも良かったのだろう。医者を呼ぶほどに熱が出たのだから蚋《ぶと》だったのかも知れない。

この発熱事件には、次のような余話がある。お医者さんが来ていると聞いて、そっと遊びに出掛けて戻って来ると、茶の間のテーブルの上にビールの空きビンとコップが載ったお盆が置かれていた。今日では考えられないことだが、往診のお医者さんにビールを供したのであった。このお医者さんは共済病院の若い先生で、父の生家の遠い姻戚でもあったらしい（後に開業するとわが家の「掛りつけ医」となった）。もちろんまだ家には冷蔵庫もない時代で生ぬるい「常温」のビールである。伯父が来ているからビールを買い置きしてあったのだ。空のビンを傾けると底に少し残っていたので、誰もいないのを幸いにラッパ飲みをした。塩っ気の抜けた漬け物汁のような味で少し苦かった。初めて口にしたビールである。私はどちらかというとビール党だが、その起点に「蚊に刺されて熱を出した伯父」がいたのである。

さらにこんなこともあった、高校生の頃、手洗いから出た私は縁側のところで伯父と鉢合わせしたことがあった。かなり遅い時間だった。すると伯父は、「おッ。健生も小便か、そうか」と言いながら、ひと呼吸おいたかと思うと、「そうだッ！　面倒だから、ここでいいや」と、やおら、一物をまさぐり放水を始めたのだった。伯父は庭の方を向いていたし、灯りは伯父の背中を照らしていたから「薄暗く」て、ホースは定かには目視できなかったが、飲兵衛特有の長「放水」だった。飲んだ余勢からの悪戯《いたずら》的所行には違いないが、故郷に戻っていたこともあって腕白少年だった昔を懐かしんでいるようでもあった。そして「よしッ」と実に気持ちよさそうに一物を収めたのであった。この時の伯父は五十五、六歳だったはずである。私はいかにも伯父らしいなあと思いながら、傍らでその一部始終を見ていた。

後年、伯父の小説を読んでいて、「放水」の場面に出くわすたびに、少年の悪戯のように「そうだッ！　ここでいいや」と、伯父がふる舞ったあの夜のことがよみがえるのである。たとえば、『徳川家康』第二巻では、竹千代時代の家康が九歳年長の織田信長がいるのも構わずに「いばり」を放ったとか、今川家の人質であった八歳の竹千代が今川義元の駿河御所での新年の賀宴で、居並ぶ武将もものかは、縁先から「初富士に筒先をむけて一筋の銀線」を散じたとか、と書かれている。竹千代に仕える大久保新八郎が織田方の雑兵と対峙した場面では、「人を食った様子で…悠々と水面を眺めて放尿し」、「ぶるぶるッと下半身をふるわして最後の露をはらってから、……」などとも書いている。『伊達政宗』第二巻には、北條氏征伐で小田原に出陣していた豊臣秀吉と、その下に促されて参陣した伊達政宗が会見した場面で、「二人は並んで崖下めがけて尿《いばり》を放った」とある。維新期、越後長岡藩の武家の娘を描いた『女の一生』では、官軍側との談判が不首尾に終わって不本意ながら起たざるを得ないと腹を決めた家老・河井継之助が会見場をあとにする箇所で、「河井は黙って慈眼寺を出た。／出てから悠々と放尿しながら鳶の舞うのをしばらくじっと瞶《みつ》めていた」とあった。

伯父の身に、過ぎし日の、あの男にしか分からない「感覚」がよほど深く染み込んでいたのだろう。

二三、伯父の「芸者買い」に同行した母は、自慢気に語っていた

—そば屋で差し出され色紙を前に、思いを凝らす顔つきは真剣そのものだった—

帰省した伯父の数日は家にいることが多く、旧盆の折には墓参りに出掛けたが、その他は大体が夕方から飲んで、「姉」や「妹」を相手にたっぷり語って吼えて泣いて笑って、深夜

から時に明け方に至り、そして昼過ぎまで眠って睡眠も十分にとってといった感じだった。今にして思うのは、執筆に追われる日常から離れての息抜きの日々でもあったのだろう。ふだんの執筆生活では、新鷹会の月例勉強会後の「一杯」のほかに、僚友や後輩作家の出版記念パーティー、文士劇の稽古やその後の飲み会、文春文化講演会などの講演旅行…等々から、いろんな大小さまざまな気分転換の場があったであろうが、無条件にくつろげるのはやはり帰省時だっただろう。

そんな伯父だったが、ある帰郷の折、若干飲んだあと「芸者買い」に出掛けたことがあった。もちろん、子供の私がどのようなものかは知る由もなかった。父だけでなく母も一緒に行ったのだが、その後、母が「女でも楽しかったんし」と芸者遊びのことを買い物に来て、上がり込んでお茶を飲むお客に何度も話すのを耳にした。母は、どことなく自慢気に、芸者を揚げて遊ぶことなど男衆でもそれほどは遣っていないだろうに、女の身で実際に経験して楽しかったと、ある時期、上がり込むお客が替わるとまた同じことを繰り返し語っていたのであった。

人口一万五千余人ほどの小出町だったが、職業安定所や警察署、労働基準監督署、保健所、蚕糸《さんし》試験場の他に、県の出先機関などもある郡の中心的な町だった。蚕糸試験場といえば、田植えが終わって養蚕（夏蚕《なつご》）の時季になると、試験場の裏庭に捨てられていた蚕《かいこ》を拾って来て農家のまね事をして育てたことがあった。昭和三十年代の初め頃は、魚沼地方でも農家の多くが蚕を飼っていたから、桑畑はあちこちにあった。小さなボール箱に入れて桑の葉を食べさせるだけだから手数は掛からない。やがて糸を吐いて白い俵形の繭が出来た。これで終わりと放って置いたら、十日ほどして中から薄茶色の蛾が出てきて驚いたことがあった。白い繭玉とのギャップにビックリしたのであった。

小出は郡の中心的な町だっただけでなく、昭和二十年代後半から始まる奥只見ダム建設の「基地」の町でもあった。福島県との県境を流れる只見川の上流に首都圏の電力不足を解消するべく発電量四十万キロワットの水力発電所を建設するという電源開発会社の計画で、小出からダム建設の現場まで資材運搬用の道路（豪雪地帯のためトンネルだけでも十八キロ）をつくるところから始まるという大工事だった。町の一角には田んぼをつぶして広大な資材置き場が造成された。「基地」ができるぞ！「基地」ができたぞ！と子供心に話題にしたものだった。「基地」という言葉には新鮮な響きが感じられたのであった。小学生の頃、都会育ち風で〝標準語〟を話す転校生が何人もいた。これら転入して来た電発関係者のことを「旅の者《もん》」とか「旅の人」とかと呼んだのであった。子供同士は直ぐに遊び仲間になったが、いかにも「旅の者」らしい雰囲気の綺麗な身なりの奥さん方はどうだったのだろう。

奥只見ダムの完成は、昭和三十六年で、私が高校二年生の時だった。竣工したダムは「銀山湖」とも呼ばれる。江戸時代、この地域から銀が産出して一時期、豪雪地帯にも関わらず万余の人々で賑わう鉱山街があったという。その痕跡の多くはダム湖の底に沈んだが、銀山《ぎんざん》平《だいら》温泉の名にその名残りを見ることができる。ダムが完成した昭和三十六年秋、ダムの竣工を記念してNHKラジオの人気番組、宮田輝アナウンサーが司会を務める「三つの歌」の公開録音が行われた。こうした場合、小学校の屋内運動場を使うのが常だったが、「三つの歌」では広いといふことからだろう高校の体育館であった。

わが家は町の繁華街からやや離れたところにあって、夕方、用を言いつかって中心街の本町通りに出た時などに、雁木《がんぎ》の下を四、五人の芸妓がいそいそとお座敷に向かう姿を幾度か目にしている。「電発景気」と関連していたのだろう（雁木とは、通りに面して軒を連ねた各戸の庇が繋がったアーケード状のもので、降雪時の通行の便から設けられていた。にわか雨に見舞われた時も助かった）。

町にはそれなりに古い感じの料亭があった。料亭のいくつかはすぐに思い浮かぶし、芸者衆の姿も記憶に鮮やかなのに、どういうわけか置屋の像が結ばない。たぶんあの辺にあったのだろうと想像はするのだが、はっきりしない。田舎の少年はまだ置屋というものを認識していなかったからだろう。芸者遊びの場に宴席を盛り上げる男性（太鼓持ち）がいることも、ずっと後になって、映画やテレビドラマが描く座興のシーンを見るまで知らなかった。小出の置屋に太鼓持ちはいたのだろうか。

母の見聞談の中で、具体的に記憶にしているのは、伯父が「小唄をやってくれ」と所望したところ、芸妓が新民謡の「小出小唄」を唄い出して、期待したものではなかったはずだが、「山岡はここは確かに小出だなあと笑っていたんし」という母の言葉だけである。母の話しぶりからは、「乱れて」芸者衆を驚かすようなことはなかったようだった。楽しく夜は更けたらしかった。

母は芸妓を退《ひ》いた老媼《ろうおう》のところに都々逸や小唄、茶の湯を習いに通っていた。冬は日が短いし寒く降雪もあって通いにくいからだろう、日の長い夏場の三ヶ月ほどに限っての週に二度三度だったが、何年も続けていた。そういうものだと思い込んでいたから、その理由は聞かずじまいだった。客が途絶えた夕刻、「ちょっと行って来るから」と言っては、小一時間留守にした。そして入浴時、よく大きな声で「金甕《かなかめ》は どこにあるかと 小判に聞けば 家内和合の 家にある」などと都々逸?を唄っていた。今にして思えば、軒を並べた隣家の人達は、また始まったぞ!と笑っていたに違いない。帰省した伯父が母を指して、「このわがままな婿取りめが」と大声を浴びせていたのは真相を衝いていたわけである。

兄の挙式のため伯父が帰省した時（昭和四十一年秋）のことだったが、こんなことがあった。披露宴が終わって家で飲んでいるところに、近所に住む伯父の同級生が顔を見せて、まあ一杯となったのだが、しばらくして蕎麦《そば》を食べに行こうということになった。「健生も、ついてこい」となった。伯父は若い時分からの記憶があるのだろう初めから行き先を決めていて、かなり遅い時間だったが車を呼んで店に直行した。三人で座敷に上がると、早速ビールを頼み、蕎麦を注文した。その時、私が「生《き》そばです」と念を押すようなことを言い添えると、「余計なことを言わんでいい。そんなことは決まっているッ」と叱れてしまった。

店では「山岡荘八」と気づいたらしく、女将が色紙と硯箱を持って来た。伯父の同級生と私は、まもなくして運ばれて来たビールを飲みながら、ひと呼吸おいて蕎麦に箸をつけたのだが、「早く喰わんとのびるぞ」と促した伯父は色紙を手にしたまま考え込んで食べようとしない。さっさとサインすればいいのに何を考えているんだろうと不審に思ったことを覚えている。自詠の俳句でも書いて名前を添えれば済みそうなのに何を考えているのだろうと思ったのだが、やはり伯父はそう簡単には行かなかったのだ。遊び心が湧いて来たのか、否、それもあっただろうが店の先代を知っているらしく、店の名の音の一音ずつを初めに置いた「折句《おりく》」を詠もうとしていたのだ。今になると伯父の気持ちが良くわかる。気遣いに長けていた伯父は、その店だけの滋味と諧謔をともなったものにしようと考えていたのだ。生まれ故郷の老舗に残す色紙だからと、思いを巡らしていたに違いない。

筆を片手に考える様子は真剣そのものだった。じっと思いを凝らす顔つきは茶の間での表情とはまったく違って見えた。初めて目にする伯父の顔だった。色紙を持って暫し考え込んでいる伯父の姿が強く焼き付いていて、筆を動かしたところまでは記憶にあるが、何と書いたのか、そもそも伯父は蕎麦を口にしたのか、ビールを飲んだのか等々、その後のことはまったく覚えがない。「余計なことを言わんいい」と叱られたことは、よく覚えているのに、残念ながら一番肝心な「折句」の文句が記憶にない。色紙を見つめる伯父の表情が何より強く脳裡に焼き付いたからだろう。筆一本で世を渡っている者として、まして故里ではいい加減なものは書けないといった感じの伯父の真剣な表情が、時折甦るのである。

昭和五十年代の半ば、伯父の歿後のことになるが、静岡県の浜名湖近くのホテルに泊まったことがある。その際、玄関のショーケースに、他の陳列品とともに伯父の色紙が飾ってあるのを目にした。「山岡荘八」としか書かれていないものだった。しかもマジックだった。その時、かつて義伯母が「行った先々で色紙を出されるのは構わないわよ。でも筆でないと気持ちが入らないで駄目なのよ。マジックは困るわ」と言っていたことを思い出した。確かにお座なりの感じで、気持ちが入っていないなあと思わざるを得ないものだった。気が乗らないまま名前だけで済ませたに違いないものだった。マジックでは、筆の流れや太さの変化など行書の妙味が出せないし、文筆で生きて来たという誇りもあっただろう。中途半端な気持ちのままマジックを握った時の困惑気味の伯父の顔が瞼をよぎり、「山岡荘八」の文字が淋しそうに萎《しぼ》んで見えたのであった。

二四、長岡市での講演二題
——「その〝秀才〟は私の従兄弟ですよ」——

中学生の頃、山本五十六記念公園（長岡市）が開園し、その記念講演のため伯父が帰省したことがあった。開園時期を電話で確かめたら昭和三十三年のことだというから、中学二年生の時だった。

山本五十六については教室で教わった記憶はまったくないが、小学生の頃から「真珠湾攻撃」を指揮した偉い軍人で、しかも近くの長岡の出身ということもあって、強く認識していた。当時の大人の会話や少年雑誌の記事などからいろんな情報が頭に入っていたのだろう。子供同士でも「山本元帥」と呼称していた。その山本元帥を記念する公園が出来て、そこで講演するとは、やっぱり伯父はすごいんだとは思ったが、時代小説を書くのが伯父の本業のはずだと思っていたから、山本元帥と伯父がどうつながるのだろうかとも思った。今となれば、伯父の山本元帥に寄せる思いは相当なものであったことが分かる。

伯父の歿後、『プレジデント』誌に、山本五十六についての戦中期の短編が再録されていたのを読んだのが、その手始めだった。そこには士族の魂を内に秘めた五十六の父・高野貞吉の姿を通して、五十六が語られていた。全集の詳細年譜を見ると昭和十九年に講談社から『元帥山本五十六』が刊行されているし、同じくこの前後に『キング』誌に連載された『御《み》盾《たて》』（昭和四十八年刊行の大衆文学大系28に全三巻を収載）には、将来の航空決戦を後輩に熱く語る「副長山木大佐」が登場するが、どう見ても若き日の「山本元帥」である。昭和三十七年から書き始めた『小説太平洋戦争』（全九巻）でも、山本五十六大将に多くの頁を割いている。海軍報道班員だった伯父の海軍への思いには一入《ひとしお》のものがあったから、山本元帥について語る、しかも長岡で語ることには格別の感慨があったはずと思うのである。

長岡市といえば、新潟市に次ぐ県内二番目の大きな都市で、当時の人口は十五万人程であった。同市に本店を置く大光相互銀行（現在の大光銀行）が市内の厚生会館で創業二十年記念の講演会を開催したことがあった。高校三年生（昭和三十七年）の十一月のことで、通学していた県立小出高校の生徒玄関にも、墨痕あざやかな手書きのポスターが貼られていた。講師は朝日新聞ＯＢの評論家・嘉治隆一氏、『肉体の門』で名高い作家・田村泰次郎氏、そして伯父の三人であった。生徒昇降口にポスターが貼られることなど滅多にないことで、私はすぐ目に留めた。既に伯父が長岡での講演のため泊まりに来ることは承知していたからでもあるが、他の生徒の目には入ったのかどうかは定かではない。この件を、私は教室では口を閉ざして自分の方から話題にしなかったからである（私は、今でも、駅への道すがら「閉店セール」や「店の新装開店」、「バザーの案内掲示」など少し変わったことがあるとすぐ野次馬的な興味を示す癖がある）。嘉治氏の名前はその時初めて知ったが、田村氏の名前と『肉体の門』の作品名だけは田舎の高校生でも知っていた。

講演の前日は、わが家に来た伯父と夕方、国道十七号線の工事が始まって、土が掘り起こされている収穫後の田んぼを見に行った。故郷がどう変貌するかに関心があったのだろう。翌日、伯父がどのようにして長岡に行ったのかは、登校した私には分からないが、おそらく汽車で行ったのではなかろうか。小出から長岡までは汽車で四十分ほど（急行なら三十分あまり）

で、道路事情が現在とは全く違っている。しかし、長岡からは深夜、車で送られて来たことは記憶にある。家の前に車が止まって、人の気配がする。上りの汽車はもうない時間だった。「あッ、帰って来た」と、急に家の中が活気づいた感じがしたものだった。

母が「ご苦労だったのんし」と出迎えると、「おー、今日は良かった」と、講演後の懇親会でのことをひとしきり楽しそうに披露したのであった。

それによると、伯父が小出の出身ということを聞きつけたある人物から「むかし長岡中学に小出から通っていた山内隆一《たかいち》という秀才がいた。長岡中学始まって以来、一、二を争う秀才だった」云々と話し掛けられたというのだ。その人物が伯父の本名が「山内庄蔵」であると知っていたかどうか。「それでな、その人間は私の従兄弟ですよと言ったら、へエーと長岡の連中が皆驚いていた。実に愉快だった」と嬉しそうに語るのだった。

山内隆一は血縁としては伯父の祖父・熊吉の弟（寅吉）の長男で「母・セイの従兄弟」であるが、前述のように伯父は、戸籍上は「母・セイの弟」になっているから、確かに従兄弟には違いない。長岡中学から早稲田大学に進んだ隆一は高等文官試験（のちの国家公務員の上級職、現行の国家公務員I種試験）をパスして、終戦時は青森県の総務部長をしていた。「世が世であれば知事になるはずの人だったんだ」とは父の口癖だった。

長岡での講演後の、地元のお歴々との懇親の席で「その山内隆一は私の従兄弟ですよ」と語る伯父の顔はどんな表情だったんだろうかと想像するだけでも楽しくなる。あの大きな鼻髭がピクピクしていたのではなかろうか。

二五、越後長岡藩の「士魂と意地」を描いた小説

――山本五十六元帥の故里、長岡の士風を語る『桜系図』――

山本五十六元帥と長岡市に関連したことで、もう少し記してみたいことがある。

伯父に『桜系図』という作品があることを全集の年譜（昭和十九年）で知り、全集（山岡荘八全集第四十四巻）にも収められていたこともあって題名に惹かれて読んでみた。小説は、まさに越後長岡藩の士道に関するものだった。

山本元帥の父・高野貞吉はすでに十歳の孫を持つ五十六歳の身ながら六番目の男児に恵まれ（明治十七年四月）、名前を決めぬまま町役場に出向く。知り合いの町長から年齢を聞かれ、その言葉にもとづき照れながら「五十六《いそろく》」という名で届けを出すところで小説は終わっている。

この作品は、山本五十六を産み出した越後長岡藩の精神風土を語るもので、長岡の士魂への賛歌ではないかと思った。山本元帥への伯父の思いは、元帥個人というだけでなく、郷土の誇りにも通じていると思ったのである。

昭和十八年十一月から翌年三月に掛けて東京新聞に連載され、私が生まれた翌月の同年

十二月に輝文堂書房から刊行されていた。三十八歳の時に書き上げた小説である。

戊辰の役の際、薩長軍に抗戦する結果となり（北越戦争）、敗れた越後長岡藩の苦難に満ちた復興の道のりが書かれていた。たとえば、「忠義競べに敗れたのだ…士魂で勝って大義名分で敗れていたのだ。じっと歯を喰いしばって、立派に汚名をそそがねばならぬ」との高野貞吉の言葉を記し、その高野に随って共に戦い、会津から仙台近くまで落ちのびて生還した若き秦《はた》小太郎は、妹に「どんなに苦しんでもよい。日本のあやまりを正してゆく。天朝さまの御代を、ほんとうに清らかに、ご立派なものにしたくて、それで薩長と戦ったのだ。その大根《おおね》を忘れると、目の前の苦しさだけがあとに残る…」、「苦しさに負けて、長岡の繁昌ばかり考えて、夷人の学問から、夷人の心まで取入れたら、長岡は、小林（虎三郎）先生の仰有るように、戦わなくてよい戦《いくさ》をしたことになる」云々と語っている。

「士魂で勝って大義名分で敗れていたのだ」とか、「天朝さまの御代を、ほんとうに清らかに、ご立派なものにしたくて、それで薩長と戦ったのだ」、「夷人の学問から、夷人の心まで取入れたら…」とかと語らせているところが、いかにも伯父らしい。長岡武士の高潔な士風と意地が、伯父自身の誇りを語るかのように綴られていた。小説らしく、秘められた恋模様を絡ませながら…。

また高野貞吉が息子たちに「武士だからと云って、決して百姓町人を見下げたり侮ったりしてはならぬ。百姓もこの上なく大切なお国の宝。町人とても同じこと。ただ武士は、こうしたご時勢になればなるほど、彼等より厳しい躾と鍛えを生かし、勇んで義のために死んで見せ、その死で立派に国を護って見せねばならぬ」云々と語る場面もある。維新後、禄高が七万四千石から二万四千石に削られながらも主家・牧野家の存続が決まったことに安堵して、天朝さまのお蔭と藩の重役重臣らとともに感涙にむせぶ高野貞吉は、日々の糧にも事欠く厳しさの増す中で、「多勢の子供たちに、どうして誤りない道を継がせてゆくことが出来るか」に腐心する父親でもあった。そこには武士たるもの易きにながれてならぬとする藩の士風、高野家の家風が綴られていた。のちに五十六が家名を襲ぐことになる家老・山本帯刀は敵軍に捕縛され降服をすすめられた際、逆に「薩長に矯勅《きょうちょく》の疑いあればこそ剣を執って起ったもの」と相手を責め、「わが藩公は戦えとは命じたが、降参せよとは云わなかった」と昂然と答えて斬られたという。

小出の人間にとって長岡は下り方面で一番近い大きな街であって、空襲（昭和二十年八月一日深夜、焼失一万二千戸・死者四千五百人）で長岡市街が燃えた際には、北西の空が赤く染まったと両親から聞かされていた。それほどの距離にある都市だったから、小出の生まれの伯父にとっても長岡は故里も同然の街であり、それ故に郷土の誇りに懸けて長岡の士魂を書きたかったのだろう（小出は会津藩領で陣屋が置かれていた）。それは北越の一藩に限ったことではなく、日本人の誰しもが裡に秘めて来た矜恃のはずだということを書きたかったのだろう。読んでいて、そうとしか思われなかった。

私にとっても長岡は子供心に特別の街であった。小学校四年生の春の遠足は長岡の市内見物だったからである。その日はあいにくの雨模様で、長岡は残念な思い出とともによみがえる「大きな街」であった。信濃川に架かる長さ千メートル近い長生橋に驚き、燐寸《マッチ》の製造工場を見学し、悠久山公園で小雨を避けながら昼のにぎり飯を食べたのだった。越後長岡藩が譜代であることも北越戦争のことも何も知らない小学生時代の思い出の中にあった「初夏の小雨にけぶる大きな街」が、「文明開化」に煽られ功利に流れる維新後の風潮に対して、何するものぞとの士魂を強く蔵していた土地であったことを『桜系図』によって初めて知った。

高野貞吉は困窮を極める暮らしの中にあって五人の子供に「よいか、武士の心がけは只一つ。痩せ我慢じゃ！　痩せ我慢の出来ぬ奴は何も出来ぬ」と事ある毎に言い聞かせたと小説には記されている。伯父は長岡武士の性根が山本五十六を産んだのだと熱く語ろうしているのだ。むろん小説ではあるが、ことの真相は捉えているはずだ。

明治の「文明開化」が、功利の企図のみで来航した黒船（夷人）に打ち克つ（攘夷）のためのものだったはずが、洋夷崇拝に変質しかねない危うさ伴っていたことを強く示唆する小説となっている。このことは功利一辺倒で国民総エコノミックアニマル化したかに見える現在にあっても、十分に考えさせるものがあると思った。伯父の考えの根本が滲み出た感じの小説だと思った。

伯父の短編で「五両金心中」「黒船懐胎」「一両二分の屋敷」などの〝越後〟を舞台にした

ものをいくつか読んではいるが、若き日の伯父に〝越後の雪の風土と士魂〟を真っ正面から扱った新聞連載小説があったとは知らなかったし、越後人・山岡荘八の真骨頂が語られている感じで何となく嬉しかった。伯父の時代小説といえば、どうしても『日蓮』『織田信長』『坂本龍馬』『源頼朝』『新太平記』『高杉晋作』『異本太閤記』『毛利元就』『徳川家康』『吉田松陰』『柳生宗矩（春の坂道）』『伊達政宗』『徳川慶喜』…等々の〝他国もの〟が目立つからである。

二六、初めて訪ねた伯父宅で目にしたもの
――特攻隊員の署名帖、「総調和運動」のパンフレット、「志ん太郎」の表札――

初めて「東京の伯父さんの家」に泊まりに行ったのは中学校三年生の夏休みで、旧盆が終わった八月の中旬だった（昭和三十四年）。父と二人、上越線で上京、上野駅から山手線に乗り渋谷からまたバスに乗った。五月に日光・東京方面の修学旅行で東京に来ていたから二度目の上京だったが、伯父宅は初めてだった。夕方到着、応接間で出された冷たい紅茶の甘い香りと味は、今も忘れられない。むろん「紅茶」と知ったのは後日のこと。十六日から三泊したと思う。

翌十七日の午前、伯父は父と私を庭の茶室に招き入れて、しばしいろいろと説明してくれた。半分近くが土間からなる茶室の入口に「茶経室」と彫られた扁額が掲げられていた。一

室が茶室風で、もう一つの部屋には特攻隊員の冥福を祈って空中観音が奉安されていて、出撃した隊員たちが遺した署名帖（寄せ書き）が供えられていた。この時、初めて伯父が鹿屋《かのや》の基地から出撃する特攻隊員を見送っていたことを知ったのだった。

特攻隊については私にも中学生なりの知識があったから、神妙に伯父の話に耳を傾けたに違いないが、その内容は具体的に思い出せない。茶経室の謂われの他は、それほど深い話はしなかったのだろう。しかし、この時、空中観音を拝み署名帖を見せてもらったことが、後日、私が特攻隊員のことを思案する原点になっている。当時の中学生は、磁器に初めて赤色を出したという初代・酒井田柿右衛門の焼き物の方に多く興味をそそられていたのであった。

その後居間に戻って、前々日終わったばかりの第一回の「総調和の集い」について、パンフレットを見せながら、さらにいろいろと語ってくれた。前に少し触れた「総調和運動」である。居間のテーブルの上には「九千万国民の日」と書かれた団扇《うちわ》がいくつか置いてあった。参会者に配られたのだろう。当時の日本の人口は九千万人台だったのだ。

時は、激しく国内が揺れた所謂「六〇年安保」の前年の昭和三十四年、米ソ冷戦の影が国内の政治対立に及んでいた時期で、せめて「八月十五日」を「国民総調和の日」にすることで政治休戦して、「万世のために太平を開く」誓いを立てた昭和二十年八月十五日の心を取り戻そうという運動であった。「八月十五日の心に帰れ！」で始まる二千数百字の趣意書は伯父が書いたものであった。「世界最初の原子爆弾の洗礼をうけた国民として」「この日、民

「古武士の風格」

『大衆文芸』山岡荘八追悼号（昭和54年2月号）に載っている「古武士の風格」と題する梶鮎太画伯の絵。画伯は「空中観音祀る邸内の四阿（あずまや）にご案内いただいた折、柳生連也斎遺愛の木剣を手にした先生のお姿は、古武士の風格そのもので、いまも私の目に焼きついています。（略）その折のスケッチを基にしてえがきました。／気迫のこもった、あの眼光、ひきしまった口元の厳しさなど、うまくかけなかったのは、私の未熟のせいと、お許しください」と記されているが、実に良く伯父の表情が描写されている。

雑誌や新聞などで見る写真の伯父は笑顔のものが多く、言わば余所行きの感じがしなくもない。伯父は心遣いに長じていて、優しい笑顔も、哄笑の表情も、胸に強く焼き付いているが、私の瞼によみがえるもう一つの「顔」には、眼光鋭く他を射竦めるような凄味があった。この梶画伯の絵には、その伯父の表情が巧みにとらえられている。

族は悲しい現実の下で心身ともに一つであった」。伯父は、第一回の催しの司会も務めていた。この運動は政界や実業界、芸能界などで活躍されている人たちが名を連ねた大衆的な国民運動で、「終戦時の心に立ち戻って国内の対立抗争を避けよ！と呼び掛けるものだった。「東西ドイツや南北朝鮮にまさるとも劣らぬ対立を育てつつあるかに見えるのは何と言う悲しむべきことであろうか」云々と趣意書には記されている。この時、伯父は五十三歳だった。

この運動には終生関わっていた。今にして思うと、後に文士劇で阿南陸相を涙、涙で熱演する一介の文人の願うところと、現実に政党・企業・団体等を運営しつつある組織人との間には純度において若干の差違あったのではなかろうか（この運動は今も続いているようだが、当初とはかなり趣向を異にした感じである）。

この時見せられたパンフレットに、役員として社会党の国会議員「伊藤卯四郎」の名があった。小学生の頃から、本はあまり読まなかったが、新聞を読むのが好きで、時事的なことにはかなり関心があったから、伯父の言う「総調和」の大切さはそれなりには理解できた。その運動の役員に、やたらとストライキやデモを煽る社会党の国会議員が名をつらねていたのが、ちょっと意外だった。初めて見る名前であったが、小さく添えられた「日本社会党衆議院議員」の文字が印象的だったのである。これによって社会党の中にも「騒ぎを好まない」「国民総調和運動に賛同する」議員がいることを知ったのだが、間もなくして伊藤氏ら社会党から離れた議員諸氏によって共産主義との決別を鮮明にした民主社会党（のち民社党に改称）が結成される（ただし、結党後初めて臨んだ総選挙―昭和三十五年十一月―では、一ヶ月前に発生した浅沼稲次郎社会党委員長刺殺事件の煽りで、同情票が社会党に流れて出鼻をくじかれてしまう）。

後日、私が民社党に好感を覚えるようになる要因は、その「反共と議会主義」の政治理念だけでなく、伯父宅で見たパンフレットにあったのである。ちなみに伊藤氏は後に民社党の副委員長を務めている。

これまで新潟に泊まりに来た時の伯父の様子しか頭になかった私は、初めて訪ねた伯父宅で、「東京の伯父さん」の新たな一面を見せられた感じだった。伯父がいろんなことをしているだろうとは想像していたが、それを具体的に知らされた感じだった。しかし、空中観音の奉安も、国民総調和の願いも、小説の背景にあるものなのだが、そうしたことには思い至らなかった。小説が作者の人生観、人間観と無関係ではあり得ないことにはまだ考え及ばなかった。

伯父の話を聞いた翌日は、父と一緒に「はとバス」で東京見物となった。義伯母が、東京駅丸の内北口の乗り場（向かいには国鉄本社ビルがあった）まで一緒に来て遊覧乗車券を買ってくれた。夕方戻ると、「おい、健生、今日は何処が一番良かったか」と伯父に尋ねられ、さて一番良いところは何処だったか？とあれこれふり返ったあげく「明治神宮」と答えたことを覚えている（掃き清められた広い参道が印象的だったのだ）。その時、どうしてすぐにテキパキと返答できないのかと自分自身の鈍さがもどかしかった。この日の遊覧バスのガイドさんの名前が「山野井恵子さん」だったことを六十年近く前のことだが、覚えている。こうした遊覧バスでは解散時に途中で撮った乗車記念の集合写真が配られるが、それを見ていた伯父が、「もう一枚ないのか。こういう時は余分にもう一枚頼むもんだよ」と言ったのであった。

初めて訪ねた伯父の家に、二頭の秋田犬が飼われていたことも私には興味深かった。一頭は「姫不二」号という名で、もう一頭は「しんたろう」と呼ばれていた。当時、『太陽の季節』（昭和三十年下半期、第三十四回芥川賞受賞）で、時の人となっていた石原慎太郎氏にあやかっての名前だと笑いながら伯父が言っていたことを覚えている。その時、「健生は石原慎太郎を知っているかな」と言うので、「分かります」と我ながら思いの他に大きな声で自信を持って答えたのであった。もちろん『太陽の季節』はまだ読んではいなかったが、新聞で雑多な知識を蓄えていた中学生には「石原慎太郎」は身近な名前だったのである。『太陽の季節』はすぐ映画化されていて、三年前、一泊の修学旅行で訪ねた新潟市内のあちこちで、目にした長門裕之と南田洋子が水着姿で写っている立て看板が、小学校六年生には少々眩しかった記憶があるからでもあった。

伯父宅の庭には太い金網で囲まれた広さ三畳余りの犬小屋が二つあって、そのひとつには、伯父の手で「志ん太郎」と書かれた表札が掛かっていた。「慎太郎」ではなく「志ん太郎」なっていたことが印象的だった。

ちょうどこの時期、東急グループの創業者・五島慶太氏の葬儀があった。「ご香典はどうします?」と尋ねる義伯母に対して、伯父は即座に「□万円だッ」と答えるのを耳にしている。田舎の中学生が「えッ」と驚くような額に、東京の伯父さんはそれなりのおつき合いしているんだろうなあと中学生なりに納得したものであった。その時、うわさで耳にしていた中学校の校長先生の月給よりも遙かに多いことは、やはり驚きであった。

二七、伯父と〝親しい〟村上元三氏の「安保反対派」批判
——紙面は騒がしかったが、町中は平静だった——

昭和三十五年五月〜六月をピークとする所謂「六〇年」の日米安全保障条約改定反対闘争（安保闘争）は、伯父宅に泊まりに行った翌年の高校一年生の時で、全学連デモ隊の国会構内乱入（前年の昭和三十四年秋）・新安保条約承認の衆院「強行」採決・数次に及んだ安保改定阻止全国統一行動・ハガチー事件（米国大統領訪日の打ち合わせで来日したハガチー新聞係秘書の乗った車が羽田空港近くでデモ隊に包囲され、米軍ヘリに救出された事件）・国会周辺デモの東大女子学生の圧死・米国大統領来日直前の中止要請（アイゼンハワー大統領のアジア歴訪はフィリピン・台湾・「沖縄」・韓国の巡訪に止まった）・新安保条約の国会自然承認・批准書交換・岸内閣退陣・池田「所得倍増」内閣発足等々と、いろんなことが記憶にある。三井三池の労働争議もこの頃であった。

同年一月、新安保条約調印で渡米する岸信介首相ら全権団の出発を妨害しようとして、全学連が羽田空港ビルを椅子やテーブルで封鎖する騒ぎがあったことも鮮明に覚えている。この辺のことは日付も記憶にある。とても「総調和」どころの騒ぎではなかった。

改定条約調印の際、日本側全権団の首席が岸首相であるのに対して、米国側はハーター国務長官であることへの批判もあって、アイゼンハワー大統領が調印に立ち会っている。「署名する岸首相とハーター国務長官、両者に挟まり着席して見つめる腕組みの大統領」。新聞に大きく掲載された調印式の写真も脳裡に焼き付いている。

ちょうどこの頃、一月末、高校入試の願書に添える健康診断書の作成（レントゲン撮影）のために、進学志望の仲間とともに小出保健所に行ったことがあった。当時、新潟県の公立高校の入試は、中学校の卒業式が終わった後の三月二十日過ぎの二日間で、九教科の筆記試験に加えて体育実技まであった。それに先だって、先生に引率された百三十名ほどの生徒が町中《まちなか》をゾロゾロと歩いて保健所に出向いたのだ。高校へ進もうとする者は同期の六割弱であった。

保健所の玄関に入って先ず目に飛び込んで来たものは、これ以上大きな字はないと言わんばかりの「安保改定絶対反対」の文字であった。ポスターではなく天井から床面までの長さに貼り合わせた模造紙に、墨痕も鮮やかに大きな文字が躍っていた。安保改定の行方に少なからぬ関心を抱いた中学校三年生は、極めて強い違和感を覚えたのだった。それで記憶に残ったのだが、こんなことを覚えているのは私だけかも知れない。どうせ社会党に近い組合がやったことだろうとは思ったが、近隣町村の住民が出入りする保健所の入り口に、こんな一方的な政治スローガンが貼り出されていていいのかと思ったのである。

ちなみに、この直前の前年、昭和三十四年の十二月、在日朝鮮人の北朝鮮への帰還事業が始まっている。出発地は新潟港で連日のように「新潟港」の文字が大きく紙面を飾っていた（下船地は北朝鮮の清津港《せいしん》）。南の韓国、李承晩大統領が猛烈に反撥して帰還船を沈没させるとまで言って反対したこと、北朝鮮とは国交が開かれていないので赤十字社間の話し合いでまとまったこと、日本側の代表を務めた日赤の葛西副社長が新潟県の出身であったこと等々が記憶にある。

帰還事業が始まって三年後、小学校二年生の途中で転校して行った同じクラスの「黄福《こうふく》子《こ》」が、近々両親と北朝鮮に帰ることになったと「別れ」を告げに昔の同級生の女の子を訪ねて近所まで来た時、私も会ったが、高校三年生の私は大人びた黄福子の突然の来訪に驚き、意識してしまってスムーズに声を掛けられなかった。その後、昭和四十年頃、関貴星著『楽園の夢破れて』（全貌社）を読み北朝鮮に渡った人たちの苦難を知らされ、福子はどうしたのだろうかと何度も思った。日本からの帰国者が冷遇されていたことが広く知れわたる遙か前のことだった。いまでも折にふれて、その丸い顔が瞼に浮かぶ。

小出の町には半島出身が近くの町村に比べて多かったようで、ホルモン焼き店やパチンコ店、バーなども人口の割には多く、近隣町村の盛り場的な一面があった。家で食品雑貨の店をやっていたから、客の中には朝鮮人のおかみさんもいたし、小学生の頃、背が高く鼻筋の通った映画俳優のようないい男の半島出身の商売人も出入りしていた。「山ちゃん」と呼んでいた、この三十歳ぐらいの商売人が来るのは月に二、三度で、時々、甘ったるいお菓子のようなガムと違って、ちょっと辛い大人の味のチューインガムを箱入りのままくれるので、「山ちゃん」が来るのが待ち遠しかった。「山ちゃん」は商売そっちのけで、いつも小一時間ほど母と話し込んでから帰って行った。中学生の頃、わが家に別の半島出身者から樽詰めの朝鮮漬が届いたことがあった。今日では一般的な白菜の朝鮮漬も当時はそれほどではなかった。その時のものは「小鰭《こはだ》の糠《ぬか》漬」（？）で、両親が臭いが強いといって直ぐに捨ててしまった。いまの私が食べたら大人の味で美味しかったに違いない。「山ちゃん」のことを思うと、いつももったいないことをしたなあと「小鰭の朝鮮漬」(？)がよみがえるのである。

高校を卒業して東京に出て来てからのことだが、伯父の話を聞いていた時、何かの拍子にヤクザのことになった。伯父が「いまは端《はな》から嫌われている感じのヤクザだが、終戦直後、警察が弱体化して朝鮮人が暴れた時、にらみを利かせたのはヤクザだったんだからなあ。健生は、そういうことを知ってるか」と言われたことがあった。初めて耳にしたことで答えようがなかったが、なるほど、批判されながらもヤクザがしぶとく根強いのはそういうことがあったからなのか、世の中は表だけでなく裏も見なければならないんだなあということを教えられたのであった。

毎年秋なると在日の人たち向けの朝鮮歌舞団の公演が小出小学校の屋内運動場(体育館)で行われていた。夜の公演のための色彩鮮やかな大道具が屋内運動場玄関の下駄箱に立て掛けられていたのを小学生時代に何度も目にしている。朝鮮歌舞団といっても「南」の韓国ではなく「北」からの人たちだということが、小学生ながら分かった。

その他、町の中心部にあった小学校の屋内運動場は年に何度も、製菓・食品のメーカー提供の映画会、祭礼の際の商工会主催の歌謡ショーなどに利用されていた。ことに秋には公務員労組・郡評が招いた「民芸」や「新制作座」などによる新劇公演が行われて、これらは入場無料で非常なる楽しみだった。歌謡ショーでは観客の重みで床が落ち込むことがあったほどの盛況だったが、勤労者向けの毎秋の新劇公演では、観客の入りは多くても四割ほどだった。新劇公演に興味を覚えたのは中学生高校生の頃で、どことなく進歩派の臭いが感じられたのだが、それはそれとして承知のうえで足を運んだ。新制作座の真山美保作「泥かぶら」が年をまたいで二回上演され、民芸の舞台には映画で見知っていた小夜福子や内藤武敏が出演していた。映画館のスクリーンで見る俳優が目の前で演じているのが不思議な感じで、夢を見ているようでもあった。

安保闘争の話に戻ると、反対の叫びがピークの達したかに見えた昭和三十五年の五、六月頃、毎朝、家で目にする朝日新聞には、安保反対の動きが大きく報じられていた（他の新聞も同様だっただろう）。前年、伯父宅で「国民総調和運動」の話を聞いていたのに、それとは逆の「反対集会」「反対闘争」の文字がやたら目に付いていた。しかし、母のところに時々届く『聖使命』（生長の家発行の新聞）に載っていた谷口雅春総裁による「日米安保条約の改定は必要である」との論説を読んだりしていたので、新聞好きの少年ではあったが新聞の影響を受けずに、「安保改定反対は間違いだ」と考えていた。両親の日常の話し振りから察して、親たちが安保反対を叫ぶ社会党を嫌っていたからでもあったし、「総調和」を願う伯父も父母と同じ考えだと思っていたからでもあった。その上、伯父は、この前年に『小説岸信介』（第一世論社）を刊行してしていた。安保条約の改定を推進したのは岸首相だったから、安保反対には自然と批判的になっていたわけである。当時、安保反対の文字が大きく紙面を飾っている中、国会での公聴会で佐伯喜一、大平善悟、久住忠男の三氏が賛成の意見を陳述したとの記事は格別のものだった。反対意見を述べた高見順氏らの名とともに、ハッキリ記憶している。

安保条約の改定によって、固定有効期間が「十年」になり、事前協議などが導入され、僅かながらも日本の主体性が加味されるのに、なぜ反対するのか分からなかった。事前協議というが「ノー」と本当に言えるのか、「戦争に巻き込まれて仕舞わないか」等々の国会論議が連日紙面を飾っていた。退嬰的で消極的な意見が声高だったことは半世紀以上も経った現在と似通っている。

この頃、『小説新潮』誌だったと思うが、村上元三氏が「安保反対にあらざれば人間にあらざるの記」という一文を書いていたはずである。朝日新聞の広告欄に載っていたことを覚えている。そのタイトルを目にして、村上氏は「安保反対」派を批判しているんだなと直感して、やはり、世の中は安保反対の声だけではないんだと意を強くしたのであった。ことに、村上氏はわが家で伯父のことが話題になる時、「伯父と極めて親しい小説家」として、作品ではなく〝品が良い〟〝いい男っぷりだ〟と言った感じで、決まったように名前が出てくる作家だったから、なおのこと「安保反対は間違いだ」と思ったのであった。雑誌や新聞で見る村上氏はいつも和服で、かっこ良かった。

小出には県の出先機関がいくつかあって、さらに近隣の町や村の役場、学校からの公務員組合の人達（自治労・日教組などの組合員）も加わったのだろう、二〜三百人が、三度ほど、夕方、小学校の校庭に集まって気勢を挙げたり（わざわざ見に行った）、町中をデモ行進したりしていたが、それを除けば高校一年生の目には小出の町は平静だった。紙面は騒がしかったが町の中はふだん通りだった。もし浅沼委員長刺殺事件がなかったら、社会党は総選挙で大負けしていたはずだと今でも思っている。

二八、「浅沼もなあ、悪い男じゃないんだが」と目頭を熱くしたことだろう
――「苦々しい出来事」に違いなかった安保反対闘争――

所謂「六〇年の安保闘争」は「総調和」を唱えていた伯父にとって、苦々しい出来事だったと思われるのだが、浅沼委員長刺殺事件について、私なりの思い出もあるので少し記してみたい。

事件は五月から六月に掛けての「安保反対の喧噪」が嘘のように退いた十月十二日の午後ことで、場所は東京の日比谷公会堂であった。私は事件発生直後に流された映像をともなった臨時ニュースを「学校で」見ている（直後と言っても、今と違って映像の放映は事件発生から五〜十分あまり後のことだったかも知れない）。ちょうどプロ野球の日本シリーズ、大洋ホエールズ対大毎オリオンズの熱戦の真っ最中で、放課後、学校のテレビで野球中継を見ていたのである。

解散、総選挙（十一月）を前にして開かれた自民党の池田勇人総裁（首相）、社会党の浅沼稲次郎委員長、民主社会党（一月、社会党から分かれて結党）の西尾末広委員長の三者による「三党党首立会演説会」の場で事件は起きたのだった。

まだテレビ放送が魚沼地方では若干もの珍しかった時で、校長先生が不在だったのだろう、某先生が生徒のためにと、校長室のドアと窓を明け放ってテレビを廊下の方に向けてくれていたのである。ワアワア言いながら、十数人ほどの仲間と、日本シリーズを見ていた時に臨時ニュースが流れた。

このニュースのあとも、実況中継は中断されることなく試合終了まで続けられた。当時の社会党は衆院だけでも百六十余人（分裂前）の議員を擁する野党第一党の大政党であり、同時に「安保反対闘争の先頭」に立っていた。その委員長の浅沼氏は前年、まだ書記長ではあったが、北京で「アメリカ帝国主義は日中両国人民の共同の敵である」とぶち上げるなど「安保反対闘争の主役」だった（浅沼氏の委員長就任は昭和三十五年三月）。その委員長が安保闘争後、初の国政選挙を前にした演説会で刺されたのである。それにもかかわらず、臨時ニュースを挟みながらも、野球の実況中継はそのまま続けられた（現在だったら、たちまち地上波の各チャンネルが切り替わって、事件報道一色になったのではないか。その意味で現在の情報空間の方が、画一的でヒステリックになりやすいのではないかとも思う）。

安保反対闘争がピークであった五月末、岸首相が、新聞などが連日報じる「安保反対の声」

だけが国民の声ではない、後楽園球場の巨人戦は連日満員ではないか、「声なき声」に耳を傾ける必要がある、安保反対は国際共産主義の扇動によるものである等々を語って、新聞から嘲笑されたりもしていたのだから、なぜ野球中継がそのまま続けられたのか、今考えると不思議な気がする。批准書の交換（六月二十三日）で「安保反対」の熱気が冷めたためだろうか。その程度の安保反対だったのか。

社会党委員長遭難のニュースは校長室に隣接する教員室にも「音」では届いていたはずだが、一人の先生もテレビの前に駆けて来るようなことはなかった。テレビはかなりの音量だったはずだが、どの先生も駆けて来なかった。翌十一月の総選挙の際、町中《まちなか》に貼られた「故浅沼委員長の顔写真」に「屍《しかばね》を乗り越えて」と添え書きされた社会党のポスターを何枚も目にしているが、私の記憶ではまわりは落ち着いていた。総選挙の結果を見ても、自民党の議席は増えて、社会党は分裂劇で減少した分の一部を民主社会党（民社党）から取り戻しただけであった。たしかに一年あまりの間、紙面には「安保反対の声」が躍ってはいたが、それは表層で、「声なき声」が別にあったということだろう。

現在、歴史教科書には「一九六〇（昭和三十五）年、内閣は新安保条約に調印し、衆議院で条約の承認の採決を強行した。このためはげしい批判がおこり、岸内閣の退陣と国会解散の要求をかかげて、民主主義の擁護を叫ぶ十数万にのぼる集団示威行進などがおこなわれ、世界の注目さえひいたほどであった（安保闘争）」（『新日本史B』、三省堂）と記されている。「安保闘争は総資本と総労働の闘いだった」などと記している近刊本もある。しかし、深層心理的には、米国の占領政策への本能的感情的反撥があって、「日米安保条約改定反対」は反米運動の性格を帯びて盛り上がった面は否定できないにしても、選挙結果から考えても、安保闘争は「民主主義の擁護」云々よりも、米ソ冷戦の最中、社会党や公務員系労組（総評）などの容共勢力と、それにマスコミが加勢して「反岸ムード」を煽り、騒ぎを大きくしたというだけのことではなかったのか、とずっと思っている。

共産党には大衆動員の力はなかったが、公務員系労組を多く束ねていた総評には「全国統一行動」を仕切る動員力があった。当時の総評幹部、太田薫議長も岩井章事務局長も、後年、ソ連が創設したレーニン平和賞を受賞する。新聞社の労組で組織された新聞労連も（記者がどれほど加入している知らなかったが）、総評に加盟して左傾していた。この頃、自分用の五球スーパーラジオを買ってもらったのだが、夜になると「日米軍事同盟に反対する日本人民の集会が東京で開かれ、○○万人が参加しました」といったモスクワ放送や北京放送の電波が入って来た。妙な気分だった（以前から家にあった性能の劣る四球のラジオでも夜にはモスクワ放送などの声が聞こえて来た。四球とか五球とかは真空管の数をいう。今も対日放送はあるのだろうか）。

民主主義擁護云々の教科書の記述よりも、「声なき声に耳傾けよ」「国際共産主義の扇動である」との岸首相の発言の方が遙かに真相を衝いていたのではないか。「共産主義（社会主義）は平和勢力である」との進歩的文化人の発するプロパガンダもどき評論がまかり通っていた時代である。中ソ間には友好同盟相互援助条約があり、翌年には「ベルリンの壁」が作られる米ソ冷戦下の時代である。

刺殺事件のあと、もし伯父に会って感想を尋ねることができたとしたら、「浅沼もなあ、大衆運動出の悪い男じゃないんだが、中共に行って煽《おだ》てに乗って、駄法螺を吹いたからなあ。困ったもんだよ。人の良い日本人だよ」などと言いながら、目頭を熱くしたことだろう。ともかく「国民総調和」を願っていた伯父にとって、嘆かわしい「六〇年安保」だったに違いない。十月の浅沼委員長刺殺事件以前にも、六月には安保反対の請願を受付けていた河上丈太郎氏（社会党統一前の右派社会党委員長）が肩を刺されたり、七月には池田勇人自民党新総裁の就任祝賀会にまぎれ込んでいた人物に退陣直前の岸首相が股を刺されたりと、良からぬ事が続いたが、田舎の高校生には、安保闘争を含め、これらによって国情が浮き立つようには全く感じられなかった。それは十一月の総選挙の結果が雄弁に物語っていたと思う。

浅沼委員長を刺殺した山口二矢《おとや》少年（昭和十八年二月生まれの満十七歳八ヶ月）が東京拘置所内で自殺した「十一月二日」は、私の満十六歳の誕生日だった。その日の夜、右の自分用のラジオで、その死を知らされ、思わず両親に「山口二矢が死んだと（死んだそうだ）」と大きな声で伝えたものだった。人の命を奪うことの是非は言うまでもなく明らかだが、山口少年がその二十日後に自ら命を絶ったことで、国内は「ハッ」として、同時に「シュン」として「われに返った」面があったのではなかろうか。このことも総選挙に少なからず影響したのではなかろうか。あれやこれやで、「山口二矢」の名前は深く胸に刻まれたし、「安保騒動の一年」はことに忘れられない年となっている。

山口少年について、もし伯父に何かを尋ねたとしたら、「俺に何か言わせるのかッ」と小声で言いつつ、ポロポロッと涙を流したことだろう。

二九、「メンバーが凄い、ゴッタ煮の座談会」
——終戦の翌年、伯父は福田恆存氏と座談会で同席していた！——

六〇年安保の年の秋、偶然目にした読売新聞に、福田恆存氏の「安保闘争で勝利したと左翼陣営は言っているが、新安保条約は成立したではないか。左翼陣営は安保闘争で負けたはずだ」旨の評論が載っていて、大いに溜飲を下げた覚えがある。その後も福田氏の辛辣かつ的確な世評には大いに教えられて来た。最近、『靖国』（新潮文庫）の著者坪内祐三氏の『書中日記』（本の雑誌社）を読んでいたら、思わぬところに、福田氏とともに伯父の名前が出て来て、えッと驚いた。

「（二〇〇五年）五月二十一日（日）

…続いて『新小説』昭和二十二年一月号を読む。「新文学樹立のために」と題する座談会のメンバーが凄い、というか滅茶苦茶だ。何しろ、井上友一郎、伊藤整、江戸川乱歩、大林清、木々高太郎、坂口安吾、平野謙、福田恆存、そして山岡荘八（五十音順）といった顔触れなのだから、戦後すぐの混乱期ならではのゴッタ煮だ」

確かに滅茶苦茶で、ゴッタ煮の「凄いメンバー」だと私も思う。伯父に関しては、今では時代小説家として、とくに長編小説『徳川家康』の著者としての印象が強いが、それを薄めるとゴッタ煮度はやや下がるような気がするのだが。どのような内容の座談会か、気掛かりだったので調べたら坂口安吾全集〈冬樹社、昭和四十六年刊〉の第十七巻に収載されていた。

座談会は「なぜ純文学と大衆文学が共通の読者を持ち得ないで来たのか」という問題提起から始まっていた。福田氏の発言は前半まであまり多くなく、その終わりの部分を摘記すると、「暫くまだこういう状態が続くのではないか。いや、へたすると日本は、いつまでたっても花道で、本舞台にはついには足がかからないのかもしれませんね」とか、「概念的に一緒になるべきだ、といって一緒になった錯覚を持つよりも、別れて、それぞれの仕事をした方がよいのではないでしょうか」とかとあった。「へたすると日本は、いつまでたっても花道で、本舞台にはついには足がかからないのかもしれませんね」とは、いかにも福田氏らしい言い方であった。伯父は「僕らも、自分でやっておって、現状ではそれより仕方がないと思う」「一般に大衆文芸と、通俗文芸とは混同されているが、これは全然別物です。大衆雑誌の凡ゆる面を占領している通俗性、それを大衆性と置きかえる。その戦いが、僕らの務めだと思っている」などと発言している。

前に、伯父の「山本五十六元帥への思い」に関連して、明治初年の旧長岡藩士の苦闘を描いた小説『桜系図』を紹介したが、大衆文芸の通俗性を大衆性に置きかえる戦いが務めだという伯父の考えが分かるような気がする。

つい最近たまたま古本屋で伯父の『その後に吹く風』（増進堂）という本を見つけて購入したのだが、奥付を見たら昭和二十一年十月五日の発行となっていた。右の座談会はこの頃行われたのだろう。敗戦による思想の混迷からどう抜け出すかがテーマの現代小説で、農地解放を前にして揺れる農村の人間模様（人間心理の綾）が描かれていた。ヘンリック・イプセンの『人形の家』やエミール・ゾラの『居酒屋』の書名がちょこっと出て来たり、村の勉強会でマルクスの余剰価値説が詳しく説かれる場面があったり、さらに共産主義に惹かれる青年やそれとは一線を画そうとする伯父らしき若者が登場したりして、この時期、やはり伯父もいろいろと考えていたんだなあと改めてその胸中を思った次第であった。

脇道にそれるが、『その後に吹く風』について、少しだけふれてみたい。

小説の終盤で、村の地主の家に滞在する農学博士が伯父らしき若者・田上修二に向かって「真理——この二字に従つて、各自誠実にやらうぢやないか田上君。その真理とは何であるか？　それを深い人間愛から簡単に喝破した言葉が今の日本に二つあるよ。その一つは陛下のお口から、そしてもう一つは陛下の愛し給ふ、世間の母の口から……」と語り、さらに「陛下は萬世に太平をひらかむと欲す！と仰云つた。萬世に太平をね…そしてわが子をこの戦争で失つた母親は、戦争がなくなつたらどんなにいゝだらうかと素朴な言葉で訴へてゐる……この二つの言葉の中に、人類の永遠の希ひがあり、真理があるのですよ。田上君」云々と説く場面があった（仮名遣い、傍点、…の箇所はママ）。

しかし、小説の冒頭部分の「日本に課せられた新しい責任は、武装なき相剋なき平和国家の典型を、世界に魁けてこの地上に創造する名誉と、その名誉に附随する計り知れない困難と勤勉と勇気と思慮とを要求されてゐる――それが眼をそらしてはならない日本の現実なのだ」といった箇所等々に、字面だけなら何も言うことはないが、どことなく占領軍の検閲を意識して書かれた匂いが感じられて、それを念頭におきながら皮肉？の意味も込めながら筆を執ったのではなかろうかなどと、考え込んでしまった。なぜなら、伯父とて戦いのない平和の世を強く願っていたはずだが、この小説が刊行された時期は帝国議会での憲法改正論議が大詰めの段階で、非武装を謳う新憲法の草案（帝国憲法改正案）を占領軍が起草した事実を書く（報道する）ことは検閲の対象になっていたし、この当時の「平和国家」日本は圧倒的な軍事力を誇示する占領軍によって武装解除され丸裸にされた状態だったからである。さらに国旗掲揚もままならぬ被占領期で、国旗の掲揚がわずかに許された正月が来るや思い切り大きな日の丸を玄関に立てたものだったとの伯父の回顧談を耳にしているからである。

敗戦直後の混沌とした思潮の裡にあって、「一つは陛下のお口から、そしてもう一つ陛下の愛し給ふ、世間の母の口から」真理が示されているんだよと博士に語らせている一節こそ見落とせないように思われたのである。小説自体は、弟思いの健気な娘が、将来、さらに運命に翻弄されるであろうことを暗示して終わっている。占領統治下、あたかも行方の定まらぬ日本の明日を語るかのように。伯父の作品では珍しい終わり方だと思った。

『その後に吹く風』について、大衆文学大系28（昭和四十八年刊）所載の山岡荘八年譜には「この作品は戦後における再起作となった」と記されている。

脇道にそれたついでにもうひとつ。

昭和二十一年十月に『その後に吹く風』は刊行されたが、その前年、すなわち全集所載の年譜「昭和二十年」の項には、「この年の句」として左のような三つの句が記されている。ポツダム宣言の受諾で矛を収めた敗戦の厳しい現実を、三十九歳の伯父がどのように受け止めたか、その心境が窺われる句である。

爆音の無きに涙す十三夜
薫風に不二ひとつあり唯一つ
忍などにおさらばしたき年の酒
（塩尻湖酔狂荘八）

蛇足ながら私なりに意を汲んでみよう。

最初の句では、空襲の前ぶれとなった不気味な爆音が消えた夜空を見上げている。そこに浮かぶに十三夜の月に改めて戦いに敗れた現実を涙ながらにかみしめている。次の句の「薫風」は初夏の季語だから、「十三夜」の句よりも前に着想されたものだろうか。この頃には空襲が恒常化して多くの市街地や工場が焼かれ、既に沖縄本島へのアメリカ軍の上陸を許していた。しかし、霊峰富士だけは以前と変わることなく聳えている。日本には何事にも動じない富士の山があるではないか。富士の雄姿を思えば失望することはないのだと自らに言い聞かせている。三句目は、常ならぬ戦時の生活は終わったはずなのに、実際は被占領統治で新たな忍耐を強いられている。これではせっかくの年の瀬の酒もほろ苦くなるといった意味になろうか。

末尾に「塩尻湖酔狂荘八」とあるから、信濃の国で歳暮を迎えたのだろう。「酔狂荘八」とでもしなければ、やるせない胸中を詠むことが叶わなかったのだろう。

ゴッタ煮のメンバーによる「座談会」に話を戻すと、多くを教えられ考えさせられて来た福田氏と同じ席に伯父が着いていたことがあると知っただけでも私には嬉しかった。右のうち、坂口安吾氏は伯父より一歳年長で同郷と言っても新潟市の出身で、多少は意識し合っていた?だろうか。坂口氏の発言は無頼派らしく面白かった。大林氏は伯父と同世代の同じ新鷹会の作家仲間で、大衆文学畑の作家として発言している。大林氏には映画になった作品が多く、そのことが、少年時代、映画のポスター貼りを手伝っていた私の記憶の中にある。伊藤整氏は山岡荘八全集の詳細年譜によれば、『徳川家康』一千万部突破記念祝賀会（昭和四十年三月）に出席しているから、それなりのおつき合いがあったのだろう。

木々氏は大脳生理学を専門とする慶応大学医学部教授・林髞《たかし》氏のペンネームで、多くの推理小説を書いている。その林氏の『頭のよくなる本』（カッパブックス、光文社）は、六〇年安保の年のベストセラーであった。タイトルに釣られて買って読んだのだが、私にはさっぱり効き目がなかった。サブタイトルの「大脳生理学的管理法」を見落としていたのだ。これも高校一年生、六〇年安保騒動の年の思い出である。

三〇、ゲイボーイに平手を飛ばして、「江戸川乱歩先生の説諭!?」を受ける
――「肉親の叔父御といった気持ちでずいぶん我儘をさせて貰った」――

前項でふれた伊藤整、木々高太郎、坂口安吾、平野謙、福田恆存氏らとの「メンバー、ゴッタ煮」の座談会に関連して、少し記してみたいことがある。

メンバーのお一人、江戸川乱歩氏といえば、小学生時代あまり本を読まなかった田舎育ちの私の脳裡には映画「怪人二十面相」や「少年探偵団」シリーズの作者として焼き付いている。昭和三十年前後、ハラハラ、ドキドキしながらスクリーンに目を凝らしたものだった。本は読まくとも作者の名前は知っていた。映画のポスターに書かれた「原作 江戸川乱歩」の文

字を見て変わった名前だなあと思ったのであった。その江戸川氏と伯父は結構交流があったらしい。

前に述べたように江戸川氏とは後日、第一回講談社児童文学作品の選考（昭和三十五年）でも一緒になっているし、年譜には、江戸川乱歩全集第二巻の月報（昭和四十四年五月）に「巨人の半面」という文章を寄せているとあった。どんな内容かなと思って、図書館で調べたら、当然のことだが「江戸川先生」との思い出がいろいろと綴られていた。その四年前に亡くなった江戸川氏を追想する一文だった。

伯父の方が十三歳年下で、若き日の江戸川氏については長谷川伸先生からよく聞かされていたという。「私がはじめて江戸川先生をお訪ねしたのは昭和八年、先生ご不在でお目にかかれないまま戦争期の十余年が過ぎ、親しく謦咳に接するようになったのは終戦当時からであった」。昭和八年とは、伯父が「大衆倶楽部」を創刊して編集長になった年である。安い原稿料を気に掛けながらも当たって砕けろと、原稿を依頼すべく二十七歳の編集長は訪ねたのだろう。

終戦直後『小説の泉』が発刊され、探偵作家クラブが出来る頃から「しばしばお目にかかる」ようになり、「私はいよいよその人柄に魅せられて甘えていった」。「肉親の叔父御といった気持ちでずいぶん我儘をさせて貰ったように思う」と回顧している。

戦後、景気直しに文芸家協会で文士劇をやろうじゃないかとなって、その際の第一番の演目は「鈴ヶ森」だったという。その舞台で久保田万太郎氏が白井権八を演じた折、相手役の幡随院長兵衛役が江戸川氏に決まるまでのちょっとした面白い経緯《いきさつ》を伯父は書いている。

文壇総出演となったその舞台で、内々に告げた幡随院長兵衛役に久保田氏が難色を示したらしい。「ご存知のように俳優久保田万太郎先生は気むずかし家で、内輪であげた幡随院長兵衛の配役がなかなかもって気に入らない。久保田権八に匹敵する貫禄の長兵衛でなければ治まらない。そこで誰を長兵衛にしたものか」。ある筋から相談された長谷川伸氏が即座に「江戸川君だなあ」と言った。そのひと言に、探偵作家の大御所の登場なら文句はあるまいと久保田氏に伝えるとようやく納得してもらえたというのだ。そこで今度は江戸川氏にどう承知してもらうかでみんなで口裏を合わせるのに骨を折ったという逸話である。

昭和二十年代半ば頃のことだったであろう。この新橋演舞場での舞台では石川達三氏らチャキチャキの現役の作家たちがボロボロの雲助という「空前絶後」のステージとなったらしい。伯父自身は玉川一郎氏と組んで駕籠《かご》かき役だったという。

これで芝居づいた江戸川氏が次は河内山宗俊をやると言い出した時は、伯父はお名指しで北村大膳役をやることになったという。雲州松平侯の玄関先で、河内山宗俊が家老の北村大膳を「バカめッ！」と大喝して豪快に笑いとばす所がこの芝居の見せ場だが、「大膳が下手じゃ気分が出ないよ。君やれよ」となったのだ。それをさらにラジオでも二度やったとか、江戸川氏からの召集を受けて何度も飲んだとかと記している。

その酒席には必ずご贔屓のゲイボーイがいたという。「オ兄さん骨ッポクテ魅力アルワ」などともてるのには「全く参った」。ある時、思わず「近寄るな！」と平手を飛ばしてしまった。「私として正当防衛のつもりであったが、先生はいかにも悲しそうに『もっと可愛がってやれよ』と私に言われた。その説諭を聞いているうちに、私は、先生にはほんとうに、その方の趣味があったのか何かと疑問に感じたことを覚えている。或いは、女性を愛しては女性の妬心を煽るおそれがあると考えて、こうした人々を集めて遊ぶ…つまり趣味ではなく憐愍と警戒ではなかったのかと思ったことだ」などと記している。

さらに「その先生が、われ等の長谷川伸先生が亡くなったおり（昭和三十八年六月）には、これも病床にあられたのだが、どうしても旧友に別れを告げたいと言って、深夜、夫人に助けられながら蹌踉《そうろう》と長谷川邸を訪れて下さった時には、涙が出て来てたまらなかった」。「日本推理小説協会の初代理事長として後進のために労を惜しまなかったこの巨人は、又一面滴るような人情家でもあった」と偲んでいる。

江戸川氏の弔問に伯父の涙腺はゆるみ放しだったことだろう。

「鈴ヶ森」の舞台で、久保田万太郎氏が難色を示した相手役の作家とは何方だったのか興味深いところだが、作品がすべてだから、小説家は好悪の感情をあからさまにしても許される一匹狼的な側面がある話だと思う。江戸川氏に登場してもらうにしても、二番手の候補でしたでは面白くなかろうと口裏を合わせたに違いない。好き嫌いやプライドは誰にでもあるが、小説家の場合は包むオブラートが少しばかり薄いということだろう。伯父を見ていてもそう思った。

それにしても、久保田万太郎氏や江戸川乱歩氏、石川達三氏らと同じ舞台に立っていたとは知らなかった。文壇のつき合いとはどんなものだったのだろうか。

三一、「これは素ッ裸の私であって、如何なる批評にも責任を持つ」 ——小説「原子爆弾」の冒頭に掲げられた挑戦状のような〝作者の言葉〟——

『その後に吹く風』の刊行から一年余り後の伯父の小説に「原子爆弾」というちょっと変わった題名のものがある。伯父がどこかに「敗戦直後は釣り糸を垂れる日が多かったが、最初に書いたのが『原子爆弾』という短編であった…」という意味のことを書いていたのを読んだ記憶があって、どんな内容のものか長い間、気になっていた作品である。

全集の年譜を見ると、昭和二十二年十一月号の『大衆文芸』に載ったもので、「釣り糸を垂れる日が多かった」云々は私の記憶違いかと思われるほど、昭和二十一、二年も結構多くの作品や随筆を発表しているし、単行本もそれぞれ三冊、四冊と刊行されている。釣り糸を垂れながらも、あれこれ思いめぐらすことが多かったということだろう。

小説「原子爆弾」（歴史仮名遣い）は国会図書館でコピーすることが出来た。戦後の国のあり方はどうあったらいいのかということがテーマで、当然のことながら伯父流にいろいろと考えていたことを示すものであった。A5サイズの『大衆文芸』誌で二段組み三十頁ほどの長さで「特別巻頭小説」と銘打たれていた。そして冒頭部に左記のように囲み付きで〝作者の言葉〟が掲げられていた。

作者の言葉

私はこの作品の中で、私のいのちの中にうづまく思想の骨格を描き出したい。許された枚数で書けなければそれは私が未熟だからだ。むろん私はこの作品に対する如何なる批評にも責を持つ。これは素ッ裸の私であつて、私の自我はこゝから一つ一つ納得して歩きだすより他にないのだ。私は私のいのちを生きる‼

（二二・九・二五）

「私はこの作品に対するいかなる批評にも責任を持つ。これは素ッ裸の私であつて、…私は私のいのちを生きる‼」とは、挑戦状のような書き方で、四十一歳の伯父は何かに対して「怒っている」感じで少々驚いた。

この年の一月、伯父は公職追放になっている。戦時中の『軍神杉本中佐』『海底戦記』『御盾』『元帥山本五十六』をはじめとする作品や、新聞や雑誌に書いた「従軍記」などで睨まれたのだろう。小説家は民間人だから公職追放は意味をなさないはずで、占領軍による心理的圧迫に他ならない。要は当人の意欲次第で書くことも発表することも可能だったのだが、追放指定の有無に関係なく、当時すべての刊行物は占領軍の検閲審査を通らねばならなかった。

このほど、小説「原子爆弾」掲載の『大衆文芸』当該号の表紙を含む全頁のコピーを頼んだことで、改めて被占領期の言論状況の一端を具体的に知らされた。小説「原子爆弾」が掲載されたのは『大衆文芸』昭和二十二年十一月号であったが、その半年前の同年五月に公布された日本国憲法には、その第二十一条に麗々しく「表現の自由」と「検閲の禁止」が謳われてはいた。しかし、実際には画餅に過ぎなかった。受け取った『大衆文芸』誌のコピーには、裏表紙に続いて横書きの太活字で大きく「CENSORSHIP DOCUMENTS 検閲文書」と題された一枚に続いて、三枚が付いていたのである。

そこには「MAGAZINE ROUTING SLIP」（拙訳「雑誌過失調査」）とか、「MAGAZINE EXAMINATION」（同「雑誌検査」）とかとあって、その一部を記すとExaminer（同「審査官」）の欄には筆記体で「H.Ichikawa」とのサインがあり、Precensoredの欄に「✓」とあったからゲラ刷りの段階で調べる「事前の検閲」だったことが分かる。そして検閲済みを最終的に確認するかのように欄外に大きく手書きで「O.K. Checked by

H.Masao」とあった。「H.Ichikawa」や「H.Masao」とは、いかなる人物か。日本国民か？日系米国人か？何れにしても占領軍の言論統制に協力した（協力せざるを得なかった？）知的な「日本語人」がいた事実を証明するものであった。その協力なしには検閲は不可能だったはずだ。

小説「原子爆弾」を読む限り、字面《じづら》では「怒り」の矛先は占領軍に向けられていなかった。非戦闘員（住民）を無差別に殺戮した戦時国際法に背く原子爆弾の投下を糾《ただ》すような字句も出て来ない。かつての内務省による検閲のような「×××である」といった伏せ字を許さない占領軍の「検閲を隠す検閲」だったから、検閲の痕跡は見えない。検閲を頭に入れて最初から筆を抑えた結果なのか、検閲で削られてそうなったのか、分からない。何れにしても、『大衆文芸』に限らず、当時の各新聞・各雑誌に占領政策への批判のみならず、戦時中の日本の立場を擁護するような文言が載ることは間違ってもあり得なかった（書籍はもちろん、ラジオ番組の原稿や映画の脚本なども同様だった）から、小説「原子爆弾」では、もっぱら、これからどうあらねばならないかということが主題となっていた。

それにしても気になったのは〝作者の言葉〟である。文意は「これから私の胸の内を正直に明らかにします」と宣言しただけのものだが、そこには明らかな感情がある。読めば、執筆時の心境が平生と違っていることは何人にも明らかだろう。武装解除で丸裸にされて占領軍に抗する術をすべて喪失し、その上「言論の手段」をも奪われ国旗の掲揚さえままならぬ敗戦の現実が、伯父には腹立たしかったに違いない。そして、絶対的な権力を掌握して公職追放どころか憲法さえも起草した占領軍といえども、「私は私のいのちを生きる‼」とする「私」の胸の内までは手出しは出来ないはずだ！との思いが、胸中に渦まいていたのではなかろうか。ここでは「私の考えていることを率直に語りたい」と言っているに過ぎないから、〝作者の言葉〟そのものを削れ！とは審査官たりとも言えなかったはずだ。「私はこの作品に対する如何なる批評にも責を持つ」とは、単なる自信の現れだけではなかったように思われるのである。

そうであったとしても、原子爆弾の登場は伯父にとっても大きな衝撃であったに違いなく、人間は発想の転換を迫られているとの考えから、それがそのまま小説のタイトルになったのだろう。

この小説を読み終えて、検閲によって、大事な一節が消されているのではないかと思われる箇所があった。作品の中で取り上げられるべきが当然だと私には思われる文言がないのだ。

小説の後半部に戦後の農地改革（農地解放）の関することが出て来る。共産主義にかぶれかけた村の青年たちが、農地改革によって既に田地を手放しているお寺に対して、もっと畑を放棄せよ！と檀家の過半数の印判付き同意書を携えて押しかけるという場面がある。

住職に代わって応対した人物（小説の主人公。民法を教える大学教授で衆議院議員でもあって、参禅のために寺に滞在していた）の返答の中に、出て来ていいはずの一節がないのだ。

青年たちは「民主主義的な多数決の原則にしたがって明け渡しを要求」して、「人民による人民ための政治、これが民主主義の原則です。多数の人民の意志が大切です」と迫る。対応した住職の代理は、次のように答える。

「い丶かね。リンカーンはなるほど人民による人民のための政治といふ立派な言葉を残していつたが、しかしその言葉の前に、その言葉の精神を話すために最も大切なもう一つの心構へを云つてゐる。ところが日本人はその心構への方はまぶしいので決してこれを一緒に言はない。云つてはちよつと具合がわるいのだ。その言葉はどういふ言葉かといふと、神に誓つて――といふ言葉だ。神に誓つて人民による人民のための政治を多数決でやらうと云つてゐるのだ」

「（同意書の）人々が、みな神に誓ひ、良心の命ずるま丶に判をついたといふのだつたら、私も諸君と一緒に禅師へ畑を手放すやうに頼まう…」

青年たちよ、南北戦争の激戦地・ゲティスバーグでのリンカーン大統領の演説をもっと良く読んだらどうだと、たしなめているのだが、この若者をたしなめる言葉にリンカーン演説の大事な一節がないのだ。リンカーン大統領がこの演説で言っている「人民」とは、この激戦の地で斃れた戦歿者の後を受け継いでその死を無駄にしないように一層の献身をしようと決心する人民のことであった。単に自分らの要求実現を叫ぶ人民ではなく、神（全能のGOD）を仰ぎつつ、戦歿者の心を受け継ごうと決意する謙抑《けんよく》なる人民のことであった。「リンカーンの言葉」を持ち出していながら、このことに一切触れていない。

もし検閲がなかったとしたら、青年たちへの返答の中に、〝リンカーンが人民による人民のための政治を説いたのは、君らの言う通りだよ。しかし、その時、戦歿者のことを忘れて自分勝手なことばかり言ってはならないとも説いていたはずだよ〟という趣旨のひと言が加わったことだろう。「神に誓つて——といふ言葉」を持ち出していながら、〝戦歿者〟云々に触れなければ、青年たちの言い分と同様に、ゲティスバーグ演説の「つまみ喰い」となってしまう。

私はここに検閲の影をみるのである。日本の現実問題を語る場面で、〝戦歿者〟の思いを肯定的に評価するような科白《せりふ》が占領軍の検閲を通るはずもないからだ。なぜなら、「日本には武器と執るべき一分の理由もなかったのだ」(馬鹿げた不義な戦争を勝手にしたのだ)、「その戦争を戦った者に〝義〟があるはずがない」といった観念を広く植えつけるのが占領統治の目的だったからである。戦歿者を突き放す方向へと「日本人を再教育する」ことが占領政策の狙いだった。占領期は火器こそ見えないが一方的な思想攻撃の時期だったのだ。

占領下の現実の中で、伯父は最初から〝戦歿者〟云々を書き入れるのを諦めたのか、ゲラ刷り段階の「事前の検閲」で指摘されて削らざる得なかったのか。何れにしても、鹿屋の特攻基地から飛び立った隊員たちを身近に感じていたはずの伯父が、ゲティスバーグ演説のこうした重要な一節を見落とすことは、百パーセントあり得ないと思うのである。

三二、伯父の生真面目さを示す小説「原子爆弾」
——「一体論的原子力時代！」の到来から、「統制経済」批判まで——

小説「原子爆弾」冒頭の「如何なる批評にも責を持つ」と言い切った挑戦状のような〝作者の言葉〟には、いささか驚いた。そして、その小説を一読して、やはり伯父は根は生真面目な男だったんだと改めて思った。何事にも正面から取り組もうとした伯父らしい作品だなあとも思ったのである。

少々長くなるが、その小説（歴史仮名遣い）の一部を抄出しながら感想を記してみたい。

主人公・瀬波雄三は民法を教える大学教授で、衆議院議員（新潟市周辺を選挙区とする新潟県第一区選出）をかねていた。ひょんなことから、彼は魚沼地方、小出の近辺まで食糧の買い出しに来ていた女と言葉を交わすことになる（その女は絵描きの女房で、「どこかインテリの匂ひ」をかくしていた）。その会話の中で、食糧事情に直結する経済体制のあり方から、世界情勢、国内政治までいろいろと語るのだが、「原子爆弾の出現」については、左のように説くのであった。雄三の考えは、そのまま伯父自身のものであったことは言うまでもなかろう。

「ご承知のやうに十九世紀から二十世紀へかけて史上空前の物質文明時代が築きあげられた。しかし、この文明時代でもつひに戦争だけは避け得なかつた。いや、避け得ぬどころか逆に空前の戦争時代でさへあつた。その戦争時代の頂点へ原子爆弾が現れたといふことは、神が姿を現はしたことだと思つては独断にすぎませうか

「唯物論的科学文明時代が何時から本当の朝を迎へたかご存知でせう？　ダーヰ《ウィ》ンの進化論からだと私は思ふ。ダーヰンの進化論は瞬く間に思想界へ革命を捲き起した。スペンサーの哲学にはじまつて、文学も心理学も倫理も美学も……いやあらゆる学問をその足もとにひれ伏させてとにかく一つの人間革命を完成させた。そしてその科学時代の頂点で、科学の一つの絶対面を打ち破つて生れ出て来た原子爆弾に、つひに次のバトンを渡したのだと私は思ふ。したがつて現在のわれ〳〵の眼にうつる絶望的な様相は、神の助担を拒んだ唯物文明時代が、いままさに暮れ落ちようとして迎へた荘厳な落日の景観なのだと思ってゐる。

そしてすでにバトンは原子力に渡ってゐるのです。人類の存続か滅亡かの鍵をもつて生れ出て来たこの次代の子が、進化論ほどの影響を思想界に与へ得ないと云ふのでせうか？荘厳な落日の景観の中で、すでにこの子は着々と明日の用意をしてゐるのです。左様、文化的には神と物質と人間の良智をひとつにした一体時代、文明的には今日の人類の予想を超えた原子力時代を。

一体論的原子力時代！

それが戦争をつひに克服し得なかつた唯物論的科学時代の後継者で、国際連合はその偉

大な平和の朝への一里塚です。日本が敢然と軍備をかなぐり捨てたのも、その朝をのぞんでこそ始めて意味があるのです。そして、若し夜が明け放つてからあたりを眺めたらマルサスの人口論などは一片の悪夢、国境といふ我執の垣を取払つた人類のほんたうの笑顔が地上を埋めてゐると私は思ふ……」（…の箇所はママ。注・マルサスの「人口論」とは、人口増加の速さに食糧の増産が追いつかず、過剰人口による貧困の増大が将来的に避けられないとする学説）

こうした雄三の話は、直ぐには相手に通じない。

「そこまで云ふと、女はきびしく手を振つた。

『もう沢山！』癇高い声が青空に流れて、…荒い呼吸が、ぐつと雄三の顔にせまつた。

『人間を信じよ。人間の智慧を信じよ！と云ふんだろ？』

唇をゆがめて女は呻いた。

『信じてゐるうちに餓死したら何うなるんだッ。うちの亭主よりよつぽどのんき気な雲の中にゐる。一つは仮定、一つは夢。そんな政治家に口を預けてゐるんだもン』」

右の文面を読むと、およそ『織田信長』『徳川家康』などの小説でイメージされる時代小説家らしからぬ内容のようだが、伯父は時事や国のあり方について、日頃からテレビのニュースを見ながら、批判的に「解説したり」、時に「息巻いたり」していたから、昭和二十二年の時点にあっては、〝原子爆弾〟登場後の世界は、こうあって欲しいと願うところを書かずにはいられなかったのだろう。ふだんから「公」のあり方について多方面に関心を抱いていたことを物語るものだと思う（時代小説にもそれを窺わせるものが当然にあるが）。「国際連合は偉大な平和の朝への一里塚」とか、「日本が敢然と軍備をかなぐり捨てた」というあたりは、検閲の影があるような気がしなくもないが、伯父とても、戦争を避けるにはどうあったらいいのかとの思いは強かったはずだ。

買い出しの女が「そんな仮定や夢のようなことを言っていて、餓死したらどうするんだッ」と反撥したように、伯父の「怒り」、批判の筆先は、直接的には戦時中の統制経済をそのまま続けて、都会の人間に食糧の買い出しを強いている政治に向けられていた。

「雄三が調べて廻つた範囲では、日本全国どんな部落でもほんたうの出来高をそのまゝ報告したところは一部落もなかつた。少ないところで二割、多いところでは四五割のものが耕地面積と収穫高でかくされてゐる。そんな事は断じてないと云ひきれる百姓や関係官吏は、日本中に一人もゐない筈であつた」。平均三割五分がかくされていると仮定すると、昭和二十一年の収穫高は政府発表の六千八百万石ではなく八千八百四十万石になって、麦を加えたら一億万石を突破し、「八千万人の人口（註・当時の総人口）を持つ日本は食糧洪水といふ仮定が成り立つ」。

それでは、どうしてそれが出来ないのかを、雄三は、前記の買い出しの女に、次のようにも語る。

「いや、政治の無力からと云ふべきです。政治に流通させる力がないからですよ。はつきり云へば私共の無力のせゐです。仮りに、その無力な政治家共が必死にしがみついてゐる供出制度をやめ、公定価を廃止すると仮定してみませうか。さうなつたら、全国に二割近くある不耕作地はすぐに耕されて百姓は素直に豊作を喜び、多収を誇つて益々増産にはげむでせう。もちろん濁酒を作る悪風もやむでせうし、公定価がなければ経済の原則にしたがつて活発に流通もしだすでせう。さうなれば決して絶対量は足りなくないと私は信じる」伯父は「日本の食糧はやり方ひとつで足りる」と見ていて、統制経済を強く批判する。「あの強権一点張りの戦争中にも一つとして成功した例のない」統制経済を続けて、「乏しくないものまで統制しなければならない組織と思想がそのまゝ根づよく残つてゐるのも事実であつた。／世界のどこに人民六人で役人一家族を養つてゐる国家があるであらうか。日本だけだ。しかもその大部分は統制経済をやるために必要な人員なのではないか」と指摘する。統制経済の結果、ヤミ物資をはびこらせて、道義を退廃させていると説いている。次のような説き方が、いかにも伯父らしいと思うのである。

食糧統制が続く限りヤミ物資や買い出しはなくならない。「民族の姿勢を正す——と云つても、耐乏生活の強要とか、道義の昂揚とかいふ抽象だけではむろん無意味で、…政治的に目ざすべき手は唯一つ、せめて食生活の中からは絶対ヤミを追放する——その事以外にある筈はなかつた」。ヤミ経済で「国民全部が良心に手錠をかけられて竦《すく》んでゐる」。「良心的であればあるほど、父は子を訓へ得ず、母は娘をたしなめ得ない。司法官は裁き得ず、教育者は教へ得ず、宗教家は道を説き得ない。瘠せおとろへた正義はぢつと眼を閉ぢ歯を喰ひ締つて蒼ざめてゆく。反対に狡猾な狐や狸は御殿に棲んで、左団扇で社会正義を叫び道義の低下を嘆いてゐる」。

「もしこゝに、最低の食生活が安定させられたら何うならうか？ヤミをせずにとにかく生きてゆける事になつたら……この日はじめて国民すべてを繋いでゐる『良心への手錠――』がどこかでプツリと断ちきられる日に違ひない。蒼ざめた正義と、瘠せた良心とが、はじめてはげしい憤りをひめて民衆の中へ躍り出す日に違ひない！」（……の箇所はママ）

当時は食糧問題の解決が緊急事項だったはずだが、政治がそれに適切なる対処策を講じていないと、もどかしく思っていたのだろう。食糧の統制は、食糧に止まらず、ヤミ行為を拡散して道義の退廃に行きつくことになると強調したかったのだろう。

さらに、国柄の中心である天皇についても、当時、伯父はいろいろと思いをめぐらしていたに相違なく、華厳経の示す「四法界《しほつかい》」（事法界・理法界・理事無礙法界・事事無礙法界）を説く中で、ひと言だけ「天皇」にふれている。「四法界」を説くとなると若干ややこしくなるが、こうしたところにも、伯父の生真面目な面が出ている感じがする。お蔭で私も勉強できた。

華厳哲学の教示するところ、「事法界《じほつかい》といふのは所謂千差万別の『個別――』の世界である。……われ〳〵がわれ〳〵の感覚によつて区別し得る個々別々の世界である」。「理法界《りほつかい》といふのは個々の感覚の下を流れる統一原理を指してゐる。何故魚は鳥ではなく、犬は猫ではないと云ふ事が分るのか？その差異をわきまへさせるもの、裏に理はとほつてゐる。…個別を示す『事――』があつて、はじめてその差をわきまへる『理――』を云ひ得るからである」。

理事無礙法界《りじむげほつかい》では、「事」と「理」は相対した二つのものではなく、「理の世界は直ちに事の世界につながり、事の世界は直ちに理の世界であつて、その間に何のやうな碍礙も壁も存在しないといふのである。こゝに至るとすでに五官の感覚を超えて来る。言葉を変へて云へば、アメリカ人の喜びは必ず日本人の喜びにつながり、ロシア人の嘆きはそのまゝ日本人の嘆きを含むのである。／資本の倒壊は直ちに労働の衰微につながり、民衆の不幸はそのまゝ指導者の不幸につながるのである。…したがって一輪の花の中に宇宙もあれば、宇宙の中に花もある。国民の中には天皇もふくまれ、天皇の中には国民も生きてゐる。東洋ではこれを霊性的な直覚といふが西洋の論理では弁証法といふのであらう」。

続けてさらに、事事無礙法界《じじむげほつかい》では、「事々（個々）が無礙で、合理性はもはや超越されてゆく。こゝでは猫は直ちに鼠であり、敗者は勝者である。松は梅であり、空間は時間であり、時間は空間なのである。／同時頓起、交参自在、五官の世界を超越して然も五官の世界も又事々無礙の世界であるといふ体得にすゝむのである。／ヘルマン・ヘッセが憧れの言葉でのべた東洋の『禅』とはこれであり、…此処には全体主義もなければ悪平等もなく、のび〳〵と個を生かしきつた人類一体、我境一体の道がひらけて来る筈だつた」とある。

「華厳哲学の中につゝまれてゐるものは、西洋哲学のもつ論理的な推敲の奥に、東洋民族の納得出来る霊性的な直覚がおかれてゐる」との文言もある。

原子爆弾の前に矛を収め敗れはしたが、西洋哲学の考え及ばぬ霊的に深いものを日本は内包していると言いたかったのではなかろうか。華厳哲学に拠りながら、「…敗者は勝者である」、すなわち、鼠は猫でもあるのだから、敗戦は必ずしも敗北を意味するものではないと示唆したかったのかも知れない。

また、前項で触れた農地改革に従って田地を手放したお寺に対して、「もっと土地を明け渡せ」と要求する共産主義に魅せられかけている青年たちに向かって、住職の代理の雄三が次のように話す場面もある（村は新潟県南東部の群馬県寄りの魚沼地方にあったから、「選挙区がちがうので。青年たちは雄三の顔を知らない」）。

「腕に応じて取れ」の資本主義では、貧富の差が生じるので「富める者の慈善心による社会事業」が伴わなければならないが、「腕に応じて働け。そして公平に分配する」といって、「公平」を掲げる共産主義ではどうなるか。「人間の能力体力は各人各様なのだ」。そこで「公平」実現のためには「強力な権力」で絶えず見張らなければならなくなるが、「人間のゐるどんなところにも警官を配置しておくわけに行かない」から、「秘密警察のスパイ」を分からないようにおいて、「密告されたら銃殺されるであらうといふ恐怖を与へておくこと」になる。

小説「原子爆弾」発表当時の昭和二十二年頃は、スターリン治下のソ連における密告恐怖政治の実態は、それほど一般化していなかったと思われるのだが、共産主義政権への本質的な疑念を右のように説いていた。

そして、雄三は、若者たちに「人間の手」から「蒸気」へ、「蒸気」から「電気」へと生産動力が変化して、「大きな工場」が建てられ、「労使の衝突がはじまる」…云々と縷縷説明して、「更にこゝに原子力が産れて来た。これが動力となる時代がすでに来かゝつてゐる。これはむろん大きな人間革命と同時に、今までにないスケールで生産革命をもたらすに違ひない」とも語り、「ところがマルクスは電気動力さへ知らない、これはマルクスの罪ではむろんない。彼の見た世界では電気はまだ電灯にもなつてゐなかつたのだから。したがつて飛行機も知らなければ、ラヂオも、テレビジョンも知らない。いはんや原子爆弾においておやだ。そのマルクスが蒸気を見て考へた闘争が果していちばん新しく進歩的なのだらうか……?」

(……の箇所はママ)などと説いている。

以上は小説「原子爆弾」から勝手に抄出したもので、小説の全体像を必ずしも示すものではない。しかし、右のいくつかの抄出箇所から判断しただけでも、伯父がきわめて生真面目な一面をもつ「純」なる男であったことだけは確かだと思う。飲めば、大いに「語って」「泣いて」、噛みつかんばかりに「吼えて」、さらにまた「笑って」と、大いに乱れたかに見えた伯父ではあったが、それだけではなかったのだ。度はずれて乱れたように見えた分だけ、逆に真面目だったのだ。

この小説の主な舞台は、越後随一の名刹・雲洞庵《うんとうあん》というお寺で、伯父の故里・小出からほど近い南魚沼郡上田村（現在、南魚沼市）にある曹洞宗の寺院であった。政治の現状にあきたらなさを覚える主人公・瀬波雄三が、新井石雲禅師の下で畑を耕しながら参禅して、議員辞職の腹を固めたところで小説は終わっていた。雲洞庵には伯父自身も籠もったことがあるらしく、他の小説にも雲洞庵が出て来る。

私にとっても、雲洞庵は身近に感じられるお寺で、教員になった直後に一度お参りしたことがある。それだけでなく、中学生高校生の頃、わが家に毎月『雲洞』と題する雲洞庵発行の小さな新聞が届いたのを覚えている。難しそうな内容であまり読まなかったが、その一頁には、毎号「日々是好日」という禅語が掲げられていた。飯時《めしどき》などに、「いい言葉だのう」「そうだのんし」などと両親が言うのを耳にして、分かったような顔をして頷いていたのであった。むろん少年の私に、その深意が理解出来ようはずもなかったが、この禅語は、今日まで折にふれて思い起こされる言葉となっている。

雲洞庵のご住職が小説では新井石雲禅師なっていたが、新井石龍禅師のお名前を憚《はばか》ってのことだったであろう。

三三、「六〇安保」の前年に書かれた『小説岸信介』
——再読して、「あとがき」に驚いた、伯父の反「進歩的文化人」宣言だ！——

わが家には伯父の小説が三十冊ほどあった。高校生だった兄が伯父のところに泊まりに行った時、「土蔵のなかの好きな本を持って帰っていい、ただし二冊以上ある本に限る」と言われたとかで、もらって来たものが大半で、今でもいくつかのタイトルを覚えている。『顔のない男』『桃源の鬼』『真珠は泣かず』『八幡船《ばはんせん》』『山田長政』『日蓮』…。これらの小説は本棚に並んでいるだけで、父も母も伯父の作品を読んだ気配はなかった。帰省時の印象が強烈なだけに、あまり気が進まなかったのかも知れないし、もともと小説を読むような習慣はない感じだった。

『顔のない男』は、その題名に惹かれて途中まで読んだ覚えがある。戦争の傷が心身ともに癒えない男の暗い話から始まっていたが、中途で投げ出した。鈍い中学生には若干分かり難かったのだ。たぶん伯父の作品だから「人間の業の深刻さを描きながらも、そこに背中合わせのように善意の光明がほの見える…」といった感じに展開したのではなかろうかと、勝手に想像して来た。後日読んだところ、終末のところでは善意の光明がさし込むが、まったくのサスペンスで伯父にこのような作品があるとは知らなかった。話は、戦争の傷跡が残る東京のある盛り場で、無残にも鼻がおち眉も眼も耳もなくした「顔のない男」が喜捨を請うて下手なバイオリンを弾いているところから始まる。フィリピンから初めて特攻機が出撃する際、掩護《えんご》で飛び立った戦友三人の内のひとりで、敵機にはばまれ墜落して、命は助かったものの顔面をやられてしまったのだ。戦後、彼と同姓同名を名乗る人物が二人現れて、「顔のない男」の妻は翻弄される…というもので読んでいて意表を突く展開に驚いた。

当時の私が読み終えた伯父の本と言えば『小説岸信介』である。この本は兄が書店で見つけて買って来たものであった。昭和三十四年五月、「六〇年安保」騒動の前年に出ている。

日頃から、新聞を良く読んでいて時事的な事柄に興味を覚えていた中学生の記憶では、当時の岸首相（岸内閣、昭和三十二年二月〜昭和三十五年七月）の評判は好ましくなかった（石橋湛山首相が総理就任間もなくして病気で辞任したため、外相で臨時首相代理を兼任していた岸氏が急遽組閣したこと、その直前に岸氏、石橋氏、石井光次郎氏の三氏で総裁選が戦われ、岸氏がトップだったが過半数に達せず決選投票では二、三位連合が功を奏して石橋氏が当選していたこと等々はハッキリと記憶にある。その四年前のスターリンの死からマレンコフ追放、フルシチョフ登場も記憶にあるし、吉田茂内閣の最後のあたりから、鳩山一郎内閣―社会党統一―自民党結党（保守合同）―緒方竹虎氏急逝―鳩山訪ソ―日ソ国交回復―国連加盟―石橋内閣へ、と国内政局が展開したことも記憶にある。岸内閣が警官職務執行法を改正しようとしたところ、新聞や野党に猛反対されて廃案になったが、その過程で若手の中曽根康弘代議士が都内で開催された警職法改正をめぐる討論会で賛成演説をしたとの小さな記事も覚えている。家で購読していた朝日新聞は〝オイッ、こらッ〟警察の復活だ！と題するキャンペーン記事を連日掲げていた。

とにかく新聞の政治面や外交面は良く読んだ。薬莢《やっきょう》拾いで米軍演習地に立ち入った主婦が射殺されたジラード事件などは、連日の紙面をもどかしい思いで読んだものだった。小学校の五、六年生の頃、今では恥ずかしくて笑い話にもならないことだが、一時期、将来アナウンサーになることを夢想して「放送部」に入り、家では声に出して新聞を―ことに国際面を―読んだりしていた時期があった)。

党内には「反岸」勢力がある一方で、「両岸」という中途半端なグループもあって、首相はリーダーシップをきちんと発揮せずフラフラしているといったような声が紙面を飾っていたように記憶する。三島由紀夫氏の話題作『美徳のよろめき』に引っかけて、首相はよろめいているなどと揶揄されてもいた。そんな首相をわざわざ小説にするなんて、伯父は首相を応援したいのかと思ったり、逆に首相と親しいことを言いたいのかと思ったりした。ともかく現職の総理大臣を小説にするとは意外であった。そこで時事問題が得意な(?)少年は『小説岸信介』を繙いたのだった(読んだのは一、二年後の高校生になってからで、岸首相の退陣後だったかも知れない)。

戦時中、東條内閣の商工大臣だった岸首相が、サイパン陥落後の閣議で、他の閣僚が怖じ気づいて黙するなか、率先して東條総理に異を唱えて閣内不一致から退陣に追い込んだという小説の書き出しは、ずっと後まで頭に残ったのだが、伯父がこの小説で何を言いたかったのかは印象に残らなかった。その後も、何故、現職の首相の小説を書いたのだろうかというのが長い間の疑問だった。

最近古書店で『小説岸信介』を手に入れたので再読してみた。そこには講和条約発効後の迷走混迷する政界にあって、日本の再建を「経済の自立、憲法改正のための保守合同と政党近代化(総裁公選)」に賭ける政治家の後半生が、というよりも「時の総理の戦中から戦後の姿」

が人的交流の裏話を伴って描かれていた。いくら時事に興味を抱いていたとしても、少年にはやや難しかったのである。

それにしても必ずしも世評好ましからざる現職首相の実名小説を書くとは大衆作家とは言え冒険だったのではなかろうか、否、大衆作家なら、なおのこと避けたがるのではなかろうか、などと少しは考えたが、それは大したことではなかった。

今あらためて再読して驚いたことは『小説岸信介』の「あとがき」である。これは伯父の明確な反「進歩的文化人」宣言ではないかと思ったのである。『小説岸信介』が刊行された昭和三十四年は、何度も言うが「六〇年安保」前年で、この前後、中学生高校生だった私には、例えば評論家・中島健蔵氏や演出家・千田是也氏、新劇俳優・杉村春子氏らのように新中国になびく文化人たちの言動を多く朝日新聞で目にした記憶がある。当時私の「愛読書」は家で購読している朝日新聞だった。文芸評論家・青野季吉氏の名も記憶にある。そうした時代思潮のなかで「あとがき」は書かれたのである。

「昭和三十四年、釈尊誕生日、空中観音小舎において」と末尾に記された一文であるが、そこには例えば「…しきりに中共の業績をたゝえる文化人はあるが、彼等に三ヵ月宛農村で田を深耕して来るように命じたらどうであろうか。／嫁と姑の問題を気にするほどなら、そっくり家庭は無くして、子供は託児所へ預け、中共式に労働しなさいと命じられたら家庭婦人は何と云うであろうか」云々と記されていた。昭和三十四年と言えば、第一回の「総調和の集い」が開かれた年である。

当時、新潟の田舎町の中学校でも、新中国にはハエが一匹もいないと社会科の先生は自信たっぷりに言っていたし、農村は集団化して「人民公社」となって生産量の増大が著しいとも教えていた。教壇の先生は新中国になびいて浮かれたように語っていた。さらにそこでは稲穂がたくさん稔りその上で人間が横になっても大丈夫だ（折れない？）とも述べていた。さすがに「人間が乗っても大丈夫だ」という時の先生は、すこし自信なげで口ごもった感じがしなくもなかったが（妙なことを覚えていると我ながら感心する）。このように新中国のすばらしさが、「進歩陣営」で熱病に浮かされたように語られていた時代に、伯父は「中共の業績をたゝえる文化人の皆さんは、彼の地の田畑を少しでも耕して来たらいかがですか」などと軽くたしなめていたのである。

さらに「吉田白タビ首相もさんざんな不評を蒙って退いたが、退いたあとでしきりに懐かしがっている人々がたくさんあった。／この主人公も、いまがいちばん風当たりのはげしい時と思えば何の奇もない出来事なのかもしれない。／しかし主人公が、何を考え、どんな道を歩き、又、歩こうとして、歩けたかどうかを検討してみるのも決して無意味ではないと考えて書いてみた」とも続けている。こうした一節が「あとがき」にあったとは正直いってビックリしたのである。

もう少し引用を続けさせてもらいたい。その結びである。

「…ただ私は、人は白紙で生れ、その白紙の上に外部の環境が模写されて、それで人間の意識が生れるという唯物哲学の立場はとらない。／人間は生れながらにして白紙と個性をもっている。理想の芽を大切にし、そこから創造性を育て得るものだと考えている。／したがって、良心や責任感は私にとって無視し得ない人格完成へのポイントである。という意味で、実名をそのまゝ出された登場人物各位も、作者を寛く大きく許して頂きたいと思う」

新聞からの時事情報に興味を示していただけの冴えない少年に、「唯物哲学」云々が理解できたはずがない。ただ、昭和三十年代半ばの「進歩的文化人」の言説が大手を振って罷り通っていた時期に、伯父が、このようなことを考え、それを公にしていたとは、正直に言って快哉を叫びたい気分である。常に「民衆」を口にしながら、胸中、いつも高みにいて優越感に浸っているような、それは左に限らず右にもいるが、そうした人達の対極にいたいと念じていたであろう伯父の面目躍如といったところである。

三四、わが手元にある半世紀以上前の〝黄ばんだ〟切り抜き
――朝日新聞連載の「最後の従軍」――

忘れもしない昭和三十七年八月上旬のことである。

わが家で長年購読している朝日新聞に、「最後の従軍」と題する伯父の文章が五回にわたって連載された。海軍報道班員として、鹿屋（鹿児島県）の基地で特攻隊員と二ヶ月ほど寝食を共にし、その出撃を見送った体験を記したもので、高校三年生の私は、大袈裟に言えばむさぼるように読んだ。翌日の新聞が配達されるのが待ち遠しかった。この三年前、伯父宅の茶室（茶経堂）で見せてもらった隊員たちの「寄せ書き」の写真も載っていたし、当時の伯父が神雷特別攻撃隊司令の岡村基春大佐と共に写っている写真も最終回には添えられていた。岡村大佐から一歩下がった位置で伯父はカメラに収まっていた。昭和二十年当時、伯父は三十九歳だった。

この連載にはかなりの反響があったらしく、九月中旬、その続編とも言うべき「最後の従軍　その後―意外に大きかった反響―」が掲載されている。私はこの六回にわたった記事を切り抜いた。その切り抜きを今も大事に持っている。その気になれば古い記事など大きな図書館に所蔵されているマイクロフィルムや縮刷版でいくらでも読むことができるのだが、この伯父の一文に関しては、だいぶ黄ばんではいるが、当時家に配達された新聞からの切り抜きで読むことができる。よほど感じるものがあったのだろう、切り抜きは硬い紙で表裏に表紙を付けて綴じてある。

この頃の朝日新聞には、まだこうした体験記を載せる「幅」があった。

全集年譜の翌昭和三十八年の項によれば、同年五月二十七日の、すなわち日本海海戦にちなむ海軍記念日に当たる日の紙面にも、伯父の旧海軍兵学校（海上自衛隊幹部候補生学校）訪問記「江田島の今昔」を載せている。国会図書館で調べたら、赤煉瓦造りの「生徒館」の建物など四葉の写真が添えられた一頁の紙面を全部使った特集記事であった。朝日新聞からの依頼による訪問取材だったであろう。それによると、伯父にとっては二十年ぶりの江田島訪問で校内に一泊したらしい。伯父は「昭和十八年、七十五期生の卒業の際、私は一週間近く泊まり込んで、最終行事の一つなっている原村《はらむら》八里の追撃戦から千六百段の石段を一気にかけあがる宮島の弥山《みせん》登山まで一緒に経験してきている」とふり返り、「そのおりの教官や生徒の中からもおびただしい犠牲者が出ている」と偲びつつ、江田島の昔を語り、そして今も「全く以前の兵学校と同じ規律の厳正さ」で訓練が続いていることを記している。

「最後の従軍」に話を戻すと、この六回にわたった「最後の従軍」は、ありがたいことにその三十二年後、平成六年八月に刊行された戦歿学徒の遺文集、靖国神社編『いざさらば我はみくにの山桜』（展転社）に資料として全文が収載されている。ところがどういうわけか「最後の従軍　その後―意外に大きかった反響―」に関しては、末尾に「掲載年月日不明」と付記されていてビックリしたのだった。早速、お願いして第二刷から「掲載年月日」を明記してもらったことは言うまでもない。思わぬところで高校三年生の時の「切り抜き」が役に立ったのである。

今、こうして伯父の思い出を書くに当たって、改めて「最後の従軍」を一読したが、「海軍報道班員、山岡荘八」の心の裡が察せられるとともに、時に湧き来る涙をこらえつつ、あるいは溢れる涙にしばし瞑目しつつ、筆を執ったであろう伯父の姿が目に浮かぶようであった。鹿屋では川端康成氏、新田潤氏、丹羽文雄氏らとある時期、一緒だったようだ。

伯父は「最後の従軍　その後」の最終段落で、「最後に、私もこの人々の十三回忌に庭の片すみへ『空中観音』と名づけて草堂を建てて、お祈りをしていることを記さしてもらってよいであろうか…」と書いている。伯父が庭に茶室（茶経室）を建て、観音像を奉じたのは「十三回忌」、昭和三十二年八月十五日を期してのことだったのだ。私はその二年後に、空中観音を拝んでいたわけである、と書いて来て今思い出したことがある。

昭和三十二年と言えば中学校一年であるが、その年の秋のことだったが、「茶経室」を何頁ものグラビアに取り上げた『家と土地』という雑誌が伯父宅から送られて来たことがある。そこには山梨県某村の民家で使用されていた千年を閲した古材を使っていると書かれていた。空中観音についてはどのように触れられていたかは残念ながら記憶にない。その雑誌を、母が、店の前を通りかかった伯父の小学校時代の同級生で、中学校の教員をしている女性を大声で呼び止めて、「山岡のところの茶室ですてぇ」と、自慢気に見せていたのであった。

出撃する特攻隊員を少年飛行兵として目の当たりにした体験を持つ作家・神坂次郎氏に『今日われ生きてあり』（新潮文庫）、『特攻隊員たちへの鎮魂歌《レクイエム》』（PHP文庫）などの著書がある。神坂氏は、隊員たちの一途な行動と魂のありかを書きたいと「灼けるような念いを抱きながら」、ようやく三十数年後に手を初めたという。その過程で伯父宅の茶経室に招かれたことがあったと記している。その際、伯父から特攻隊についての執筆を勧められたことがあったが、その時は「書けなかった。書く自信がなかった…」とも記している。PHP文庫本のなかの「第三話　最後のキャッチボール」は、伯父の「最後の従軍」の中に記されている場面をベースにしたものである。

山岡荘八全集の詳細年譜の「昭和四十年」の項に、八月十三日、鹿屋での特攻隊戦歿者慰霊祭に一首献詠、とあって、左の歌が載っている。

同胞《はらから》を生かせとゆきし防人《さきもり》にはたとせかへぬ心捧ぐる

「私が見聞した限りではみじんもウソのなかった世界…それだけに私もまた生涯その影響の外で生きようとは思っていない」と認めて「最後の従軍」の筆を擱いた伯父は、三年後の戦歿英霊の二十年祭に右のような思いを献じていたのであった。

それからずっと後のことになるが、「英霊にこたえる会」が発足した折（亡くなる前々年、昭和五十一年六月）には、参与に名を連ねている。

三五、「丹羽文雄氏の眼にほんとにそう映ったのか」

――特攻基地・鹿屋の町で「哀れな下士官を意地悪く撲る」士官!?――

伯父には「特攻隊員の真の姿」を理解し分かってもらいたいとの強い思いがあった。朝日新聞に五回にわたって連載された「最後の従軍」（昭和三十七年八月）もそうだったが、全集の年譜の昭和二十一年の項にある「丹羽文雄の〝篠竹〟について」（『大衆文芸』同年二月号）も、そのようなものだったようだ。この伯父の文章も丹羽氏の作品「篠竹」も読んではいないのだが、なぜ「丹羽文雄の〝篠竹〟について」という一文を書くことになったのかの理由を、その後、伯父自らが認めたものがある。それは昭和四十四年刊の『日本人の味』（太平出版刊）に収められている「最後の従軍――〝美談の誤解〟の項ほか――」で、初出の時期ははっきりしないが、その中に「朝日の記事によって、…はじめて彼のご母堂に面会し得たのである」とか、「あれから十八年になろうとして」とかとあるから、昭和三十八年頃に書かれたものだろう。それによれば鹿屋《かのや》で一時期、一緒だった丹羽氏が終戦直後に発表した「篠竹」で描いた特攻隊員像は真相を捉えたものではないというものだった。

朝日新聞連載の「最後の従軍」をベースに、さらに詳しく小見出しをいくつか付して加筆したものが『日本人の味』所載のもので、いかにも伯父らしい見聞談が他にも多く記されている。少々長くなるが（それでも一部ではあるが）記してみたい。

先ず報道班員として鹿屋に向かう時の胸中を伯父は以下のようにふり返っている。

「陸戦も海戦も空中戦も潜水艦戦も見せられている」。「そして何度か、自分でもよく助かったと思う経験も持っている。しかし、まだ必ず死ぬと決定している部隊や人の中に身をおいたことはない」。「従来の決死隊ではない」彼らに「何といって最初のあいさつをしたらよいのか」、「その一事だけで、のどもとをしめあげられるような苦しさを感じた」。

そして続ける。

「ところが部隊に起居しているうちに私の想像は根底からくつがえされた」

「ここを最後の基地として飛び立ってゆく地獄の門であったが、その明るさは底抜けの蒼穹を連想させる明るさだった。この事では私の筆力不足から、さまざまな叱りも受け、反対意見にも出あっている。当然のことである。死を決した人々が底抜けに明るかったなどと唐突にいい出されても、その子弟を失った人々が、簡単に納得出来る筈がない。と、わかっていながら、やはり私は、あの野里村での二ヵ月足らずの生活を、私の眼で見、心で感じた地上の天国であったというより他にすべを知らない。

全く私は、あれほど人間が、美しく、無欲に、洗い浄められて生きている姿を見たことはない」

戦後、訪ねて来た「旺文社の『時』という雑誌の編集をやっている牛島秀彦君」（出撃の直前、伯父の目の前で「最後のキャッチボール」をして、「ようし、これで思い残すことはない」と言って飛び立った石丸進一少尉の従兄）に、わが眼に写ったままの様子を語った伯父は、その際、「そんな澄んだ心境にどうしてなり得たのでしょうか?」と問われたという。「その点の説明に何時も私は困却する。どんなにこれが事実だといってみたところで、一応その心理過程を、自分の知識や経験から分析してみたあとでなければ承服しないのが、現代人の癖である。そこで私は、次のような私の感想をつけ加えた」。伯父自身も、「…承服しないのが、現代人の癖である」としながらも、いろいろと考え及んだはずである。

「海軍で『特攻――』という最も非人道的な一機一艦主義の戦術を考えだした」大西瀧治郎中将、「これを現地部隊で最初に採用した」有馬正文少将、沖縄海域への特攻などを実行した「第五航空艦隊の司令長官」宇垣纏中将、「神霊部隊の司令であった」岡村基春大佐、こうした人々が「それぞれみな責任を執ってきびしく自決して逝っている」。

「『――諸君だけは殺さぬ。われ等も必ず後から行くぞ』/そういって若い人々を送り出した、その約束をきびしく守っていったのに違いない。その責任感のきびしさが、生前も若い人たちに反映し、感知されていない筈はなく、そこから、あの透徹した史上稀有の忠義比べという不思議な『納得――』がうまれて来たのではあるまいか。むろん私のこの目で見、この肌でふれたあの澄み切った境地に入るまでには、人それぞれの性格によって時間の差はあったであろう。しかし、すすんで民族の危機の先頭に立とうとする愛と犠牲と勇気は、ひとしく持ち合わせていたと考えてよく、いわば類似点の多い人々なのだ。飛び立つときにはみな同列と見えるところまで澄んで来ていたのではなかろうか……」(…の箇所はママ)

伯父が右のように「説明すると、牛島君はようやく納得して呉れたようすで、『――実は石丸の兄さんがつい最近まで大映チームに関係していて、たっしゃでいます。一度逢ってその話をしてやって呉れませんか』／さういって帰っていった。すると、石丸進一少尉の兄さんというのは大映スターズの助監督をしていた石丸藤吉氏のことらしい」云々と続く。

大映スターズはパ・リーグの球団で、私も子供心に良く覚えている懐かしい球団名である。中学生の頃（昭和三十年代前半）、毎日オリオンズと合併して大毎オリオンズとなった。現在のロッテ球団の前身である。

鹿屋で出会った特攻隊員の予想外の「あまりに澄みとおった、いわば物語の中の高僧のような超脱ぶり」に驚いた伯父は、司令の岡村基春大佐に「――人間死を目の前にして、あの若さで、あのように明るくなれるものでしょうか」と尋ねてみずにはいられなかったという。

「すると岡村大佐は私に一首の歌を示されて、

『――私もびっくりしているのだが、こんなものでしょう』

そこにはこう書いてあった。

われのわれ人のわれとの垣とれば

千歳ののちもわれはあるなり

私は半ばわかったようなわからないような気持であった。彼等はみな学鷲でインテリなのだ。したがってこの戦いがこのまま勝てるとは思っていない。にもかかわらず、日本人が戦後世界の人々から軽蔑されては、復興もむずかしかろうとして、終戦の日までほんとうに自分を無くして散ってゆく……その覚悟だとわかっていても、それはいいようもなく苦しい自分との闘いであろうと思っていた。

ところが小林中尉を見ていると、そうした暗い陰はみじんもない。その日その日というよりも、その時々が楽しくて堪らぬもののように見えるのだ」（……の箇所はママ）

伯父は「これは楽しそうに装わなければ、苦しくていられないのではなかろうか？」との思いを抱いたが、「司令がすでに明るかったし、他の特攻隊員もまた、特攻隊員でない人々よりは、ずっと明るく感じられる」と回顧して、「これは私にはわからない、澄みとおった高い心境にあるらしいぞ」と思ったとふり返って、隊員達のさまざまな姿を具体的に紹介しているのだ。そして明るく澄んで見えるのは、「岡村司令の歌のように、われと他人との垣根をとって生きた人間は、永遠に死ぬことはないからである。そういえば、司令も終戦後、みんなの後を追って自決したが、これもう死ぬこと〔で〕はない……」（同前）と記している（岡村基春大佐は「終戦後、武器も薬品も取り上げられ、監視をつけられて自決出来ず、さんざん思い悩んだあげく、東京裁判の証人に呼び出されたのを幸い、深夜旅館の窓から飛び出し、思い出の木更津飛行場の近くまで歩いて行って鉄道自殺をとげている」）。

想像を超えた「明るさ」の隊員の姿を目にしているうちに、伯父は「鹿屋基地の特攻隊員たちの外出禁止」が気になり、「司令の岡本基春大佐にたびたび意見を申しのべていった」。

「はじめ気がつかなかったが、特攻隊員は基地からの外出は固く禁じられていた。しかし、隊員の中には、時々ソッと鹿屋の町に出ていっていた。〝ダツ〟と呼ばれる違法行為である。私は、あれだけ立派に祖国のために死んでゆく人々に、軍規を犯したという、一点のかげりも心に止めさせてはならないと主張した」

「むろん、一人でも途中で気が変って脱走するような者があっては、それこそ部隊全員の名誉にかかわる。そのための用意の、外出禁止とはわかっていたが、私の眼にうつる限りは、その恐れのある者は一人もいない。ここで民族の誇りにかけて信じてやらなければ、この前代未聞の特攻隊が、前代未聞の残酷暴挙に一変してゆく……私は親しさになれて岡村大佐にこんなことまで述べ立てた」(……の箇所はママ)

首脳部の人間から「報道班員、君はいつから参謀になったのだ」と皮肉もいわれたが、岡村司令に聞き入れられて、一週二日の外出が許されことになった。それにともなって士官(同じく特攻隊員)が週番で町の飲食店を巡邏《じゅんら》することになった。久しぶりに外出する「同じ運命、同じ覚悟の下士官たち(予科練その他の出身者)が、所持金以上に町で飲みすぎはしまいかとそれをしきりに案じていた」見回りの士官は、「ビシビシ撲る」とか、「やっつける」とかと言いながら出掛けて行った。その場面を目にした丹羽氏が終戦直後、『新生』誌に発表した「篠竹」では、週番の士官が「久しぶりに外出を許されて、喜んで飲みに出て来ている哀れな下士官や兵隊たちを、意地悪く撲りに出て来た、乱暴な鬼どもであったというふうに書か

鹿屋での海軍報道班員、山岡荘八（右）

昭和 20 年 4 月下旬、伯父は海軍報道班員として、川端康成、新田潤の両氏とダグラス機に同乗して、海軍航空部隊の攻撃基地、鹿児島県の鹿屋に向かっている。伯父は 2 ヶ月ほど鹿屋に止まった。その折の体験を記したものが 17 年後、朝日新聞に連載された「最後の従軍」である。高校 3 年生だった私は、翌朝の新聞が配達されるのが待ち遠しかった。

この写真は連載最終回の昭和 37 年 8 月 10 日付の紙面に載っていたものと同じ写真で、『大衆文芸』山岡荘八追悼号に載っていた。神雷特別攻撃隊司令の岡本基春大佐と、大佐から一歩退いたところに立つ「海軍報道班員の腕章」を付けた 39 歳の伯父。伯父は、わが目と心に映ったままに特攻隊員の姿を語る中で、“戦後平和”謳歌の一面的な観念とのギャップを感じたらしく、「私の筆力不足から、さまざまな叱りも受け、反対意見にも出あっている」としながらも、鹿屋での体験を終生大事にしていた。

れている」、「とにかく、彼等は作品の上では、当時その地にあった淫売婦と比較され、彼女たちの人間性と対比されていかにも非人間的な仇役のように描かれてしまっている」。しかし、「事実は逆であった」と伯父は記しているのだ。

「私はいまでも、それが、丹羽氏の眼にほんとにそう映ったのか、それとも占領軍への遠慮からであったのかよくわからない」と伯父は疑念を呈している。たしかに見回り当番の士官は「ビシビシ撲る」「やっつける」などとは言ったが、「それは全く別の意味があった」。見回りの士官には外出しない士官からも寄せられた「おびただしい金額が巡邏のポケットに預けられていた」。乱暴な言葉を残して出掛けて行ったのは、「——特攻隊員だゾ。ケチケチするな」

と町で出会う下士官に時には配る「その金の用意があることからのはしゃぎだった」。「そうした友情は、そうした友情の中に身をおいたことのある者のほかはわからない」と伯父は説く。学生出身の士官（大学や専門学校などの高等教育機関の学生やその卒業生。当時、「学鷲」と呼ばれた）と、予科練その他からの下士官の関係は「世のつねの上官と部下の関係とはだいぶん大きな違いがあった」。下士官から飛行技術の初歩を教わりながら、やがて飛び立つ時には隊長として下士官（分隊士）を率いるのが士官であった。「その間に通う友情もまた特殊なものがあったのだ……」（…の箇所はママ）。

唐突のようだが、ここで小林秀雄氏が岡潔氏との『対話 人間の建設』（新潮社）の中で特攻隊について語っていたことを思い出した。確かめたら「特攻隊というと、批評家はたいへん観念的に批評しますね、悪い政治の犠牲者という公式を使って、特攻隊で飛び立つときの青年の心持になってみるという想像力は省略するのです。その人の身になってみるというのが、実は批評の極意ですがね」とあった。それに先立って岡氏は「日本人の長所の一つは、…『神風』のごとく死ねることだと思います。…あれは小我を去ればできる」などと述べている。この本が刊行されたのは大学三年（昭和四十年）の秋のことで、一時期、大袈裟のようだが学友たちと寄るとさわると話題にしたものだった。岡氏の発言から「無明《むみょう》」とか「小我《しょうが》」とかという言葉を教えられたからであった。

伯父は批評家ではないし、むろん当事者でもなく、特攻基地に配属された報道班員ではあったが、わが眼と心に映ったままを語ろうとしているのだ。

二ヶ月ほど鹿屋に滞在した伯父は、報道班員が寝泊まりする水交社を十日ほどで引き払って郊外の野里村に移ったという。それは水交社での「空々しい挨拶と社交と打算が、許しがたい虚偽に見え」たからであり、「指揮する者とされる者の間で、される者の方が各段な美しさを身につけてしまっては、もはやその戦闘集団としては畸型である。特攻隊に関する限りともすればそうなりそうなおそれがあった……と、いうほど、私が見た野里村へ集まって来る特攻隊員の心境、生活は、悟道の高さを身につけて澄んでいた」（同前）からであった。

遅れて鹿屋にやって来た丹羽氏は「この地に来る途中で眼をいため、殆んど原隊には顔出し出来ない状態」で、「水交社とその医療室の間を往復しながら治療にかかりきりだった」。「着くと同時に海軍施設内でその治療にかかり、殆んど水交社の一室にこもりきりで、特攻隊内の起居はしないで終わった」。

その丹羽氏に会いたいから連れてゆけと、見回り当番の士官二名と外出する士官隊員二、三名に請われて水交社に案内したのは伯父であった（丹羽氏には第一次ソロモン海戦に従軍した折の見聞による小説『海戦』〈昭和十七年刊〉があった）。「ところが、こうして私が丹羽氏と彼等を会わせたことが、終戦後はしなくも一つのトラブルを生む原因になってしまった。水交社で、眼帯をかけていた丹羽文雄氏（四十二歳）の前に現われた彼等は、子供のようにはしゃぎまわっていた。／『よく来られましたねぇ』／『お大事に』／そんな挨拶ののち、例の天衣無縫といった明るさで、数分間他愛ない話をして、／『さて、これから町へ行ってビシビシやって来るか』／久しぶりに外出した解放感から、楽しげに拳を振って頷きあい、それから賑やかに出ていった」。

この様子が作品「篠竹」では、「喜んで飲みに出て来ている哀れな下士官や兵隊たちを、意地悪く撲りに出て来た、乱暴な鬼どもであった」というように描かれ、「はしなくも一つのトラブルを生む原因になってしまった」と伯父は回顧している。

終戦後、丹羽氏の「篠竹」を読んだ生き残った人たちがやって来て「丹羽氏と対決する」と言うので、「そこで私も一文を『大衆文芸』に掲載して、彼等をなだめたのを覚えている。つまり美談としての彼等のはしゃぎが、病人で現地を見ていなかった『篠竹』の作者を誤解に導いたのであったと……／それで、生き残った人々も不承々々引き下さがって呉れたのだが、そうした誤解は世間には無数にあった」（……の箇所はママ）

占領政策の影響もあって戦中の時代を突き放して見てしまいがちな戦後の風潮を良しとしない伯父らしい指摘ではなかろうか。「そうした友情は、そうした友情の中に身をおいたことのある者のほかはわからない」とは、「純」なる伯父にして書ける一節ではないかと思うのである。平時の感覚では察しがたい悲劇的な時代にあって精一杯、己れの務めを果たそうとした人達を、自分とは別人種の人間であるかのように突き放すことは伯父にはとても出来なかったのだと思う。

それにしても、自分の祖父母や父母が生きていた戦中期を真っ黒な時代だったかのように決めつけて平然と切り捨てる戦後の一面的な価値観の広がる中では、よほどのことがなければ、特攻出撃を前にした隊員たちが「底抜けの蒼穹を連想させる明るさだった」などとは書けなかったはずである。伯父の生命観というか人間観の根柢には、大袈裟のようだが、ある種の宗教性が感じられるようにも思う。

伯父の特攻隊観には戦後の価値観からは、かなり「抜けた」ものがあったということである。昭和三十八年頃といえば、「篠竹」が発表された昭和二十一年当時より一層強く、「戦後平和」謳歌の一面的な観念が広まっていたはずだ。「私の筆力不足から、さまざまな叱りも受け、反対意見にも出あっている」、「その点の説明に何時も私は困却する」としながらも、伯父はそう語らずにはいられなかったのだと思う。

昭和四十年八月の鹿屋での特攻隊戦歿者慰霊の二十年祭の際も、「はたとせかへぬ心捧ぐる」と献詠した伯父の視線は、隊員たちに注がれたままだったということになろう。

戦歿学徒の姿を伝える書物といえば『きけ　わだつみのこえ』（岩波文庫ほか）が名高い。しかし、その「一つの時代の風潮におもねるがごとき一面」に飽き足らなさを覚えた白鷗遺族会が編んだのが『雲ながるる果てに――戦歿海軍飛行予備学生の手記――』（昭和二十七年、出版協同社。のち河出文庫）である。編輯代表者の同会理事長・杉暁夫氏による発刊の言葉は「終戦以来特攻隊の真の姿の表現に種々お力添えいただいた作家の山岡荘八先生、…に深甚の敬意を表するものであります」と結ばれていた。

三六、「ことごとに陸軍の肩をもって海軍を罵倒し、口を極めてののしった」――丹羽文雄氏の『告白』に登場する「大衆小説家の山岡荘八」！――

私が『日本人の味』を古本屋で見つけたのは伯父が亡くなって二十数年も経ってからであった。それを読んで以来、丹羽文雄氏とのことが気になっていた。先頃、四十年来の友人（高校で長く国語の教師をしていた）に、何気なく「伯父に丹羽文雄を批判した文章があって驚いたよ」と話したところ、読書家の彼から丹羽氏には『告白』という作品があって、その中に山岡荘八にふれた箇所があったはずだと教えられた。『告白』は筑摩書房の現代日本文学大系の第七十二巻に収められていたので、容易に読むことが出来た。末尾には（昭和二十四年三月）とあるのは、単行本の刊行時期のことらしく、この作品はその前年の七月から十月にかけて異なった雑誌に発表された八篇の短編をまとめたものだった。調べたら「篠竹」は昭和二十一年一月の『新生』に掲載されたとのことだから、「篠竹」の執筆からほぼ三年後に書かれたもので、どちらも被占領期の作品である。

内容は、昭和十年代半ばから戦後、公職追放を免れるまでで、戦時中、報道班員として陸海軍に徴用されたり、情報局に睨まれて執筆停止と発禁処分をくらったりした不本意な体験が、複数の女性との関係を織り交ぜながら書かれてあった。事に臨んだ際の自らの心理分析が繰り返されていて、文字通りの「告白」であった。戦時中、睨まれたことのある身だから、公職追放になるはずはないと思ひながらも気に懸けていると、追放審査をパスしたとの知らせがあって友人知人から祝電や電話が来たところで終わっていた。「(追放になった)尾崎士郎や火野葦平のことを思ったが、いまは自分のよろこびに圧倒された」とある。追放パスの決定は昭和二十三年五月のことだったようだ。

『新生』所載の「篠竹」で、久しぶりの外出を喜んでいる下士官を意味もなく撲る、淫売婦の人間性にも劣る士官の姿を描いたことが、追放審査に何らかの影響を及ぼしたのだろうか。伯父は、尾崎氏らよりも、ひと足早く公職追放になっている。小説家は民間人だから、「公職追放」とは妙なことではあるが、占領軍による言論統制策で心理的な圧迫に他ならない。

この『告白』中に鹿屋でのことが書かれているわけだが、そこに伯父は「大衆小説家の山岡荘八」として登場する。この作品には批評家や作家の実名が多く出て来る。「大衆小説家」となっているところが、その通りではあるが、わざわざ冠している感じがして興味深い。

「大衆小説家の山岡荘八」は酒の上で、某作家と口争いする。「二階には、あいにく海軍のえら方が泊まっていた。階下の高声は、つつ抜けである。夜もかなりおそかった。山岡荘八は、海軍のいまのやり方を罵倒した。彼は陸軍の参謀本部の若手と連絡があり、ことごとに陸軍の肩をもった。敵に制空されていて、特攻隊は犬死にするばかりで、作戦らしい作戦も立たないではないかと、口を極めてののしった。自分が参謀になったようである。近日中に彼は上京するという。何か結社をつくっているらしい。軍の首脳部を一掃するために、クーデターを決行するのだといった」云々とある。そして「翌朝、昨夜の二人の言葉をくわしくノートにうつした」とあって、そのノートに拠る描写ということらしいが、厳しい戦局から特攻作戦を実行せざるを得ない海軍に同情こそすれ、伯父が海軍のやり方を罵倒し、口を極めてののしったというのが私には信じられない。それも、ことごとに陸軍の肩をもっての発言だったというから、なおさら分からない。

二階に海軍のえら方が寝込んでいるのも構わず、伯父が声高に海軍を罵倒する発言をしたとすれば、行儀は良くないがそれ自体は反骨心を示すもので見上げた振る舞いということにはなる。

「特攻隊は犬死にするばかりで…」と言ったとしても、目の前の鹿屋の特攻隊員は海軍だし、陸軍の肩をもって海軍のやり方を罵倒したというのだから、まったく理解不可能だ。さらに口喧嘩のあと、相手の作家の言葉として、「馬鹿な奴だ。てめえは兵隊でも参謀でもねえじゃねえか。小説家じゃねえか。参謀本部にスパイがいて、クーデターやって……。どうしようってんだ」（…の箇所はママ）云々も記されている。ここでの「大衆小説家の山岡荘八」は物の道理の分からぬ道化役、ピエロのように描かれている。伯父の印象については、「山岡荘八は太い神経の、一本気な、壮士肌であった」とある。確かに太い鼻髭と、激した時の大きな声や眼光の鋭さから「太い神経の、一本気な、壮士肌」に感じられたことだろうが、一方ではふとしたことで忽ちにして涙腺を緩ませ気遣いにも長《た》けた男であった。負けん気は人一倍強かったと思うが、情に脆《もろ》く、とても「太い神経」の持ち主などとは言えなかった。鈍感ではなかった。

丹羽氏には伯父の外貌から武張るだけの粗野な人物のように見えたのかも知れない。クーデター云々のくだりに至っては、その印象から武張った少壮軍人をイメージした創作ではないか?とさえ私には思われるのである。

口争いをした相手の作家とはもともとウマが合わなかったのか、特攻基地にありながら相手の腰が退けたように見えたのが気に食わなかったのか、それで相手を揶揄して「クーデター」云々の壮語を口にしたのだろうか。どうも良く分からない。もしそのように言ったとしても、虫の居所が悪いまま相手にからんで言ったのかも知れず、メモした言葉尻自体はその通りだとしても、行きがかりや揶揄からの言葉と本心からの言葉とは聞き分けられるはずだと思う。

しかし、『告白』での「大衆小説家の山岡荘八」は、本気で「軍の首脳部を一掃するために、クーデターを決行する」などと言ったことになっている。「ことごとに陸軍の肩をもった」発言だから、一掃する軍首脳部とは海軍のことになろうが、それとも陸海軍をふくむ軍首脳部というように『告白』の著者は受けとめて書いたのだろうか。

「山岡荘八は…硫黄島の全滅戦記を、見て来たように書ける作家だが、（口喧嘩の相手は）経験のないことは書けない作家である。作家の素質の相違が、海軍陸軍を借りて、正面からぶつかってしまったのだ。二人は殴り合いもしかねまじき見幕だった。（相手の）否定もしつこく、強い自信がうかがわれた。若し（自分が相手であったら）どうなるだろうか。山岡荘八の思想を否定しながら、単に酒の上の争いになることがいやさから、いい加減のところで妥協してしまうにちがいなかった。肚《はら》の中では手きびしく否定してかかるのだが、表面は、一応山岡荘八のやり方を認めるということに落着くのだ。（口争いの相手の）つよい態度を立派だと思った。殴りあいの喧嘩にもならず、山岡荘八は自分の部屋に引きあげた」

（カッコの中は補記）

右にある「硫黄島の全滅戦記」とは、全集の年譜の「昭和二十年の項」に記されている「硫黄吹く島―栗林忠通大将伝」（『週刊朝日』、四月〜七月）のことだろう。「見て来たように書ける作家だが」とは非難めいた言い方だが、小説家が取材に基づいて書くことは非難するには当たらない。「作家の素質の相違が、海軍陸軍を借りて、正面からぶつかってしまった」というのも良く分からない書き方で、ここでは伯父はあくまで陸軍の代弁者として本気で捲《まく》し立てたように読みとれる。「若し（自分が相手だったら）単に酒の上の争いになることがいやさから、いい加減のところで妥協してしまうにちがいなかった」と、著者の性格上の弱さが韜《とう》晦《かい》することなく書かれているが、ここの文意もよく分からない。しかし、やはり「単に酒の上の争い」からの言葉ではなく、本心から海軍を罵倒したということにはなるだろう。ことごとに陸軍の肩をもって、高声で海軍をののしって、同じ報道班員と「正面からぶつかってしまった」伯父が、「(口争いの相手の)つよい態度」にも関わらず、「殴りあいの喧嘩にもならず」に自分の部屋に引きあげたというのが本当ならば、伯父は、ある意味冷静で、本気になって「正面から」ぶつかってはいない感じがする。「殴りあい」にならなかったから、そのように言うのではなく、本気で激語を弄していたとすれば、部屋に引きあげる前に殴り合いにはならなくとも、もっとひと悶着もふた悶着もあったはずだと思うからである。

さらに大真面目に海軍のやり方を罵倒してクーデターの決行を考えていたとしたら、軽々にそれを口外するはずもない。壮語を発したのが本当だとしても、半ばからかい気分で語勢のまま相手の東大出のインテリ作家とやり取りしていたかも知れないのだ。だから「殴りあいの喧嘩にもならず、山岡荘八は自分の部屋に引きあげた」となったのではないのか。

前述のように、口喧嘩の「翌朝、昨夜の二人の言葉をくわしくノートにうつした」とあって、それに直ぐ続けて「海軍には絶対に見せられないノートである」とあるが、隠すも隠さないも声高なやり取りは二階に泊まっていた鹿屋基地のえら方に「つつ抜け」だったはずで、軍人さんにしてみれば、それこそ馬鹿げた議論を小説家連中がしていると思った程度の内容だったのではなかろうか。

いかな軍人さんでも、報道班員として召集されて来ている小説家が、口争いの中とはいえ、参謀本部の若手と連絡があるとか、秘密結社とつくっていてクーデターを決行するとか、近日中に上京するとかと言えば、その本気度や真偽が気になって聞き耳を立てたはずである。場合によっては、妙なことを言いすぎる軽い人物と判断されて、鹿屋行きを命じた大本営海軍部から、お役御免、どうぞ東京の御自宅にお戻りくださいとの連絡（命令）がくることだってあり得ただろうが、そうしたこともなく、丹羽氏が去った後も、伯父は鹿屋に留まっている。

この『告白』の中に、終戦直後、「篠竹」を書いたことが記されている。「鹿屋で、ノートをつくってきた」、「「事実の歪曲でなく、現実そのままであった。悪口ではない。冷静な観察である」。ところが、それを書いたことで、「袋叩きに遭った」。「文壇生活十数年間、これほどの攻撃をうけたのは、初めてであった」。「横光利一のように慎重に文壇生活を送る小説家だったならば、計算して、袋叩きの馬鹿な目は避け得たであろう。おめでたいのである」とやや自嘲気味ではある。これらの「篠竹」への批判の中には、伯父の「丹羽文雄の〝篠竹〟について」（『大衆文芸』昭和二十一年二月号）も、当然入っているだろう。この「袋叩き」から二年数ヶ月後に『告白』は書かれている。そのことが鹿屋での「山岡荘八の馬鹿な言葉」の描写に影を落としているような気がしてならない。ノートに拠るとは言いながらも若干は脚色されているのではなかろうか。あまりにも身のほど知らずの伯父の発言で、いくら何でも話が面白すぎる。

少しは名の売れていた「大衆小説家」が、階上に「海軍のえら方」が泊まっていることにも頓着せず、陸軍の肩をもって声高に海軍のやり方を罵倒し、さらに陸軍の参謀本部の若手とは連絡があると言って、秘匿すべきが当然の「クーデター」の決行を口外して洩らす…。どう考えても正気ではない。鈍感で融通の利かない視野狭窄者の言動か、道化役者の振る舞いである。敢えて面白すぎるように伯父が振る舞った?可能性だってある。戦後のことだが、長らく『大衆文芸』の編集人を務めた作家・花村奨氏による、山岡さんは「愛酒家ではあったが、どんなに酔っぱらっていても、芯はしっかりしていた」との証言!?もある。

「篠竹」を書いたことで非難攻撃を受けていた最中、「或る未知な特攻隊員から、あの小説はそのまま本当の姿であり、かつての自分らの姿を思い出し、なつかしく思っているという手紙が届いた」と『告白』にはある。

伯父は『告白』も読んでいたはずで、それで昭和三十八年頃の「最後の従軍――〝美談の誤解〟の項ほか――」での「篠竹」批判の再説となったのだろう。丹羽氏も、この伯父の文章を読まれたのではなかろうか。

伯父は丹羽氏より三歳若い。

三七、丹羽文雄氏らとともに伯父の訳文も収めた『現代語訳しんらん全集』があった
——丹羽氏の小説『徳川家康』評、「国民文学の名にふさはしい作品」——

丹羽文雄氏と伯父に関連したことで、別のちょっとした思い出がある。

昭和五十年代の後半のことだが、私は國學院大學図書館の書庫で、ある禅僧に関する本を探していた。当時、大学院に在籍していて大学院の学生は書庫に入ることが許されていた。國學院大と言えば神道や国文、史学関係の書籍ということになろうが、そこにはあまたの仏教関係の書籍もあって、その中に、「丹羽文雄・山岡荘八監修」と銘打った数冊から成る仏教思想解説の一般向け教養書があって見るともなしを目にして、驚いたことがあった。そのシリーズ本の名称も出版社も覚えていないのだが、昭和三十年代半ばの刊行のものだったと記憶する。

丹羽氏の出自が浄土真宗の僧家であることは広く知られている。おそらく出版社の販売戦略から、真宗寺院の育ちの丹羽氏と『徳川家康』で話題となっている時代小説家の伯父というふたりの「有名な小説家」の監修となったのだろうと思ったが、伯父が婿入りした藤野家の養父も真宗の僧籍の人だったから、それで監修に名前を連ねた可能性もあるなあともその時は思った。『告白』を読んでからは、この監修本のことが一層つよく気になって、その存

在を確認しようと、先頃、國學院大の図書館で検索したのだが、やり方が下手なのか確かめられなかった。私の記憶違いではないはずだが見つけられなかった（ついでに「篠竹」が丹羽文雄全集に収められていないかを調べたが、私が見た限りでは入っていないようだった。『告白』は丹羽文雄全集の第十八巻に入っていた）。しかし、全十巻からなる『現代語訳しんらん全集』（普通社刊）があったことで検索は徒労ではなかった。

その第一巻・伝記篇（昭和三十三年七月刊）には伯父が現代語訳した「本願寺聖人親鸞伝絵《でんね》（御伝鈔）」が収められていたし、第二巻・書簡篇には丹羽氏や野間宏氏らによる「末燈鈔《まつとうしょう》」（親鸞聖人の書簡や法語を集めもの）の現代語訳が入っていた。「丹羽文雄・山岡荘八監修」の解説書はまぼろしに終わったが、丹羽氏とともに伯父の現代語訳を収載した『しんらん全集』にめぐり会えたのは、親鸞さんのお導きという他はなかった。

第一巻・伝記篇が刊行された昭和三十三年といえば、伯父が未完ながら『徳川家康』の長期新聞連載で中日文化賞（中部日本新聞社制定）を受けた年であった。伯父が藤野家の籍に入ったのは昭和八年で、その前に養父は亡くなっていたのだが、伯父はどのような心境で「御伝鈔」に向き合ったのだろうか。伯父宅の居間の鴨居のところには、実父・太郎七とともに「僧衣姿の養父」の写真が掲げられてあった。

同じ第一巻には著名な童話作家で僧侶でもあった花岡大学氏による「報恩講式」（親鸞聖人の遺徳を讃嘆して忌日に奉唱されるもの）の現代語訳も入っていた。この全集は、冒頭部に作家や詩人による現代語訳を載せて次に学者の諸論文が続くといふ構成のもので、昭和五十年前後に講談社から増補改訂版が『現代語訳親鸞全集』として刊行されている。

「特攻隊員」をめぐって丹羽氏との間で鞘《さや》当てのごときやり取りがあったことは、比較的最近まで知らなかったのだが、丹羽氏はまた伯父が第二回吉川英治文学賞を受賞した時（昭和四十三年三月）の選考委員のお一人だったことも知らなかった。『告白』を教えてくれた高校の元国語教師の友人が『群像』昭和四十三年五月号に載った選評のコピーを送ってくれたのだ。「山岡君の徳川家康」と題された丹羽氏の評言は左記（全文）のようなもので、「歴史仮名遣ひ」であった。

「二十六巻といふ莫大な量をつひやして山岡君は徳川家康を描き上げた。作家がひとりの人間をこれほどの量をつひやして書きあげるといふことは、めつたにないことである。そのことがどれほど山岡君のためになつたか、計り知れないであらう。作家冥利につきるといつてよい。作家的にも人間的にも、徳川家康は多くのものを山岡君にあたへたはずである。

国民文学の名にふさはしい作品として山岡君の徳川家康を推す。」

伯父が、どのような心境でこの選評を読んだかは分からない。『告白』で描かれた「大衆小説家の山岡荘八」像を知る私としては、意味深な感じがしなくもないが、「作家的にも人間的にも、徳川家康は多くのものを山岡君にあたへたはずである」というのは、その通りだと思った。長年にわたって、「ひとりの大人物」と向き合って来たということは、同時にわが身をふり返りつつ執筆して来たことでもあると思うからである。

「受賞の言葉」の中で、伯父は「私が文壇をあまり意識することない大衆文芸に生涯を埋没しようと考えるようになった根底には恩師の長谷川伸先生と吉川さんの影響が大きくあった」と述べている。「文壇をあまり意識することない大衆文芸に…」と述べているが、通俗性と大衆性は別物だ、大衆雑誌を占領している通俗性を大衆性に置きかえる戦いが自分らの務めだと、伊藤整、江戸川乱歩、坂口安吾、福田恆存氏らとの「メンバー、ゴッタ煮」の座談会で語っていた伯父は、伸び伸びと自分の想念する世界を書いて来たということになるのだろう。

三八、母曰く「そりゃあ、いい男っぷりたらなかったよ」
——椿山荘の屋外舞台で「国定忠治」を熱演——

私が中学生、高校生の頃、母が二度上京したことを覚えている。もちろん、若き日の伯父が神田で印刷・製本業を営んでいた時、母は賄《まかな》い役で手伝っていたと聞いているから、以前にも何度か上京はしていたはずだが、私の少年時代の記憶では昭和三十三年と三十六年であった。伯父の方から上京せよとの案内が来たからである。一度目は、伯父が中部日本新聞社の中部日本文化賞（中日文化賞）を受け、「山岡荘八氏を祝う会」が椿山荘で開かれた時であり、二度目は伯父の作品が歌舞伎座で中村歌右衛門丈の主演で上演された折である。

神田での印刷・製本業は失敗に終わるのだが、その当時のことで、母が時折、話していたことがあった。借金の返済に窮していた頃、取り立てにやって来た人物から身を隠すために、伯父はとっさに押入れに隠れたらしい。かなり不義理を重ねていたのだろう。ところが、「では、戻るまで待たせてもらうよ」と襖の前に何時間も座り込まれたというのだ。「あん時は冬だったし、庄蔵がくしゃみでもしたらと思うとハラハラドキドキで、気が気でなかったんし（なかったよ）」。この際は何とかやり過ごしたらしいが、薄氷を踏む場面が一度ならずあったようだ。後に、伯父から直に聞いたことであるが、仕事で入った「中学校の講義録」の余部で勉強したもんだよ、とのことであった。

この時の東京暮らしで母は覚えたのか、私が小学校低学年（昭和二十年代後半）の頃から食卓に夏になると小さな瓶詰めのマヨネーズがあった。まだ小出近辺ではそれほど普及していなかったはずで、わが家の店ではもちろん売っていなかった。

椿山荘での「祝う会」は六月のことで、『徳川家康』新聞連載二千回突破と中日文化賞受賞を記念してのものだった。詳細年譜によれば、祝う会には吉川英治氏、海音寺潮五郎氏らが顔を見せ来客は四百名を越えたという。長谷川伸門下の作家仲間による舞台劇「赤城山」でお開きになったらしい。伯父は五十二歳であった。

「赤城の山も今宵限り、月も泣いている…」、本物の月の下での名演技

昭和33年6月、東京・小石川の椿山荘の屋外ステージで、「赤城の山も今宵限り、可愛い子分達とも別れ別れか、今宵の月も泣いている…」と熱演の“世田谷団十郎”。「徳川家康」連載二千回突破と第11回中日文化賞の受賞を記念する「山岡荘八氏を祝う会」での野外劇「赤城山」の名場面である。頭上に浮かぶ本物の「月」に名演技がさえ渡る。

セリフは「加賀の国の住人小松五郎義兼が鍛えたわざもの…、俺にゃあ、生涯手めえという強い味方があったのだ」と続くが、“良き伴侶”（義伯母）はまさに加賀国小松の生まれだった。熱演にも力が入ったはずだ。

村上元三氏ら新鷹会の“名優たち”のほかに、女剣戟・浅香光代一座の本物の「斬られ役」も加わったから“世田谷団十郎”の演技はさらに熱を帯びたことだろう。52歳の晴れ姿である。

戻って来た母が語るには、屋外に設《しつら》えられた舞台にライトを浴びて登場した〝国定忠治〟の「そりゃあ、いい男っぷりたらなかったんし」と、興奮覚めやらぬ感じだった。私は中学校二年生だったが、何度も何度も、間をおいては語られる同じ話に、何時の間にか、初夏の夜、心地よき涼風が吹き抜ける椿山荘の屋外ステージの中央で、スポットライトを浴びて大見得を切る伯父の姿が瞼に焼き付いてしまっていた。

そのため毎年、「椿山荘」の夏の風物詩〝ほたるの夕べ〟がオープンしたとのニュースを耳にするたびに、いつも何か昔からの知り合いの消息に接したような不思議な気分になるのである。

中村歌右衛門主演の伯父原作の芝居が歌舞伎座に掛かったのは、高校二年生の秋だった（全集の年譜によれば、この年の六月にも、伯父の「本阿弥辻の盗賊」が尾上松緑主演で上演されているし、この四年前の昭和三十二年九月、中村歌右衛門丈は「戦国御前」という伯父の作品でも主演を務めていた）。母もその年代の多くの人がそうであるように地方まわりの歌舞伎を観るのが大好きだったから、東京の歌舞伎座で、まして「兄」の作品が観られるについては、若干は興奮していたのではなかろうか。

演目は「賭け玉虫」。戦国時代、主家・奥平家の若き奥方を装い、自ら身代わりで人質となって甲斐の武田勝頼の下にあった軽輩の娘の、才覚をかたむけ生きようとするも破綻してしまう物語である。同時上演が「熊谷陣屋」（「一谷嫩軍記《いちのたにふたばぐんき》」の三段目、九代目・市川海老蔵主演？）という古典歌舞伎であったことも母には楽しみだったはずである。

伯父の新作ものはこの後も何本か歌舞伎座に掛かっている。歌右衛門さんは平成十三年、八十五歳で亡くなっているから、右の作品に出演した頃は四十歳代前半で、意外とお若かったのだ。母が観た伯父の芝居で主役を演じたというだけのことで、私は、その後もずっと、NHKの舞台中継や新聞のインタビュー記事などで目にする歌右衛門さんには他の役者には感じない親近感を覚えて来た。

東京から戻ってきた母は、「恩に報いるためにわが子の命を差し出した」熊谷直実《くまがいなおざね》の胸の裡を何度となく語るのだった。伯父の芝居については「歌右衛門は綺麗だった」とは言ったが、他に何を語ったかは記憶にない。田舎芝居で何度も見てきた「熊谷陣屋」の方が母には分かりやすかったのだろう。ただし、みやげ話のように、伯父から聞かされたこととして、話してくれたことが二点耳に残っている。

ひとつは、「人気」はあてにならない、「人気」に頼ってはならない、「信者」をつくらなければならないということであった。人気は上がったり下がったりして長続きしないが、信者はそういうことがなく常に一定で困った際に力になってくれる。ふたつ目は、「お母さん、ありがとう」とはどの子も自然に言うだろうが、「お父さん、ありがとう」と言える子を育てることが大切だということであった。高校二年生の少年は、へェー、伯父さんは、そんなことを考えているのかと、感心したことを覚えている。

今度の上京で、母は伯父の話をゆっくりと聞く時間があったんだなあと思いながら、印象的に母のみやげ話に耳を傾けたのであった。小さい時からの記憶の底には、酒杯片手に賑やかに語り、時に大粒の涙を流す伯父の姿が強烈に焼き付いていて、しみじみと語る伯父の姿も、それに耳を藉す母の様子も、ちょっと縁遠いものだったからである。

そして、母の口から、私の高校卒業後のこと（新聞配達をしながら大学に通うこと）を伝え聞いた伯父が「大丈夫か、すぐ音を上げるんじゃないのか」と言ったというのは、おそらく、この時のことであろう。

三九、ある夜、「俺は小説家ではない、理想家だ」と語った
――「過去の人間群像から次代の光を模索する」――

私が『徳川家康』を読もうと思い立って初めて手にしたのは、完結から二年後、昭和四十四年の五、六月時分で、教員駆け出しの頃であった。忘れもしないその二年半前の大学四年の秋、毎日のように大学で会っている新潟市出身の友人から「山岡荘八の『徳川家康』、面白いよ。こんど二十五巻目が出たが、一晩で読んでしまった。山内は読んだことある？山岡荘八って、新潟県の出身らしいよ」と話し掛けられ、一瞬慌てたことがあった。「いやあ、まだ読んでないよ」と生返事をしたのだが、彼は私が小出の生まれであることは知っているが、私と山岡荘八の関係を知らない。前に述べたようにまわりの仲間に何も話していないからである。自慢するようで何となく言いたくなかったのである。

読み出してみて、確かに力作だと思ったし面白い。初めは、晴れていたかと思えばあっという間に豪雨をもたらす積乱雲（入道雲）のような伯父が、よくも一人の人物を根柢に据えながら足かけ十八年も書き継いだものだとの思いが強かった。しかし、次第に壮大長遠なる見通しのもとに書き始めたことが分かって、余程の準備をしていたんだ、と感心させられてしまった。何しろ家康の母の輿入れから始まっている（「あとがき」には、書き始める「二年前」

から準備に取りかかったと記されている)。

小学生時代に目にした「晴れ」たちまち「雨」の入道雲のごとき様相だけで伯父を判断してはならないと反省させられたのだった。几帳面でなければ新聞小説は書けないだろうし、他の連載(新聞、月刊誌)もあれば読み切り小説の執筆も併行している。新聞・雑誌を問わず随筆の執筆依頼も飛び込んで来る。全集の詳細年譜でざっと見たところ、新聞だけでも、朝日・毎日・読売・日経・産経の全国各紙はもとより中日新聞・北海道新聞・東京新聞・河北新報・新潟日報・北国新聞・大阪新聞・高知新聞などへの執筆が記録されている(なかでも日経・産経・東京への執筆が目立つ)。月刊誌連載が足掛け十年に及んだ『小説太平洋戦争』では「毎月四百字詰め原稿用紙で四十枚位ずつコツコツと書いて来た」と、「あとがき」に記している。いくつかの作品が同時並行で書かれるのだから、うまく一ヶ月の日程を割り振って目算通りに消化しないと頓挫してしまうだろう。年譜からは、勤勉で筆まめな日常が想像される。酒を飲む時間など、とてもなさそうに見える。むろん冗談だが、それほど多忙に見えるのだ。

それがプロの物書きだと言えばそれまでだが、そうした制約の多い日々を送る中で、仕事をやりくりして時間を作って帰省した伯父が、思いっ切り解放感に浸るかのように「荒ぶる神」もどき振る舞いに及ぶのは無理からぬことだったのだ。少年時代に目にした伯父の姿とは、それだったのである。仕事にとりくむ伯父の姿は作品から想像するしかない。

伯父の小説を読む時は、その顔を瞼に思い浮かべながら、考え考えしながら読み進むのが常だった。自然とそうなってしまう。この時もそうだったが、もし伯父の作品でなかったら、いかに話題になっていても「全二十六巻」と聞いただけで尻込みした可能性が高い。

今、思い起こされるのは伯父の人間観である。人間には、行き違いや誤解による「悪行」はあっても、欲に目がくらむ「弱さ」を併せ持ってはいても、救いようのない性悪《しょうわる》な者は滅多にいるものではない…。そうした人間にも神仏の眼差しが及んでいないはずはない…と、いった感じの人間観である。それが、いろんな作品から、そこはかとなく漂って来るように感じられるのである。作家によっては、人間の醜さ、残忍さ、身勝手さなどに焦点を当てて、それをとことん強調して終わる作品を書く人もいる。それも人間の偽らざる一面には違いなかろうが、伯父の性分としては、そうした面にも、その奥にも「光明」を見出したかったということではなかったかと思う。伯父とても人間の「醜さ」に思いが及ばないはずはない。思い及ぶからこそ、そこだけで筆を擱くことができないのが大衆作家・山岡荘八であったと思う。「人の禽獣《きんじゅう》に異る所以《ゆえん》」（吉田松陰「士規七則」の一節）を考え求めて、そこに光を当てたかったのだと思う。

『徳川家康』では時代を戦国の乱世に藉りて、そこに生きる人間の姿を通して、人間心理の綾を描写している。全集年譜によれば「克明な女性描写で多くの女性読者もひきつけた」と某紙は報じたとのことだが、確かに当たっている。よくよく考えてみれば、男女を問わず「人の心のありよう」ほど掴みにくく厄介なものはないだろう。いつの時代も、そうした人間が、

「誇り」を胸に「真実」なるものを求めて他者と向き合い、自分自身とも格闘して来た。伯父は、そこに焦点を当てて、「人間の心」を描きたかったのではないか。だから、戦国の覇者・家康の小説であっても、現代のサラリーマンなどにも受け入れられたのだろう。

先頃、ある新聞の投書欄に、「同一人物でも、作者が違えば、視点や解釈も異なります」「私は今、山岡荘八の『徳川家康』を読んでいますが、この小説の素晴らしいところは、登場人物を公平に描写しているところです。／主人公を英雄に仕立てるため、敵方を悪く描写している作品がありますが、この小説は事実を踏まえ、相手側の立場なども冷静にかつ平等に扱っています」という十四歳、女子中学生からの感想が載っていた（平成二十三年十一月七日付、産経新聞）。大した中学生だと感心したが、作家・万城目《まきめ》学氏（昭和五十一年生まれ）は中学校一年の冬休み、両手首の亀裂骨折治療のつれづれに全二十六巻を読み終えたという。氏によれば、漢字や表現も難解で、〝一を聞いて十を知る〟戦国武将の頭の良さに圧倒されながらも、「巻を進めるうち、不思議なことが起きた。徐々に、戦国武将たちの会話が理解できるようになってきた」「読みながら、私の脳は急速に知恵をつけ初めていたのだ。自分の脳の変化を実感しながら、私はページをめくった」とのことである（平成十九年六月十八日付、産経新聞「この本と出会った」）。上には上がいるものだと、あらためて感じ入った次第である。

伯父自身は、『徳川家康』について、第一巻「あとがき」に、「私は徳川家康という一人の人間を掘り下げてゆくことよりも、いったい彼と、彼をとり巻く周囲の流れの中の、何が、応仁の乱以来の戦乱に終止符をうたしめたかを大衆とともに考え、ともに探ってみたかった」と記し、その結びで、「むろん史実の根幹をゆがめてはいないし、読者を倦《う》ませまいとする努力もしんけんに払った。しかしこれは世に言う歴史小説とは少しく違い、作者の空想を奔放に駆使した、いわゆるロマンではむろんない。言わば私の〝戦争と平和〟であり、今日の私の影であって、描いてゆく過去の人間群像から次代の光を模索してゆく理想小説とも言いたいところである。ご好意あるご叱声を賜りたいと思う。（昭和二八・九・二四）」と認めている。作者自ら「今日の私の影」であり、「過去の人間群像から次代の光を模索してゆく理想小説」だとしている。「次代の光」を願い求める生真面目さにおいては、伯父は人後に落ちなかったと私は思っている。

私が伯父宅の離れを借りていた頃（昭和四十六年）のこと、伯父が「俺は小説家ではない。理想主義者だ、理想家だ」と言っていたことがあった。居間には、伯父と私の二人しかいなかった。夜のかなり遅い時間だった。伯父と向かい合っている時は、いつもそうだが会話というよりも私は頷くだけの聞き役で、伯父が一方的に話している場合がほとんどだった。ちょっと質問するとその十倍も二十倍も言葉が返って来た。右の言葉の前後に何が語られたかは記憶にない。ただ「小説家ではない…、理想家だ」という一節だけが脳裡に焼き付いている。あの時、もう少し突っ込んで聞き返していたらと思わなくもない。しかし、小説が「今日の私の影」であり作者の願う人間世界の表現であるなら、小説家と理想家の間に飛躍はない。『徳川家康』は「次代の光を模索してゆく理想小説」として書かれたのだ。このことは他の作品についても多くあてはまると思う。

第一巻「あとがき」末尾に記された「昭和二八・九・二四」の年月日を目にすると、つい伯父は何歳だったのかな、などと考えてしまう。この時、伯父は四十七歳で、この一ヶ月余り前の旧盆には、前年亡くなった母のために建立した墓に初めてお参りしている。墓石には父・太郎七の「宝祥院太法明覚居士」の法名も、母・せいの「芳清院禅法壽仙大姉」の法名とともに刻まれていて、当時、私は小学校三年生であったが、新しい墓をじっと見つめる伯父の眼差しが今も瞼の裏にある。と言うのは、親戚の中に墓石に比べて刻んだ字が少し大きすぎるのではないかと述べる者がいて、果たして墓参の伯父が何と言うだろうかと私の両親が気に懸けていたからであった。この件に関しては伯父は何も言うことがなかったので、子供心にホッとした記憶がある。「あとがき」の日付の「二十四日」は母・せいの命日でもあった。

先日、本棚の隅で眠っていた伯父の短編集『雄とんび物語』(講談社)を何気なく手にとった。この本は、昭和三十八年春、東京に出て来た私が古本屋で初めて購入した伯父の本で、昭和三十四年に刊行されている。その巻末の広告に四人の作家による『徳川家康』(当時、既刊十四巻)推奨の短文が載っていた。そのまま閉じるのが惜しく思われたので、あえて次に掲げる。知己の方の弁であると思った。

長谷川伸氏「これは面白い歴史小説の一面に人間読本でもあるとこう思うのです」。海音寺潮五郎氏「君の情熱は全編に磅礴《ほうはく》している（広がり満ちあふれている）。人を感奮させる小説だ。気力をあたえる小説だ」。山手樹一郎氏「悲憤慷慨を冷静な筆に託して明日への理想を説こうとする尨大な野心作である」。村上元三氏「これほどの作品は、今まで見なかったし、これからも有り得るか何うか判らない」。

四〇、「〝小夜更けて〟は、この際は無意味だよ」
――「吉川英治文学賞」受賞祝う〝拙詠〟への批評と添削――

伯父が『徳川家康』によって第二回吉川英治文学賞を受賞したのは昭和四十三年三月のことで、前年、亜細亜大学商学部を卒業した私は、社団法人国民文化研究会（理事長は小田村寅二郎先生。先生は多方面で活動されており、亜細亜大学では日本思想史を担当しておられた）の銀座事務所で働きながら、夜は五反田の立正大学史学科に編入学して三年生が終わる頃であった。編入学をしたのは高校の日本史の教員になるための準備でもあった。必要な教員免許状はすでに取得していたのだが、まだまだ力不足だと思っていたからである。日付は忘れたが、同年三月の初め頃、深夜、帰宅して何気なく開いた紙面に、伯父が受賞することになったという記事が小さく載っていた。年賀状は別として、伯父に便りをすることなどないのだが、その時は「おめでとうございます」旨の手紙を書いて投函した。年賀状と言えば、小学生の頃から伯父夫妻宛に毎年出していた。今でも悪筆だが、当時はさらに下手な金釘流の字で「東京都世田ヶ谷区世田ヶ谷二ノ一三九八　山岡荘八様　道枝様」と書いて毎年投函していた。公的な表示では「ヶ」を省いて「世田谷」と書くらしいのだが、私には今でも「世田ヶ谷」の方がしっくり来る。東京オリンピックの頃に、「世田谷区梅丘三丁目」に住居表示が変更になってちょっぴり残念な思いがしたものであった。

この時の伯父への手紙に、私は左の拙詠を添えた。

小夜更けてふと見し新聞《ふみ》に伯父上の受賞の記事をみつけてうれし

今にして思えば恥ずかしい限りの短歌だが、この歌を不思議と良く覚えている。歌は前記の国民文化研究会が大学教官有志協議会と共催する毎夏の宿泊研修「合宿教室」で学んだことから見よう見まねで時々詠んでいた。幸いにも一週間の新聞配達の休みをもらって参加したこの合宿教室（於・大分県城島高原）では、知的理解はもちろん大事であるが、若い時期に「国民同胞感」に裏打ちされた人生観・歴史観も鍛えるべきだとして、研修テーマのひとつに短歌の創作を取り入れていた（「合宿教室」の第一回は昭和三十一年の夏で現在も続いている）。いつの時代でも、日本人は短歌を詠んで来たが、現代に生きる者も、短歌を詠むことで、古い時代の人物の歌を（その心を）より身近に感じることができる。横の人間関係とともに、経時的な縦の人間関係にも目を向けよ！という意味での短歌の勉強であった。所謂趣味的な短歌とはやや趣を異にしていた。

なぜこの歌を一字一句覚えているかというと、投函して数日後の夜、伯父宅を尋ねると、神棚仏壇を背に伯父がいつも座っている居間の文机《ふづくえ》の上に私からの手紙が載っていて、伯父が「ありがとうよ」と言いつつ封筒から拙文を取り出して、「小夜更けて」はこの際意味がないと批評してくれたからである。傍《そば》にいた義伯母も「そうね、小夜更けては変ね」とひとしきり二人から拙詠の添削をしてもらったのだ。

その時は、その指摘の意味がなるほど、その通りだとすぐに分かったわけではなく、そうなのかなあと漠然と聞くのみだった。

「たとえば『小夜更けて』ではなく、『仕事終へ』とか『戻り来て』となれば意味が通ってすっきりするはずだ」と、便箋の余白に鉛筆で「仕事終へ」「戻り来て」と書きながら批評してくれたのだ。「手をやすめ」でも、歌としてはすっきりするだろうとも。結局、どういう歌になったかはハッキリしない。しかし、拙詠と「仕事終へ」「戻り来て」「手をやすめ」の語句だけは覚えている。

そういえば、伯父が執筆する時は、いつも鉛筆で、しかも4Bの芯の軟らかなものだと聞かされたことがあるような気がする。その伯父の原稿を清書するのは義伯母で、そのためか、伯父と義伯母の筆跡はちょっと見分けがつかないほど似ていた。義伯母が「私のものを主人のものと思い込んでいる方がいるみたいで困ってしまうわ」と言っていたことがあるくらいである。清書をしたということは最初の読者でもあったわけだし、ゲラ刷りの校正もしていたようだ。校正の方は秘書も手伝っていただろう。『週刊朝日』に「柳生十兵衛」を連載していた時だから昭和四十二年のことになるが、原稿に「ござりまする」とあったのが、ゲラには「ございまする」となっていて、「注意しないといけないのよ」と義伯母が愚痴《ぼや》いていたことがあった。

ある時、右手の親指をさすりながら「健生さん、ここが腱鞘炎《けんしょうえん》で痛いのよ」と言っていたこともあった。肘から手首にかけて白く湿布されていた。伯父の作品の蔭にいつも義伯母がいたのである。伯父夫婦は見事な二人三脚ぶりであったと、改めて思い起こされる。

「小夜更けて」がいかにも拙いことは、今なら良く分かる。「ふと見し」の後に「みつけて」と来るのも良くはない。あの時の便箋が手元にあればなあと、ちょっぴり残念ではある。

勤めから帰りて開きし新聞に伯父の受賞の記事ありうれしも

今なら、このように詠むのだがなあと思ったりもする。これとて五十歩百歩ではあるが。

吉川英治氏は伯父よりも一廻り以上年齢が上で、既に大正末年には世に出ておられた。この三十四年前、吉川氏宅に乗り込んだ「Y」の武勇伝は前述した通りだが、月刊誌の編集長をしていた伯父が原稿を取りに行くと「徹夜明けの吉川さんはな、塩をなめながら眠気をこらえて書いていたよ」とは、伯父から聞いた話である。吉川英治文学賞の受賞記念パーティーの挨拶では「吉川先生」と言ったり「吉川さん」と言ったりしていたのが印象に残っている（伯父の生まれ故郷・魚沼市に、平成二十年九月、山岡荘八顕彰会が発足したとのニュースは嬉しかった。その五十頁ほどのパンフレットに「愛郷無限の作家・山岡荘八…」とあったのは有難い限りだったが、いくつかの間違いがあった。なかでも「山岡荘八とは犬猿の仲だった吉川英治…」と書かれていたのには跳び上がらんばかりに驚いてしまった。どう考えても「誤り」であり「誤情報」である）。

ちなみに吉川英治氏の弟さんの吉川晋《すすむ》氏（文藝春秋勤務、のち六興出版社長）とは逓信官吏養成所時代に一緒だったとかで、話の中味は忘れてしまったが、「晋《しん》さん、晋さん」と懐かしそうに語っていたことを何度か耳にした。そして麻布の郵便局に勤めて、宿直当番をしている時、電報を打ちに来たアメリカ人が「ボタン、ボタン」と言うばかりで要領を得ないので地図を広げて見せると、ボストンを指さしたことがあったという。「ボストンのことを〝ボタン〟と言いやがった。分からんはずだ。ハッハッハ」と愉快そうに語っていたことがあった。また逓信官吏養成所では、指導教官から「山内君、ここでなくてもいいんだよ。他の学校でもいいんだよ」と言われたことが幾度もあったと語っていた。

四一、新鷹会のパーティーに、「氷壁」の作者・井上靖氏のお顔があった
――コンパニオンに囲まれて御機嫌の伯父の、その後が気になった…⁉――

伯父が師と仰いだ長谷川伸氏が亡くなったのは、私が東京に出て来て間もなくの昭和三十八年六月のことだった。新聞の訃報記事をハッとした思いで読んだ覚えがある。そのお名前は、前に記したように旧盆になると毎年、父が「この提灯は長谷川伸さんからのもの」と言いながら、土師清二氏からのものとともに掲げるのを小学生の頃から見ていたから、身近に感じていたのであった。

月に一回、映画を見に行っていいことになった高校生時代の昭和三十年代半ばは、まだ映画は娯楽の中心であって、長谷川伸原作の時代劇をいくつか見ている。長谷川一夫主演の「疵《きず》千両」「一本刀土俵入り」、市川雷蔵主演の「沓掛時次郎」「中山七里」などであるが、これらは大映の制作で、伯父が師とした長谷川伸氏の原作だということで選んでいたから、その題名や俳優の名前が記憶に刻まれたのだろう。他にも時代劇を多く見ているはずなのに題名などが思い浮かばない。ひと口に義理と人情というが、いまなら長谷川作品が描く人間の悲哀をもっと深く味わうことができるのだがなあと惜しいことをしたような気持ちで思い出すのである。

その長谷川氏を偲んで、亡くなった翌年六月を第一回として、毎年六月に、「長谷川伸の会」が開かれていた。教員になって一年目（昭和四十四年）の五月中頃、「長谷川伸の会」の案内と出欠を問う往復はがきが届いたので、麹町の弘済会館で開かれた会合に行ったことがある。新鷹会の所謂パーティーで、翌年も案内が来て弘済会館に顔を出した。さらにその翌年、教員三年目には、結婚していて伯父宅の離れで新所帯を構えていたからか案内のはがきが来なかった。秋が深まった頃、そう言えばことしは案内が来なかったなあと気づいたのであったが、今振り返ると「長谷川伸の会」に出席したのは、教員駆け出しの独身時代の二度だけだったわけである。なぜ案内の往復はがきが来たのだろうと、現在でも時折思い起こすことがある。おそらく伯父に手持ちの何枚かがあって、義伯母が気を利かせて送ってくれたのではないかと思う。

私が高校生の頃、長谷川氏の「日本敵討ち異相」が『中央公論』に連載されていた。毎月の最新号の刊行を知らせる新聞広告を目にする度に、私が勝手に抱いていたお硬い政治評論誌という『中央公論』についてのイメージと、「大衆小説家・長谷川伸」とがピタッと重ならず、それ故に毎月の広告の文面が気になったのであった。後年、中公文庫版の『日本敵討ち異相』を読んで、高校生とは言え、何とまあ、浅薄な先入観にとらわれていたものかと反省させられたのだが、その誤った先入観のせいもあって、氏の最晩年の作品が記憶に刻まれたわけである。中公文庫版のカバーには「大衆文壇の巨匠が最晩年に到達した、森鷗外の歴史小説に比肩しうる世評高い名作長編」とある。たしかに敵討ちの諸相が、人間の執念の諸相が、綴られていて圧倒された。そもそも氏と『中央公論』との関わりは深く、「一本刀土俵入り」が載ったのが昭和六年の『中央公論』六月号だったし、もともと『中央公論』には文芸誌的な一面もあったのだ。

「長谷川伸の会」では、冒頭で長谷川伸賞の贈呈式が行われたはずだが、そのことの記憶がまったくない。勇んでいくというよりも、思い掛けない往復はがきが届いて、恐る恐る顔を出したといった感じだったから、二回とも少し遅れて行ったのではないかと思う。せっかく案内をもらったのに欠席しては申し訳ないといった感じだったと思う。私が会場に足を踏み入れた時には、二百人余りの人達が、あちこちに分かれて懇談の輪をつくり、話し声が重なり合って会場内はざわめきでわーんとしていた。そして見まわすと、まず目についたのは長髪で和服姿の村上元三氏だった。若き日の平岩弓枝氏もおられたはずだが…。私を知っているのは伯父だけで、その伯父はどこかなと思って目を凝らすと、奥の方でオン・ザ・ロックのグラスを片手に四、五人のかたまりの中にいる。あそこにいると分かっても邪魔になるようで傍《そば》には行かなかった。

時事には結構関心を持っていたが、小説を書こうなど夢にも思っていないから、この機会にいろんな人と話をしてみようとは露ほども思わなかった。ただどんな人達が見えているのかということには興味があった。だから二度ほど思い切ってゆっくりと会場をめぐり、戸川幸夫氏や大林清氏、鹿島孝二氏らのお顔に気づいたが、何方とも話をしなかった。二十歳代の若造は私だけだったようだし、気持ちにも余裕がなかったのだ。もったいないことしたなあと、この歳になってちょっぴり悔やんでいる。

そうした中で、井上靖氏がお顔を見せていたのに驚いたことを覚えている。中学生の頃、家で購読していた朝日新聞に「氷壁」が連載されていた。読んではいなかったが、その作者の名前とお顔は頭に入っていたから、アッ、あの「氷壁」の井上氏だ！とすぐに気がついた。思っていたよりも小柄で、お顔が新聞や雑誌で見知っていた写真よりも面長に感じられたのが第一印象だった。「氷壁」のイメージが強かったから、こういう「時代小説家達」のパーティーにもお顔を見せることがあるんだ！と、これもまた勝手な思い込みによる勘違いなのだが、驚いたのであった。戸川氏が同じく毎日新聞社の出身だからその関係かななどとも思ったりした（後日分かったことだが、昭和三十年代、伯父が講談社の「講談倶楽部賞」の選考委員を務めた際、井上氏も選考委員だった。さらに昭和四十三年三月、伯父が第二回吉川英治文学賞を受けた時は、井上氏は石坂洋次郎、川口松太郎、永井龍男、丹羽文雄の諸氏らとともに選考委員だった）。文壇のつき合いとは幅が広いものなんだなあと時折思い出していたが、後年、井上氏が文化勲章を授与され、さらにノーベル文学賞を貰うのではないかとメディアが何度か騒いだことがあった。そんな折にはことのほか井上氏とお言葉を交わしておけば良かったんだがなあなどと残念に思ったのであった。

このパーティーで目を引いたのは、私より十歳以上は年配に見える少々厚化粧をして笑みを浮かべた和服姿の女性が何人もいたことだった。私にはもの珍しかったが、俗に言うコンパニオンだっただろう。私は遅れて顔を出していながら、さらに何方とも話をせずに、二回とも早めに失礼したのだが、二度目の時、前の年に伯父にも何も言わずに帰ったのはまずかったと思っていたので、今回はひと言「帰ります」の挨拶しようとしたのだが、会場を見まわしても姿が見えない。致し方なしと帰りがけると出入り口のすぐ横に三方を幕で囲われた席がいくつかしつらえてあって、その中のひとつに伯父がいた。妙齢なる四、五人のコンパニオンに囲まれて…。その席には中年の男性と和服の御婦人も座っていて、笑い声が聞こえて華やいだ雰囲気に見えた。

無粋ながら、伯父に近づいて「伯父さん、早めに帰ります」と言うと、「おぉ、お前、来ていたのか。そうか、ご苦労さん」との声に、冴えない若者が幕に中に入って来たのにビックリしたのか女性陣の一人が「先生、どなた様なんですの?」と尋ねると、伯父は「甥だ、甥っ子だ。学校の先生をしているんだよ」と答えつつ、私に向かって再び「そうか、ご苦労さん」と言うのであった。あまり社交的でない私の性分を見すかすように、無理せずに帰っていいんだよと言っているのだと私は受け止めたのであった。ホッとした気持ちで会場をあとにしたのだが、女性陣に囲まれて上機嫌の伯父が酒がまわって来るにしたがって声を荒げたり吼えたりして、酒席に慣れたコンパニオンであっても驚かせてしまうのではないか、伯父の酒乱の相を知らないから直ぐ傍《そば》ではしゃいでいるに違いないのだと、つい心配になったのであった。山岡荘八の暴れん坊ぶりは、それなりには知れわたっていたであろうとは思いながらも、「山岡荘八って、こりごりだわ」と陰口を言われるようにならなければ良いのだがなあなどと余計な心配をしたのであった。

飲んだ伯父が荒れる相手は「信頼できる人・好きな人・甘えることのできる人」だったという『大衆文芸』編集人・花村奨氏の鋭い指摘（昭和五十四年二月の山岡荘八追悼号）を読んで、そうか、いくら何でも飲むたびに相手構わず吼えるわけではないんだと納得するまでの間、果たして、あの晩の、あの席は華やいだまま進行したのだろうかとの思いが、時々、脳裡をかすめたのであった。

四二、「一龍齋貞鳳のところの女房は、かなり年上だったぞ」
——「健生、どこかに良い婿はいないか」——

私の結婚は高校の教員になって満二年になる昭和四十六年三月であったが、前年秋、結納が終わったことを伯父に報告に行った。その際、相手はどういう人間かと尋ねられたので、二歳年上であることを伝えると、一瞬、ビックリしたような感じで、「そうか、一龍齋貞鳳のところも年上だったなあ。確か、二つどころか、かなり年上だったぞ」と、いきなりハンサムな人気講談師の名前が出て来て、今度はこちらが驚いた。

一龍齋貞鳳師は、伯父よりも二十歳ほど若く、昭和三十年代から四十年代初めにかけてNHKテレビで放送された公開バラエティー番組「お笑い三人組」に(三遊亭小金馬、江戸家猫八両師匠と組んで)レギュラー出演していたし、今泉良夫の名でテレビ番組の司会を務めたりしていたマルチ・タレントの奔《はし》りであった。当時、参議院全国区に自民党から立候補する直前だった。所謂保守系の人物で、その意味では人脈的にも伯父に近かったはずである。

その四、五年前だろうか、大松博文氏(東京五輪で金メダルを獲得した女子バレーボールチームの監督)とあるパーティーで同席した伯父は、大松氏から「適齢期の〝娘〟が大勢いて頭が痛い。山岡さん、よろしくお願いしますよ」と頼まれたらしい。詳細年譜によると、自衛隊の中村和夫二尉と挙式された河西昌枝さん(女子バレーボールチームの主将)の披露宴に出席したとあるから、その席でのことだったかも知れない。

ある日、伯父宅を訪ねた折、大松氏が洩らされた苦労話をしばし聞かされたが、その話がひと段落すると、「金メダルを獲っても、それで終わりじゃないんだなあ。監督は大変だ。健生、どこかに良い婿はいないか」と言われ、まだ青二才の身にさえなっていない自分でありながらも、それ故にか、もう六、七年早く生まれていたら良かったのに、などと馬鹿なことをちょこっと考えたことがあった。

自衛隊と言えば、のちに伯父は自衛隊友の会の会長を務めている。晩年には日本ユースホステル協会の会長も引き受けているし、公的なものとしては、昭和三十九年、亡くなった尾崎士郎氏の後任として法務省の中央更生保護審査会の委員（二期六年）になっている。仮釈放の適否などを審査する機関で、国会同意人事であった。

四三、「バカヤロー、長州だ！」に、ガラスは震動した
――かくして、式場は乃木神社に決まる――

結婚することになると、何かと伯父宅を訪ねることが多くなった。お仲人は恩師の小田村寅二郎先生御夫妻にお願いすることになったが、式場と新居が未定だった。挙式の日取りも決めなければならない。

先ずどこの式場を予約したらいいものか、で相談に行った。この頃は、夕方から夕飯時分あるいは夜に訪ねることが多かったが、不在のことは稀で、居間で一息入れている感じであった。式をどこで挙げたらいいのか。初めは、当時デパートに置かれていた式場案内の窓口に行ってみたが、いろいろなことを言われてかえって迷ってしまったのだ。しかし、伯父とて、相談されても、一介の高校教員にふさわしい式場がすぐ具体的に思い浮かぶはずがない。

その時、そばにいた義伯母が「原宿の東郷神社もいいわね」とひとこと言った途端、「バカヤロー、長州だ！」の大音声で、障子の外の、廊下のガラス戸が震えて割れるのではない

かと思ったほどだった。というのは小田村先生は、安政の大獄に斃れた長州藩の軍学師範で思想家・吉田松陰の妹御の血を引いておられ、そのことを伯父は承知していたのだ。伯父はこの二年ほど前、『吉田松陰』（学習研究社の書き下ろし歴史小説シリーズ第一巻）を刊行していた。

松下村塾で多くの俊秀を育てた稀代の教育者でもあった吉田松陰の、そのひたむきな生き方は、かねて伯父の大いに共鳴するところであったろうことは作品から容易に察せられた。ちなみに東郷神社の御祭神、東郷平八郎元帥が薩摩藩士だったことは万人が周知のことだが、義伯母がひとこと「東郷神社もいいわね」と言ってくれたお蔭で、薩摩藩から長州藩が連想され、長州藩出身の乃木希典将軍が思い浮かんで、落ち着くべき所にすんなりと決まったのだ。ひょんなことから、乃木将軍をお祭りする乃木神社ではどうかな、となったのである。

小田村先生と伯父とは若干の面識はあったようだが、小田村先生が伯父と私の関係をお知りになるのには、いささかの経緯があった。友人たちと同じようにといっては失礼になるが、私の口から先に申し上げたわけではなかった。

先生が教鞭を執られていた亜細亜大学では、「明治百年」にちなんで昭和四十二年度と昭和四十三年度にまたがって十五回に及ぶ明治百年記念特別連続講座が実施された。「七〇年安保」前夜の頃で、多くの大学が、政治偏向して暴力化した学生活動家たちによって校舎が占拠され、机や椅子で封鎖されて授業ができずマヒ状態に陥っていた時期のことである。亜細亜大学ではそうしたことはなく、卒業したばかりの私は「もぐり」で、そのいくつかを聴きに行った。伯父が出講した際（演題「明治百年における日清・日露戦争の意義」）も当然聴講した。大勢の人たちの前で講演する伯父の姿はどのようなものだろうかと思いながら会場に赴いた。千二百人が入る一番広い教室は学生で満杯で、座れない者が出るほどだった。越後訛りをやや残す伯父は、時折ノートに目をやりながら、巧みに笑いを誘いつつ明治の先人たちの労苦を語った。ノートには、年月日や地名などがメモ書きされていたのだろう。結構、伯父は聴衆を引きつける力があるんだなと安堵した記憶がある。

伯父の講演が行われたのは昭和四十二年の秋だったが、その前の五、六月頃、出講依頼に伯父宅に出向かれたのは特別講座・渉外委員の梶村昇先生（宗教学）で、その際、伯父が「甥が亜細亜大学を出ている」と話したらしいのである。というのは梶村先生が私の働いていた国民文化研究会（前述のように理事長は小田村先生）の銀座事務所に来られた時、「君が山内君か。先日、山岡先生のところにお願いにうかがったら、君のことを話されていたよ」とのことだったからである。小田村先生と梶村先生の御関係はかねてから極めて近く、特別講座では小田村先生も渉外委員のお一人だったのである。このような経緯で小田村先生は伯父と私の関係をお知りになったのである（全集年譜では伯父の講演を昭和四十三年のこととしているが、前年の間違い）。

梶村先生が伯父のほかに何方を担当されたか存じ上げないが、小田村先生が海音寺潮五郎氏、福田恆存氏、小林秀雄氏らの出講依頼を担当されたことは、国民文化研究会の事務所で働いていたので、先生から折々お聞きした。

余計なことだが、明治百年記念特別連続講座の講師陣について、小田村先生は大学の委員会で作成した原案を持って、福田氏を訪ねている。文芸畑からは、右の人達の他に林房雄氏、竹山道雄氏、江藤淳氏が出講されている。福田氏のところから戻られた先生が「やはり厳しい人なんだなあ。福田さんが疑問符をつけた人がいたよ」などと、洩らされたことがあった。

私が結婚した年の八月十五日は、「第十三回国民総調和の日」であったが、小田村先生は東京・両国の日本大学講堂（旧両国国技館）で開かれた祭典で講演されている。それに先立つ六月頃、伯父から「先生に頼めないかなあ。お願いしてみてくれよ」と言われたことで引き受けて頂いたのだったが、聴衆が大講堂の一階フロアーから二階席までほぼ埋まったのは良かったのだが、協賛団体等からの「動員」と思われる人達や式典後のアトラクション待ちの人も多いようで、お話をしにくそうで申し訳ない思いがしたのであった。

四四、「健生、どこに住むのか？」
――「ウチの離れはどうかな」に思わず飛びつく――

式場が決まれば、挙式日も的がしぼりやすくなる。伯父の都合も聞きながら結局、三月十二日となった。その日は勤務校の学年末テストの二日目で、初日の時間割に自分の担当する「日本史」のテストを入れてもらって、答案を持って四泊の新婚旅行に出発した。現在であったら、旅先でテストの採点をやるなどとんでもないことで、自宅に持ち帰るにしても届け出が必要である。答案を校外に持ち出すことは個人情報の漏洩につながり兼ねない行為として原則禁止されている。当時でも、答案の持ち出しが認められていたわけではないが、今ほどうるさくなかった。

新居は安月給ながら、「妻」もしばらくは共稼ぎになるし、どうにかなるだろうと思いながら、不動産屋を二、三軒廻ってみたが、通勤時間のほかは何ら制約がないとなると、これまた焦点がしぼれない。まごまごしているうちに、年が明けて一月半ばとなっていた。「健生、どこに住むのか?」と聞かれても、いいところを探していると答えるしかなかった。しびれを切らしたように伯父の方から「ウチの通りに面したところが空いているが、どうかな」と言われて、条件反射的にペコリと頭をさげて「お願いします」と何ら躊躇することなく返事をしてしまった。のんびり屋の私でも少々あせり出していた頃で、助かった! と思ったがそれだけではなかった。

自覚はしていなかったが、心のどこかに伯父の近くに一度は住んでみたいという気持ちがあったのだ。「山岡荘八」の傍《そば》で暮らしてみたかったのだ。義伯母には少し迷惑を掛けるかなとは思ったが、翌年秋には県の教職員住宅が竣工するとの情報もあったから、それまでの一年半ならお世話になってもいいだろうとも思ったのである。

四五、女優村松英子さんが「役作り」で、伯父宅を訪ねていた！
——学研版、山岡荘八著『吉田松陰』余話——

蛇足ながら、伯父の『吉田松陰』（昭和四十三年十二月刊）にまつわることをひとつ。『吉田松陰』はその後、荘八全集にも荘八歴史文庫にも収められているが、そこには当初の学研版『吉田松陰』の巻末に載っていた立教大学助教授（当時）で文芸評論家の村松剛《たけし》氏と伯父との十四頁に及ぶ「解説対談」が入っていない。

村松氏は平成六年に亡くなったが、それから十六年後の平成二十二年六月、村松氏の妹さんで女優で演出家、詩人の村松英子氏とあるパーティーでご一緒したことがあった。その折、「お兄様の剛先生が伯父と対談をされていますが、ご存じですか」とお話したところ、「あら、そうなの。ぜひ読みたいわ」とのことで、その部分をコピーしてお送りしたことがある。その際、英子さんから「私、役作りのことで山岡先生のお宅を訪ねたことがあるのよ」と思いがけないことを聞かされて、「えッ、そんなことがあったんですか」と驚いてしまった。

日本教育テレビ（NETテレビ、現在のテレビ朝日）のドラマ「徳川家康」に村松さんが出演されていたことは覚えている。小説が完結する少し前のことで、戦国女性の生き方をいくつかのテーマごとに分けて何回かのシリーズで放映されていたはずである。

村松さんは家康の生母「於大《おだい》の方」を演じていたと記憶しているが、村松さんのお話は続編に出られた折のことらしく、千利休の娘「お吟」か、明智光秀の三女で細川忠興に嫁した「ガラシャ夫人」か、どちらを演《や》るかで、迷って伯父のところに相談をしに行ったというのである。「山岡先生が、お吟は人物的に実は良く分からないことが多いが、細川ガラシャはハッキリしていると仰有ったので、ガラシャ夫人を演《や》ることになったのよ」。昭和四十一、二年頃のことだったらしい。

全集の詳細年譜で昭和四十年の項を見ると、「座談会＝一月、山岡邸茶経室に山岡を囲んで『徳川家康を語る』、出席者北大路欣也（主役）、信長役津川雅彦、於大役村松英子、中日新聞は五日、東京新聞は十日に報道」とあった。どこで上演された際の役回りかは記されていないが、日本教育テレビで放映された際のものだと思われる。村松さんが於大の方を演じていたという私の記憶に間違いはなかったようだ。

村松さんは昭和四十年三月の「徳川家康一千万部突破祝賀会」（於・帝国ホテル）に出席されている。詳細年譜には、この祝賀会に政財界人のほかに「文化界からは川端康成、舟橋聖一、村上元三、伊藤整、富田常雄、村松英子らが出席」と記されている。

この祝賀会の際に配られた純銀製の盃《さかずき》が手元にある。臙脂《えんじ》色のケースに入っていて、上部の直径が四・八センチで、深さ二・〇センチほどの大きさのもので、底に「三つ葉葵」の紋が入っている。ケースの内側には横書きで〝「徳川家康」／１０００万部突破記念／講談社／

昭和40年3月〟の四行が印字されている。出席した兄（平成二十五年二月歿）の形見の品である。

四六、清酒「白雪」の社長の肝いりで学研版『吉田松陰』がドラマに
――横やり？で盛り上がらなかった〝白雪劇場〟――

学研版『吉田松陰』に関連して、もうひとつ。

この小説は昭和四十三年十二月に刊行されているから、この年の秋口までには書き上げたのだろう。と言うのは、旧盆で帰省した私が田舎の土産を持って訪ねた時、伯父から「健生、今度、松陰を書いたからよく読んでおけ、本が出たら送ってやるからな。お前も学校の先生になるんだったら、しっかり勉強しろよ」と言われたからである。教職に就く前年の夏のことだった。この頃は、正月や盆などに帰省した時は、小出の土産を手に必ず伯父宅を訪ねていた。盆栽に添えたら伯父が喜ぶだろうと、郷里の佐梨《さなし》川の河原で拾った変わった形の「握り拳《こぶし》」や「小玉西瓜《すいか》」大の石を土産代わりにいくつか持参したこともあった。

吉田松陰と言えば、小田村先生のこともあったし、前述の「合宿教室」に参加した後、ガリ版刷りの吉田松陰著『講孟余話』をテキストにした東京地区の学生勉強会に加わったりしていたので、身近に感じていた先覚者であった。松陰を主人公にした小説が出ると聞かされて、どんなものなのかなと刊行が楽しみで、さらに伯父の新刊が送られて来るというのも楽

しみだった。小説は書店で見つけて早速購入したのだが、講談社といった伯父にとってお馴染みの出版社ではなくて、学習研究社からの刊行というのがどことなく新鮮な感じがしたのであった。しかし、本が送られて来ることはなく、ちょっぴり残念な思い出となっている。

この小説を読んで、その後もずっと記憶に残っている箇所がふたつある。

ひとつは、冒頭部で、松陰の父となる杉百合之助のもとに嫁いだ母・滝が、姑の病気や貧しさから家中を覆っている陰湿な雰囲気を一掃するために毎晩風呂を立てるようにしたという箇所である。それまで四日に一度だった風呂を毎日立てたい、そのための薪拾いは自分でやるからと夫・百合之助を説得して実行する場面である。その際の新妻・滝は「人間はさっぱりすると明るくなります。みんな神州清潔の民になりたい！　お許しいただけましょうか」と頼んでいる。賢くて健気な女性を嫌う者はいないはずだが、伯父の最も好ましいと思う女性だったに違いない。日風呂によって家の中の陰気がなくなるというのは、もしかしたら伯父自身の少年時代の思い出とも重なるのではないかと思ったのである。「みんな神州清潔の民になりたい！」とは、これまた伯父の大好きな言葉だっただろう。

もうひとつは、二十歳の松陰が熊本に宮部鼎蔵《ていぞう》を訪ねた折、国柄をめぐって二人が遣り取りをする場面である。「禅譲放伐《ぜんじょうほうばつ》の唐土」と「天壌無窮《てんじょうむきゅう》のわが国」との差違について、月明かりの下で二人が共感しつつ激しく語り合う場面である。二人が交わす言葉は、そのまま伯父自身の胸の内であると思った。戦後の日本では斜に構えがちな国体論を、小説の形ではあったが、真っ正面から描いているのが私の脳裡に深く刻まれたのである。この頃、私は編入学した立正大学史学科の夜間の四年生で卒論に取り組んでいた時期だったから、幕末の朝幕関係に関して書いていたこともあって、国柄についての記述が頭に残ったのである。

昭和四十三年はいわゆる「明治百年」の時期であった。正確には「明治百一年」であろうが、十月には政府主催の明治百年記念式典が挙行されていた（全集の年譜によれば、伯父は武道館での式典に参列している）。この頃、ある小説家が書いた『明治維新』と題する本を読んだので、その感想を批判気味に伯父に話したことがあった。すると、「そうだろう。あいつは駄目なんだ、浅いんだよ」とのひと言が直ぐ返って来て、わが意を得たりだったが、今にして思うと個人商店的な作家のライバル意識からの評言だったのかなと思わなくもないが、それだけではなかったはずだ。伯父より数歳年長の作家だったが、私が生意気にも批判したのは根拠があった。それは「…に戦慄を覚えた」という記述で、戦慄には恐怖、緊張、感動などの多様な意味があるが、感動の意味となっても良い箇所を恐怖の意味でしか捉えていなかったからであった。どのように登場人物の胸中に迫り、胸中をどのように読み解くか、外から見るのか内から迫るのかの相違であって、著者の人間観人生観の表れと言うほかはないことであった。

伯父の「あいつは駄目なんだ、浅いんだよ」という言葉を耳にした時、まず最初に感じたことは他のライバルたちの動向には目配りしているんだなということであった。若い時から先輩同輩等々の人物を相当幅広く見ようとしていたんだろうなということであった。

伯父の『吉田松陰』は翌年（昭和四十四年）秋にはドラマ化され、十月から半年間？・放送された。関西のテレビ局の制作で、東京でも8チャンネル、フジテレビで見ることができた。伊丹の清酒「白雪」の醸造元、小西酒造の提供で放映中の〝白雪劇場〟の中で流された。日曜日の夜九時半からの時間帯だった。伯父の小説を読んだ小西酒造の社長の肝いりでドラマ化されたということを当時の新聞か週刊誌かで読んだ記憶がある（〝富士の白雪、朝日に映えて…、山が富士なら、酒は白雪〟とCMソングを歌う井沢八郎の唄声が懐かしい。毎週見ていたので、いつの間にか覚えてしまった。今でも歌うことが出来る）。

松陰を演じたのは人気実力とも申し分ない髙橋幸治で、雰囲気はぴったりだったが、演出のせいか、小説に感じられる松陰の一途な思いや独立の危機感から生じた尊皇攘夷の時代の熱気がテレビからは伝わって来なかった（ちなみに髙橋幸治は新潟県の出身で、小出とはひと山へだてた十日町市の生まれだった）。松陰の父・杉百合之助を佐藤慶が演《や》り、母・滝は馬渕晴子だった。毎週流されるプロローグは、先ず刑場に赴く松陰の姿とともに「吾れ今国の為に死す死して君親に背かず…」の辞世の漢詩が出て来て、続いて百姓一揆らしき場面がワァーッという喊声《かんせい》をともなって徐々に大写しになるというものだった。長州藩に一揆がなかったと言うつもりはなかったが、階級史観に阿《おもね》るやり方のようで見ていて不満だった。この頃は、「七〇年安保」の前夜で学生運動が大きく暴力化して、多くの大学で校舎の入口が机や椅子で封鎖されて授業不能に陥るなど、左翼的風潮がマスメディアの表面を覆ったかの観があった。その影響があったのだと思う。

教職一年目の若造の私がそう思ったほどだからテレビ局の有力株主筋から、ドラマの制作スタッフに直接注文がついたらしかった。ある時、伯父が「外から横やりが入ったため、テレビ局の連中が腐ってやる気をなくしてしまったよ」と困惑気味に話していたことがあったからである。原作者と言えども、一旦、テレビ局に渡してしまえば、あとは局側の判断にまかされるから、よほどのことがない限りというか、仮にあってもぎりぎり慎むべきだということとなるのだろう。伯父とても演出の問題点を感じ取っていたはずで、そのうえ制作スタッフが外部からの声を「圧力」と受け止めて意欲を失ったとなれば、困惑するのも無理はなかった。活字と映像は別物だという建て前があるにしても、さりとて原作者としては無関心ではいられないといったところだったであろう。どんなドラマになるのかと楽しみにしていた私は、盛り上がりを欠くドラマとなった隠れた要因を知らされたのだった。

このテレビドラマ「吉田松陰」の脚本は生田直親氏で、その後、推理小説の新聞広告で生田氏の名前を何度も目にした。そのたびに白雪劇場の「吉田松陰」を思い起こしたのであった。

全集の年譜にドラマ化の記述はない。

四七、「藤野庄蔵」名義の賃貸契約書を書いてもらう
――住宅手当の受領に「成功」――

借りることになった通りに面した離れの住居表示は「世田谷区梅丘三丁目十三―十六」で、伯父宅とは一番違っていた（その離れは取り壊されて今は無い）。その間取りは、一階が四畳半と六畳。台所、縁側、便所。二階が六畳と六畳ほどの板の間。伯父宅の庭とは板塀で仕切られ、板塀には潜り戸が付いていた。二階の板の間にあった古びた書架には、これまた古びたロシア文学全集があって、手に取って披いてみたら誰が書き入れたのか傍線がたくさん引いてあった。階段を昇った所の半畳の押し入れを開けたら「第二回長谷川伸賞―昭和四十二年―」の受賞記念の賞牌が仕舞われてあった。ふだんの生活では一階で十分であった。玄関を入ってすぐの敷台には漆塗りの「大名籠」が置かれていた。小説家の家には面白いものがあるなあと思ったものだった。挙式の十日ほど前に、私だけが先に入居したのであった。

この家の賃代を払う考えは、当然のように私の頭の中にはなかった。しかし、公務員にも住宅手当を支給する制度が始まっていたから、それは欲しかった。家賃が明記された賃貸契約書を家主から出してもらえれば、家賃の半額相当（当時、上限が一万五千円？と記憶する）が

伯父とともに

伯父宅の離れを借りていた頃。昭和47年7月30日、伯父宅の縁側で撮影。伯父は66歳で、「伊達政宗」を月刊『小説サンデー毎日』に連載して4年目に入っていた（私は29歳だった）。伯父に戯れ付いているのは愛犬・ミネ。伯父のところにはいつも2頭の大型犬が飼われていた。

給料日に加算される。欲の深い私は、入居して二十日ほど経ったある夜、伯父に賃貸契約書を書いてもらおうと「住宅手当」の説明をした。黙って聞いていた伯父に、突然、大きな声で「何だそれは！持ち家の人はどうなるんだ！」と遮られた。予期していなかった質問に虚を衝かれた感じだった。そんな嘘の証明書は書けるはずがないだろう！と、大目玉を喰うかも知れないと、そのことばかりを警戒していたのだ。

確かに、持ち家の人のなかには月々、借入金を返済している人もいるわけだから、借家の人に家賃を補助するというだけでは不公平で、伯父の疑問の通りではある。こちらは「上限一万五千円」（？）の成否が懸かっている。そこで、近頃は都会の家賃が高騰気味で、新たに住宅手当制度が設けられ…云々と、これ弁明に努めたのだった（もしかしたら借入金のある人には税制面で何らかの策が講じられていたのかも知れない）。

するとと「昔はな、東京にだって借家が一杯あって家賃も安かった。今は借家人の権利が強くなったから貸す人が減ってしまったんだ。下手に貸すと戻ってこないからだ。家賃が騰《あ》がるはずだよ」などと過ぎし東京の住宅事情をひとくさりした後、万年筆でスラスラと「賃貸契約書」を書いてくれた。どのような話の展開になるかとちょっと危ぶんだが、うまくことは運んだことで胸を撫でおろしたのであった。

契約書といっても、二つ折りの半紙に、家主「藤野庄蔵」が「月額○万円」で（たぶん「三万円」と書いてもらったと思う）、借家人「山内健生」に貸与する旨の内容が縦で箇条書きされたもので、年月日がなかったはずはないが印鑑が押されていたかどうか、もちろん印紙も貼ってない。

いくらお役所は書類さえ揃えばいいと言っても、現在では不備で再提出を求められる代物であった。藤野庄蔵のペンネームが山岡荘八であるとは事務室の誰も知らないから、その面からは変に注視される心配はなかった。

欲深い私の小賢しい不正に伯父を付き合わさせてしまったわけだが、あの時、伯父が自分をどう見ていたんだろうか、「この男は小さな人間だなあ」と思ったのではないかなどと、今でも時々、懐かしく思い出す。

四八、あまた「傍線」が引かれた古びたロシア文学全集があった
――「自然主義の身辺雑記的な純文学では物足りなかった」――

新所帯を始めるに当たって〝無賃〟借用の離れの二階にあった前述の古びたロシア文学全集だが、そこにあまた書き込まれた「傍線」を目にした時、「あれッ」とは思ったがそのまま、この件に関しては伯父に何も訊ねなかった。それから八年後、伯父が亡くなった翌年（昭和五十四年）刊行された『睨み文殊』（山岡荘八随想集）の中に、若き日を回顧した随筆（昭和二十五年一月執筆の「雑草の弁」）が収載されていて、そこにやはり傍線は伯父が書き込んだに違いなかろうと思わせる記述があった。それを読んだ時、きちんと聞いて置けば良かったなあと少し後悔したのであった。

その随筆には大衆小説家への道程が大まかながら記されていた。

十四歳の秋に上京して、一年後には「その頃争議ばかりやっている博文館印刷所で、夜学に通いながら文撰工になっていたのだから」、「ちょっと不思議な気がする」。「どう考えても少し早すぎる」。一ヶ月に六十円位稼いで「金の使い道がわからなくてひどく困った」とある。文撰工は原稿を見ながら活字を拾うのが仕事だから、それを十五、六歳でやっていたというのだ。活字ケースの暗記に取り組んだ結果らしいが、やはり「国語力」は早くからそな

わっていたのだろう。「金が入るとどうしても早熟になり、勉強の方は粗雑になった」と続く。十八、九歳の頃には、紅灯緑酒の巷からの誘惑と向き合うことになったらしい。この頃、あちらこちらの学校を聴講していたようだが、「明治、日大、早稲田と同じ帽章を半年つけていることはない…」云々と記す。逓信官吏養成所に学び、一時、電報局に勤めたことは聞いていたが。大学をはしごしていたとは知らなかった。才気走った生意気な扱いにくい聴講生だったのではなかろうか。

正規に入学した学生ならば卒業という目標があるから、たとえ退屈する講義であってもしのげるが、そうでなければ大学の講義など多くはまだるっこいもののはずだ。況んや実社会に足を踏み入れて、「金の使い道がわからなくてひどく困った」若者にとっては尚更だったであろう。講義が面白くないと「すぐに先生を軽蔑して止めて了い、十九の秋には日本は狭すぎるからブラジルへ行って養鶏会社をやろうと考えたのだから、アプレゲールは今ばかりの所産ではない」と記している。

アプレゲールとは、古い道徳に縛られない無軌道で奔放な戦後の風潮を意味している。この随筆を書いた昭和二十四、五年頃の世相がまさにアプレゲールで、若き日の自分も無軌道で破目を外すこと多き若者だったと振り返っているのだ。

親類の資金で二十歳前には自ら印刷・製本業を始めるが、まもなく行き詰まる。「八、九十人使っていた職工の給料を支払うために二十四歳の暮までしみじみと経営の苦悩を味わわせられた」。この経験が「一番自分自身を鍛えて呉れたような気がする」と回顧している。私の母が賄い方で手伝っていたというのはこの頃のことだったであろう。果ては夜逃げをし、「才能のないことをやったのだから失敗したのだと反省したり」、「人間はしたいことをするより他にないのだという結論らしきものを見出したのは二十五の秋であった。したい事ならば飽きまいと思い、飽きずにやり通したら幾分か役に立つのだろうと、博徒打ちの家やら、お寺やら、女給さんの下宿やら甥の許やら転々と居候をして歩きながら考えた」（甥と言っても長姉・満津埜の長男で三歳年下で、私の母と同学年だった。のちに鎌倉市の大船消防署長を務めた）。そして出た答えが「大衆文芸」をやろうということだったという。

その過程で、九十人の職工たちの生活も見て来たし、高利貸、三百代言（詭弁を弄する無資格の代言人）、暴力団、政治家（現在の都議会議員レベルか）、街のボスらと「一通り渡り合わなければならない生活をして来たので、自然主義の身辺雑記的な匂いの濃い当時の純文学では何としても物足りなかった。ドストエフスキーやバルザックのスケールで無ければ所謂貧しい人々の哀歓を立体的に描写し得ないと考えたので改めての出発だった。むろんその志の百分の一も果していない。しかし好きなことだけに、二十年やって見て、いよいよ好きになってゆく」と記している。

バルザックはフランスの作家でドストエフスキーに少し先立つが、伯父は西洋の小説をも読み、そこからも何かを吸収しようとしていたのだ。大衆の哀歓を描きたいと思えばこそ、西洋人の魂の何たるかを把握せんとしたのだろう。その具体的痕跡がロシア文学全集にあまた引かれた「傍線」だったと思われるのだ。「自然主義の身辺雑記的な匂いの濃い当時の純文学では何としても物足りなかった」と回顧するあたりが、いかにも伯父らしい。

この文章が発表された昭和二十五年当時はまだ占領下だったが、この年の三月から、「何が、応仁の乱以来の戦乱に終止符をうたしめたかを大衆とともに考え、ともに探ってみたかった」とする『徳川家康』の新聞連載が始まっている。伯父は四十四歳だった。

四九、〝シャーロック・ホームズ〟物の翻案小説を書いていた
——コナン・ドイル原作『緋色の研究』の翻案「復讐の天使」——

さらに伯父と西洋の小説に関連したことで、興味深いことを推理小説好きの長女がもたらしてくれた。パソコンの「ホームズ・ドイル・古本 片々録 by ひろ坊」と題するブログをプリントして届けてくれたのだ。

そこには若き日の伯父がコナン・ドイルの探偵小説〝シャーロック・ホームズ〟シリーズの『緋色の研究』を翻案した小説を書いているとあった。これにも驚いたが、前項で紹介した「ドストエフスキーやバルザックのスケールで無ければ…」云々という若き日々を回顧した随筆を読んでいたので、ロシア文学全集に書き込まれた傍線を目にした時ほどではなかっ

た。

それは『日本少年』という少年向け雑誌の昭和十一年六月号付録「冒険探偵名作集」所載の「復讐の天使」と題する作品で、ブログの文面には『日本少年』当該号の目次の写真が載っていて、確かに「復讐の天使（英国）コナン・ドイル原作　山岡荘八　宮本三郎画」とある（宮本三郎とは、後に「山下・パーシバル両司令官会見図」という戦争画を描いた洋画家のことだろう）。二部に分かれている長編の『緋色の研究』を「わずか四十五ページ程に大胆に短縮した翻案」であるが、原作との「決定的な違いは、ワトスンが登場しないことである‼ワトスンを登場させると話が長くなるからだろう」。「ワトスンが登場しないという最大の難点はあるものの、物語としては良く纏められていて、戦後、流行作家となる山岡荘八の才能の片鱗が窺える」とブログの筆者は記し、山岡荘八に少年向けの作品があることは承知していたが、「彼が戦前にホームズ物を翻案しているとは思いもよりませんでした」とも記している。

伯父にドイルの著作に関する翻案作品があったとは、やはり私にも意外ではあった。昭和十一年といえば、『大衆倶楽部』編集長の傍ら小説を書いていた伯父が、文筆で身を立てる切っ掛けとなったサンデー毎日大衆文芸入選の二年前である。伯父は三十歳で、既に所帯を持っていて家計は大変だったはずだ。義伯母が「お醤油の色が日ごとに薄くなって行ったのよ」とか、「溜まった支払いと引き替えに酒屋の娘さんの家庭教師もしたのよ」とかと語っていたことがあったが、この頃のことだろう。それはともかく、伯父の旺盛なる好奇心を示すものでもあると思う。

翻案小説「復讐の天使」は昭和十一年のことだったが、全集の年譜の翌昭和十二年の項に、左記の俳句が載っていたが、当時の伯父の暮らしぶりが察せられる。

餅買ひに走りし妻の肩寒き
除夜の街妻もろともに彷徨《さまよ》ひぬ

若き日の伯父がどんな顔をして〝シャーロック・ホームズ〟を読んだのだろうかと想像するだけでも楽しくなるが、「犯人の心理」を読み解こうとするホームズ、そのホームズを描く作者・ドイルの人間把握に関心を持ったことだろう。犯罪者の心理をどう描くかで小説家の力量が試されると言われるからである。伯父は一本釣りのマグロ漁師が掛かった獲物と格闘するにも似て傑作とするべく集中していたことだろう。張り切っていたことだろう。

ブログの筆者が最も言いたいことは、これまで山本周五郎の『シャーロック・ホームズ』（昭和十年、博文館）が戦前に発表された児童向けホームズ物の最後の作品と見られていたが、そうではなくて、山岡荘八の「復讐の天使」（昭和十一年）が最後であったと確認できたことで、「しかも、児童向けに翻案された『緋色の研究』の最初の作品―と確認できたこと」であった。それを「欣快至極である」としている。「ホームズ探偵譚の児童書を蒐集し始めてから、もう二十年はどになる」とのことだが、よくぞ集めて紹介して下さったと感謝したいところである。

全集の年譜で昭和十一年の項を見ると、新潮社の月刊誌『日の出』所載の四編を含む七作品が掲げられているが、「復讐の天使」については何の記載もない。

五〇、「いいか、披露宴の前に紹介するんだぞ」
——挙式前夜の忠告——

私が挙式した昭和四十六年は、前にも少しふれたように、伯父の書き下ろしの『春の坂道』が中村錦之助（のち萬屋錦之介）主演でNHKテレビの大河ドラマで放送された年であった（一月～十二月、五十二回）。このドラマで主演した錦之助さんは、このあと民放テレビの「子連れ狼」などに出るようになるが、「春の坂道」がテレビ連続出演のはしりと記憶する。それは伯父の執心によるものであった。

というのは『織田信長』初版本（第一巻、無門の巻）が刊行された時（昭和三十年）、若き錦之助さんが「この本を私に下さい。会社ではなく私個人に下さい。私はこの信長としんけんに取り組んでみたいのです」と伯父宅に駆け込んで来たことがあったというのだ。このことは、「春の坂道」がまだ放映中だった同年十月、テレビと同じく中村錦之助主演で舞台化され歌舞伎座で上演された際のパンフレットに、伯父が書いている。その時の「錦之助君」は「まだ青年というより、少年の感じの方が強かった」とも。以後、ずうっと注目してきたという。そこで主役の柳生宗矩《むねのり》役はぜひとも「中村錦之助」にと伯父がこだわったのである。

伯父原作の『織田信長』は中村錦之助主演で昭和三十年と昭和三十四年の二度、東映で映画化されている。私が観たのは後者の方で、「風雲児　織田信長」がタイトルだった。田舎の映画館に掛かったのは、翌年の二月で、中学校三年の三学期のことだった。当時、冬の映画館は天井が高いため、館内には石炭ストーブが二台あっても、すき間から冷気が入って寒かった。オーバーの襟を立てながら観た記憶がある。初めて目にする伯父の映画だった。濃姫を香川京子が、斎藤道三を進藤英太郎が、平手政秀を月形龍之介が演じていた。あの頃は映画の鑑賞自体が特別なことだったので、良く覚えている。

前に、伯父のことを学友にはほとんど話さなかったと記したが、披露宴に出ていただいた校長先生、教頭先生にも話していなかった。特に仕事とは関係ないし、敢えて申し上げることもないと思っていたからである。他に出席してもらった同僚の一人には何かの機会に少し話したことがあったから、そこからお耳に入っていたかも知れない。

挙式の前日の夜、伯父に、披露宴の受付で配る座席表を見せながら、と言っても上質紙を買って来て学校の印刷機で刷った手製のものだったが、お客様についてひと通り説明をした。この時は居間ではなく、どういうわけか応接間（洋間）だった。説明が終わって最後に、「披露宴では、伯父さんにひと言御挨拶をお願いするかも知れませんが、いいでしょうか。司会を頼んだ方が山岡先生のお言葉が欲しいとのことで、その時は宜しくお願いします」と了解を求めると、「ふむ」とひと呼吸おいて「そうか、分かった」との返事をもらったので、これで事前の準備はすべて終わったと思って、「お休みなさい」の挨拶をして戻りかけると、「いいか、明日は披露宴の始まる前に、控室に連れて行って、招《よ》んだ人に紹介するんだぞ」と言われ、キョトンとしてしまったことを覚えている。私がビックリしたような顔をしていると、重ねて「来てくれた人に、ちゃんと紹介するんだぞ。いいか、控室に連れて行くんだぞ。忘れるな」と念を押されてしまった。そうか、そういうことするものなんだと、その時はえらく大事なことを教わったような感じであった。

そこで披露宴開始の直前に、伯父を親族控室からお客様控室に連れて行った（本当は両親こそ紹介すべきだったのだろうが）。先づは校長先生のところに連れて行ったのは良かったのだが、友人の一人一人、さらに幼馴染みにまで紹介したために、伯父の名刺が足りなくなってしまった。この時、伯父が持っていた名刺は普通のものより小振りで角が丸くなっていて、小説家の名刺は勤め人の角張ったものとは少し違うんだと新しいことを発見したような気分だった。あるいは、角張ったサイズの名刺もあって時と所で使い分けていたのだろうか。出席してくれた友人の中に、私と伯父の関係を初めて知ったという者が何人かはいたと思う。小田村先生のご友人で、教職に就くについて何かとお世話になった県教委の部長さんにもご出席いただいたが、この方も私と伯父との関係をご存じなかったと思う。後日、県教委主催の講演会に伯父を呼びたいというお話を私が取り次ぐこととはなったが。

挙式から半年余り後、「春の坂道」が歌舞伎座で上演された折、義伯母からチケットをもらったので妻と二人で観に行った。その時の半券がその際のパンフレットとともに机の引き出しから出て来た。日時は「昭和四十六年十月九日」の昼の部で午前十一時開演、一階二等席四扉「つ側41」「つ側42」であった。同時上演は河竹默阿弥作の「紅葉狩」で、こちらの方でも錦之助さんは主演をしていた。テレビでの収録がある中で、さらに舞台の稽古や上演が併行していたのだから、人気俳優は大変だったんだなあと、つくづくと思う。

五一、「この男は、私の目の前で、二階から庭に落ちた」
――披露宴での思い掛けない挨拶――

披露宴では、ひと通り御祝辞を頂戴して懇談が一段落したところで、伯父にぜひ一言お願いしたいということになった。何を言うのかと思っていると開口一番、「この男は悟りきった哲学者みたいなところがあって、少し変わっている」とのひと言に、どっと笑い声が起こった。私自身は自分のことを「のろま」でありながら「せっかち」であると思っていたので、「のろま」で判断の遅いところを「落ち着いている」とか「度胸が良い」とかと勘違いしている人が確かにいると思っていた。伯父も自分のことをちょっと買いかぶってそのように言ってくれたのだと思った。しかし、「悟りきった哲学者みたいなところがある」とは、私だって少しは物を考えなくはないが、奇妙な譬喩があるものだと思ったが、どっと笑ったところから判断すると「少し変なところがある」のだろうと我が身を顧みざるを得なかった。

この伯父の言葉はその後もずうっと気になっていて、そんなふうに見られることで自分は「得」をして来たのか、あるいは「損」をして来たのかなどと考えることがある。

伯父はさらに続けた。「この男は運が強くて、私が新潟に帰っていた時、目の前で二階から庭に落ちたことがある。しかし、かすり傷ひとつ負わなかった。あの時は冷やっとして、しまった！　葬式を済ませてから帰ることになるのかと思った」。

伯父が帰省中、私が二階から落ちた話は、小さい時から、両親からも何度も聞かされて来た。帰省した伯父の口からも幾度となく聞かされていた。まさかその話を披露宴でするとは思いもしなかった。

この転落事件が何歳の時であったかは明確には記憶にない。どう考えても四歳の頃のはずだが、度々聞かされて来たことで、何時の間にか、ある光景が私の脳裡にでき上がっている。

旧盆で帰省した伯父が二階の座敷で新聞を読んでいる。午前中のことである。伯父のまわりをちょこまかしていた私は、縁側の方へと歩き、手すりに摑まり桟に足を掛けて外を見ているうちに、梯子のようにさらに上の桟に足をかけて昇った形になった。そのため重心が外側に移動しクルッと足が持ち上がり、そのまま庭に落ちたのだ。伯父がハッとして手すりの方を見ると私の姿がなく、慌てて縁側に駆け寄り下を覗くと、伯父に言わせると「蛙が地面に叩きつけられたような恰好で落ちていた。蝶々が羽根を広げたような姿にも見えた」となる（ここでまたどっと笑い声が起こった）。そして「これは一大事だ。葬式を出してから帰ることになるのかと一瞬思った」というのだ。

なぜかというと、猫の額のような庭には、一尺ほどの間隔で池まで踏み石が並べられていたからである。ところが、「健生は、踏み石と踏み石の間にピタッと塡《はま》ったように落ちていて、かすり傷ひとつつなかった。ほんのちょっとズレただけでも取り返しのつかないことになりかねなかったのに、何ともなかった。本当に運の強い男だ」云々。

転落した時、母は外出中で、出先まで急いで迎えに来た祖母から「今、医者を呼びに行っている。いいか、覚悟しておけッ」と告げられたとは母の口癖だった。「お前は一度は死んだと思った子だ」。踏み石と言っても、近くの川原から比較的平らな石を拾って来て並べただけのものだから、地面から浮き上がっている。打ち所が悪ければ大変なことになっただろう。伯父が「しまった！　葬式を出してから帰ることになるのかと思った」と言ったのは、本当にそう思ったからだろう。

披露宴が終わり、両家の親と私ども二人が出口に並んでお客様をお見送りする際、伯父が一緒に並んでくれた。その時は気がつかなかったが、後で写真を見たら伯父が写っていたのである。相手の父親が結納直後に急逝していて、その代わりというわけではないが、伯父が気を利かせて並んでくれたことで一応はお仲人の小田村先生御夫妻を含め「八人」が揃ってお客様をお見送りする形にはなっていた。このように伯父はいろいろと気がまわるから、まわりの人間がボヤッとしていて、うまくそれに対応しないと時にカミナリを落とすことになるのである。

伯父のことだから、もし「義父」が健在だったとしても、一緒に並んでくれたような気がしなくもない。嬉しいにつけ、悲しいにつけ、人並み以上に大きく心を振るわせる伯父のことだからである。

五二、「結婚十年か、まだこの味は出ないなあ」
――ホームドラマを見ながら、つぶやいていた――

結婚前のことだが、神奈川県から初めてボーナスが支給された六月（昭和四十四年）、何となく浮き浮きした気分になって、伯父の家に近い環状七号線沿い（世田ヶ谷・若林陸橋のところ）にあった洋菓子メーカー・トレッカの工場内売店で、ショートケーキを十箇ほど買って訪ねた。日曜日の夕方だったと思う。

居間の障子を開けると、いつもの神棚仏壇を背にした横座に一人すわっていた伯父が「今日は何だ」と聞くので、「ボーナスをもらったからケーキを買って来た」と言うと、「おーい、健生がケーキを買って来たそうだ」と声を掛ける。すると、義伯母がすぐに出て来て、あらまあといった感じで受け取ってくれた。その場で函を少し開けて、どれ、どんなものかなあと二人でのぞき込んだ。「美味しそう、夕飯を食べたら皆で頂戴しましょう」と義伯母。これまでいつも手ぶらで訪ねていた自分としては、就職したことで少しは気を利かせたつもりだったのである。

夕飯は、伯父夫婦、養女の稚子（義伯母の姪。義伯母の弟さんの娘）、秘書、二人の若いお手伝いさんが、居間で揃って食べるのが慣わしのようで、時々、闖入《ちんにゅう》者の私も、そこに加わって当たり前のような顔をして頂戴した。私が当然のような顔をして夕方、「夕飯」に狙いを定めたように、伯父宅を訪ねたのは、大学二年生の秋、新聞店の住み込みを止めて朝刊のみ配達するようになってから結婚までの六年半の時期であった。その際、不思議なことに酒好きの伯父が晩酌をたしなんでいたのかどうかの記憶がまったくない。

一年に何度も夕飯をご馳走になっていたのに記憶にないのである。おそらくお銚子一、二本で切り上げていたのではなかろうか。少年時代に見た飲んだ時の「荒ぶる」伯父の印象が強烈だったたから、平穏にちびちび飲んでいる伯父は記憶のなかでは飲んでいたことにはならなかったのだろう。

ちなみに、私が出入りするようになった頃、秘書は義伯母の後輩、某女子大学の卒業生が二年交代の住み込みで勤めていたし、お手伝いさんは福井県の某高校家庭科の卒業生二人がこちらも大体二年ごとに一人ずつ交代しながら働いていた（ある時、昭和四十三年の一月か二月のことだったかと記憶するが、養女稚子、即ち花柳流名取り「花柳直八」師匠の舞踊発表会を、お手伝いさんまで皆でうち揃って見に行くため、家が無人になるというので、留守番を頼まれたことがあった。日曜日のことで、来客は立正佼成会の人が書類を持って来ただけであった。この晩、そのまま伯父宅に泊まっている）。

この時は夕食後、改めてケーキの函が開けられ、ひとしきり、どれにしようかとお手伝いさんたちが声を挙げてくれて嬉しかった。伯父も笑顔で、さてどれにしようかなと言いつつ、皆につき合ってくれた。六十歳を過ぎていたし、まして食後である。若い時には分からなかったが、若干胃には重かったことだろう。これ以後も、ボーナスの都度、ケーキを買って行ったが、一緒に食べてくれた。

ボーナスの都度とは言っても、横浜の教職員住宅に引っ越す（昭和四十七年八月末）までの足かけ四年の夏冬、七回のボーナス支給時ではあるが。転居後は、御中元・御歳暮の品を持っての盆暮れと、年賀の挨拶で正月に、子連れ（昭和四十六年十二月、長男誕生）で午後訪ねることが多くなった。例年十二月、暮れの挨拶に行くと、日曜日だったこともあって、中央競馬・有馬記念レースの日と重なることが多く、伯父はテレビでレースの成り行きを見守っていた。馬券を買った様子はなかったが、ブラウン管を見つめていた。競馬には縁のない私だが、今でも暮れが近づき有馬記念の報を聞くと何となくと胸が騒ぐのである。

まだ独身で夕飯をご馳走になっていた頃のことだが、夕食後、伯父はよくプロレス中継を見ていた。ジャイアント馬場とアントニオ猪木が組んで外人レスラーと試合していた頃のことで、ゴールデンタイムに放送されていた。レスラーたちの絡み合いに「下手だなあ」などと小声でつぶやいていた。ホームドラマを見ていたこともあった。ドラマの中での夫婦のやりとりに、「結婚して十年か、十年じゃ、まだこの味は出ないなあ。無理だなあ」と誰に言うともなくつぶやいていたこともあった。今でも、テレビドラマを見ていて、私の脳裡に、ふと「結婚十年か、この味はまだ無理だなあ」とつぶやいた伯父の言葉がよみがえることがある。そんな時、私は一端《いっぱし》の批評家気取りになって、どんなに辻褄の合った会話であっても、人間心理に添ったものでなければ、セリフに「人生の真実」が匂わなければ、単なる作り話になってしまう。ドラマは「作り話」なればこそ、余計に真実味を出す工夫がなければならない。そこに作者の人間観の深浅と筆力が現れるのだ…などと講釈したくなるのである。

確かめたわけではないが、何度も出入りしているうちに、伯父の日常が大体は推測できた。深夜から朝に掛けてが仕事に集中する時間帯のようだった。夕飯を食べて九時頃までは仕事の前の息抜きらしく、九時を過ぎると「さぁて」と腰を上げる。恐らくひと眠りしたあと、深夜から朝まで仕事をするのだろう。それから朝食後、また睡眠をとるらしい。午後は、執筆関係の来客もあるだろうし出掛ける用もあるだろう。ゆったりとして想を練る時間だったのではなかろうか。帰省した伯父が深夜というか明け方近くまで飲みかつ語ることが多かったのは、ふだんの「夜型」生活の延長でもあったわけである。

五三、私は〝十時さま〟と陰で呼ばれていた!?
——谷崎潤一郎著『台所太平記』のドラマと伯父宅がダブってしまった——

朝日新聞の専売所（杉並区）に住み込んで新聞配達をすることからスタートした私の学生生活は、二年生の秋、東京オリンピックの開会式を翌月に控えた昭和三十九年九月からは別に部屋を借りて朝刊のみの配達となった。同じ新聞店の朝刊を配っていたから、朝飯は以前と同じように店でどんぶり飯を食べていた。夕刊の配達がなくなり授業後も時間の余裕が生まれたので、友達と議論をしたり世間話をするなど表向きは他の学生と同じようになったが、夜、たまに遅くなる時があっても十一時過ぎには部屋にもどるようにしていた。朝の四時からの配達だけは、雨が降ろうが風が吹こうが雪が降っても、変わらなかったからである。私が配達していた頃、朝刊の配達のない日は、一月二日、五月の「こどもの日」の翌日、九月の「秋分の日」の翌日の年三回だった（ちなみに夕刊のない日は、「こどもの日」、「秋分の日」、年末の十二月三十日から一月二日の四日間の年六回。まもなくして日曜祝日の夕刊がなくなった。背景には人手不足があったと思う）。

ふり返ってみると、とにかく午前四時には新聞店にいて、その後、どんぶり飯の朝食をきちんと摂っていたから生活が乱れることがなく結果的には健康的だったわけだし、午前四時といえば、執筆中の伯父が「佳境」に入っていたであろう時間である。

四年間、朝刊の配達をしていて気づいたことがあった。深夜から降り出した雨が朝の五時過ぎには止んで、その後は晴天となる日が一年の内で何度かあった。雨合羽を着て配達に出掛けて途中で脱いだわけだが、世間では「今日はいいお天気ですね」と言うのだろうなあと思ったのである。

夕刊の配達なくなったことで、前に記したように、時々、「夕飯」をご馳走になるのが当たり前のような顔をして伯父宅を訪ねるようになった。午後の三時か四時頃で、伯父は、外出していたこともあったが、大体の場合、ひとり居間にいて雑誌や書類に目を通していることが多かった。テレビを見ていたこともあった。深夜からの仕事を前にした一番くつろいだ時間帯だったかと思う。そのうちに義伯母が「あらッ、健生さん」といった感じで顔を見せ、しばらくすると台所の辺りが慌ただしくなる様子が居間にまで伝わって来るようであった。

夕飯は前項のように、皆が揃って食べるのだが、伯父だけは文机《ふづくえ》に料理が並べられ、それにくっつけるように置かれたテーブルのまわりに義伯母以下が座った。今思うと図々し限りのことだったが、若気のいたりというか無鉄砲というか、若さの特権というべきか、私は食事時を避けようなどとはまったく考えなかった。むしろ逆だった。

ある時、スイッチが入っていたテレビがそのまま谷崎潤一郎氏原作の『台所太平記』のドラマとなったことがあった。NHKだったと思うが、作家の家を舞台にした物語で、そこで働くお手伝いさんたちと一家の主《あるじ》である小説家夫婦の姿が賑々しくユーモラスに演じられていた。伯父は何も言わずにブラウン管を見ていた。この時は脚本がしっかりしていたのだろうか、批評めいた言葉はなかった。ドラマによっては小声で「ちょっと無理だなあ」などとつぶやくことがあった。もし耳にしていたら私の記憶に残ったはずである。義伯母もふたりのお手伝いさんも秘書も私も一緒に見ていた。同じ小説家の家での話だったから、私にはドラマと現実の伯父宅とがどことなく重なって感じられたのであった。

ドラマの具体的な内容までは良く覚えていないが、女たちに囲まれて暮らす小説家というところが同じだったし、気がまわるようでいて少々わが儘で少しだけ抜けたようなとぼけたような感じが何となく伯父に似ていると思ったのである。銀幕の大女優・京マチ子が作家の女房役でコミカルに演じていたことだけははっきりと覚えている。一緒に見ていたお手伝いさんが時々、含み笑いを洩らしたりして、居間は和んだ感じであった。

今では独身者でも、というよりも独身者こそ必需品となっている電子レンジが伯父宅にあって、「健生、いいもんが出来たよ。冷えた飯なんか直ぐ温《あった》かくなるよ」と感心したように言ったのも、この頃だっただろう。まだそれほどは普及していなかった時期だった。

伯父が「さぁて」と言って二階に上がると居間には何となく緩んだ空気が流れる。義伯母が首をまわしたり自ら肩に手を遣って揉んだりするので、肩をほぐしてやったこともある。「揉みましょうか」と言うと、「そうね、悪いわね」と言いつつ義伯母が手をやすめたので、後ろにまわって肩を揉んだのであった。「あらッ、うまいわね」「高校生の頃、小出で何度も伯父さんを揉みましたよ」「そうだったかしら」。義伯母が繕いものをしようとして、糸がうまく針穴を通らずに「苦戦」しているのを見て、糸を通してやったこともあった。

伯父が腰を上げる前に辞去したことはほとんどなく、私が帰るのはいつも十時近くであった。ある時、「健生、それじゃァ」と言って伯父が立ち上がるので、「もう少ししたら帰ります」と挨拶をすると、「そうか、お前は十時さまだからなァ」と言うので、何のことか分からなかった。その時、お手伝いさんが顔を見合わせてクスッと笑ったので、どうも「午後十時」になると帰って行く私を指して義伯母たちが「十時さま」と呼んでいたらしいとの察しがついたのだった。伯父のひと言がなかったら気がつかないままだっただろう。

ある年の正月のこと。ドラマ『台所太平記』を見た時よりも数年前のことだったが、夕飯を食べ、しばらくして伯父が仕事場！に上がって行くと、洗いものを済ませていたお手伝いさんたちが急に活発になった感じで、「健生さんッ、トランプをしましょう！」と言い出したことがあった。正月のせいか義伯母も柔和な感じだったし、伯父も時たまはお手伝いさんらとゲームに興じることがあったのかも知れない。その瞬間、私は「困った」と思ったのである。雪深い故里での正月や冬場に遣ったカード遊びといえば「花札」で、トランプで遊んだことがなく、七並べか神経衰弱ぐらいしか私は知らなかった。それで十分なはずだったが、その時は若いお手伝いさんに「しゃれた遊び方」を知らないことがばれそうで「困った」と思ったのである。まさに若気のいたりで、格好いいところ見せなくてはとの邪念が湧いて、それが叶わない自分を隠さなければと思ったのだ。

そこで、お手伝いさんのひとりがカードを切り出すと同時に、私は「帰ります」と言って腰を上げた。この時は翌朝の新聞配達の時間を気にしたわけではなく、トランプ遊びを良く知らない自分をかばうおうとしただけのことであった。時刻はまさに「午後十時」で、かくして「健生さん」はその時間になると必ず帰って行く人となったらしいのである。

午後十時といえば一般的には一日の終わりに近い時間で、身内とはいえ遠慮すべき時間帯であろう。その時間は、伯父宅にとっては出勤前の朝のサラリーマンの家の、さあ一日が始まるぞ！と駅へと歩み出す時のようなものだったのだろう。伯父が仕事場へと上がる時間だから、夕食後の和んだ空気のただよう中にも、どことなく家の中はピリッとした感じがしたものだった。私が遅くまで留まっていたのは、甘えから来る図々しさのせいでもあったが、それだけでなく居間の雰囲気が活動的に感じられたからである。客観的には遅い時間ではあったが、そうした感じがまったくしなかったのである。

五四、「健生、取り締まる警視総監が学生に同情して泣いていたよ」
――教師はどうあるべきかを教えられ、独断で警察署へ――

私が教員になって数ヶ月後（昭和四十四年）、伯父宅を訪ねると、「健生、警視総監が泣いていたよ。今の学生はかわいそうだと学生に同情して泣いていたよ」と、いきなり言うので、「どういうことですか」と尋ねたことがあった。当時の警視総監は秦野章氏だった。

秦野氏が警視総監に任命されたのは昭和四十二年で、前年夏には中国共産党・毛沢東の奪権闘争、文化大革命が始まっていた。文革の勃発は大学四年生の時で、北京の繁華街・王府《わんふー》井《ちん》で騒ぎがあって、何か新しい動きが始まったらしいと報じられたのである。「王府井」という名はその紙面で初めて知った。その影響もあって左翼学生運動の各派が大きく暴力化（ゲバルト化）して、ゲバ棒を振り回し始めた時期であった。「造反有理」という毛沢東派の紅衛兵が掲げたスローガンが、そのまま日本でも使われていた。所謂「七〇年安保」の前夜で、秦野氏の三年半近い在任中、暴力行為はさらにエスカレートして多くの大学では教室が机や椅子でバリケード封鎖され授業ができない状況に陥っていた。学内に機動隊を入れることがタブー視されていたことも、暴力支配に拍車を掛けていた。ごく一部ではあったが高校でも似たような状況になっていた。ベトナム戦争反対を叫べば何でも許されるが如き風潮があって、火炎ビンを投げたり投石するなど暴徒化したデモ隊は規制する機動隊と何度も衝突して、その都度、多数の逮捕者が出るようなことがくり返されていた。歩道の敷石をはがして、それを砕いて投げるようなことも珍しくはなかった。新宿駅が襲われて、駅の諸設備や機器が一晩中、破壊される事件もあった。昭和四十四年三月の東大入試は中止に追い込まれていた。そうした中で、警視総監として首都の治安を守る立場にあったのが秦野氏であった。

その警視総監の日頃のご苦労を慰問すべく、伯父は何人かの同憂の士とともに警視庁を訪ねたらしい。その際、暴れる学生を取り締まる側の秦野警視総監が、逆に学生達に同情して涙を見せたというのである。「先生の言説に煽られて暴れ、その結果、学生が逮捕されたというのに、その身を気遣って警察署に顔を出す先生が一人もいない。今の学生はかわいそうだ」と泣いていたというのである。左翼イデオロギーに痺《しび》れて反体制を売り物にする教授達が、「体制の象徴」たる警察署を訪ねるはずもないことは総監が一番良くご存じだったであろうが、それにしてもいい加減な教授連中だと思っていたのだろう。警視総監の涙は伯父の涙も誘発したはずである。

伯父のこの話に、なるほど、教師たるものはどうあったらいいのかと、いささか考えさせられた。

秦野氏が警視総監を退いた翌昭和四十六年十一月、日比谷公園内のレストラン・松本楼がデモ隊の投げた火炎ビンで炎上するなど、公園周辺でデモ隊が暴れたことがあった。かなりの逮捕者が出たはずだが、何とその中に、私の高校の三名の生徒が含まれていたのだ。そのうちの二名は私のクラスの生徒であった。高校三年生にもなれば、先輩の大学生とのつながりもあるだろうし、政治問題に関心を抱く者がいてもおかしくはないとは思っていた。私自身も中学生高校生の頃から時事には強い関心を抱いていたのだから（私の場合は左翼になびくことはなかったが）。しかし、担任するクラスの生徒が警視庁に逮捕されることになるとは思いもしなかった。当時は、今では考えられないが、過激派の大学生に混じって高校生がデモで逮捕されることが間々あったのだが、まさか自分のクラスの生徒が捕まるとは考えてもいなかった。

私が勤めていた高校は、神奈川県でも東京都に近い川崎市の中部にあって、日比谷公園まで私鉄と国鉄を乗り継いで小一時間の距離にあった。

二名は三日ほどで出てきたが、残った一人（私のクラスの生徒）は、一週間経っても、十日経っても釈放されない。その間、校長先生に警察に問合わせて欲しいと何度も頼んだが、校長には校長の立場があって軽々には動けないらしく、埒が明かない。もちろん県教委とは連絡を取り合っていたはずだが、校長からは何らの情報も来ない。そんな時、「気遣う先生がいなくて学生がかわいそうだと、警視総監が泣いていたよ」という伯父の言葉が現実味をおびて脳裡によみがえって来て、そうだ、直接、自分が警察に行って、どんな様子か聞いてみよう、と思ったのである。

そこでまったくの独断で、勤務後、菓子パンを買って拘留されている後楽園近くの富坂警察署に向かったのだが、当直の刑事が取調中の生徒の様子を担任と言えども教えてくれるはずもないことは、すぐに悟った。ほんのひと言ふた言、会話しただけで、パンを託《ことづ》けて帰って来た。この生徒は、ことに一途なところがあって、黙秘を続けたことで長期間になったらしく結局、二十日余り拘留された。あとで聞くと、「先生が来てくれたとは知らなかったが、そう言えばその頃から取調官の態度が軟らかくなったように感じた」と言っていたから、少しは意味があったのだろう（この生徒の卒業式は三月一日で、その直前が「連合赤軍あさま山荘事件」であった）。

私は、進歩派の言動にはかねて違和感を覚えていたが、それとこれとは全く別のことだと考えて、ここは担任の出番だと若輩ながら判断して警察署に行ったのだった。伯父から聞かされた「警視総監の涙」の話が後押してくれたからである。

五五、ノーベル賞作家・川端康成氏、都知事選でマイクを握る
――特攻基地「鹿屋」の後も続いた交流――

秦野章氏が警視総監を退任後、昭和四十六年四月の都知事選に出馬して、再選を目指す社共統一候補（社会党・共産党の両党推薦）の美濃部亮吉知事に挑んだ時、伯父は秦野陣営を支援

した。伯父の性分からして進歩派インテリの代表格のような美濃部氏とはウマが合うはずもなかったが、前記のような秦野氏の人柄に心打つものがあったからでもあろう。二期目は強いとの前評判通り、美濃部氏は秦野氏に大差をつけて再選されたが、この選挙では、ノーベル賞作家・川端康成氏が秦野氏支持でマイクを持って街頭に立ったことが少し話題になった。川端氏が鹿屋《かのや》の特攻基地で伯父と一緒だったことは前に少しふれたが、当時のことを記した伯父の一文がある（「最後の従軍―〝小鳥と爆弾〟の項―」、『日本人の味』所収、昭和四十四年刊）。

昭和二十年四月、同じ飛行機で鹿屋に向かった際、兵隊靴か継ぎの当たった古靴が普通だった当時、川端氏は新しい赤の編み上げ靴を履いていた。そこで、「いい皮ですね。どうしたのですか」と靴を褒めると、徳田秋声の遺品で「足に合うものですから私が貰いました」と答えたという。到着したその日（四月二十九日）に、早速米軍機の爆撃を喰らっている。「天長節と知っているので余計ひどかったのかも知れない」。その時、伯父は「どこがやられたか。死傷者が無ければよいが…」と、そうしたことを夢中で考えていると、川端さんにコツコツと肩をたたかれて、「ホラ、小鳥は、もうさえずりだしていますよ」と言われてドキッとしたというのである。「あらゆる妄想を離れて、爆弾の炸裂が小鳥におよぼす影響に神経をこらしてゆける…これこそ作家魂でなくてなんであろうか」、「生涯私の忘れ得ないきびしい訓えの一つになろう」と回顧している。

鹿屋での川端氏の様子は「東京のどこで見かける川端さんよりも痛々しく見えた。毎日定期便と呼ばれて、朝夕やってくる爆撃機の下で、何時も何か遠いところをみている感じで、周囲の殺気とは凡そ溶けあいそうもない存在に見えた」。そこで第五航空艦隊の司令長官、宇垣纏《まとめ》中将の前に出た時、雑談に事よせて「戦争の時には軍人が大切ですが、川端さんは別の意味で国宝ですからそのつもりで待遇してあげて下さい」と言うと、「宇垣中将は黙って小さく頷いて居られた」。「その故かどうかはむろん知らない」が、川端氏は「二週間あまりで帰られたように覚えている」とふり返っている。この時、伯父は三十九歳で、川端氏は伯父よりも八歳年長だった。

鹿屋に到着したその日に見舞われた爆撃の直後、川端氏が洩らしたひと言にドキッとしたという体験は伯父の脳裡に深く刻まれたのではなかろうか。たまたま読んだ伯父の戦後の作品の中に活かされていた?。もちろん素人の私の勝手な想像に過ぎないことで、馬鹿なことを書くなと伯父に叱られそうだが、類似の場面があったのだ。

それは、戦後の厳しい世相の中で嬰児《みどりご》を他家に預けて働く若い女性が、未亡人でそれ故に頑《かたくな》になった夫の母に嫁として受け入れてもらえない苦労を背負いながらも、健気に生きる姿を描いた短編小説「五月の真珠」においてであった。末尾に「(昭和二三・一・二三)」とあったから、川端氏の言葉にドキッとした時から二年数ヶ月にして書かれたものである(昭和二十九年刊の『顔のない男』所収)。

焦土の東京で、勤め帰りの及川朱実は、焼石に腰掛けて、ぼんやりと早春の空を見上げる痩せこけて唇を紫色した復員兵・植原伸雄のただならぬ様子を眼にして、思わず声をかける。「どうなさったの？　どこか、おかげんがわるいんじゃない？」。すると相手は別に笑いもせずに、「こんなになっても小鳥は鳴いています。春なのですねえ」と答える。〝朱実はこの答えを聞いた時ほど、ふしぎなうろたえと感動を一緒におぼえたことはなかった〟と小説にはあるが、「ふしぎなうろたえと感動を一緒におぼえた」とは鹿屋での伯父の体験と同類のものではないかと思ったのである。〝二三羽の頬白《ほおじろ》のさえずりが魂にしみ入るように聞えてきた〟と小説は続き、朱実の口から「絶望してはならなのねえ」との自分でも思いがけない言葉が発せられ、伸雄は「絶望しません」と応じる…。ふたりの出会いが回想的に語られる場面であったが、「ホラ、小鳥は、もうさえずりだしていますよ」と言われてドキッとしたという鹿屋での体験が下敷きになっているように私には思われたのである。考え過ぎだとは思うが、似ているなあと思ったのである。小説の作法としては、月並みなのかも知れない。

「五月の真珠」の執筆から数年後の昭和二十六年に刊行された『真珠は泣かず』にも、少しだけ類似しているかなと思った箇所があった。それは、脅しや火付けなどの災厄に一家が見舞われるのは自分のせいであると思い込んで、夫を気遣うあまりに家出した人妻・二宮邦子に、探索の刑事が事情を説明して帰宅を促す場面である。

「そこまでいふと言葉を切つて、

『あ、鳶《とび》が鳴いてゐますな。』

駒村刑事は、うら、かに晴れた空を見上げて、また一本タバコを取出した。」（仮名遣いママ）大団円に近い箇所で、刑事の説得は功を奏すのだが、何の脈絡もなく「あ、鳶が鳴いてゐますな」との刑事の言葉が出て来る。このひと言で場面にふくらみが出ているように思う。

そういえば、前に記したことだが、維新期、越後長岡藩の武家の娘を描いた昭和二十九年刊の『女の一生』の中でも似た箇所があった。

官軍の岩村精一郎軍監（土佐藩士）との小千谷談判が決裂して、予儀なく起たざるを得ないと腹を固めた家老・河井継之助が会見場をあとにする場面で、「河井は黙って慈眼寺を出た。／出てから悠々と放尿しながら鳶の舞うのをしばらくじっと瞶《みつ》めていた」とあった。

こうしたところにも鹿屋での体験が及んでいると言っては、やはり素人考えで言い過ぎだろう。ただ読んでいた時、あれっと思ったまでのことである。

川端氏とはその後も交流があったらしく、前述のように『徳川家康』一千万部突破記念のパーティーにもお顔をみせているし、都知事選前年、大阪万博を伝える某誌のグラビアには、川端氏と伯父がトレーを手にセルフサービスの食堂で並んでいる写真が載っていた。都知事選の翌昭和四十七年四月、氏が自裁された時には、他の方々とともに伯父の追悼文が『文藝春秋』誌に載った。それは川端氏の死生観に触れたものだったと記憶する。

なぜ、あの川端さんが街頭に立って秦野氏支持で応援演説をしたのか。いろんな憶測が当時からなされていた。根本的には、川端氏自身が美濃部氏支持の進歩派的風潮を嫌っていたからだろうが、それだけではマイクは握らないだろう。よほどの強い思いがあったはずで、そこにはまたいろんな人たちが日頃から直接間接に介在したと思う。私のまったくの勝手な想像だが、ことは票数の多寡がものを言う選挙だから、川端氏に師事していた北條誠氏らとともに、伯父も間接的にせよ、少しは関係していたような気がする。と言うのは、日経ＯＢの小汀利得氏が「はたの章後援会」の会長で、北條氏と伯父が後援会の副会長だったはずだからである。むろん、そこには政党関係者らの具体的な動きがあったことだろうが。ちなみに北條氏は第五回野間文芸奨励賞（昭和二十一年）を受賞しているが、伯父はその第二回（昭和十七年）の受賞者だった。

五六、「秦野はいいところにいくぞ」とならなかった都知事選
――あきれた、「山岡荘八」擁立の動き――

この都知事選に関して、当時、自民党の一部には強力な美濃部氏の対抗馬に「有名人」たる伯父を立てる動きがあったらしく、どの新聞だったかはっきりしないが、噂の何人かの中に伯父を入れて顔写真まで掲げた観測記事を目にした記憶がある。それを見た時、伯父の性格を知らないにも程があるとあきれたことを覚えている（『大衆文芸』山岡荘八追悼号にも、自民党内に伯父擁立の動きあったことを記した一文があったから、本当にそうした蠢動があったようだ）。た

しかに、小説家としての人間的関心からか、政治家や財界人などとの交流を広げていた伯父ではあったし、さらには「次代の光」を願い求める強い気持ちから、「国民総調和の日」運動に見られるような小説家の枠からややはみ出て政財界人に限らず各種団体の役員などとのつき合いもあったが、だからと言って自治体首長の適性があるというものではあるまい。伯父の性格からして、議会対策その他、社交的義務的な「自己抑制」が恒常的であろう首長の仕事など最も似合わない。知名度のみから、とんでもない場違いなことを思いつく政党の無神経さに驚いた。

あまりにも馬鹿げた話だったので、「知事選に〝擁立〟の動きがあるそうですが、本当ですか」などとは聞く気にもならなかった。現実味がまったく感じられず、下手に聞くと怒り出すような気がしたからである。伯父とて擁立の動きを耳にして悪い気はしなかったかも知れないが、あくまでもそのレベルの話だったはずである。前述のように、伯父は感受性が鋭いというか、心の動きをすぐに読みとる感じであったし、根が優しく、人並み以上に気遣いには長《た》けていたから、それ故に常に選挙を意識し言動が他律的に制約される首長の立場は似合わない。無理なのである。このことは伯父自身が一番良く承知していたはずである。

知事選挙の投票日は四月十一日の日曜日で、挙式は三月十二日だった。当然すぐに婚姻届を出さなければならなかったのだが、新所帯の二人は都知事選後に提出しようと早くから決めていた。届けを出せば住民票も変わるし選挙人名簿も変わる。とにかく二票を確実に投票することが先決で、住民票が移動しないように婚姻届の提出は選挙後と決めたのであった。届けを出そうが出すまいが時期的に旧住所（どちらも杉並区）で投票することになるのだが、婚姻届を提出したことで単純な事務手続きの行き違いが起きないとも限らないと考えたのである。投票日後に提出すればややこしいことは起こりようがない。区役所の人が聞いたら何を馬鹿なことをと笑われるだろうが、そんなことを考えていたのである。伯父が秦野氏を応援していたこともあって、秦野候補に間違いなく二票を入れたかったのだ。二人にとっても、もともと美濃部氏はタイプではなかった。

投票日の夜、伯父がどんな様子かなと思って居間に顔を出すと、いきなり、「昨夜《ゆうべ》はすごかった。新宿が人で埋まっていた。健生、秦野はいいところにいくぞ」と、勝算ありのように言うのだった（この頃の選挙では翌日開票が一般的だった）。そこで「秦野さんに二票入れて来た」と言うと、「秦野さんは苦労人でな、美濃部のようなお坊ちゃんとはわけが違うよ」と、当たり前だろうといった口ぶりだった。選挙運動の最終盤、投票日前日の午後六時過ぎ、有力候補の街宣車が新宿駅東口に陣取って、運動時間ギリギリの八時まで互いに声を枯らすが、伯父の話しぶりから察すると、前夜、街宣車の上に立ってマイクを握ったようだった。新聞の縮刷版で確かめたら、この晩、川端氏も秦野陣営にいた。川内康範氏もいた。阿川弘之氏も北條氏もいた。小汀氏もいた。歌手の松尾和子氏もいた。車のまわりが十重《とえ》二十重《はたえ》の人の波であることは美濃部陣営でも同じだったはずで、車の上からは自陣営の人波しか見えないから、「秦野はいいところにいくぞ」との言葉が口から出たのだろう。

しかし、新宿に来ない人の方が圧倒的に多いはずだし、日々の新聞やテレビの報道が与える印象には絶大なものがある。秦野候補の「四兆円ビジョン」の具体的な政策提言に対して、再選を目ざす美濃部候補は「ストップ・ザ・サトウ」の掛け声で、発足から満六年半を迎える佐藤長期政権（佐藤栄作内閣、昭和三十九年十一月〜昭和四十七年七月）への反体制的ムードをもっぱら掻《か》き立てていた。現職知事として「都民との対話」を強調して、連日のように紙面やテレビで報じられる「悩めるインテリ」そのままの美濃部氏の容貌は都民に広く滲透していたらしく、「秦野はいいところにいくぞ」とはならなかった。もともと、伯父は秦野氏に好印象を抱いていたから、その先入観と期待感から「秦野はいいところにいくぞ」の発言になったと見ていい。結局、美濃部氏は、さらにもう一期務めたが放漫財政を続け、最後は増員で膨張した職員の人件費の支払いにもこと欠いて、厖大な赤字を積み残して退陣している。

二人そろって杉並区で「確実に」投票を済ませたまでは計算通りだったが、その後がいけなかった。婚姻届の提出をしないまま、さらに月が代わって五月になっていた。連休明けのある日、勤め先の高校に、お仲人の小田村先生から電話があって、「君たち、まだ届けを出していないんだって。駄目じゃないか。そういうことはキチンとやらなきゃあ駄目だよ」と、お小言を頂戴してしまった。挙式から二ヶ月になろうとしていた。妻が国民文化研究会の銀座事務所に勤めていたから、そこから二人の不始末が先生に露顕してしまったのだ。

この頃、国政は自民党政権であったが、東京都や大阪府の知事に社会党・共産党の推薦候補が当選するなど自治体レベルの首長選挙では社共推薦候補が多く得票するケースが目立っていた。新聞やテレビは「革新統一候補」と呼んでいた。既に京都府知事選では革新候補が当選を重ねていた。保守陣営の中でそれに対処する動きがあって、円覚寺の朝比奈宗源管長、明治神宮の伊達巽宮司、生長の家の谷口雅春総裁、全国師友協会の安岡正篤会長らに、伯父も加わって「日本を守る会」が発足している。「日本を守る会」は、平成九年に結成された保守陣営の中核的な国民運動組織「日本会議」の源流に位置する団体で、当時、国民新聞（月刊）に顔写真入りで報じられていたのを読んだ記憶がある。美濃部都知事再選の二、三年後のことだったと思う。

五七、「しょうがない男だ。都知事のことだよ」
――美濃部都知事の登場で、ゲストが一瞬にしてホストなった!?――

美濃部都知事再選後の昭和四十年代後半だったと思うが、伯父が苦々しげに美濃部氏について話していたことがあった。小説家的な（「個人商店」的な）わがままの感じがしなくもなかったが、なんとなく伯父の気持ちが分かるような気がしたのであった。

この頃、伯父は自転車道路協会の会長を務めていた。むろん頼まれ就いた名誉職のはずだが、当時伯父から聞かされた話では、各地の堤防を整備して広くサイクリングに親しんでもらおうという事業が進められていた。排気ガスから生じる光化学スモッグが社会問題化した時期で、自転車の役割を見直すバイコロジー運動の一環でもあったようだった。「大したもんだよ。堤防を舗装して自転車用にしようと言うんだからなあ」と、ここまでは感心したように話していたのだが、急に「しょうがない男だ。都知事のことだよ」と話の風向きが、責める口調というよりもあきれてしまったよといった感じに変わったのである。

細かく具体的に語ったわけではないが、伯父の話から大体が想像できた。

都内某所での新しいサイクリングロードの開通式の折、地元の区長や町内会長と一緒に、会長としてテープカットをしようとしていた時であったらしい。その直前に、欠席のはずの知事が急に顔を見せたというのである。会長とは言っても名誉職であり、それまではどことなく招待者気分だったのが、都知事の登場で名誉職ながら主催者側の代表のような立場になったのである。ゲストのつもりが一瞬にしてホストの立場になった⁉わけである。伯父のことだから気をまわして失礼にならない程度には振る舞ったはずだが、片や学者の家に生まれ育った「マルクスボーイ」である。伯父の腹の裡には、苦労知らずのお坊ちゃんで、それゆえに頭の中だけが左傾した人の良い人物だとの思いが当然にあったであろう。知事の方が三歳ほど年長だった。

伯父とて、都知事としては選挙もあるから、人の集まる所に顔を出し笑顔を振りまくのも仕事のうちであることは先刻承知のはずである。ことに〝美濃部スマイル〟は知事の売りものだった。そこまでは仕方がないが、ただ、出席の連絡もせず迎える側の都合も考えずに、一番目立つ頃合いにお供連れでやって来て、周りを慌てさせるようなことが、神経の細い小説家の性《しょう》には合わなかったというか癇にさわったはずである。開通式を担当していた職員達は大いに驚き戸惑い慌てたことだろう。ひと言連絡を入れてくれればいいのになあと、会長としては慌てる職員達が気の毒に見えたに違いない。

飲めば時には傍若無人のごとくになりかねない伯父ではあったが、一方では人並み以上に気遣いをするところもあったから、「やっぱりなあ、これでマルクスだからなあ」といった感じで話していたのである。知事のせいというよりも秘書が気が利かないからだろうが（あるいは側近は「急に顔をみせる」ことでの政治的演出から得られる効果を目論んでいたか?）、伯父にしてみれば、「やはり、あんなもんなんだなあ」と進歩派知事の方に話がいってしまったのである。もっと広く考えれば、口では「庶民」の立場に立ってなどと言いながら、行動が伴わない進歩派陣営全体への不信の表明だったのかも知れない。

ともかく、伯父としては名誉職の会長として、気持ちよくテープを切って気持ちよく帰るつもりだったのに、それがかなわなかったことがちょっぴり残念だったはずである。とんだ邪魔が入ったもんだと言ったところだったであろう。他所《よそ》ではあまり口にできないことだが、甥っ子を前にして、つい愚痴《ぼや》いてしまったのではなかろうか。

横浜の拙宅近くを流れる鶴見川の堤防もきちんと整備されていて、一般道路と交わる場所では橋の下をくぐるアンダーパスの形で立体交差になっているから、スイスイと進むことができる。以前は無料で自転車を貸与するサービステーションもあった。散歩やジョギングにも使われていて、鶴見川沿いを行き交う自転車やランナーを目にすると、「堤防を自転車用に舗装しよう言うんだから、大したもんだよ」と語った伯父の声音と、「しょうがない男だ」と苦々しげにあきれ顔で語った伯父の表情とがダブって甦るのである。

五八、「三島由紀夫氏追悼の夕べ」の発起人代表だった
――三十九年後、当夜のパンフを見て驚いた！――

都知事選の四ヶ月前の昭和四十五年十二月十一日夜、東京・池袋の豊島公会堂で「三島由紀夫氏追悼の夕べ」が開かれた。前月二十五日の三島氏の陸上自衛隊・市ヶ谷駐屯地での自決（割腹）―三島事件―から、僅か半月あまりにして大々的な追悼の集いが持たれたのだ。超満員で私は会場に入ることができず、公会堂前に居並ぶあまたの人たちとともにスピーカーから流れて来る場内の様子に耳を傾けたのだった。

「今こそわれわれは生命尊重以上の価値の所在を諸君に見せてやる。それは自由でも民主主義でもない。日本だ。われわれの愛する歴史と伝統の国、日本だ。これを骨抜きにしてし

まつた憲法に体をぶつけて死ぬ奴はゐないのか」との檄を飛ばして自決した三島氏に対して、各紙の社説やコラムは「民主主義の理念」と相容れないとこぞって批判的言辞を呈し、東部方面総監を監禁したということもあってテレビ・新聞は「三島」「三島」と「呼び捨て」で報道していた。首相、官房長官、防衛庁長官らも当然のように「狂気の沙汰」と切り捨てていた。メディアと政権が三島事件批判で共鳴し合うという奇妙な現象が出現した中で、三島氏へのシンパシーを表向きは口にしがたい世評がある中で、「追悼の夕べ」は開催された。

この追悼集会の模様について、その直後、私は次のように書いた。「会場の中の様子はスピーカーで寒空に立ちつくす人々の耳にも届いた。…しばらくしてこの会合の発起人のうち林房雄、藤島泰輔、川内康範の三氏が屋外の急ごしらえの演台であいさつをした…」。また事件に関しては次の如く記していた。「…日本の伝統からできるだけ離れていることが『文明人』『文化人』であるかのごとく考える人たちは、『政治的な意味を考えたくない』『異常者の一事件と解釈したい』などとあわてふためいている。ある高名な作家はいっていた。『日本人が信用されるのは、約束をきちんと守るサムライの日本人なのであって今日の日本人であると思ったら、とんでもない大間違いだ』と」(『国民同胞』昭和四十六年一月号)。

この拙文にある「ある高名の作家」とは、いうまでもなく伯父のことであった。挙式を控えてしょっちゅう顔を出していた頃である。

ここには書かなかったが、伯父は「いいヤツが皆、死んだらどうするんだッ」と、私を牽

「三島由紀夫氏追悼の夕べ」のパンフレットから

三島由紀夫氏の自決から半月あまりにして、東京・豊島公会堂で開催された「追悼の夕べ」のパンフレットの一部。超満員で私は会場に入れず、スピーカーから流れて来る場内の様子に大勢の人たちと共に耳を傾けた。

伯父が発起人代表に名を連ねていたことは近年まで気がつかなかった。発起人総代の林房雄氏とは、昭和30年代、講談社児童文学新人賞の選考委員を同時期に務めていたし、昭和和48年の伊勢神宮第六十回御遷宮に先立つ「お木曳き」（昭和42年6月）でも御一緒していた。林氏の『大東亜戦争肯定論』の中に伯父の名前がほんのちょっぴり出てくる。

制するかのようにも言っていた。私が具体的に何を口にしたかは記憶が定かではないが、三島氏の自決をめぐるメディアの論調に違和感を覚えていたから、「豊島公会堂前の人々であふれた光景」をやや興奮気味に伯父に語ったに違いない。それに対する言葉が「いいヤツが皆、死んだらどうするんだッ」である。事件に関しての直接的な評言はなかった。伯父は、三島氏の衝撃的な行為に触発され、感化された若者が後を追うようなことが続いては困ると思っていたのではなかろうか。純なる伯父のことだから、それだけ重く受けとめていたということである。

あの「追悼の夕べ」から四十三年近い時間が流れようとしているが、実は当日、参会者に配られたパンフレットが私の手元にある。転居（平成二十一年）に際して、戸棚の中を整

理していたら、当夜のパンフレットが出て来たのだ。懐かしさに駆られて何気なしに開いた
ら、何と十二名の発起人代表のなかに「山岡荘八」の名前があるではないか。そこには発起
人総代が林房雄氏であり、以下十二名の発起人代表（五味康祐、佐伯彰一、舩坂弘、北条誠、黛敏
郎、保田與重郎の各氏ら）、二十九名の発起人の名前が連記されている。伯父の名前があること
はまったく記憶にないことだった。前記の拙文を書く時にも、パンフレットを良く見ていな
かったのだろう。当日もパンフレットに伯父の名前があることには気づかなかったのだろう。
信じられないことだが、気づいていたら、先ず忘れることはなかったはずだからである。

パンフレットによれば、林房雄氏とともに、急ごしらえの演台に立って会場前に集まって
いる人たちに熱のこもった言葉を発した川内康範、藤島泰輔の両氏は発起人代表でもあり、
「追悼の夕べ」の司会者でもあった。このお三方の発言の方に関心が往っていて、当夜のパ
ンフレットの中味までは気が回らなかったとしか考えられない。それだけに三十九年後、そ
こに伯父の名前を「発見」した時は大いに驚いた。迂闊なことであった。気づいていたら、
どういう経緯で発起人を引き受けたのかを質していたに違いない。おそらく林氏か、若しく
は川内氏あたりからの呼び掛けではなかっただろうか。

五九、「三島さんは死んでも、再びみんなのところにかえってきている…」

——四百勝投手、金田正一氏との対談——

三島事件と伯父とのことで、逆にずっと良く覚えていることがあった。

勤め先の高校の職員室には朝日、毎日、読売の全国三紙と地元の神奈川新聞に加えてスポーツ紙の報知新聞が入っていたが、その報知新聞の一面に伯父が三島事件について語っていた記事が載っていたことである。プロ野球のシーズンオフらしい紙面構成で、前年に現役を引退していた左腕の四百勝投手、金田正一氏が聞き手となって、各界の著名人を訪ねるという対談シリーズの中のひとつだった。「あの日、山岡さんの晩酌の量は多かったのではないか」との結びの一節が不思議と記憶に残ったのである。その後、記事全体はどのようなものだったのか折々思い起こしていたが、この機会にと国会図書館まで行って調べたらほぼ記憶通りで記事は直ぐに見つかった。それは昭和四十五年十二月十五日付の紙面で、一面の左半分を割いた〝失礼‼　金田です〟とのタイトルが付いていた。やや長くなるが要旨を記してみたい。

金田氏が『徳川家康』を「あれだけの長さなのに二度も読みかえした」ほどのファンだと語ると、伯父は「私もあなたの大変なファンですよ。しょっちゅうテレビや新聞で接しているせいか、初めて会ったような気がしませんねえ」と応じて、女性談義のあと、金田氏は「先生、女上位なんて時代ですが、昔はどうだったんでしょう?」と聞いている。伯父は答える。

「同じですよ。たとえば徳川時代あたりでも、いまと違う作法のようなものがあっただけで、本質はカカア天下です。たしかに権力のようなものはなかった。しかし、家のなかを支配して、自分をおさえながらも、結構いばっていたんですよ。いまさかんに女性解放などということをいっているが、本来、女は利口なところがあり、強いんですね。それをことさら声を大きくすることはないんです。大変ソンな戦いをしていると思いますがねえ」

この頃、過激化暴力化した左翼学生運動に呼応するかのように声高に女性解放を叫ぶウーマンリブ運動がメディアを賑わしていた。欧米直輸入のような叫びだった。金田氏はそれを念頭に尋ねているのだ。「本質はカカア天下です」云々と語る伯父の頭の中には、「明敏なる母」や「わが良き伴侶」のことも当然にあったことだろう。夫を支え家事万般をやり繰りする女が賢くないはずがない。男が逆立ちしても叶わない特有の底力を女は備えているということを言いたかったに違いない。男が駄目でも女がしっかりしていたら大概の家庭は保《も》つものだ。それだけの力量を女は持っていると言いたかったに違いない。

「ところで先生。いま映画やテレビの影響とでもいうんでしょうか。昔の武士というと、やたら刀をふりまわしていたような印象ですが…」と金田氏が質問するあたりから、三島事件の方に焦点が移っていく。

「それは違います。武士の生活はきびしいものですよ。自分をおさえ、大変に道徳的な生き方をしています。これはどの藩を見ても同じですね。たとえば刑罰。

町人のおかみさんが、間男をしたとする。片ビン、つまり髪の毛の半分くらいのところを、ソられるだけです。こんなものは、家にこもっていれば、すぐにはえてきてなんでもありませんよ。

だが、武士の社会は違う。夫婦ともども罰せられ、藩から追放される。こんな武士を雇うところは、ありませんよ。そればかりか、親の家まで取りつぶしあうんです。数ある武士のなかには、バカなヤツもいたでしょうがねえ。それほど、きびしいものなんですよ、武士道というのは」

金田氏は「武士道という言葉が出ると、聞きたいのは三島由紀夫さんのこと。だれに話を聞くより、山岡さんの心のなかを知りたかった」として、伯父のことばを次のように紹介している。

「三島さんにしてみれば、真剣に取り組んでやったことですから、静かにめい福を祈ってやるべきだと思います。それが武士道というものです」

「いろいろ批判はあります。なかには、ただ英雄になりたかったのだろう、という声もある。しかし、英雄になりたいだけなら、人間、死ねるものではありませんよ。

切腹の作法にしても、昔は介しゃくする人がついたときは、腹をうすく切るだけなんです。それを彼は腸まで出るほど深く割腹している。非常に壮烈な切腹ですね。

三島さんは〝七生報国〟と書いたハチマキをして、なくなった。彼は死んでも、再びみんなのところへかえってきている、ということですねえ」

代表発起人に名を連ねた「追悼の夕べ」から四日後の紙面である。対談はその数日前のことだと思われるが、「じっとワシの目を見ながら話されていた山岡さんだったが、このときだけは、視線が遠くにあった。はるか遠いところを、見つめていた」と金田氏は記している。そして「あの事件の晩、昭和シングル生まれのワシは、どういうわけか、したたか飲んだ。飲まずにいられなかった。三島さんと同じ作家として、同じ武士道の探究者として、山岡さんの晩酌の量も多かったに違いない」と結んでいる。

私が覚えていたのは結語の一部だったわけだが、改めて全体を読むと代表発起人を引き受けた伯父の胸中がそれなりに察せられるのである。「七生報国、…死んでも、再びみんなのところへかえってきている」と受け止めているところが、伯父らしいと思った。

六〇、「白き菊捧げまつらむ憂国忌」
——憂国忌へ献句もしていた——

伯父は、三島氏の行為を難じて「狂気の沙汰」と記者団に語った当時の佐藤栄作首相とは、「国民総調和の日」運動を通じて、かなり親しく交流していた。

佐藤氏との「交流」のきっかけは、宮本幹也氏の「政界小説　幹事長と女秘書」(『面白倶楽部』昭和二十九年十一月号所載、光文社刊)が、モデルとされた佐藤自由党幹事長によって名誉毀損で訴えられたことであった。この時、伯父は宮本氏の弁護にまわったのだ。宮本氏の弁護を買って出たことで、逆に佐藤氏とのつき合いの始まったことについては、「佐藤さんとはな、宮本幹也が訴えられたからだよ」と、伯父から漠然とは聞いていたが、そのやや詳しい経緯が『大衆文芸』山岡荘八追悼号に載っている。『講談倶楽部』元編集長・萱原宏一氏の文章によれば、同氏はこのケースでは絶対に筆者側が負けて有罪になると確信して、兄貴分の光文社社長に切言したりしていた。しかし、『面白倶楽部』の「編集部が強硬で、…名誉毀損には当たらない、言論の自由のために、徹底的に闘う」と言うし、「宮本氏が張り切ってい て…、それに山岡荘八さんなんかが応援団長で、強硬な意見を吐いて…」という具合だったらしい。結局、有罪判決が下ったが、「どういう風の吹き廻しか…、喧嘩をけしかけていた山岡さんと、佐藤さんがすっかり仲良くなって、精神的にも同志になっていた」。

被告の応援団長（弁護人）が原告と同志になるとは妙な成り行きだとは思うが、人間に興味を覚える小説家らしいことでもあったと思う。佐藤氏もまた他誌の編集者が「絶対負ける」と確信して助言までしている裁判に、「敗訴」を覚悟で弁護にまわった小説家に興味を抱いたのではなかろうか。

後日、公刊された『佐藤栄作日記』全六巻の各巻に何度も伯父の名前が出て来る。「六時におくれる事四十分で山岡荘八氏宅へ出かける」、「（軽井沢で）山岡荘八君寓居に立ちより、正午帰宅」、「久しぶりに山岡荘八君が会ひ度いと申し越したので、十時すぎに会ふ。京都知事敗戦についての反省から、是非とも東京は勝ち度いとのこと、この人と会談すると、何となく余裕が出来る様だ」、「盛会なり。但し山岡荘八氏は残念ながら欠席」、「問題なしに昨日の沖縄返還交渉の調印をよろこんでくれたのは山岡荘八君と田子富彦老人の二人だけ。両者ともほんとうに成功をよろこんでくれた」等々と書かれている(仮名遣いママ)。

これらは総理時代に記された箇所であるが、むろん、そうしたことを伯父は知るべくもない。それなりに親しかったことは事実のようだった(佐藤氏の国民葬―昭和五十年六月―では友人代表とした「追悼の辞」を読み上げていたはずだ)。その総理が手厳しい批判を公言していることを承知のうえで、伯父は「三島由紀夫氏追悼の夕べ」の発起人代表に名を連ねていたのだ。それとこれとは別だと考えていたということだろう。それだけ三島氏の自決には強く感じるものがあったということになろう。

三島事件当日の『佐藤栄作日記』を見たら、「気が狂ったとしか考へられぬ」としながらも、「三島は切腹、介錯人が首をはねる、立派な死に方だが、場所と方法は許されぬ。惜しい人だが、乱暴は何といつても許されぬ」と記されていた。二ヶ月後の昭和四十六年一月二十四日の項には、「昨年末自決した三島由紀夫君の葬式を川端康成氏が葬儀委員長で西本願寺で行はれる」「一部不穏な動き等あるとの事で色々と心配したが何等の事なく、平穏にしかも約一万人の会葬者で盛会だつた由。舟橋聖一君が随分心配してをられたが、無事終了した事は何より安心」とあった(仮名遣いママ)。為政者の複雑な胸の裡が察せられるような記述である。

余計なことだが、『佐藤栄作日記』をパラパラめくっていたら、舟橋聖一氏の外にも、朝比奈宗源、東郷青児、川端康成、小林秀雄、今日出海、北條誠、丹下健三、杉山寧、矢部貞治の各氏ら、政治家以外の名前がたくさん出て来て興味深かった。

この追悼の夕べは、翌年から「憂国忌」の名のもとに、毎年十一月二十五日に催されている。三島由紀夫研究会編『「憂国忌」の四十年―三島由紀夫追悼の記録と証言―』によれば、その発起人には、後に浅野晃、市原豊太、江藤淳、川端康成、小林秀雄、西脇順三郎、福田恆存、山本夏彦…の各氏ら錚々たる人たち多数が名を連ねることになる。現在(平成二十九年十月)の代表発起人は、入江隆則、竹本忠雄、富岡幸一郎、中村彰彦、西尾幹二、松本徹、村松英子ら九氏である、

その初回の憂国忌、「第二回追悼の夕べ」に、伯父が、

白き菊捧げまつらむ憂国忌

という句を献げていたことを知ったのは、評論家・宮崎正弘氏の『三島由紀夫「以後」』(並木書房、平成十一年刊)からであった。三島氏の追悼に当初から関わっている宮崎氏のこの著著を読んだ時には、まだ「追悼の夕べ」のパンフレットの存在は忘却の彼方にあったし、ましてその中味は遥か認識の彼方にあったので、献句の事実を知らされた時は驚いたが、自決直後の「追悼の夕べ」の発起人代表の一人だったのだから、そこから考えればそんなに驚くことではなかったのだ(その後、この第一回憂国忌の実行委員会委員二百三十余名の一人に伯父が名を

連ねて少額ながらカンパをしていたことも知った。二百三十人余の実行委員会委員というのは賛同者という意味であろう。この折に配付されたと思われる表紙が朱色も鮮やかな『憂国忌—三島由紀夫研究の記録・その一　第二回追悼記念号—』という小冊子が目の前にある。小田村寅二郎先生〈平成十一年歿〉の御遺族からいただいた遺蔵書の中にあったのだが、そこに伯父の名が記されていたのだ。ご丁寧にもタイプ打ちの「〝憂国忌〟カンパ」と書かれた刷り文〈奉加帳!?〉まで挟まっていた。このプリントには個々の賛助の金額が記され、「賛助者数　八十五人」とあって、「賛助金合計」の金額と「昭和四十七年二月二十九日現在」の日付が打ち込まれていた)。

ちなみに三島事件の数ヶ月前に書かれた伯父の文章に、左のようなものがある。昭和二十年八月十五日未明、自決した阿南惟幾陸相について述べるなかで記されたものであるが、執筆の時期は昭和四十五年八月頃で、発表は『小説現代』の同年十月号か十一月号だったであろう(『小説太平洋戦争』第九巻—敗戦の衝撃—所載、「日本人の自決!」)。

「自殺は、みずからを殺し、敗北した自分の生涯のすべてを否定し抹消する。/しかし自決はそうではない、自決は生きるためにするのである。/肉体がそれに依って消滅する点では同じだが、一方は敗北であり、一方は永遠の生をめざして再出発する厳粛な勇者である」

「日本人の自決、これもまた護持しなければならない国体と共に、人命の尊厳を大乗的な見地からみごとに訓《おし》えていると思うのは私だけであろうか。/自決は死ではない、永遠の生命の中で改めて生きるための、扉の入口なのだ」

三島氏の檄文の中にあった「今こそわれわれは生命尊重以上の価値の所在を諸君に見せてやる」との一節は、ことに戦後の日本では衝撃的な言葉であったはずだが、同じく伯父の『小説太平洋戦争』（第八巻、「最終特攻戦となった沖縄㈠」）には、次のような箇所もある。

「『――どんなことをしても生き残って……』などという自分中心の生き方の肯定は、ずっと後の占領政策の影響によるもので、当時の軍隊内の常識ではなかった。／日本人の生存本能は、自分を生命永遠の流れの中におくからだ。／この日本的な生命観が、実はアメリカにとっては最もおそろしい敵であった」（…の箇所はママ）

六一、妻曰く「万葉集の歌碑が建つらしいわよ」
――妻は揮毫する伯父の姿を目にしていた――

結婚した翌年（昭和四十七年）の五月頃、勤めから帰ると、妻・恭子（旧姓「石井」）が「今日、伯父さまが万葉集の歌を書いてらしたわよ。万葉集の歌碑が建つらしいわよ」と言うので、伯父と『万葉集』がすぐにはつながらず、意外な感がした。当時は、妻の方が『万葉集』には強い関心を抱いていた。

前年暮れに長男が生まれて子育て専業となった妻は、昼間、時々、すぐ裏の板塀の潜り戸を抜けて伯父宅に顔を出していたらしい。この時は、居間で伯父が墨を擦りながら筆を執っていたというのである。ただし、私はそれっきりで、伯父に確かめることもなく、この話は半ば忘れていた。

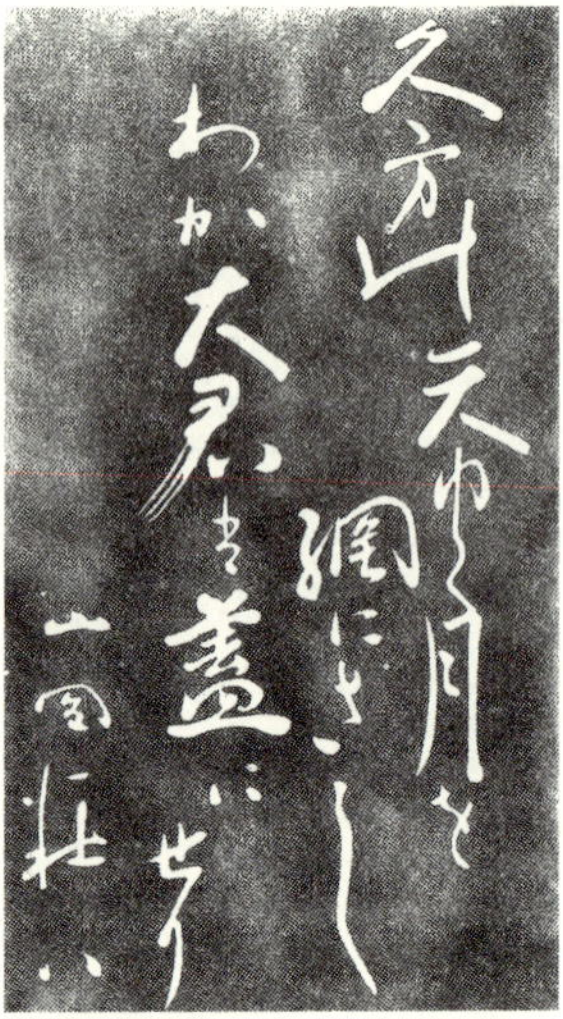

万葉歌碑の拓本

昭和47年11月、奈良県桜井市の談山神社東門前に建てられた万葉歌碑の拓本。建碑から32年後の平成16年3月28日、私は談山神社にお参りをしたが、同年7月号の『不二』の表紙をこの拓本が飾っている。

その後、昭和五十四、五年頃だろうか、たまたま新幹線で隣りに乗り合わせて言葉を交わしたことが縁で、京都にお住まいの小原春太郎氏（歌人、歌誌『風日』編集人で、米穀商か呉服商かを営んでおられたと記憶する。昭和六十三年歿）から『風日』誌が送られてくるようになった。『風日』は、保田與重郎氏を師と仰ぐ人たちの歌誌であった。私も、年毎の年賀の御挨拶状に加えて時たま拙文掲載の冊子をお送りした。亡き伯父を偲ぶ短い拙文「故里のいしぶみ」（本書の「七六」項に掲載）を書いた際もお送りした。昭和五十七年のことであった。

すると、しばらくして小原氏から保田與重郎著『万葉路　山ノ辺の道』（新人物往来社）が送られて来た。昭和四十八年刊行のものだったが新本で、その表紙をめくると「山ノ辺の道付近　記・紀・万葉歌碑の所在地」という略地図があって、そこには「1　中河與一」から「39　山岡荘八」までの一覧表が添えられていた。あっ、そうだった、そんなことがあったなあと思い出したのである。「万葉集の歌碑が建つらしいわよ…」という妻の話が十年の年月を隔ててよみがえったのである。

表紙の裏側に添えられた一覧表には、保田與重郎氏をはじめ、国文学者や評論・文芸畑の人たちに加えて、岡潔、棟方志功、吉田富三、安田靫彦、林武、大西良慶、小倉遊亀、朝永振一郎、湯川秀樹の各氏らの名前があった。それこそ「万葉」の名にふさわしい各界の名士であった。そこに伯父の名があったことは嬉しかった。

全集の詳細年譜には、昭和四十七年「十一月、桜井市談山《だんざん》神社東門に、山岡書の万葉歌碑が建った」とある。揮毫をする伯父の姿を生後五ヶ月の長男を抱きかかえた妻が目にしたのは、建碑の六ヶ月ほど前のことだったのである。

その碑文は柿本人麿の短歌であった。

久方の天ゆく月を網にさしわが大君は蓋《きぬがさ》にせり

久堅乃　天歸月乎　網尒刺　我大王者　蓋尒爲有

巻三（二四〇）

どのような経緯で伯父が加わったのか、なぜこの歌を選んだのか、など聞いておくべきだったが、まさに後の祭りである。

私が談山神社をお参りしたのは平成十六年三月のことで、既に碑の建立から三十二年の年月が経とうとしていた。神社の東門に建つ石碑は、高さ三尺あるかないかで、想像していたよりも小さかった。右の万葉歌碑の拓本が、偶然、その年の不二歌道会『不二』七月号の表紙を飾っている。

六二、すべて伯父まかせだったわが子の名前
——今もわが家にある「伯父宅の居間にあった洋服箪笥」——

私の名付け親は伯父であった。兄・敏生と同様に、小さい時から「東京の伯父さんが付けてくれた名前である」と何度も聞かされていたので、私らの子どもが生まれることになっても、自分ではあれこれ考えて字画を調べたり書物をひっくり返したりすることをしなかった。当然のように伯父にまかせていたので、世の多くの親御さんのように、わが子の命名で思いをめぐらすことがなかった。

長男は「將生《まさお》」、二つ違いの長女は「眞起子《まきこ》」、その四つ下の次男は「曉生《あきお》」である。字面《じづら》から意味は察せられたこともあって、名前に込められた意味合いをとくには尋ねなかった。すべておまかせだから、ありがとうございますと頂戴するだけだった。国語国字のあり

方に関心を抱いていた私としては、「將」「眞」「曉」と三人とも、名前に本字が含まれていることがありがたかった。

長男が生まれる前月の昭和四十六年十一月、画家・林武氏の『国語の建設』（講談社）が刊行され、国学者の家系に生まれた林画伯は「現代仮名遣い」に至る明治以降の国語改良路線を厳しく批判された。この本は各界の人たちにも配付されたらしく、私は小田村寅二郎先生を通して他の学友とともに拝受して、求められるまま読後の感想を画伯の下にお送りした。一年後の昭和四十七年十二月、それらの感想を収めた『木霊《こだま》―林武著「国語の建設」の反響―』（国語問題協議会）が上梓されたのだが、そこには、「読後御感想」の他に「各紙誌書評・解説」「戴いた御礼状」が収載されていて、拙い私の感想文とともに伯父からの贈呈御礼の短文（はがき文?）が載せられていた。当時は何とも思わなかったが、今となっては、「山岡荘八」の礼状と「山内健生」の感想文とが収まっていて、私にとっては、前述の『日本及日本人』誌とともに、大切な意味ある一冊となっている（林画伯の御提言に共鳴し納得した私は、その後、私信はもとより、高校でも、大学でも、授業での板書やテスト問題は基本的には「歴史仮名遣ひ」〈正仮名遣ひ〉である。大学でのテキストも。読む分にはあまり差し障りがないはずとは思いながら、少しでも多くの人たちに読んでいただけたらと考えて、本書では「現代仮名遣い」とした）。

結婚から一年半後、昭和四十七年八月末、竣功した教職員住宅（横浜市神奈川区菅田町）への入居が決まって、伯父宅の離れから引っ越したのであったが、家財道具の積み込みを終えた二トン・トラックが発車する間際、伯父夫妻が秘書やお手伝いさんたちと一緒に門前に出て来て、手を振って見送ってくれた。その前々日の午後には、私、妻、長男（生後八ヶ月）のために「送別の茶話会」（ちょっと大袈裟だが）を催してくれた。トラックに積み込まれた荷物のなかに、かつて伯父宅の居間にあって、結婚後、借宅に移され借りた形になっていた洋服箪笥が「どうぞ、お使いなさい」との義伯母の言葉で収まっていた。その後、さらに二度引っ越したが、その箪笥は今もわが家にある。

長男が生まれて、妻が子育て専業で家にいるようになった頃、土橋洋子さん（のち「堀江」姓）という千葉県生まれの才媛が伯父の秘書として勤めるようになった。妻と同郷で、それ故にかウマが合ったようで、転居後も年賀状のやりとりや時折の長電話などの交流があった。

ある日の夕方、「将生ちゃん！　お風呂どうぞ！」の大きな声が板塀越しにするので、「えッ、何んだ？」と妻と顔を見合わせたことがあった。ふだんは近くの銭湯を利用していたからビックリしたのであったが、銭湯では新生児の入浴は大変だろうとの土橋さんの心遣いだった。夏場には伯父は義伯母を伴って軽井沢で仕事をすることが多く、そんな時、「将生ちゃん、お風呂どうぞ」が続いたのでる。大学を出たばかりの若さで大した判断力をお持ちだったと、改めて感心させられる。

お風呂をもらいに行くと、話が合うらしく、なかなか戻らなかった。住み込みの土橋さんにも夜は時間がたっぷりあったのだ（土橋さんに限らず、代々の秘書さんも同じように住み込みで別の離れで寝泊まりしていた)。バラエティー番組を見て、笑い転《こけ》た顔のまま戻って来たことが何度もあった。蛇足ながら、私は近くの銭湯に行っていた。

横浜に越した後のことだが、土橋さんが週刊『サンデー毎日』所載の座談会「秘書たちが語る流行作家の素顔」(というタイトルだったと記憶するが)に出席していたことがあった。この頃、伯父は月刊の『小説サンデー毎日』に「伊達政宗」を連載していた。座談会の記事を楽しく読んだ覚えがあるが、その時、伯父は既に六十七、八歳とやや高齢で、所謂「流行作家」とは違うんだがなあと思ったものである(残念なことに、妻も土橋〈堀江〉さんも五十歳代で亡くなっている)。

六三、作者も主演も「小出」の出身だった大河ドラマ「独眼竜政宗」
――お陰で「母」が写真週刊誌に載る――

月刊『小説サンデー毎日』に四年間にわたって連載された小説「伊達政宗」は毎日新聞社から逐次刊行され(全八巻)、その後、荘八全集にも荘八歴史文庫にも光文社文庫にも入るが、ジェームス三木氏の脚色による「独眼竜政宗」となって昭和六十二年のNHK大河ドラマで一月から暮れまで放映された(全五十回)。「春の坂道」(昭和四十六年)、「徳川家康」(昭和五十八年)に続く三作目の伯父原作による大河ドラマであった。かなりの高視聴率で、そのことでも話題になったが、実は主役の伊達政宗を演じた「渡辺謙」は県立小出高校の卒業生であった。小出町の隣の広神村（現在は魚沼市の一部）の生まれで、この時の好演によって渡辺謙さんは一躍、全国的な人気俳優となり、のちにハリウッド映画「ラストサムライ」に主演するなど今や日本を代表する国際派スターでもある。

渡辺さんが小出高校の卒業生であるということから、作者も主演も「小出」の出身者というわけで、「独眼竜政宗」の放映が始まって二〜三ヶ月後、写真週刊誌『タッチ』（小学館）の記者が小出の近辺を取材して廻ったらしく、話題を作っては追いかける写真週刊誌らしいやり方であったが、わが生家「月日屋」の前に立つ母の姿が『タッチ』に載ったのである。四月頃と記憶するが、電車内の吊り広告で『タッチ』がドラマ「独眼竜政宗」を取り上げているることを知り、どんな内容かなと駅の売店で立ち読みしたのであった。まさかそこに母の写真が載っていようと思いもしなかったが、その時、へぇー、と思ったが、買わなかった。今となれば買っておけば良かったのにと少し後悔している。

母はそれから半年あまり後の昭和六十二年十一月に亡くなった。幼少期、早朝から仕事で留守の両親に代わって、兄・庄蔵に髪を結ってもらったり朝食を用意してもらったりと何かと世話を焼かせた母だったが、その最晩年もまた兄に目を掛けてもらった感じになったわけである。伯父より六年ほど長い七十八歳の生涯だった。

六四、「たしか、俺は審査員だったはずだぞ」
――伯父の無責任な?・名義貸し――

伯父宅の離れから引っ越す少し前の昭和四十七年五月、私は財団法人国民協会が募集していた懸賞論文に佳作ながら入選した。テーマは「現代共産主義の本質」で、応募論文は四十本ほどだっただろうか。国民協会は自民党への政治献金を取りまとめる団体で、発足は「六〇年安保」騒動の翌年だった。高校二年生になっていた私は、家で購読している朝日新聞の二面に「国民協会の発足」が小さく報じられているのを読んでいる。その役員の中に「山岡荘八」の名前があったことも記憶している。

国民協会は時局講演会や研究会などの活動も行っていた。論文の募集をどのようにして知ったのかは覚えがないが、募集要項に記された何人かの審査員の中に、早稲田大学の政治学教授、吉村正先生その他の二、三名の方々に加えて伯父の名前があった。この当時、衆院に共産党所属議員が二桁の十余名に漸増し、共産党推薦の美濃部都知事が大差をつけて再選されるなど、民主連合政府の実現を目ざす日本共産党の情宣は効果をあげつつあったかに見えていた。それらを踏まえての論文募集だったと思う。

拙文の論旨は「ソフトなイメージ作戦に惑わされるな、その著述や幹部の言葉遣いは巧みだが従前と同じく自由抑圧の革命志向は変わっていない、情報操作には要注意だ」といった月並みのものだった。それを具体的に党幹部の発言も引用しつつ述べたのである。応募する時、本当に伯父は審査に加わるのだろうかと半信半疑に思ったが、自分の考えだけはまとめて置こう思って応募したのだった。

表彰式は赤坂見附近くのレストランの小部屋で行われ、出席した受賞者は第一席入選の方と佳作の私の二人。吉村先生が詳しく講評を述べられた。先生は政治的な事案があると保守派の識者として談話が良く紙面に載る方で、以前から名前を存じ上げていた。私は著名な吉村先生のお話に心地よく耳を傾けた。その席には主催団体・国民協会の会長、村田五郎氏もおられた。村田氏は伯父とはかなり深いつき合いがあったはずだが、私はあくまで佳作入選者として振る舞った。賞状と記念品を有難く頂戴した（戦時中、情報局次長を務めた村田氏であっても、目の前の佳作入選者が「審査員　山岡荘八」の甥で、その離れに住んでいるとはご存じなかったであろう）。そのあと食事をいただきながらの懇談の時間となったのだが、お話を伺っていると実際に審査に携わったのはやはり吉村先生お一人のようであった。

数日たって、懸賞論文の審査結果の載った国民協会の機関紙が送られて来たので、ある晩、伯父にそれを見せた。すると、記事をじっと見つめて何かを考えている感じだったが、「たしか、俺は審査員だったはずだぞ」と言うではないか。「そうか、吉村さんが話したのか。吉村先生の審査なら間違いないよ」と、他人ごとのように言うのであった。予想した通り伯父は名前だけの審査員で、名前を「利用」されていたのである。このような場合、頼まれれば伯父は快く名前を貸していたのではなかろうか。無責任と言えば無責任だが、進歩派を敬遠する伯父には自民党の応援団的な一面があったのだ。ただし、決して無原則ではなかったはずだし、党というより「人物」に惚れ込んでしまうところがあった。

この頃、西村直己氏が失言?（「国連は田舎の信用組合のようなものだ」）から防衛庁長官を辞任するという事件があったが、辞任劇がひと段落した頃、伯父は政治評論家・細川隆元氏らと「西村前長官を励ます会」を開いている。そのことを購読中の毎日新聞の社会面で知ったのだが、写真付きの記事は糾弾調ではなく楽しい激励の集いがあったといった感じのものだった。西村長官は本当のことを言ってしまったと考えていた私は、伯父も味なことをやるものだとちょっと嬉しく感じた覚えがある。全集の詳細年譜を見たら東急社長の五島昇氏を加えた三人が「励ます会」の代表発起人だった。

随筆集を刊行するなど「粋な政治家」としても知られていた辻寛一氏（愛知県選出で、自民党の全国組織委員長か広報委員長かを長く務めた）、木村元帥などとも呼ばれた木村武雄元建設相（山形県選出で、行政管理庁長官や国家公安委員長などを歴任）といった個性派政治家は、最も楽しくおつき合いをした方々だったと思う。伯父から聞かされた話のなかに、何度となく名前が出て来たからである。そのたびに伯父は愉快でたまらないといった感じで話すのだった。

六五、「角栄は喋りすぎでなあ…」と言いつつも、励ます会の会長を務める
――同郷の誼から来る義侠心のあらわれ――

教職員住宅に引っ越して一年後の昭和四十八年秋、第四次中東戦争が勃発、アラブの産油国が石油を減産してイスラエル支持国への石油禁輸に踏み切ったことで、石油が急騰したばかりか、風評から洗剤やトイレットペーパーの買い占め騒ぎが起こった。所謂オイルショックである。スーパーは開店時刻を遅らせ、ネオンは消され、テレビは深夜放送を休止するなど、前年の昭和四十七年七月、「日本列島改造論」で登場した田中角栄内閣の積極策はエネルギー面で壁にぶち当たっていた。一年前の「今太閤ブーム」は急速に凋《しぼ》んでいた。

十二月半ば、御歳暮を持って伯父宅を訪ねると、「どうだ、石油は大丈夫か。もし困っていたら何とか力になるぞ」との思いがけない言葉に、「ウチは大丈夫です。ご心配ありがとうございます」と礼を言ったことがあった。確かに知人のなかには押し入れに一杯になるほどトイレットペーパーを買い込んだものがいたが（その十年後もまだ使い切っていないと笑っていた）、値段は少々高くなっても暖房用の石油は手に入ったし、そもそも鉄筋四階建ての教職員住宅は冬でも温かかったから、わが家は石油で慌てることはなかった。

列島改造ブームによる地価高騰にオイルショックが重なって、消費者物価は二十数パーセ

ントも上昇（「狂乱物価」）、田中内閣への風当たりがいよいよ強くなった昭和四十九年の五月頃、毎日新聞の社会面に「田中総理を励ます新潟県民の集い」の広告が出ていた。他の新聞にも載っていただろうが、そこには「会長　山岡荘八」とあった。それを見て、同じ新潟県出身者として断り切れなかったんだろうなあと思ったものである。同郷の誼《よしみ》から来る義侠心もあったであろう。伯父は総理より十一歳年上だった。

二年前の自民党総裁選（所謂「角福戦争」）で福田赳夫氏を破って総理に就任した田中氏ではあったが、思想信条から考えて、どうみても伯父は福田氏に近かった。実際に福田支持を明言した談話記事があったように記憶する。「角栄は面白いけどなあ。副総理で建設大臣でもやれば適役なんだがな」などと語っていた。

当時、「総理と語る」というテレビの特別番組があって、年に二回ほど放送されていた。その番組に田中首相のホスト役で伯父が出たことがあった。私は番組を見ていないが、後日、訪ねた折に、「角栄は喋りすぎでなあ、あれじゃあ対談にならないよ」と言いつつ、「カメラの向こうに記者連中がいて、ボードを掲げて、あれを尋ねてはだめだ、これを聞いてくれといちいち注文を出すからやりにくくて仕方がなかったよ」と、内閣記者会に文句を言いたげだった（私の記憶では、昭和三十九年元旦放送の「新春党首訪問」で池田勇人総理とも対談しているはずだし、昭和四十年代前半、佐藤栄作首相の「総理と語る」にも出演していたはずである）。

「田中総理を励ます集い」から四年後の秋、伯父が亡くなった翌日（昭和五十三年十月一日）、午後の早い時間に、ロッキード事件で係争中の身であった田中元総理が弔問に来られた。その際、田中氏は応接間で小休憩されたのだが、伯父宅に詰めていた私は名刺を差し出して、「私は荘八の甥で小出の出身です。神奈川で高校の教員をしています」とご挨拶した。すると田中氏は受け取った名刺の裏にすらすらと私の話したことを書き留めたのであった（田中氏の選挙区は新潟県の第三区で、そこには人口一万五千余人の小出町も含まれていた。子供の頃から選挙に興味を抱いていたので、いつもトップ当選の「田中角栄」の名はずっと頭にあったし、三十九歳での初入閣が岸内閣の郵政大臣であったことも、当時中学校一年生だった私は良く覚えている）。

その田中氏が自民党総裁を狙おうかとしていた昭和四十六年頃、新潟県出身の「有名人三羽ガラス」は、庭野日敬《にっきょう》氏（立正佼成会会長）と田中氏、そして伯父の三人であるとの風説が小出の近辺でささやかれていたという。当時、帰省した際に兄から聞かされた。庭野氏の出身地は小出町からひと山へだてた十日町市で、庭野氏は八月十五日の「国民総調和の日」の式典では、宗教界代表で挨拶しているし、配下の東京佼成吹奏楽団や立正佼成会鼓笛隊が式典に花を添えていたから、当然に伯父は庭野氏とも交流があった。

田中元総理が帰るのと入れ違いに、「浅草姉妹」「ソーラン渡り鳥」「おけさ数え歌」「高校三年生」「哀愁出船」「星影のワルツ」などを作曲した遠藤実氏が数珠を片手に来られて、棺のなかの伯父に向かって長いこと合掌してくださった。遠藤氏は戦時中、新潟県に疎開していたと後にテレビで語っていたが、ギターひとつで世に夢を奏でて来た苦労人の氏は、「過去の人間群像から次代の光を模索」しようと筆一本に賭けた大衆作家・山岡荘八に共感を覚えるものがおありだったのだろう。

この日の夜は密葬の通夜で、人混みが一段落した午後八時頃、福田赳夫首相と中曽根康弘自民党総務会長が相次いで来られた。十一月の自民党総裁選を控えていた時期で、お焼香をすませると、義伯母に向かって弔意を述べた首相は、「今日は奥さんの故里、石川へ遊説に行っていて遅くなりました」と付け加えたのであった（この総裁選では、大方の予想に反して党員投票で大平正芳幹事長に一位を譲ったことから、福田総理は本選を辞退している。そこには田中陣営の強力な大平支持のバックアップがあった。角福戦争は続いていたのである）。

六六、「俺は、これを書き上げないと死ねないんだ」——晩年、広池千九郎博士の伝記小説に取り組む——

横浜に引っ越した年（昭和四十七年）の暮れだったかと思うが、御歳暮の挨拶に行った時、「俺はな、これを書き上げないと死ねないんだよ」と言いながら、伯父が頭上の神棚を指さしたことがあった。その先には厚さ二十センチあまりの紙の束があった。「モラロジーの会員の署名だよ。広池千九郎《ちくろう》先生の伝記を書いて下さいという会員の署名だよ。お前も歴史の先生なら『古事類苑』を知っているだろう。伊勢の神宮皇学館教授で『古事類苑』の編纂にかかわった偉い学者だ」。

広池千九郎博士は大分県出身の歴史学者、法学者（法学博士）、教育者で、現在では道徳科学（モラロジー）の提唱者、モラロジー研究所や麗澤大学の創設者として名高い（昭和十三年歿）。そのモラロジー研究所は、かつては道徳科学研究所と称していて、この十年余り前の高校生時代、父が講習会に参加したことがあった。小出の町にも熱心な信奉者（酒井さんという名字で写真館の経営者）がいて、時々、わが家に来ては、「最高道徳」とか、「自我没却」「義務先行」とかと説いていたのを覚えている。ふだん本などあまり読まない父が珍しく興味を示し、わざわざ汽車に乗って、二度、三度と、長岡まで講習を受けに行ったことがあった（母は生長の家の谷口雅春先生の本をよく読んでいた）。

従って、広池千九郎博士の名前は道徳科学研究所のテキストが家にあったので承知していたし、高校生時代に読んだ受験雑誌を通して「麗澤大学」の前身が広池博士の道徳科学専攻塾であるとの知識もあった。しかし、『古事類苑』の編纂に重きをなした歴史学者でもあるとの認識は伯父に言われるまでなかった。ただ、伯父の口から「広池千九郎」の名を聞いた時は、不思議な因縁だなあと思ったものであった。

そこで私が「親父が長岡まで講習を受けに行ったことがある。昔はモラロジー研究所ではなく道徳科学研究所と言っていた」と言うと、「そうか、そんなことがあったのか。あの写真屋のオヤジか。よく知っているよ、元気かな。年齢《とし》はかなり上だったぞ。広池先生はな、

昭和27年夏、故里の川原で、カメラに収まる伯父・荘八46歳

祖母・セイ（荘八の母）の葬儀の翌日、昭和27年6月30日に撮られた写真。葬儀の模様をカメラに収めた写真屋さんが再びやって来て、伯父と近くの佐梨川の方へと歩いて行くので、小学校2年生の私も一緒に付いて行って撮影の様子をうろちょろしながら見ていた。今にして思うに、写真屋さんが撮らして欲しいと頼んだのだろう。しばらくの間、この写真は店頭のショーウインドウに飾られていたのではなかろうか。伯父は46歳だった。髭も黒々しているし髪も黒くて立派だ。

山岡荘八と言えば「大きな鼻髭」である。その鼻髭も文士劇の舞台には叶わない。この年12月、戦災孤児救恤義捐金募集と銘打った東京・浅草の花月劇場のステージ（「荒神山」三幕五場）で、清水の次郎長を演じている。この写真の"何代目"かの髭もそれまで命脈だったであろう。

小出の奥の栃尾又（温泉）で療養していたこともあるんだ…」と言って、再び神棚を指さしたのであった。

『古事類苑』は明治以前のあまたの文献から分野別に原文を引用した資料集的な大百科事典（全五十一冊）で、三十年近い年月を要して明治四十年に完成している。その編纂作業は国家的な大事業であった。広池博士は、十三年あまりその編纂に関わっただけでなく、ことに「道徳」の科学的研究と、利己心を揚棄した「最高道徳」の普及に身命を捧げている。こうした広池博士に魅かれ、モラロジーの会員の善意あふれる熱意に応えるべく筆を執ろうとするところに、「過去の人間群像から次代の光」を模索せんとする大衆作家の顔を窺い知ることができると思う。

父を講習会に誘った酒井写真館の主人に関して、伯父との関係でちょっとした思い出がある。

祖母・セイが亡くなった時、その葬式の模様は、伯父の指示によるのだろう、この写真屋さんの手によって何枚かの写真に撮られた（その一枚が三〇頁に掲載した写真である）が、葬式の翌日の午後、再び写真屋さんが来て、すぐ近くの佐梨《さなし》川の川原で伯父の写真を撮ったのであった。その際、小学校二年生の私は一緒に付いて行って、二人のまわりをうろちょろしていたのだ。伯父は大きな石に腰を掛けステッキに両手を載せて遠くを見つめるポーズを取っていた。最近まで伯父が撮影を頼んだとばかり思っていたが、今考えてみると、もしかしたら写真屋さんの方からの要請だったのかも知れない。

広池博士の伝記小説は、書きおろし長編小説『燃える軌道』と題する五巻本（学習研究社）となるのだが、昭和四十九年八月に第一巻が上梓され、二年後の昭和五十一年五月には第四巻が刊行されている。しかし、最終巻の第五巻が出るのは昭和五十三年七月と遅れている。それまでのようには筆がすすまなくなったのだろうか。それもあっただろうが、同年四月には、「三十数年の知己である」とする笹川良一氏の伝記小説『破天荒 人間笹川良一』（有朋社）が刊行されていて、その「あとがき」には「夏頃健康を害し、書き下ろしの作業に入ったのは九月であった」とあるから、『燃える軌道』の執筆もさることながら、世評好ましからざる?人物と見られていた笹川氏の本当の姿についても書きたかったのだろう。伯父らしいことだったと思う。

笹川氏（平成七年歿）は、戦前は国粋大衆党総裁（衆院議員一期）で東條首相とも衝突しながら、戦後は占領軍に楯突きA級戦犯容疑で一時期、巣鴨に拘留されている。この当時は競艇を取り仕切る日本船舶振興会の会長として名高く、今でこそ工藤美代子氏のノンフィクション作品『悪名《あくみょう》の棺 笹川良一伝』（幻冬舎、平成二十二年刊）その他によって氏の世間的な印象はかなり変わったと思うが、伯父の『破天荒 人間笹川良一』が出た頃はそうでもなかった。私自身が書店で伯父の本を目にして驚いたくらいである。この本を読んで、暴力行為をきらい、「私心」「私欲」とは裏腹に世のため人のために尽くそうと心掛け、それを実践する笹川氏の「破天荒」な生き方に、伯父が惹かれていたことが分かった。「あとがき」は「私が筆を擱いて、尚、思いが残るのは、同時代が理解しない人格の内面であった」と結ばれていた。

伯父は義伯母が手を焼くほどの医者嫌い病院嫌いで、そのため、この頃かなり無理をしていたのではなかろうか。

『燃える軌道』第五巻の末尾、「（完）」の文字の脇には、小さく「筆者病気のため、一部を口述筆記して、麻生卓志氏がまとめたことをおことわりします」とある。第五巻が刊行された三ヶ月後には、この世にいなかったのだから、文字通り「書き上げて」身罷《みまか》ったのであった。

他者への心遣いに長じていた伯父は、その半面、身内がまごまごしていると時に癇癪玉を破裂させかねないようなところがあった。その伯父が、自身の体の変調で筆が必ずしもはかどらないことに、どれだけイライラしたことだろう。「一部を口述筆記して、まとめた」との文字に伯父の苛立ちと苦しさが察せられてならなかった。

六七、「いきなり激して、『原稿をとり返せ』と叫んだ」
――いささか荒っぽく見えたのは、それだけ「純情」だったのだ――

広池千九郎博士の伝記小説『燃える軌道』は全五巻となって、学習研究社から刊行されたが、担当した同社の文芸出版部長・桜田満氏による「お互いに〝真剣〟」と題する強烈な逸話が『大衆文芸』山岡荘八追悼号に載っている。まだ伯父が体の変調を覚える前の昭和五十年頃のことだと思われるが、興味深い話なので、概略を引用してみたい。

それによると、執筆中の原稿を取りに伯父宅を訪ねた折、「二人でジョニ黒を一本半位ストレートであおって、先生の大構想を拝聴していた」。そして、車が呼ばれたので桜田氏が挨拶をして立ち上がった時に、伯父が、「いきなり激して『おれがこんなに真剣に取り組んでいるのに、お前は笑ったりしてなんだ。お前には原稿を渡せん。おうい、原稿をとり返せ』と叫んだ」というのだ。伯父にしてみれば、まだ話は終わっていない！　途中で座を立つとはなんだ！　話を良く聞け！　といった感じだったのだろう。「二人でジョニ黒をストレートで一本半」だから、義伯母は頃合いと見て、車を呼び、原稿の入った桜田氏のカバンを門前に来たハイヤーに運び入れていたのだろう。

輿に乗っていた伯父としては、どうして帰るんだ、もっと良く聞いてからにしろよと言いたかったに違いない。「原稿をとり返せ」との伯父の言葉に、桜田氏のカバンを車に運んだはずの義伯母が即座に応じて、今度は車から氏のカバンを抱えて走って来るので（正門の脇の潜り戸から玄関まで優に三十メートルはあった）、氏はそれをつかんで「原稿は絶対にいただきます。先生が真剣なように、私も編集者として真剣なんです」とどなり返した。しばらく黙って見つめ合っていると「先生は、『そうか、お前も真剣か。じゃ、原稿を持っていけ』といって、握手を求められた」。

一旦は車中に収まったカバンを義伯母が抱きかかえて走って来たというあたりは、義伯母の「亭主」操縦法の実に巧妙なところだと思う。先ずは逆らわずに亭主の言うがままに振舞って、「そうか、お前も真剣か」とならなかった場合であっても、伯母が気転を利かせたはずだから、いずれにしても桜田氏が原稿を持たずに手ぶらで帰路につくことにはならなかったと思う。もともと「激する」理由があるようでないのだから、伯父としても、「お前には原稿を渡せん」と言ってはみたものの、あとは「女房」が上手に収めるだろうと思っていたかも知れないし、長い間の習いで無意識ながら、それを期待して安心して吼えていたのかも知れないのだ。

この強烈な話の前段には、からむような「いささか神経質」な伯父の言動についても記されている。

昭和四十九年の夏頃、桜田氏は伯父と食事をともする機会があったという。その折、「たまたま、私は、伊藤整先生のことを話題にした。すると、それまで談笑していた先生は、『伊藤さんと、東北に講演旅行をしたことがあるが、一行が飛行機で東京に帰ろうというと、危険だからと、自分だけ汽車で帰った』とおっしゃって、途端に不機嫌になられた。『伊藤さんは利口な人だったよ。おれと違うからな』といわれて、私は伊藤先生のことを話したのを後悔した」（伊藤氏は伯父よりも二歳年上で、昭和四十四年に亡くなっていた。前に引用した『新小説』誌の座談会でも伯父と同席しているし、『徳川家康』一千万部突破記念祝賀会にもお顔を見せている。「伊藤整」と「山岡荘八」の間に、どのような接点があったのだろうか）。

席をバーに移し、「次第に酔いがまわるに連れて、山岡先生は、伊藤整氏のイメージと私とがだぶってくる感じで、『おい、あんまり利口そうなことをいうなよ』とからみ加減になってきた。私は、先生は徳川家康遺訓の実践者だと思っていたので、内心、おやおやと思った。私が、隣りに坐ったホステスをからかっていると、『お前は、女房、子供をどうする気だ』と叱られた」。桜田氏は「山岡先生の怒りは、この夜のようないささか神経質な表現をとるよりも、豪快かつ悲壮な爆発の仕方が多かったのではないか」として、右のような「いきなり激した」伯父の思い出を記しているのだ。

伯父を指して「徳川家康遺訓の実践者だと思っていた」というのは、作品からのイメージであって、広池博士の提唱した道徳科学（「最高道徳」）に思いを凝らす時や「国民総調和の日」

運動に思いをめぐらす折などは「堪忍《かんにん》は無事長久の基《もとい》」などとある「家康遺訓」の実践者のように見えたことだろうが、伯父もそうありたいと思うことは度々だったであろうが、生身の伯父は、日によって時によって「奔放な信長」になったり、「剽軽《ひょうきん》な秀吉」になったりの「百面相」だった。太い鼻髭から来る外見の印象とは裏腹にかなり神経の細い面もあって、ひと筋縄ではいかなかった。

桜田氏は続ける。「原稿をとり返せ」の騒ぎから何ヶ月かして、渋谷の料亭・御室《おむろ》で「ご馳走になったとき、先生は、私を指して、『この男は直ぐ怒るからな』とおっしゃった。私は、『先に怒ったのは先生のほうじゃないですか』といった。先生はにやりとお笑いになった。その笑顔が、心の底にたまっていた重苦しい澱《おり》のようなものを洗い流してくださった…」。

桜田氏は「山岡先生を担当した編集者に会うと、先生にどなられた話が出る」とも記している。こうしたエピソードはいかにも伯父らしいというか、小説家的な独尊独善ぶりだが、他の作家でも似たケースがあるのではないか。伯父の場合は他の作家よりも、いささか荒っぽく見えた面かあったのだろうが、それだけ正直で「純情」だったのだと私は思う。

六八、母の歎き、「実の娘だったら特急で追っ掛けて来るのだろうに…」
――「椿事」発生！。だが、御在位五十年奉祝委員会の会長を務める――

昭和五十一年四月下旬のある朝、横浜の拙宅に新潟の母から電話が掛かってきた。「山岡が明け方、タクシーでやって来たんし、…」（父も母も伯父のことを「山岡」と呼ぶことがあった）。どうも、仕事が思うようにできないイライラに加えて、養女の旦那の会社退職のことなども加わって若干揉めたらしい。そうなると半端でないから周りは大変だ。いろいろあって深夜、タクシーで東京を出発したというのだ。

その時、私は、非日教組系高校教員組合の本部役員をしていて新年度第一回の全国代表者会議と重なっていたので、時期はよく覚えている。『燃える軌道』第四巻が刊行される前月のことになる。その原稿は、刊行の二、三ヶ月前には出版社に渡されていたであろうが、今にして思えば、この時分は体調の変化を覚えた時期で、気分がすぐれなかったはずで、だからこその「タクシーでの帰省」の椿事《ちんじ》となったのだろう。

母は、伯父の性格は分かっているから、タクシー（母は「タクシー」と言っていたが、ハイヤーだと思うが）での早朝の来訪に驚きはしたが、その激しい性分から全くあり得ないことではないし、感情の波が鎮まるまで少々厄介で時間のかかることは仕方がないと思ったという。

結局、二泊か三泊かして、波動が穏やかになり、兄が付き添って、再び車で世田ヶ谷の家まで送って行ったと聞いた時にはホッとしたものであった。体調に波があったのかも知れない。その時、ケロッとした顔つきだったかどうかは想像するしかない。町のタクシー会社に、以前から家同士つき合いのある運転手がいたのは幸いだった。

後日、母は「荒れると手が付けられねえから、仕様《しよう》がねんし。すっけん時は（そんな時は）、どこでも好きなところに行かっしゃいと、言いたくなったってても仕方ねんし。そりゃぁ、そうなるだろんし、並じゃねからのう。だども、実の娘だったら心配で、朝一番の特急で追っ掛けて来るがんだねえかい（来るのだろうに）、それが娘の務めだろんし、…」と、嘆いていたのであった。ただし、すぐ追い掛けて来たとしても、却って逆効果になっていたかも知れない。そこが伯父の扱いの難しいところであった。しばし、「間」を置いたのが正解だったと思う。しかし、兄・庄蔵を思う母としては、一言、慨嘆せざるを得なかったのである。

この年の秋の天皇陛下御在位五十年奉祝行事では、伯父は奉祝実行委員会会長（委員長は黛敏郎氏）や都民の集い実行委員長を務めたが、体調的には少しきつかったのではないか。それでも十一月十日の東京・銀座（新橋→日本橋←上野）での大奉祝パレード・提灯行列の出発の際には、足を運んで挨拶をしていたと、その記録映画を見た知人が教えてくれた。翌昭和五十二年三月刊行の日本教文社編『天皇陛下を讃える』に収載されている児島襄氏らとの座談会「今上陛下の歩まれた五十年」では、やはり口数が少ない。

民間による大々的な奉祝パレードや提灯行列が東京で行われた十一月十日には、政府主催の御在位五十年記念式典が挙行されている。しかし、美濃部亮吉・東京都知事や長洲一二・神奈川県知事らの社共統一候補で当選していた所謂革新首長が式典に「参列しない」と発言して世上を賑わしていた。そうした中で、伯父は「奉祝実行委員会会長」を引き受けていたのであったが、苦々しい思いで都知事らの言動を見ていたに違いない。

二人とも知事選に出馬する直前まで国立大学の教授（マルクス経済学）だったのだ。伯父の日常を記した義伯母の随筆によれば、伯父はテレビのニュースを見ながら、さまざまな世の動きに「批評」を加えて一人で息巻いていることが多かったという。

進歩派知事の、こうした国柄をわきまえない動きにも、居間で一人息巻いていたことだろう。目に見えるようだ（長洲県知事は、私の記憶では、十年後の御在位六十年記念式典へは何かと理屈をつけて参列している。美濃部氏は既に知事職を退き参議院議員だったが、その二年前に亡くなっていた）。

六九、お湯割りの清酒・緑川に「やっぱり美味い！」
――亡くなる前年の夏、存分に故里の空気を吸う――

文明堂のカステラは私が帰省する時のみやげの定番であった。かつて少年の日に目にした帰省した伯父のみやげに、文明堂のカステラがあったことに倣ったものだが、この時ほどカ

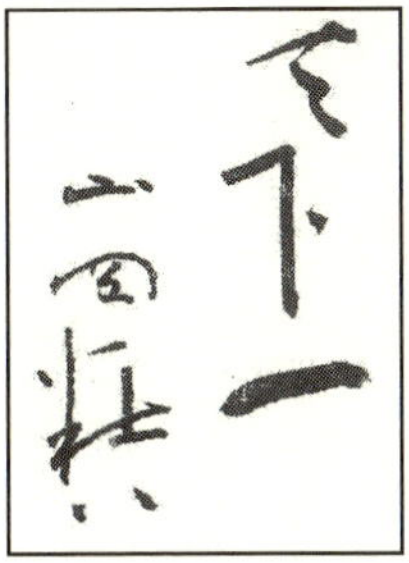

ペンネームも商標登録された！

昭和40年代半ばから、私の実家では新たに大根や胡瓜などの味噌漬の製造販売始めた。その包装紙や土産用のパックに添えられた「栞（しおり）」には、商標登録された伯父による「天下一」の文字か印刷されていた。ご覧のようにペンネーム込みの登録商標であった。

兄からの依頼で、私は登録する商標は「８センチ四方の枠内に書く」等々の情報を役所で聞き出したり、「特許庁長官 井上武久殿」宛の登録願を代筆で提出したりした。

登録願の控えが手許にあるが、提出は昭和47年7月24日ことであった。

伯父宅の離れを借用していた頃のことで、出願の少し前に、伯父は私の目の前で「天下一 山岡荘八」の文字を書いた。いまなら縮小拡大のコピーが自在だが、伯父は「８センチ四方の枠」を秘書に書かせた上で、うまく収まるように健筆！をふるったのであった。

伯父によると「天下一」とは、天下人・豊臣秀吉が「天下一の茶器」「天下一の刀」などと好んで使った言葉だという。客に好まれる「天下一の味噌漬」たるべしとの応援のメッセージであった。

ステラを買って来て良かったと思ったことはなかった。

亡くなる前年夏、昭和五十二年八月、伯父が一ヶ月ほど新潟に滞在した。かねて健生に遣ると公言していた家である。母から連絡を受けた私は、旧盆をはさんで二十日近く伯父の相手をした。実家の店ではこの五、六年前から味噌漬（大根茄子胡瓜など）の製造販売（「天下一」の登録商標は伯父の提案で、伯父の筆跡のラベルが商標登録されていた。味噌漬の製造販売は平成十五年まで三十余年続いた）を始めていて、ことに旧盆前は注文が多く忙しくて手がまわらない。学校が夏休みで時間の融通がきくだろうから「来てくれ」と言われたのであった。

軽井沢の仕事場兼別荘から、秘書と二人でやって来た伯父は、体を十分に休めて、思う存分に故里の夏の空気を吸っているような感じであった。秘書はこの春、大学を出たばかりのお嬢さんで千葉裕美子さんといった。伯父の食事から洗濯ものまで忠実《まめ》に世話をしてくれていて、そのてきぱきと働く様子は、見ていても気持ちが良かった。おそらく義伯母も、軽井沢から世田ヶ谷の家に戻って、伯父から「解放」されたことで少しく伸び伸び出来たと思う（義伯母は翌年二月、入院して開腹手術を受けることになる）。

食事は、伯父の「歯」の負担を考えたのだろう、缶詰に入ったペースト状のもの（お粥？）を器にうつして温めたものがメーンで、あとは汁ものと二、三品の軟らか目に調理した副菜、それに香の物であった。夕飯は酒の肴になる品が少々加わる。メーンの缶詰の「お粥」は味付きのようだったが、千葉嬢が気を利かせて私がみやげにと買ってきたカステラをそれに加えたらしい。

ひと口、含んだ伯父が「うッ、これは美味《うま》い。どうしたんだ」と驚いたように言う。「健生さんのおみやげのカステラを入れました」。「そうか。これはいい味だ」と感心したようにまた言うので、「本当に、そんなに美味しいんですか」と、私は思わず吹き出してしまった。カステラをこんなに喜んでくれるとは、「お粥」の味付けに飽きていたからだと思うが、カステラを買って来て本当に良かったと思った。

晩酌の飲み方が少々変わっていた。酒をコップに半分ほど入れて、お湯を注ぐ（あるいはお湯が先だったか？）。とにかく清酒をお湯で割るのであった。それをちびりちびりと飲む。「通」

の飲み方のひとつらしいが、以前だったら考えられない。焼酎のお湯割りならわかるが、清酒のお湯割りを初めて目にした。

酒は地元小出の「緑川《みどりかわ》」で、お湯は魚沼の雪解け水である。当時は、まだ「日本一の魚沼産こしひかり」などという言い方はなかったし、酒米と食用米は違うだろうが、酒造りの命である水、酒を割る水（お湯）は雪のおかげで豊富だ。この水が魚沼産こしひかりを育てるのである。

伯父は、お湯割りの清酒をちびりと飲んでは、「美味い、やっぱり美味い」と舌なめずりをする。またコップに口をつけては「うーむ、美味い」を腹の底から絞り出すように言う。見ていて、こちらも生唾を飲み込みそうになるほどだった。酒の味にはことに舌が肥えていた筈の伯父ではあったが、故里で飲むことでさらに一層、「いい味だった」に違いなかった。酒量は毎晩お湯割りでコップ二杯。実に行儀が良かった。世田ヶ谷の自宅での日常的な晩酌はこんな風だったのだろう。

昭和四十年代の初めの頃、小出に帰った折に目にしたのであるが、町の中心街のバス停付近に「緑川」醸造元の本社があって、そこに大きな広告が掲げられていた。それは原稿用紙に書かれた伯父の文章を筆跡そのまま拡大写真にしたものであった。そこには、いかに「緑川」が美味いかが強調されていて、「山本周五郎が緑川の味に惚れ込み、小出に別荘を建てようと思った。だが、小出が私の生まれ故郷と知って、二人で酒ばかり飲んでいたら仕事にならないから、取り止めた。山周が捨てても私は緑川を捨てない」といった意味のことが記されていた。山本周五郎氏を「山周」と書いていたのが面白いなあと思って読んだのであった。「緑川」は伯父の自慢の酒だったのである。

確かに「緑川」は結構行ける酒らしく、東京・銀座六丁目のデパート裏のしゃれた洋風居酒屋で遭遇して「これは良い酒ですよ」と若い女主人から薦められたことがあったし、最近オープンした近所の大型スーパーの酒類陳列棚にも「緑川」が収まっていて、何となく親戚が大事にされているようで私には嬉しかった。

それまで帰省すると深酒となることが常だった伯父は、翌日は蕎麦の出前を頼むことが多かった。小出の近辺では「へぎ蕎麦」と言って、片木《へぎ》という木製の平函に、四、五人分の蕎麦を少しずつ丸めて並べ、それを提供する習慣がある。電話をすれば、蕎麦汁《つゆ》付きで配達もしてくれる。故里の「水」に舌鼓を打った伯父には、母から聞いた話であるが、かつてこんなこともあったという。

ある帰省の折、いつもの店から蕎麦を取り寄せた。それをひと箸、口に含むや否や、「うむッ、爺さん死んだな」とポツリと洩らした。舌触りが少し違うというのである。確かに蕎麦屋の老主人は亡くなっていた。息子の蕎麦の打ち方には先代と微妙な差違があるらしいのだ。分かる人には分かるということなのだろうが、それに気がつくとは大したもんだと、母が感心したように語っていたのであった。

「柳生の里」の山岡荘八文学碑

昭和46年のＮＨＫ大河ドラマの原作「春の坂道」は将軍家の剣術指南役・柳生宗矩を主人公とした書き下ろしの作品だった。それまでに「柳生一族」「柳生三天狗」「柳生十兵衛」などで剣禅一如の柳生新蔭流の活人剣をテーマとする小説をいくつか書いていた。この碑は、柳生藩主柳生家の菩提寺、奈良市郊外の芳徳寺境内に建っている(昭和52年6月除幕)。

建碑の翌年秋、伯父は亡くなったが、その二ヶ月ほど後、私は「柳生の里」を知人と巡った。この写真の裏には昭和53年12月5日と、その日付が認めてあった。

カステラ入りの「お粥」を美味いと言って賞味してくれた伯父の、この頃の上顎は総入れ歯であった。奈良県橿原市に腕の良い歯科医がいるということでそこで作ってもらったようだ。この三年ほど前のことであった。伯父が、昭和三十九年に旧柳生藩国家老・小山田主鈴《しゅれい》の屋敷を買い取り、さらには「柳生十兵衛」（『週刊朝日』連載）や『柳生一族』、「柳生宗矩」を主人公とするＮＨＫ大河ドラマ『春の坂道』などを書いたこともあって、何かと柳生の里に行く機会が多く、奈良との縁が生まれていたのである。前に述べた万葉歌碑も、このことと関連しているのかも知れない。故里の夏を満喫する二ヶ月前には、柳生家の菩提寺・芳徳寺境内に伯父の句碑が建てられている。

水月《すいげつ》を呑み〳〵柳生の蛙かな

全集の詳細年譜によれば、除幕の折、「涙を流しながら挨拶」とある。この除幕の模様はテレビで放映されたようで、それを見た叔父（父の弟）が「山岡さんの様子が少し変だったよ」と教えてくれた。「落涙」のことではなく、体の衰えが気になったらしい（翌昭和五十三年十二月初め、私は柳生の地を巡って、亡き伯父を偲んだのであった）。

前夜、お湯割りの「緑川」に舌なめずりしていた伯父が、必ずしも入れ歯が不具合であるということではないようだったが、ある朝食時に、「こんな筈ではなかったんだがな」と、小声で愚痴めいた言葉を洩らしたのを耳にした（朝食は缶詰のお粥？ではなく、やわらかめに炊いた白飯だったと記憶する）。その時、私は勝手に、総入れ歯なら個々の歯の治療が不要になってその点はいいだろうが、心理的には否応なしに老境に入ったことを日々自覚させられるんだろうな、そのことは分かっていたつもりだったが実際には予想していた以上に身に応えるものなんだなあという後悔かな、などと想像したのであった。それは歯だけでなく、体調の変化を自らに言い聞かせていたのかも知れない。

七〇、総理秘書官からの電話に、声を荒らげる

――「十年ぶりにお墓参りに来ているんだ!」――

新聞を読んだり、高校野球のテレビ中継を見たりしながら、夜はお湯割りの緑川を舌なめずりするように味わい、これまで帰省時に見られた「荒ぶる神」もどき所行が嘘のように波静かで、故郷の夏を満喫していた感じの伯父が、一度だけ大声を発したことがあった。伯父が終生関わった「国民総調和の日」の式典に出て欲しいとの電話が掛かって来た時であった。

毎年八月十五日に行われて来た「国民総調和の日」の行事を主催したのは「社団法人日本会」で、日本大学会頭の古田重二良《じゅうじろう》氏が長く「会長」を務めていたが、古田氏の歿(昭和四十五年)後、伯父がその後を継いでいた。さらにこの時、福田赳夫総理が「総裁」に就任していた。福田総理の前は佐藤栄作氏が総理時代に引き続き総裁を務めていたはずである。

電話が掛かって来たのは十二日午後だったと記憶するが、出ると「総理秘書官の〇〇と申します。山岡先生がおられると伺いましたが」と言うので、すぐ千葉嬢に受話器を渡した。何ごとかと耳をそば立てると、八月十五日の式典に出席して欲しいとの要請であった。ことしの「国民総調和の日」は、どうなるのかなとうすうす気になっていたので、やはりそのことだったのかと思った。千葉嬢が伯父に取り次ぐ。「駄目だ。行かれないと言え」。受話器の

向こうでは、かさねて是非とも、とねばっている感じであった。「先生、お車でお迎えに参ります、と言っていますが」。「駄目だ。行かれないと言え」。さらに、秘書官は是非ともお願いしたいと言っているようであった。「先生、総理は東南アジア訪問で国内におられないそうです。会長に出て戴かないと困ると言っています」。この後である、大きな声を発したのは。

「こっちはなッ、十年ぶりにお墓参りに来ているんだ。勝手なことを言うな！」（十年ぶりはちょっと大袈裟だ）。ガラスが割れるかと思うほどではなかったが、声を荒げたのだ。総裁が外遊中で会長も欠席では、式典はまことに締まらないことになる。勝手なこと言っているのはどっちの方だとなるだろうが、今にして思えば、体も少々きついし、式典は他の者でなんとかなる。しかし広池千九郎先生の伝記をどのようにまとめるかは、自分にしかできない。その上、世評曲解もはなはだしい！「破天荒」笹川良一氏の伝記執筆のことも頭にあったことだろう。自分には差し迫ってやらねばならぬことが他にあるといったところだったのだろう。

そういえば、くつろいだ感じではあったが、じっと思いを凝らしているように見えたことが間々あった。墓参りは十三日の夕方と田舎では決まっていたし、小出—上野間は上越線・特急「とき」で二時間五十分だったから、時間的には式典出席と十分に両立できるはずだったが、この際はお墓参りのみで、無理をしないと決めている感じだった。

魚沼地方の夏は暑いが、縁側の戸を開け放てば涼風が家のなかまで吹き込んで来る。夜、寝《やす》む時と昼寝をする時は二階で、その他は階下で過ごして外出しなかった伯父だったが、墓参で外に出るとなれば当然のごとくスーツに着替えなければならない。ズボンをはきワイシャツを着るまではスムーズだった。しかし、毎日ネクタイを締める勤め人ならともかく、そうでなかった伯父にはネクタイを結ぶのが面倒だったのか、「おい、健生、ネクタイを結んでくれ」と言う。「はいッ」と答えてみたものの、他の人のネクタイを締めるのはなかなか難しい。初めは向き合ってやってみたが、ふだんと向きが逆だから三、四度と挑戦してみたが上手くいかない。世田ヶ谷の家では義伯母に手伝わせていたのだろうか。

「早くやれッ」と雷が落ちそうで余計にぎこちなくなる。結局、伯父のうしろにまわって同じ向きになり、爪先立ちしてふだん自分が締める要領でなんとか結ぶことができた。この間、二分程だろう。別に癇癪を起こすこともなく、「まだか」とは言うが「うまくやれよ」などと意外にやさしかった。しかし、こちらは冷や汗ものだった。

車を呼んで伯父と一緒に墓へと向かった。暑い最中に背広の上下を着込んでいた。それほど畏まるほどのことでもないお墓参りに上着を着るとは、汗をかきにくい体調になっていたのだろうか。家にいる時の下着は、厚手の長袖シャツとズボン下であった。

七一、「太郎七」「荘八」と来て、「九太郎」に　――「九」にこだわった、わが筆名――

お湯割りの晩酌を実に美味そうに時間を掛けて楽しむと、だいたい九時半頃になる。そして伯父は二階に上がって行った。ホッとした気持ちになった私は、生意気にも原稿を書くべく準備を始めるのだった。

当時、私は『カレント』という八十頁ほどの月刊の小雑誌に、毎号匿名で「教育現場からの報告」を載せていた。それとは別に時たま署名入りの原稿も書いていた。ちなみに『カレント』誌は、賀屋興宣《おきのり》氏（蔵相・法相など歴任した大物政治家）が国内外の政治情勢を正しく広く伝えるべく昭和三十九年に「旬報」として創刊したもので、その後「月刊」となっていた。この時書こうと私が準備していたものは、連載とは別の署名原稿であった（匿名の連載は、結局、満十年続けて寄稿を取り止めた。保守の立場を貫くはずの『カレント』誌が、昭和六十年、あまりにも靖国神社を軽んずるご都合主義の文章を掲載したことに「立腹」したからであった）。

伯父が滞在した家は、前に述べた「何《いず》れ健生に遣る」と公言していた家で、一階には八畳ほどの板の間に、八畳と六畳の和室二間あって、伯父はいつも奥の八畳で食事をしたり晩酌をたしなんだりしていた。伯父が二階に引き揚げると、私は奥の八畳にあるテーブルを自分が寝起きしていた縁側寄りの六畳に移し、その上に新聞の切り抜きその他の資料を広げて文字通りの拙稿に取り組んだのだが、私の書くものは時事的なものが多くて、新聞記事の切り抜きその他がテーブルからこぼれそうになるのが常だった。ある晩、資料を広げたまま、布団も敷かずに横になって朝まで眠り込んだことがあった。

ハッと目覚めると、うしろで、伯父と千葉嬢の声がする。「先生、健生さんがテーブルをお使いのようです」。「あぁそうか。いいよ、いいよ。そのままにしておけ。触らないほうがいい」。

慌てて起き上がったことは言うまでもないが、この時の拙稿は「教育を語るに最もふさわしくない団体・日教組」というタイトルの、味も素っ気もないないないものだが、伯父と過ごしたひと夏の思い出として忘れられない原稿である(『月刊カレント』昭和五十二年九月号所載)。「教育ひとすじ」で「教育現場の代表」のような顔をしている日教組役員は、「教員歴十年、組合役員歴(政治活動歴)二十年」のプロの職業活動家にすぎないというようなことを書いたのだった。日頃つき合う日教組加入の教員はその政治偏向を支持しているようには見えないし常識的だが、彼らが月々収める組合費が結局は日教組の活動を支えているといったことを書いたのである。

私が奉職していた神奈川県の教育界は日教組系の組合が強かった。しかし、かねて時事問題に興味を抱いていて、既に中学生時代から新中国賛美の授業に批判の目を向けていた私は、教員になっても多数派の日教組系組合に与《くみ》することはなかった。前に述べたように「現代共産主義」批判の論文も書いていた。日教組について言えば、中学校一年生（昭和三十二年）の時のことで、こんなことを覚えている。

夏休み明けの二学期早々、日教組が勤務評定反対で、九月十五日に全国一斉授業放棄のストを実施するというニュースが世上を賑わしていた。果たして十五日の授業はどうなるのだろうかと中学生ながら気になっていた。教員に対する勤務評定は教育の国家統制で戦争につながるというのが反対の理由だった（この頃のことのはずだが、勤務評定反対で四国地方を巡っていた日教組の小林武委員長が、高知県下のある村での集会中、村民に襲われて、目潰しに火鉢の灰を投げつけられるという事件があった。県名も委員長の名前も明確に記憶にある）。わが家（商店）の前を通勤で通る小学校の先生の何人かが「教え子を再び戦場に送るな！」と書かれたリボンを胸に付けていた。中学校の先生はリボンを付けてはいなかったが、十五日の授業はどうなるのかが心配だった。しかし、九月十日前後の朝礼で、壇上に立たれた校長先生（常松幹雄というお名前だった）が「十五日は授業を行います」と言い切ったことで、良かったと胸をなで降ろしたのであった。別に勉強が好きなわけではなく、ただ日教組の言い分が何となく胡散臭かったのだ。日常的に両親が語る話を聞いていたからだと思うが、中学生になった頃には「日教組的なもの」を嫌う体質になっていた。

ここで私がいう「日教組的なもの」とは、今思えば政治偏向だけでなく、「戦争につながる」「民主主義に反する」などと事を大上段に構えながらエゴイスティックに振る舞って周囲に波風を起こして平気な「大人こども」のような生き方を指す。のちに共産中国になびく進歩的文化人の動きを軽くたしなめ、「国民総調和の日」の運動を始める伯父も、当然、「平和と民主主義を守れ」と言いながら、何度となく違法なストライキを企て授業放棄を叫ぶ日教組には批判的であったに違いない。現在の日教組からは考えられないが、昭和五十年代初めまでの日教組は年中行事のように授業放棄を企てて、少年少女の心を弄んでいた。

教員になった頃のことをふり返ると、日教組や社会党に違和感を感じてはいたが、だからと言って即、自民党支持というわけではなかった。政党政派を超えて「国のあり方」を考える「国益」優先の立場があると考えるようになっていたからである。例えば、新潟県出身者で初の総理である自民党の田中角栄首相による日中国交開始は、教員になって四年目の秋のこと（昭和四十七年）で、与野党もマスメディアもこぞって大成功と囃し立てていたが、私はこの田中外交を批判した文章をいくつか書いている。既に述べたように、伯父も、同郷の田中首相ではあったが、総理としての田中氏には一歩退《ひ》いたところがあった。

かつて『旬報カレント』、『諸君！』（文藝春秋）、『浪曼』（浪曼）などに寄稿した時はいつも本名で書いていた私だったが、この一時期の何編かは「筆名」を使っていた。この時の拙稿「教育を語るに最もふさわしくない団体・日教組」も筆名であった。私なりにいろいろ考えて決めたペンネームが「山内九太郎《くたろう》」である。祖父・太郎七、伯父・荘八　と来ての九太郎である。他に伯父の本名・庄蔵と関連づけての「庄九郎」、父・秀雄の一字を入れての「秀九郎」も考えた。何としても「九」を入れたかったのだ。他人様にはどうでもいいことだが、荘八の甥としては「九」にこだわったのである。「九太郎」に落ち着いたのは、やはり「父・太郎七」を思う伯父の胸中を慮ってのことであった。

伯父が滞在した家の庭には、この辺りの多くの家がそうであるように瓢箪を模《かたど》った池があって、春から秋にかけては錦鯉が泳いでいた。水の取り入口には「想父泉《そうふせん》」と刻まれた小さな石が置かれていた。伯父が父・太郎七を想い偲ぶ池だったのだ（錦鯉は、降雪の前に、水温が一定の湧き水近くの生け簀に移され冬を越す）。父・太郎七を涙ながらに語る伯父の姿を何度も目にしていたし、その光景は私の胸にも強烈な思い出となって焼きついていたから「山内九太郎」としたのであった。

拙文が『諸君！』や『浪漫』などに載った際、盆暮れの挨拶で訪ねた折などに、持参して見せたが、「そうか」と言って、パラパラっと頁をめくるのみで、期待していた「褒め言葉」がなくちょっとガッカリしたものだった。しかし、いきなり雑誌を突きつけて、「好評」を言わせようというのは、独り善がりの甘えで若気の至りもいいところであったと、この齢になるとよく分かる。小説ならどんな駄作でも、ともかく「あとで読むよ」と言ってくれたかも知れないが、ギスギスした時事評論では読む気がしなかったのだろう。

生徒が夏休みで教員がいくらヒマでも生徒の登校日もあれば部活動の監督もあるので、私は墓参から一週間後、伯父よりひと足はやく横浜の自宅に戻った。伯父はさらに十日ほど、新潟に滞在したようだった。迎えに来た義伯母と一緒に東京に帰ったということを、母からの電話で知った。「お前も、ご苦労だったのんし。庄蔵は、はあ（もう）小出に来ることはねえだろうと思って、腹ん中で泣きながら見送ったんし」と悲しそうだった。

その伯父が三ヶ月後の十一月、「父・太郎七」の生家・梅田家（小出町―現・魚沼市―大浦新田）の改築祝いのために帰省している。これが現身での最後の帰郷とはなったが、まだそれなりに体力はあったのだろう。

七二、「健生も、いいことを書くようになったよ」
――伯父は、母に向かっては「褒めて」くれていた――

拙文の載った雑誌を持参して伯父に見せたのは昭和五十年頃だったと思うが、その折はチラッと見ただけで素っ気なかった伯父だったが、私のいないところで「健生も、いいことを書くようになったよ」と言っていたことがあったと母が教えてくれた。伯父が母に「褒め言葉」を洩らしたのは、拙稿掲載の雑誌を持参する数年前のことだったようだ。私が教員になる前の年、小出の隣り村の農家の跡地に家を建てたこともあって、伯父は以前よりも帰省することが多くなっていたらしい。車で帰省した伯父は隣町の私の父の生家にまで足を延ばすこともあったようで、それに同行した母が後日、私に「稲倉《いなぐら》ん家《ち》（「稲倉」は父の生家のある地名）へ行く車ん中で、健生もいいこと書くようになったよと、お前のことを褒めていたんし。先《せん》生《せん》とこの新聞に載ったのを読んだと言っていたんし」と言ったのである。

私が高校の教員になったのは昭和四十四年の四月で、前に述べたように所謂「七〇年安保」の前年であり、高度経済成長の〝影〟である公害の深刻化もあって政権は自民党の佐藤内閣だったが、この頃はマスメディアの表面では左翼陣営の動きが目立っていた。日本史教科書の検定をめぐって、文部省は東京教育大学の家永三郎教授から「教科書検定制度は憲法違反だ」として訴訟を起こされていたし、都知事には社会党・共産党推薦のマルクス経済学者（前東京教育大学教授）の美濃部亮吉氏が当選していた。加えて中国共産党・毛沢東による文化大革命の余波もあって、かなりの数の国公私立大学では暴力化した左翼過激派によって校舎が占拠され授業不能に陥っていた。東大安田講堂事件（安田講堂を占拠していた活動家学生集団を大学の要請で警視庁機動隊が実力で排除した事件）は私が初めて教壇に立つ三ヶ月前のことであって、この年の東大入試は中止となっていた。

さらにベトナムでは、北の共産ベトナムの息の掛かった「南ベトナム解放民族戦線」を名乗るゲリラ勢力（ベトコン）と、南ベトナム軍およびそれを支援するアメリカ軍との泥沼化した戦いが南ベトナム領内で続いていた。途中からアメリカ軍の北ベトナム空爆はあったが、北緯十七度以北に進軍することはなくアメリカ軍としては自らの手足を縛っての支援だった。日本国内では「ベトナム戦争反対！」「アメリカはベトナムから撤退せよ！」「ベトナムに平和を！」の声が、社会党や総評を初めとする左翼陣営から機会あることに発せられていた。正義は「ベトナム反戦にあり」と言わんばかりの風潮があって、左翼陣営の意気は上がっていた。小田実氏らの「べ平連」（ベトナムに平和を！市民連合）に共感を示すことが良心の証しであるかのように見られていた。当然のことながら北ベトナムの後ろ楯はソ連であり共産中国だった（ベトナム戦争は、アメリカ国内で厭戦気分の世論が高まったことからアメリカ軍が撤退、結局は北ベトナム正規軍の本格参戦による南ベトナムの崩壊で終わった。多数のボートピープルが生じたことは周知通りである）。

教員になると、すぐに日教組系の県内組織からのオルグを受けた。勤務校まで足を運んで来た組合副委員長は開口一番、「我々は権力のお世話にならない組合で平和のための組織である」云々と当然のことのように反体制をアピールして口説くのだった。私は中学生の頃から時事問題に関心があって、「平和」の語を弄んで大袈裟な物言いをする左翼を嫌う体質になっていたし、大学生時代もそれなりに時事については勉強していたから、副委員長の口から予想通りの左翼言語が発せられたので「待ってました！」といった感じだった。反権力云々で口火を切るとは舐めているなとも思ったのである。税金から給料をもらう公立学校の教員が「権力のお世話にならないはずがない」ので、私は「権力のお世話で結構ですよ」と冷たく言い切ったことを覚えている。この男は駄目だ、なびきそうもないなと思ったのだろうか副委員長からの反論はなかった（私を日教組系組合に勧誘したこの副委員長は、旧帝大卒で、その後旧制中学から続く県下トップスリーに入る進学高校の校長になって退職した。頭の切れる世渡り上手の人物だったのだろう）。

お蔭で組合の方針のままに日当と交通費付きで順番に集会やデモに動員され、単に「頭数の一人」にカウントされる義務からは免れた。「民主教育を守れ」などと言いながら日教組ほど個々の内心を平然と踏みにじる組織はなかっただろう。違法な授業放棄を繰り返しては、その度に物言わぬ圧倒的多数の組合員教師の良心をマヒさせていたのだから。

教職について一、二年後、私は「生き方の喪失」とか、「克己心の喪失―家永三郎氏のまやかしの論理―」とかと題する文章を書いて月刊『国民同胞』紙に投稿した。小田村寅二郎先生が理事長をお務めの社団法人国民文化研究会が発行するB５判八頁建ての機関紙で、広く各界の人々に送付されていた。伯父宛にも送られていたらしく、その一頁を飾った拙稿を伯父は目にしたようなのだ。

「生き方の喪失」とは大層なタイトルであったが、左翼過激派が起こした「日航機よど号ハイジャック事件」（昭和四十五年三月発生）に関して、「人命尊重」の声しか聞こえて来ない風潮に異を唱えたものだった。また「家永教科書訴訟」（昭和四十年提訴で係争中）の中で、家永教授が主張した理屈を批判したものが「克己心の喪失―家永三郎氏のまやかしの論理―」であった。いま改めて読むと生意気なことを書いたものだと思うが、左翼的というか進歩派的な時代の風潮に染まりそうもない甥っ子の文章に、伯父は目を留めて「褒めて」くれていたのである。

ことに「家永教科書訴訟」には新米の日本史教師としては関心を持たざるを得ないものだった。家永氏が「…歴史を学ぶ生徒の大多数は、学校を卒業してからいわゆる『英雄偉人』としてではなく無名の民衆として日本の歴史をささえる尊い役割を果たす人間となるのだから、彼らに生きがいを自覚させるためにも、過去の歴史が無名の民衆のかくれた日々の勤労によって支えられてきた事実をはっきり認識させることは教育上とくに重要だといわねばならない」(『教科書訴訟』)といった論法で、自著の「検定不合格」日本史教科書を正当化していることには強い違和感を覚えたのだった。唯物史観そのままの、とんでもない政治偏向の教育論だと思ったのである。

二十歳代半ばの駆け出し教員ではあったが、大胆にも「家永三郎氏は武士より農民の方が数が多かったと言っているに過ぎない。民主主義の仮面をつけた人間を愚弄するものの適例であろう。立志のあるところに生きがいが生まれてくる。自らをみがき鍛えていこうとする克己心を軽視しているのは学問的でない」などと批判したのであった。再読して青臭くはあるがこんなことを書いていたのかとわが事ながら少々感心した。

当然のことだが、伯父のことなどまったく眼中になく書いた文章だったが、「大衆の明日に光が射す」ことを願っていた大衆小説家の胸中と若干は共鳴するものがあっての「褒め言葉」だったのだろう。かつて『小説岸信介』（昭和三十四年刊）の「あとがき」で、新中国になびいて共産中国の業績を称賛する進歩派人士に対して、「それでは中共に行って三ヶ月でも田畑を耕して来たらどうですか」などとたしなめていた伯父は、何よりも自らを高みにおいて頭だけで「無名の勤労民衆の役割」を語りたがるような学者文化人を嫌悪していた。そうした戦後の思潮を嫌っていた。数にものを言わせて横車を押すようなやり方を嫌っていた。それ故に、日々の自分の務めを果たしながら、より良くより真っ直ぐに生きようとすることを理想として小説を書いていたはずだから、歴史的に仰がれて来た英雄偉人をことさらに軽視する進歩派の言動が性《しょう》に合うはずもなかった。

　この「克己心の喪失」と題する拙文は『国民同胞』の昭和四十六年五月号に載ったもので、この頃は伯父宅の離れを拝借して新所帯を構えていたのだが、直接私には何らの言葉もなかった。

　私への「褒め言葉」は前記のように父の生家に行く車中で同行の母に洩らしたものだが、このような際には、伯父は父の生家にいきなり車で乗りつけたのではなかろうか。迎える方は前触れもなく「山岡先生が来た！」と少々慌てたのではなかろうか。あらかじめ知らせると大袈裟になるし、それだけでなく急に訪ねて驚かせようとの少年のような腕白心も幾分かはあったはずと思われるからである。あるいは出発する直前には電話ぐらいは入れたかも知れないが、いずれにしても、先ずは仏壇を拝した伯父は急遽、用意された酒を山菜の漬け物の肴で有難く頂戴して愉快に語って行儀良く帰途についたことだろう。ご機嫌な顔が目に見えるようだ。

世田ヶ谷の伯父宅と小出との間を国道十七号線経由で何度も往復した運転手さんは渡辺さんという年配の方で、用事がないといつも近くの佐梨川で糸を垂れていたと、父があきれ顔で言っていたほどの「釣りキチ」だったらしい。

七三、伯父の最期、「私も拭かせて」と義伯母は言った
――私は、初めて「臨終の場」に立ち会った――

昭和五十三年七月の中旬、例年のように御中元の挨拶に行くとお手伝いさんしかいなくて、「旦那様は七日に入院されました」とのこと。ビックリして、一緒に過ごした前年夏のことが直ぐに思い浮かんだ。あらためて〝メロン〟を買い求めて、教えられた病院へと急いだ。見舞って帰る際、「また来るぜ」と声を掛けると、伯父は「そういうことを言うないや」と言いつつ、手で制するのだった。

この頃、私は一昨年からの続きで非日教組系教員組合の中央執行部に籍があり、週に何度も東京・水道橋（九段下）に来ていたこともあって、この日以後、大塚駅下車の癌研究会病院には幾度となく顔を出した。七月末に小出の兄が上京して見舞った時も病院まで案内した。

この時、五歳の長女を連れていったのだが、白いワンピース姿の娘に「白い服がめごいよ（可愛いよ）、立派ないい子だ」と小声ながら話し掛けてくれた。病気の見舞いに幼児連れは良くないと分かっていたので、私は長女をすぐに病室入口の大きなソファーに座らせたが、伯父のやさしい心遣いからのひと言だったなあと時折思い出すのである。

この年の二月に別の病院で開腹手術をうけていた義伯母も、検査を兼ねて同じ癌研究会病院に入院していたから病院に行くたびに二人を見舞う形になったが、私が訪ねた時、義伯母は伯父の病室にいることが多かった。伯父の表情が冴えないし口数も少ないので心配だった。しかし、義伯母が「お医者さんは五年は大丈夫と言っている。五年は大丈夫だそうよ」と強調するので、本当に五年も保《も》つのかなと思いながらも、そうなることを願っていた。病名はホジキン氏病という悪性リンパ腫の一種で性《たち》が悪い病らしい。

母が見舞いに上京したいと連絡して来たが、「五年」は大丈夫だと医者が言っているということなので、それなら少し涼しくなってからが良かろうとのんびり構えていた。この間も何度となく、私は病院に顔を出し、伯父に酸素吸入を施されるようになっても「五年」が私の頭から離れなかった。無知とはおそろしい。

今でもハッキリ記憶しているが、九月二十八日（木）午後、何となく事前に連絡した方がいいかなと思って伯父宅に電話を入れると秘書の千葉さんが出たので、「次の日曜日（十月一日）に母が見舞いに行きたいと言っています」と伝えると、「あッ、健生さん！　それでは遅いです。先生は、そんな悠長なことを言っている状況ではないんです」と言うので、慌てて翌二十九日（金）に、一日早く母は兄嫁を伴って上京したのであった。病室では、検査が終わって既に退院していた義伯母が来ていて待っていてくれた。伯父に「母の声と顔」が少しは分かったかどうか。うなずいたようにも見えた。

その晩は「是非ウチに来て。美代さん、泊まってよ」との義伯母の強い言葉に、一緒に上京した兄嫁は小出に戻ったが、母だけが世田ヶ谷の伯父宅に泊まったのである。翌三十日（伯父が息を引き取った日になるが）の午後二時頃、私は病院で母と落ち合った。「義姉妹」「兄嫁と小姑」は前夜遅くまであれこれ語り合ったらしい。

母は「じゃあ、帰るからのんし。大事にしてくらっしゃい」と伯父に声を掛けて、上野発三時過ぎの特急に乗るべく病院を後にした。母は「意識のあるうちに話かけられて良かったんし」と言っていた。母が特急に乗るのを見届ければ、この日の私のお役はご免のはずだったが、虫が知らせたのか、自宅には向かわず再び病院に戻った。しかし、まさか、そのまま死に目に立ち会うことになろうとは思いもしなかった。母も、辞去したその日のうちに亡くなるとは思わなかっただろう。二十八日に電話をしたことで、母はギリギリで見舞うことができた。やはり今日明日の寿命だったのだ。

その時が来た。

昭和五十三年九月三十日、午後七時二分。

私は、三十五歳にして初めて人の臨終の場に立ち会った（私のメモでは午後五時すぎに一度呼吸が止まっている）。すぐ義伯母が「杉ちゃんに連絡して！」と言った。三十年余り、伯父に師事したといつも自著に書かれる杉田幸三氏である。その時、杉田氏が新鷹会会員やマスコミ関係者への窓口なんだなと勝手に思った。

私は廊下の公衆電話で小出に知らせた。既に帰宅していた母は覚悟していたらしく、「そうかい」のひと言のみだった。病室に戻ると、私は気づかなかったが、息を引き取った伯父の口元がやや開いていたのか、それを気にかけたのだろう、タオルで顎を軽く押し上げていた養女の稚子が、「健生さん、ちょっとここを押さえてくれますか」と言ったので、「はいッ」と小声で応じた。しばらくすると二人の看護婦さんがやって来て、「お体を拭きますから、ご家族の方は外でお待ち下さい」と言うので、部屋から出たのだが、その前にすぐさま義伯母が言った、「私も拭かせて」と。「汚れているかも知れません」と看護婦。義伯母は「構わないわ」ときっぱり。この時の義伯母の言葉は実に印象的で、やはり長年連れ添った夫婦なんだなあと、四十六年の「夫婦の味」を思い知らされた感じだった。

間もなくして杉田氏が顔を見せた。幾度も見舞って状況のすべてを把握されている様子だった。著書を通してお名前は存じ上げていたが、この時、私は杉田氏に初めてお目にかかった。それ以来、伯父宅では一度だったが（百か日で線香を上げにいった折）、都内での会合では何度かお会いした。その度に「健生君」「健生君」と呼んで下さった。平成十六年に亡くなられたが、今でも時折、伯父夫婦が、何かと頼りにしていた方だったんだろうなあと思い出すことがある。昭和六十年、伯父が師と仰いだ長谷川伸氏（横浜市生まれ、昭和三十八年歿）の記念碑が、横浜市みなとみらい地区の帆船・日本丸の近くに建てられた際には、そのお祝い会の案内状を送って下さった。

一年前の夏、時おり気だるそうな表情を見せる様子を目にしていたので、「ご臨終です」との医師の言葉を耳にして、妙な言い方になるが、ホッとしたような、力が抜けたような不思議な気持ちだった。見舞っても、あまり口を利かなかった伯父だったが、それでも伯父の吐いた息が、私の体を通って、また伯父の体に吸い込まれて行く。空気は目には見えないが、互いに地上の空気を吸ったり吐いたりし合っていたんだ、それが途絶したんだと思った。ふだんまったく感じることのない空気の質量が全身に重く感じられたのであった。

それにしても「五年は大丈夫」の話は、どういうことだったのだろうか。義伯母の願望のあらわれだけだったのだろうかと、今でも時たま思い出すことがある。

七四、骨壺を胸に、私は明治神宮に額づいた
――わが家に仮寝して、遺骨（分骨）は故里へ――

空気の実在が全身に感じられたあの日のことが、昨日のことのように思い起こされる。九

月の末だというのに残暑が厳しく、上着を脱いでネクタイを弛めながら、廊下の窓から暮れ行く家並みを見下ろしたのであった。

伯父が亡くなった翌々年、「偲ぶ会」が持たれた。その時、挨拶に立った田中元総理が、開口一番、「山岡先生がお亡くなりになった日は、大変に蒸し暑い日でした」と述べられたのにはちょっと驚いた。その日の天候まで覚えていて、それを口にされるとは田中さんはやはり只者ではないと思った。人の心を摑むのに長じた並の人物ではないと感心してしまった。偲ぶ会には時代劇映画の往年の大スター、市川右太衛門さんも見えていた。昭和四十年頃、NETテレビで放映されたドラマで壮年期の「徳川家康」を演じていたし、月刊誌でも対談したことがあるらしい。司会は新鷹会の作家・伊東昌輝氏（平岩弓枝氏のご夫君。のち『大衆文芸』編集人）であった。

亡くなった翌々日の十月二日に自宅で密葬（父と、私と妻、参列）、九日に青山葬儀所で本葬が執り行われた。再び上京した父と私どもの家族五人（子供ら三人も）も参列した。どちらも葬儀委員長は村上元三氏だった。村上氏と伯父の交流は四十五年と長く深く、互いに遺された方が葬儀委員長をやるとの約束をしていたとのことだった。このことは、私が高校生の頃、既に生家で話題になっていた。帰省した伯父が、村上氏と深くつき合っているとして話していたからだろう。

村上氏は伯父よりも三歳若く、九十七歳で亡くなっている（平成十八年）が、平成の御代に

伯父の本葬が終わって、青山斎場の入り口で

亡くなって９日後に営まれた伯父の本葬には、父とともに私の家族５人も参列した。密葬の折には子供らは親戚と近くの知人宅にそれぞれ預けられていた。左から私、長女・眞起子（５歳）、長男・將生（小学校１年生）、妻・恭子、次男・曉生（生後８ヶ月）、瀧澤直己（荘八の姉・シゲの孫）、父、叔父・渡邉正三（父の弟・元警視庁警部補）。

本葬にはお仲人の小田村寅二郎先生の奥様も参列して下さった。生後８ヶ月の次男が時々、「カイ、カイ、カイ、…」と妙な声を発する癖があったので、葬儀の最中に声を出したら困るなあと思っていたが、１回だけで済んだ。

伯父宅の離れで新所帯の生活を始めてから７年半の月日が経っていた。妻は３人の子持ちとなって貫禄十分の立派な「母親」になっていた。

なっても、ご夫妻でＮＨＫテレビの大相撲中継にゲストでお出になったり、最晩年まで『大法輪』誌に健筆を振るっておられて、それらを拝見するたびに、伯父の死が、伯父夫婦の死が、いかにも早過ぎたなあと惜しまれてならなかった。

本葬では、福田赳夫総理（日本会総裁）、講談社の野間省一社長ほかの方々が弔詞を奏上している。伯父の小説は、文藝春秋や河出書房、光文社、毎日新聞社、筑摩書房等々、その他いろんなところから出ているが、私の印象では八割方は講談社から刊行されている。

伯父の四十九日忌の法要（納骨の儀）の際、母の願いから、小出に分骨されることとなった。ありがたいことであった。十一月十七日の法要に参列して、小さな骨壺を預かった私は、親を思い、故里を思うに格別のものがあった伯父の胸中を察して、率直に言って嬉しかった。母の分骨の願いは、伯父の素志にかなうものであった。

骨壺は、ひとまず横浜の教職員住宅三階のわが家に六泊ほど仮寝をして、法要から六日後の勤労感謝の日に、新潟（小出）の母のもとに届けられた。上野駅から特急電車に乗る前に、私は原宿駅で下車して、小さな骨壺を胸に明治神宮に額づいた。

かつて伯父が、原宿近辺を通る際は車中にあっても、お宮を拝したとどこかに記していたのを読んでいたし、伯父の人生が展開した東京に別れを告げるには、これが一番いいと思ったからである。

境内は、新嘗祭当日とあって、全国各地から奉献された農産物が回廊に陳列されていて、ふだんよりも賑わっていた感じであった。新潟・魚沼地方の農家に生まれた伯父がお参りするにふさわしい日であった。

その遺骨はひと冬、郷里の私の生家・山内家の仏壇に安置され、半年あまり経った昭和五十四年六月二十四日、荘八の母・セイの祥月命日に、檀那寺である観音寺住職の読経の中、荘八が母の一周忌を期して建てた墓（小出町—現・魚沼市—佐梨の円福寺隣接の地に建つ）に納められた。荘八の両親、「太郎七」と「セイ」の法名が刻まれた墓に納められた。

七五、伯父の死まで続いていた母と義伯母の「微妙な」綱引き
——「〝嘘っぽい〟!?貼り紙」と「〝抜けた稚気を持つ作家〟の女房」——

伯父は前述のように九月三十日に息を引き取ったが、母はその前日に何とか見舞うことができた。振り返ると九月二十八日（木）に電話を入れたことが良かったのだ。何もせずに予定通り日曜日の十月一日に上京しようとしていたら間に合わなかった。大袈裟に言うと、二十八日に電話を掛けたことは奇跡的なことだった。わがことながら、よく気が回ったものだと思う。

見舞って帰る母を送って上野駅に向かう途中で、前夜二十九日、世田ヶ谷の伯父宅に泊まった母は、家の中が綺麗に片付いていて、いつ何があっても大丈夫なようになっていたと感心したように言うのだった。「しっかりしたもんだ、はあ（もう）覚悟ができていたんし」と。その母が伯父の歿後、意外なこと言ったことがあった。

二十九日に母と病室を訪ねた時、「旦那様 頑張って」と書かれた半紙が壁に貼ってあった。重篤の夫を目の前にして、妻としてやれることは、それしかないのだろうと義伯母の気持ちが察せられて、私には分かるような気がした。同時に、やはり病状は深刻なんだと思ったのであった。ところが、母の感想はまったく違った。母も貼り紙には気を止めていたらしく、約二ヶ月後、伯父の骨壺を届けた時、あの貼り紙が理解できないと言ったのである。「ごっとっぱちのような（嘘っぽいような）ことが書いてあったが、あれは何だったんし（どうしたことだったのか）」と言ったのである。東京の人間のすることは分からんといった感じだった。

その時、確かめたわけではないが、母にしてみれば、今日か、明日か、の重篤な病人に対して「頑張って」とは何ごとだと言いたかったのだろう。その上、ふだんだって、田舎の人間は夫のことを「旦那様」とは言わないし、書かない。まして今際《いまわ》の際《きわ》の病室に、それを貼り出すとは、どこか冷静で醒めているように感じられたのだろう。「ごっとっぱち」のように感じられたのだろう。

「旦那様」に関しては、お手伝いさんに向かって、伯父のことを「旦那様」と呼び、呼ばせていたように記憶するから、義伯母としてはごく自然の呼称だったと思う。

義伯母は伯父の原稿を清書していて、他人が見紛うほど筆跡が似ていたと前に記したが、ということは最初の読者は義伯母だったことになる。小説家にとって頼れるのは自分だけであり、剥き出しで世間に身をさらすようなものだろう。その意味では何度も言うが個人商店の店主に近い。そうした中で、ライバルたちに負けてはならじと筆を執る伯父の、いつも身近にあったのは義伯母だった。その執筆の様子を日々目にしていた義伯母は歿後、その一端を書いている（昭和五十四年刊『睨み文殊』所載、「偲ぶ草」）。

それによれば、筆が巧くすべり出すと、いきなり眼を剥いて立ち上がり、六方《ろっぽう》（六法）を踏んだり、声色《こわいろ》をやり出したりと大変な御機嫌だが、思うに任せぬ時は、「息を止めろ。五月蠅《うるさ》いッ」と、清書している義伯母を怒鳴りつけるといった文字通りの傍若無人ぶりだったようだ。そして時には、鼻をすすり大粒の涙で髭を濡らす…。笑ったり泣いたり吼えたりする様相は、少年時代にわが家の茶の間で目にした姿そのままのようだ。いかにも伯父らしい。

ポロポロと涙を流して「鼻の頭を赤くしてブツブツ口の中で呟きながら、懸命に鉛筆を走らせます。この時が自分でも納得の出来る作品になるようで、側で清書をしていて切なく胸の締めつけられる思いも度々致しました。この時だけは、『作家の女房の醍醐味かな』、とも思いました」と偲んでいる。

別の随筆（昭和四十七年記）には、「晩酌後午後十時頃就寝。午前一時頃起床、執筆。午前六時頃迄。それから主人は朝食後昼寝。午前十一時前後に起床。昼は来客と歓談して午後は世間的な雑用もしくは昼寝…」とあった（やはり出入りしていた私が感じ取って推測した通りの日常だったようだ）。夜通し執筆した伯父が寝《やす》む時は、二頭の大型犬の吠え声にもハラハラするような生活ではあるが、「このように、家人が神経を使っていて、よくもまあ息が詰まらないものかと、或る人が同情されたが、そこは又、文士のつねとして、どこかに抜けた稚気も持っているので、家族は案外カラッとしている」と義伯母は記している。

「文士のつねとして、どこかに抜けた稚気も持っている」とは、伴侶ならではの名言で、これまたいかにも伯父らしい。「どこか抜けた稚気」とは、「純」なる伯父の得も言えぬ性格を指した絶妙な上手い表現だと感心してしまう。

また、深夜の執筆中、「どの本のどの頁に、何が出ていたから持って来い」と命じることもあるという。そんな時、催促されるまま、義伯母は懐中電灯を持って書庫に探しにゆく。「史料が見当たらなければ執筆は一頓挫する。一頓挫すれば機嫌が悪くなる。私は慌てる。ようやく探しあてた時には、主人は怒り疲れて寝てしまっている…」。それでも「気持よく書き上げた時の…鼻唄をうたわんばかりの御満悦の態」を見れば、「私は、善哉。善哉。」であると記している。

若き日、雑誌の編集長を務めながら、小説を発表していた伯父は、昭和十三年、第二十三回サンデー毎日大衆文芸に入選したことを機に、文筆で身を立てることになったのだが、毎日新聞社に作品を送付したのは、義伯母の気転によるものだった。他の賞に応募して戻された小説を本名に近い「藤野荘三」名義で送ったのは義伯母だったのだ。どこかで読んだ記憶によって書いているのだが、伯父には黙って応募したということだった。筆で世に出ようと志す男にとって、内助の功などという月並みな言葉では表現できない大手柄だったわけである。

母とて兄・庄蔵（荘八）の性分は承知している。だから「庄蔵は本当に利巧でいい女《ひと》とめぐりあったもんだ」と時々は言っていたし、「もし別の女だったらどうなったか分からん。見当がつかん」とも言っていた。それでいながら、なぜ「旦那様 頑張って」の貼り紙に異論を呈したのか。伯父が亡くなった翌昭和五十四年の五月、義伯母は相続その他の一切が終わったということで新潟（小出）の母の所に報告に来ているが、その際、母は「面倒な庄蔵を世に出してもらって、本当にありがとうございました」と義伯母に挨拶している。その場に居合わせた梅田正夫氏（荘八の父、すなわち私の祖父・太郎七の生家の当主）の証言であるが、こ

執筆中の伯父、向き合って清書する義伯母
晩年の十年、帰省時の伯父は小出の隣り村に建てた家で寝泊まりしていたが、東京・世田ヶ谷の自宅での仕事中の様子を写したこの写真が二階の座敷の違い棚に置かれていた。昭和40年代の初め頃に撮られたものだろう。
裏には「北海道新聞東京支社写真部」のゴム印が押してある。足掛け18年の長期連載となった代表作『徳川家康』は昭和25年3月の北海道新聞から始まった。その後、中日新聞、神戸新聞、西日本新聞、東京新聞にも連載された。
執筆は深夜から朝方の六時頃までだったようだ。その傍には清書する義伯母がいた。勝負着ならぬエジソンバンドをつけて筆を執る伯父は、筆がうまくすすめば御機嫌だが、難渋する時は「息を止めろ。うるさいッ」と怒鳴ったかと思えば、作中人物の胸中を察して嗚咽し、時には深夜であろうとも別棟の書庫に資料を取りに行かせたりもしていたらしい。エジソンバンドの効能はともかく、よしッ、仕事だ！と気持ちを切り換える効果はあったに違いない。

とほどさように亭主操縦で苦労したであろう義伯母の大変さを母は十分に認識していた。それでも病室の貼り紙はぴんと来なかったというのである。

貼り紙は言葉に出す東京者《もん》とそうでもない田舎者《もん》の違いかも知れないし、あるいは、病状をもっと早く知らせてくれたら良かったのにとの思いが母にはあったのかも知れない。天晴れな兄嫁であることは確かだが、もうひとつ情的にピタッと来るものがなかったのだろう。ともかく母は何かを言いたかったのだと思う。それで「ごっとっぱちの、あの貼り紙は何だったんだ」となったのだろう。

義伯母も母に何かひと言いたかったようだ。母が見舞いを済ませて帰ったその日に伯父は亡くなり、翌日の通夜が一段落して、居間でひと息入れている時であった。翌日（十月二日）の密葬を前に、火葬場へのハイヤー十数台から成る車列の何号車に誰が乗るのかを世話役から聞かれて返事をしようとしていると、「きのうは、美代さんが帰ったので、はらわたが煮えくり返る思いだったわ」と、義伯母が私に向かって言ったのである。実の妹でありながら、危篤の兄を見捨てて帰ったと言わんばかりに聞こえたのであった。病状がかなり重いとは感じたが、もちろん母も私もその日のうちに息を引き取ると夢にも思っていなかったし、もともと母は日帰りのつもりだったのが、義伯母の強い勧めで泊まったのだった。

　母が一泊で帰ったのは、万々一の折、東京にいて足手まといになって迷惑を掛けてはならないという気遣いはあったかも知れないが、それだけであったはずだ。だから「美代さんには息を引き取る前に、ひと目だけでも会ってもらえたことが、せめてものことだったわ」と言ってもいいはずなんだがなあ、ものは言い様というが随分と強《きつ》い言い方をするもんだなあと思ったので、「はらわたが…」云々の言葉はよく覚えている。四十六年間連れ添った夫を見送った遣り場のない気持ちを、つい母にぶつけていたのかも知れない（大型ハイヤーからなる車列の四号車に父と私が乗り、妻は十一号車だった）。

　母と義伯母は互いに一目を置いて間合いを取り合っていたと冒頭部に書いたが、この折は、私が代わって双方からピシッと面を打たれていたようなものだった。二歳年上の義妹（母）

と二歳年下の兄嫁（義伯母）。どちらも婿取りであるが、母の場合は生まれ故郷にあって、食品雑貨を扱う店をやっていたといっても四十二歳までは母・セイと一緒の生活だったから、どちらかと言えば剥き出しで世間に身をさらす度合いは比べて相当低かったはずだ。

伯父たちは自ら進んで身を挺したとは言え、遙かに厳しい世間の目にさらされていた。筆一本、ことを曖昧にすれば忽ち取り残される世界に身を置いていた。間合いを取り合っていた母と義伯母との関係は、右のように最後の最後まで続いたことになるが、この勝負は「作家の女房の醍醐味かな」と時折は感じた分だけ義伯母が断然有利に終わった！と結論づけても、母には異義はないであろう。

七六、故里のいしぶみ、「魂魄の依り代」の除幕
――「菊ひたしわれは百姓の子なりけり」――

伯父が亡くなってから三年余り後の昭和五十六年十二月十三日、出生の地・新潟県北魚沼郡小出町の向山《むこうやま》で、山岡荘八文学顕彰碑が除幕された。年が明けた二月、私は「故里のいしぶみ」と題する短い一文を草して、伯父の胸中を察しながら、血縁に連なる者としての喜びと感謝の気持ちを認めた。これまでの記述と重なる部分があるが、左に掲げたい。

○故里のいしぶみ

（『月刊カレント』昭和五十七年五月号所載）

旧臘十三日、ここ新潟県北魚沼郡小出町は本格的な冬の到来を告げるかのように雪が舞っていた。すでに幾度かの降雪によって町並を取り囲む山々は白く化粧をしていたが、この日の朝からの降雪が田畑も家並も街路も一面に覆いつくす根雪となるだろうことは雪国に生まれた者のみが知る実感であった。この降りしきる雪の中で、山岡荘八の文学顕彰碑の除幕式が厳修された。荘八の文学碑は日光、岡崎、柳生と建立されており、縁者のひとりとして有難いの一言につきるが、此の度の生まれ故郷における歿後の建碑はまた格別の感慨が湧くのを禁じえなかった。

ふるさとを後にした者は齢とともに望郷の念を強くするともいわれるが、伯父・荘八の父祖の地へのあつき思いは齢とは無関係であった。それは生来の人一倍に親を思う深い心情のあらわれでもあったし、さらに、姉妹五人の間のただ一人の男児でありながらも故あって!?母の世話を妹に託し入婿したことが、一層、その思いをつのらせたのかもしれない。ある帰郷の折、三月の末だったが雪国の冬は長く軒下には背丈ほどの雪が残っていた。「おい、この雪を見ろ！　越後の人間はこの雪の下で……この雪の下で……」と絶句して、ポロポロと涙を流す伯父だった。

故里のいしぶみ

生誕の地、新潟県北魚沼郡小出町（現・魚沼市）向山の小出公園に建つ「山岡荘八文学顕彰碑」。歿後、3年余り経った昭和56年12月13日に除幕された。降りしきる雪の中での除幕式だった（右に立っているのは私の長男―平成3年8月―）。

十七歳で父を亡くした伯父は、その死に目に遭うことがかなわず、すでに冷たくなった父を抱いて一夜を明かしたという。映画の原作料を手にした三十四歳の荘八は母を連れて伊勢参りをした。その際には父の位牌が伴われ、宿屋では三人の食膳が用意されたという。その伯父にとって、第六十回の御遷宮に際して庭燎の番人を仰せつかったことは、筆舌につくしがたい生涯の感激であったろう。

幼少年時代の私の思い出の中で「東京の伯父さん」が泊りに来ることは、この上ないハレの出来事であった。それはいつも不気味な一面を伴っていたという意味でもハレの出来事であった。頬ずりされる折の髭によるチクチクとした痛みは我慢できても、なぜ急に泣き出したりするのか、その理由がわからなかった。父母を偲んで回忌ごとの法要を欠かしたことのない伯父は、子供の目からみると全く不可解な「荒ぶる神」でもあった。笑い、泣き、叱え、そして泣いて笑う。伯父の感情がむき出しになるのは決まって何かが心の琴線に触れた時だったのだ……ということに気がついたのは後のことだった。喜怒哀楽の振幅が大きいのは、それだけ純情であったということになろうか。墓参のあとで、ふるさとの米と雪水で醸《かも》した地酒にのどをならす時、その純情さは最高潮に達したなどと好意的に理解してしまうのは血縁に連なる者の贔屓目に相違あるまい。

伯父の遺骨の一部が故郷に帰る時、私は躊躇することなく明治神宮に参拝した。小さな骨壺とともに頭を垂れた。十四歳で上京して以来、印刷工、製本所経営者、雑誌編集者、大衆作家として、様々な人達と交わりを結んだ東京に別れを告げるには、それが最もふさわしいと思った。

父祖の地を眼下に一望する小高い山丘に建てられた石碑には

菊ひたしわれは百姓の子なりけり

と刻まれている。越後の百姓の伜であるということが伯父の秘かな誇りであり自負であった。ふるさとの温情によって新たに竣功した碑は必ずや魂魄の依り代となるにちがいない。余韻嫋嫋《じょうじょう》と降りつづく雪の中に立って、私は故人の心中を偲びつつ湧きくる感慨を抑えかねたのであった。

この拙文の一部が、すなわち「残雪を目にして嗚咽する伯父」「冷たくなった亡父とともに一夜を明かした伯父」「泣き笑い泣く『荒ぶる神』もどき不可解な伯父」の部分が、全集所載の詳細年譜に抄出引用されている。どういうわけか、兄・敏生の文章となっていた。

伯父の自伝によれば、祖父・父母・姉、そして受持ちの先生までもが反対するのを、東京の親類縁者を頼るからと説得して、十四歳（高等小学校二年）で上京した伯父の、その旅立ちの日は大正九年の十一月三日であったという。そこには「西紀で言えば二十世紀に入ったばかりの一九〇七年生れの少年が、一九二〇年の明治節という、明治とゆかりの深い日に志を立てて故郷を巣立った…ということになろうか」と書かれている。明治時代の天長節であった「十一月三日」は、大正時代の国民にとって、なお特別の日で何か新しいことを始める節目の日となっていたのだろう。しかし、正確を期すと、明治天皇のお誕生日である十一月三日が「明治節」となるのは昭和二年（一九二七）のことだから、自伝のこの「明治節の日に故郷を巣立った」という記述は少しおかしいことになるが、かねてからの明治天皇への篤い敬いの気持ちがこのように筆を運ばせたと考えるしかない。

明治天皇について語る時、伯父はいつも明治大帝とお呼びしていた。伯父の口から発せられた「明治大帝」という尊称の響きが私の耳朶《じだ》に今も残っている。その伯父の胸中を察すれば、骨壺を胸に私が明治神宮に額づいたのは伯父の遺志に添うものだったはずである。「様々な人達と交わりを結んだ東京に別れを告げるには、それが最もふさわしいと思った」のは正解だったと思う。

七七、鹿島孝二氏曰く「長谷川伸先生が、山岡君は〝大説〟を書く男だと仰有っていた」
——人生の師からのありがたき評言——

伯父に関する石碑は、「故里のいしぶみ」の他に、前に記した万葉歌碑、前項の『月刊カレント』所載の拙文に出て来る日光市（東照宮）、岡崎市（岡崎公園）、奈良市柳生（芳徳寺）の他に、名古屋市熱田区（法持寺）、兵庫県洲本市（文学の森）、栃木県那須塩原市（塩原温泉郷）、福島県いわき市平（東日本国際大学構内、伯父は前身の昌平黌短大の名誉学長だった）、いわき市川前町（「山岡荘八謹書」の磐城平藩主・安藤信正公「歌碑」）、岡崎市美合《みあい》（本宗寺の「石川数正公の墓」と刻まれた標柱）などにあって、さらに特攻隊隊員慰霊のための碑として　和歌山市（和歌山県護国神社）や鹿児島県鹿屋市（旧野里小学校跡地、桜花の碑）、茨城県鹿嶋市（神之池基地跡、桜花公園）に建てられている。このうち、「鹿屋」と「鹿嶋」の慰霊碑は、特攻隊員だった小城久作氏が私財を供して建てたもので、小城氏は、鹿屋の基地で伯父と出会い、戦後も長く伯父と交流されていた。鹿嶋は桜花隊の訓練の地であり、鹿屋は出撃の地であった（私は伯父の亡くなった際に小城氏にお会いし、その後も何度かお目にかかった。レストランを経営されていた）。

日光東照宮での碑の除幕は、小説『徳川家康』の完結を記念するもので、昭和四十四年の秋のことであった。教員一年目の私も案内をもらって参列したので、よく覚えている。碑は谷口吉郎博士の設計によるもので、碑石の上には彫刻家・高田博厚氏の手になるブロンズ製の兜（家康が関ヶ原の戦いの折にかぶっていた南蛮胴具足の兜を模したもの）が置かれていて、碑には、

人はみな生命の大樹の枝葉なり

という伯父の句が刻まれている。

除幕式のあとの祝宴で、新鷹会の作家仲間である鹿島孝二氏が祝辞の中で「かつて長谷川伸先生が山岡君のことを、彼は小説というより〝大説〟を書く男だと申しておりまして…」云々と述べたが、この言葉がその後、折々脳裡によみがえった。伯父を指して長谷川伸氏が語ったとされる「大説を書く男」との評言はどういう意味なのだろうかと。

それは長編を書いたというような単純な意味ではないことは言うまでもない（長谷川氏が亡くなった昭和三十八年の時点で、『徳川家康』は第十九巻まで刊行されていたが）。伯父には読み切りの短編も多くあって、短編だけを編集した単行本が数年ごとに刊行されていた。伯父が亡くなっ

た直後、ある文芸評論家が「山岡荘八はむしろ短編作家だった」とどこかに書いていたのを読んだ覚えがある。荘八全集の第三十六巻は「短編名作集」となっていて二十編が収載されている。そこにはユーモアもウィットもペーソスもある。和田芳恵氏の『ひとつの文壇史』（新潮社、のち講談社文芸文庫）には、新潮社の月刊誌『日の出』の編集者だった和田氏の依頼で、伯父が筆が進まず難渋する久米正雄の代作をしたエピソードが詳しく載っている。「折鶴」という作品らしい（久米正雄と松岡譲が師・夏目漱石の娘をめぐって恋敵だったことは有名な話だが、漱石の娘を射止めた松岡は出身の地・長岡市に住んでいた。そのせいからだろう、私の卒業した小出中学校の校歌の作詞者であった。「久米正雄」の名前を目にすると、いつも松岡譲の名が連想され、ついで母校の校歌が思い出されるのである）。

それはともかく、伯父の作品の根柢には、すべてとは言わないまでも、ことに長編の場合、「天下国家のより良いあり方」を志向する傾きがあった。現代風に言うと「公」への意識があって、つねに「公」と「私」のかね合いが頭にあったようだ。その意味で「私」のみを善しとしがちな戦後的価値観には距離をおいたように思われるのである。武士の生き方を描くにしても、現代の二者択一的な「私」最優先の生き方を念頭に、武士の自己抑制的な道徳の意味するものを噛み砕いて説くといった感じであった。

そうした中で人物が描かれているということを指して、長谷川氏は「大説」云々と仰有ったのではなかろうか。伯父は利己的ならざる生き方、他者と共にある生き方、即ち大乗的な、

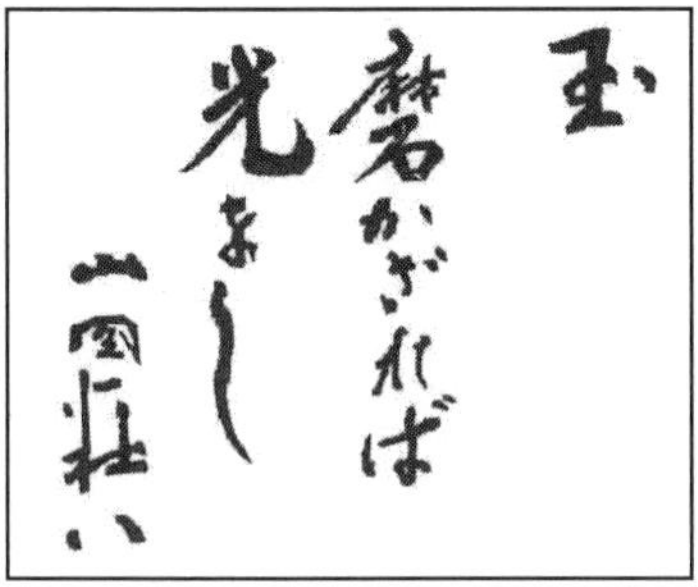

学び心の碑

浜松市立麁玉（あらたま）小学校に建つ「学び心の碑」。校名の「麁玉」とは「まだ磨かれていない玉」のことで、古くから地名とのことだ。「みがき合うあらたまの子」が同校の教育目標。“玉 磨かざれば光なし”とは、「互いに心身を磨き合って成長して行こう」という意味になる。昭憲皇太后のお歌に「金剛石も磨かずば玉の光は添はざらん 人もまなびてのちにこそ まことの徳はあらはるれ…」とある。

碑が建立された昭和46年は伯父宅の離れで新所帯を始めた年だから、この碑にはわが人生の歩みと重なるようで身近な感じがする。

自己に跼蹐《きょくせき》せざる処世の裡に「人間的真実」を見出したかったのではないかと思われるのだが、そのことを指して「大説を書く男」と評したのではなかろうか。

文士劇では終戦時自刃した阿南陸相を涙ながらに演じ、跡取りの若い住職の法話に涙を流し、故郷の残雪を見ては嗚咽し、神宮（伊勢）の式年遷宮での庭燎奉仕に感激し、「八月十五日」を国民総調和の日に！　と呼び掛け、逮捕した学生に涙する警視総監に共感し、「三島氏追悼の夕べ」の発起人代表に名を連ね、憂国忌に句を献じ、利己心を止揚して「最高道徳」に生きよと唱えた広池博士に共鳴し、国柄をわきまえない進歩派知事の言動に息巻く…。こうした心情は昨日今日のもののはずはなく、それが作品に滲み出ていないはずもない。

『徳川家康』（第一巻）の「あとがき」に、「過去の人間群像から次代の光を模索してゆく理想小説とも言いたいところである」と記した大衆作家・山岡荘八を、当人が人生の師と仰いだ長谷川伸氏は「大説を書く男」と評したのだと思う。ありがたい評言であった。

最近知ったのだが、浜松市立麁玉《あらたま》小学校の校庭に「学び心の碑」があって、そこには「玉磨かざれば 光なし　山岡荘八」と彫られている。「麁玉」(阿良多麻)とは磨かれる前の粗玉・荒玉のことで、「あらたま」は古く文献的には律令万葉時代まで遡る地名らしい。この碑は昭和四十六年に建てられたとのことで、当時の井上校長先生が知り合いの伯父に頼んで書いてもらったものという。昭憲皇太后の「金剛石の歌」を念頭におきつつ、明日の日本を、「次代の光」を思い描きながら揮毫したことだろう。

浜松市立麁玉小学校の「学校経営書」(学校案内)と公用封筒に、それぞれ切手大の大きさで小さく伯父の筆跡のまま「学び心の碑」が刷り込まれている。

七八、追いつめられた編集者を助けようと「久米正雄の代作」を引き受けていた
——久米さんは「私の名前で発表しては、相手にわるいよ」と言った——

前項で「松岡譲と久米正雄」の関係について少し触れたが、高校時代の授業で若い国語の先生が「漱石の娘・筆子」をめぐるふたりの逸話を話してくれたことを良く覚えている。

芥川龍之介が漱石の門下であることは田舎の高校生でも知っていたが、その著名な漱石の門下のもうひとりが漱石の娘を娶って近くの長岡市に住んでいることを先生は強調してい

た。その時、「松岡譲」とは中学校の校歌の作詞者のことだと直ぐに分かったが、いかにも文学愛好者らしい雰囲気を持つ先生は、松岡は結婚では勝ったが小説家としては久米の方が成功した旨を語っていた。どことなく恋が成就しなかた久米正雄に同情していたようだった。そして、久米正雄に『学生時代』という作品があると教えてくれたのであったが、後年、伯父がその久米正雄の「代作」していたとのエピソードを読んだ時、「松岡譲と久米正雄」について力を込めて語った折の先生のお顔が改めて瞼に浮かんだのであった。一ノ瀬昭彦という お名前だった。久米正雄に同情的だったのは、同じ長野県のお生まれだったからだろうか。新潟大学人文学部を卒業されていた先生は、私と小学校時代に同級だった女の子のお姉さんと結婚して小出に根を下ろされた。

伯父の小説は長編の『徳川家康』がベストセラーとなったため、時代小説家のイメージが強いが、時代物、現代物、長編、短編を問わずいろんなジャンルの作品を書いている。若き日の伯父が「久米正雄の代作」をしたという和田芳恵氏の証言は、伯父の人物像をも語られているように思われるのでやや長くなるが大略を記してみたい。この「久米正雄の代作」をした話は、いまでは知る人ぞ知ることになっているようだ。

それは和田芳恵著『ひとつの文壇史』（昭和四十二年刊）の中の「偉丈夫、山岡荘八」という小見出しがついている章で述べられている。

『日の出』昭和十二年二月号の「ほとんど、締め切り間ぎわのこと」、予定された久米正雄の原稿が入らず「窮地にたった私が、山岡さんに、実情を打ちあけて、久米さんの創作意欲をかきたてるようなものを書いてほしいと頼んだ」というのだ。この時、すでに伯父は「朝の晴衣」と題する小説を入稿済みで、和田氏の頼みを耳にすると「山岡さんは、気軽な調子で、『やっつけましょう』と、私に約束してくれたが、ひと晩で、原稿を書きあげてきた」。「作者名のはいっていない原稿は、私が読んでいるうちに、気が遠くなるほど、すぐれた作品であった」。和田氏が久米氏に会って、「この〔折鶴〕を読み終るまで待っているうちに、『これはうまい』と、いく度も嘆息まじりに言った。『これを私のものとして発表しては、相手にわるいよ』と、久米さんは遠慮した」。和田氏は「いいんですよ、この新人は、この程度のものなら、いつでも書けますよ。すべては、こちらにまかせていることですから、ちっともかまいません」と言って、「原稿に手を入れてもらうことにした」。和田氏は続けて「〔折鶴〕の、用字の癖などは、久米正雄流に手を入れているが、内容はそのまま、山岡荘八のものである」と記している。

久米氏は伯父よりも十六歳年上で、伯父は三十一歳だった。昭和十二年は、サンデー毎日大衆文芸入選の前年で、伯父の〝シャーロック・ホームズ〟物、コナン・ドイル原作『緋色の研究』の翻案「復讐の天使」を書いた翌年だった。

ちなみに和田氏には『一葉の日記』（昭和十八年刊）などの代表作があり、戦後、直木賞や読売文学賞、川端康成賞などを受けている。伯父と同世代で、伯父より一年早く生まれて、

歿年も一年早かった

さらに和田氏は次のように記している。

「この二月号が出た、すぐあと、銀座で、山岡さんが仲間のひとりにあったら、『久米さんの［折鶴］を読んだか。このなかには、短編小説の手法のほとんどがとりいれられている。勉強のために、よく読んでみるんだな』と言われた。

『読んだよ。たしかに、あの小説は、久米さん一代の傑作だな』と、山岡さんは、まじめな顔で答えたそうである」

和田氏の回顧はここで終わらない。次のように続く。

「編集という仕事は、毎月、かならず食うか、食われるかの、どたん場にたつ。しかも、締め切りにせめられながら、一定の期間内に一冊にまとめなければならない。このとき、私は、追いつめられていた。これよりほか、しようがないと考えて、山岡さんをわずらわしたのであった。しかし、この一冊ができあがって、『よく、久米さんに［折鶴］のような作品を書かせたな』と言われるたびに、私は、気持ちが滅入ってしまうのであった」

締め切りに追われるあまり読者を欺く結果になったことで、編集者として、「私は、気持ちが滅入ってしまうのであった」としているのだと思うが、それだけではなく「代作はおそろしい」と振り返っている。「代作をしたために、自分の作品を書けなくなった人たちを、私は多く知っている。他人のものなら、水を得た魚のように生き生きするが、自分のものを書こうとすれば、持てる力が、ほとんど、出せなくなってしまう」からだという。他社のライバル誌に負けまいとして定期刊行される出版界の内情を知る者にして初めて言えることだと思う。「最初に、手っ取り早く金がはいるのではじめた代作が、ついに代作業者となって、卑屈な生き方に変るからであろう。／山岡さんの、この場合は、自分の作品が掲載されることに決まっており、なお、その余力をかって、追いつめられた編集者のひとりを助けようという侠気から打った、ひとり芝居なのであった」。

和田氏は伯父に代作を依頼したエピソードを語るに先立って、その三年ほど前、初めて会った際の壮絶な場面をも記している。

伯父が吉川英治氏の弟、晋氏と逓信官吏養成所で一緒だったことは前に記したが、その晋氏が結婚することになり知友がもうけた「青春惜別会」の場で初めて伯父を見かけたという。昭和九年三月のことだった。「山岡荘八という人間像を、私に、はっきりと、このとき焼きつけたのは、和気藹藹《あいあい》たるふんいきを突き破って、突然、山岡さんがあばれだしたからである。／宗達の風神のように、荒れくるう山岡荘八は、大きく見え、とらえて、なだめにかかる人たちを引きずりながら、手におえない感じであった。晋さんに聞いても、どうして、あんなに荒れたのかわからないと私に言った。非力な私も、留め男のひとりになって、苦もなく突きとばされていた」。後日のことのようだが「この日の騒ぎを山岡さんにたずねたが、その原因はやはりわからないという。『雄心勃勃たるものがあった』というところ見ると、青年の客気にかられてのことだろう」と、かなり好意的に振り返っている。

初対面の場で「風神のように、荒れくるう山岡荘八」を目にしているのだから、ふつうは呆れ果ててもう御免だとなるだろうが、そうならないものが和田氏に、そうさせない何かが伯父にあったのだろう。その後、土師清二氏を中心とする句会で顔を会わせるようになり、「私は急に山岡さんと親しくなった。山岡さんと、これからの大衆雑誌のあり方などを話しあっているうちに意気投合した」と記している。前に述べたように、この時から十年余り後の戦後の昭和二十一年秋、伊藤整氏や平野謙氏、福田恆存氏らとの「メンバー、ゴッタ煮」の座談会で、伯父は「大衆文芸と通俗文芸は別物で混同してはならない。大衆雑誌を覆っている通俗性を大衆性に置きかえる戦いが、僕らの務めだ」旨を語っている。和田氏にも似たようなことを語っていたのだろうか。

意気投合したと言いながらも『日の出』に初めて伯父の小説が掲載されるのは初対面から二年後の昭和十一年三月であった。編集者・和田氏が「原稿を見せてくれませんか」というと「山岡さんのいたずらっぽい目が、きらりと光ったようであった」。「見せてくれませんか」というのは、気にいらないときは、ただで原稿を返すということなのである。〝大雑誌〟という、いやなことばがあって、ここでは、なかなか新人を登用しなかった」と和田氏は回顧している。

それから、「山岡さんは、原稿を書いては持ってきた」。和田氏が「あれこれ小さなところまでだめを出し、それを山岡さんが反駁して、ついには互いに殺気だったりした。けんか別れのようになっても、また山岡さんは原稿を持ってきた」。

時に「風神雷神図」を髣髴させるかのように荒れ狂った男は、侠気から一肌脱ぐ男であり、わが理想を熱く語る男でもあったということだろう。これら皆、「純」なる真情から発しているのであるが、同時に、その男は努力を厭わぬ男でもあったのだ。

七九、居間に掲げられていた短大「名誉学長」の委嘱状
――二時間に及んだ就任挨拶、オープンカーで目抜き通りめぐる――

昭和四十一、二年頃のことだったと思うが、伯父宅を訪ねた折、居間の鴨居のところにやや小ぶりの額縁が掲げられていたのを目にした。あれッ何かなと思ってよく見たら、伯父を「昌平黌短期大学」の名誉学長に委嘱するという文書であった。この頃、港区にあった秘書養成のビジネス学院の名誉院長でもあったと記憶する。私がしげしげと額縁を見上げていると、伯父は「昌平黌は幕府の学校だ。侍はな、みんな儒学を学んでいたから、国中どこへ行っても議論を闘わすことができたんだ。刀を振り回す武士に学問がなかったら危なくてしかたがないだろう。戦国が収まって徳川が天下太平になったのは容易なことではなかったんだ」と言うのだった。妙に真面目な口ぶりだった。委嘱状が日常的な居間に掲げられていたので

面白いなと思ったことも記憶に残っている。半ば照れ臭かったのだろう。

昌平黌とは徳川幕府の教学機関・昌平坂学問所（東京大学や筑波大学等の前身）のことで、『言志録』で名高い佐藤一斎が幕末期には塾頭を務めている。佐藤一斎の高弟・山田忠蔵から儒学を学んだ田辺新之助（哲学者・田辺元の父）が開成中学（明治四年創立）の校長時代に開設した夜間部が、独立して昌平中学（神田駿河台）となり、戦後は夜間の昌平高校となっていた。その学校が、公立の定時制高校が整備されるなどの社会情勢の変化に対応するべく、新たに昌平黌を校名に冠した短期大学として歩み始めるにあたって、一肌脱いだのだった。

田辺のあと開成中学の校長を務めた漢学者・橋健三は加賀藩の出身で、その後昌平夜間平中学の校長として長年にわたり勤労青少年の教育に尽力するが、三島由紀夫氏の母・倭文《しず》重《え》は橋健三の次女であった。

名誉学長就任までの経緯は学校法人昌平黌理事長・田久孝翁氏の『苦節九十年昌平黌学園の歩み』（平成三年刊）に詳しい。田久氏らの強い要請に「いまどき昌平黌を名乗る大学があったのか」と関心を示したものの名誉学長をすんなり引き受けたわけではなかったようだ。就任に際して、「昌平黌精神の樹立」「名誉を重んじ教育に徹する」「大和心を以て行義とする」「人間形成を使命とする」「教職員の団結を旨とする」の五つを守るとの約束があったという（短大としての発足を機に福島県いわき市に移転して、のちに校名も「いわき短期大学」となり、さらに平成七年には「東日本国際大学」を併設している）。私は田久理事長とは伯父の葬儀の折（昭和五十三年十月）にお目に掛かったし、平成になっていわき市の短大まで訪ねている。常磐線平《たいら》駅（現「いわき」駅）下車で徒歩十五分程だった。

名誉学長就任は昭和四十二年七月のことだったようで、短大全学関係者を前に同年九月四日に行った就任挨拶は二時間にも及んだということである。「次代の光」を求め願う伯父の真面目さが察せられる。そして入学式と卒業式の際には出向いて「祝辞」を述べている。右の田久理事長の本には、壇上に立つ伯父の写真が載っていて、その背後に写っている式次第からは「六、名誉学長祝辞」の文字が読みとれる。どのような祝辞だったのだろうか。日本を語り、世界を語り、若者の明日を語って、少々長広舌になったのではなかろうか。理事長もそれを望んでいたことだろう。さらに就任した年の十一月の大学祭では、学生たちの仮装行列を率いる形で用意されたらしいオープンカーに、理事長とともに収まっている写真も載っている。

オープンカーで街中をめぐると言われた時、伯父はどんな反応をしたのだろうか。一瞬、エッと思ったことは間違いないだろうが、直ぐにニコッとして「理事長さんの言う通りに従いましょう」となったであろう。大学経営に心を砕く理事長の胸中を思いやったに違いない。同時に「オープンカーで通りをめぐるのもいい経験になるなァ」と、腹の中ではニヤリとしていたことだろう。この時、伯父は六十一歳で、亡くなるまでの十一年間、名誉学長だった。

理事長の要請に応えて名誉学長を引き受けた際、伯父は、昌平中学の校長を長らく務めた橋健三（昭和十九年歿）が、三島由紀夫氏の母方の祖父であることを知っていたのだろうか。というのは就任三年後の昭和四十五年十一月に発生した三島事件の折、伯父は前に述べたように事件後半月あまりで開かれた「三島由紀夫氏追悼の夕べ」で十二人の発起人代表に名を連ねているし、翌年の第一回の憂国忌では献句もしているからである。もちろん、三島氏が自決の際に発した「…生命尊重のみで、魂は死んでもよいのか。生命以上の価値なくして何の軍隊だ」云々の檄文に感じるものがあったからではあるが、何となく気になるのである。私が三島氏の祖父が昌平中学の校長を長らく務めた方だったということを知ったのは、田久理事長の著書からで、既に伯父が亡くなってから二十年近い時が流れていた。勝手な私の推測だが、檄文だけではないものが少しはあったような気がするのである。

いわき市に出かけた折は理事長宅に何度も泊めてもらったようだ。そうなれば、当然酒であるが、その前に「先生がお出でになることがわかると、部落の青年達や私の友人等が大勢集って来て、二階の二十四畳半の座敷がたちまちすしづめの状態になり、先生お得意の歴史話に花を咲かせた」と田久氏は記している。やがて酒宴に移り、「酒がまわって来ると、語気が荒くなって来る。先生はこの語気が荒くなることを、自分でも良く知っているので、酒の肴よりも、酒の相手を選ぶ方が難しいのだということがだんだん回を重ねるほどにわかってきた」。「先生は非常な酒好家で一晩でも飲み続けることがあるが、相手を選ぶことが難しい。誰でも良いというのではない、必ず相手を聞く」とも記している。

戦時下、荘八36歳の折の筆跡

いわき短期大学・東日本国際大学構内に建つ山岡荘八文学碑に刻まれている筆蹟（「大学案内」から）。学校法人昌平黌の田久孝翁理事長の著書によれば、戦時中の昭和17年、36歳の伯父が揮毫したもので、三十余年間、伯父宅の書庫に収められていたものを再び“義”を示す時が来たと判断して「私に送って下された」ものとのこと。

確かに筆跡から、若き日の、戦時下壮年期の伯父の緊張した胸中が察せられる。筆遣いに関しても相当な努力を重ねていたのではなかろうか。署名の「山岡荘八」は後年のものと思われる。

談論風発止まる処を知らずは良いとして、飲むほどに元気になって、「少しでも意見が喰い違うと『馬鹿野郎』を連発して、頭の一つでも殴られそうになるかと思うと、また大きな涙をポロポロ流しながら『このままでは日本は駄目になってしまう…』」といった感じになって、やはり私が少年期に目にした酔態と似たことになっていたようだ。「このままでは日本は駄目になってしまう…」と涙をポロポロ流すあたりが伯父らしいところで、「公」のより良きあり方を願う胸中をさらけ出している。

吼えたり泣いたりとなったのは、それだけ理事長に心を許したことになるのだが、伯父の「純」なる真情を、小説家である伯父の常ならざる性分の真底を、分かってもらえたからこそ、「酒の肴よりも、酒の相手を選ぶ方が難しいのだ」となったはずで、お礼を言いたいところである。恐らく伯父の泣いたり笑ったり吼えたりする様相だけで、「山岡荘八」を見て欲しくないとのお考えから、「酒の相手を選ぶ方が難しい」となったと思われるのである。

昭和五十一年、短大創立十周年を記念して、構内に文学碑が建てられ、そこには「行義以達其道」（義を行い以て其の道に達する）と刻まれている。『論語』季氏篇第十六・十一の一節で、〝正しい道、「義」の精神は広大無辺であり、世に用いられなくともその初一念を貫いて、天下に広く義の道を行う〟との意になろう。伯父は「今の日本人に一番欠落しているものは〝義〟の精神である。それを教えるのが本当の教育というものだ」とくり返し語っていたという。短大を訪れた折、私は立派に表装されたこの碑の拓本を頂戴した。

八〇、「子供に大人の批判など言わせるな」と言った
――進歩派批判の随筆に、私が「甥の大学生」として登場していた！――

伯父はもともと教育には関心があった。日々、「過去の人間群像から次代の光を模索」しながら筆を執っている小説家なら当然だろうが、子育てには大袈裟にいうと一家言があった。それは「子供に大人を批判させてならない」というもので、時代の風潮とは向きが逆だった。私が教職に就く前年の昭和四十三年頃だったと思うが、ある晩、訪ねた私に腹立たしそうに「子供に大人の批判など言わせるな」と言ったのである。具体的には忘れたが何か世間を賑わすような少年事件があって、その真の原因は子供を甘やかす誤った教育にあるという意味であった。「十歳《とお》や十一《じゅういち》歳の子供に善悪を聞くのは間違っている。大人への批判などさせ

てはならないよ。子供は自分に都合のいい方を善いと言うに決まっているだろう。こんなことで子供が育つはずがない。人間が駄目になるんだ」と歯がゆそうに言ったのであった。

若造の身の私がそれまで考えもしなかったことであったが、なるほど、そうだ!、その通りだと思ったのである。この伯父の言葉は、『小説岸信介』の「あとがき」に見られたように、所謂進歩的文化人の言動を嫌っていた伯父の戦後教育批判といっていいが、私も中学生の頃から、家で購読していた朝日新聞によく登場する中島健蔵氏や千田是也氏、青野季吉氏らの政治批判の談話などを通して〝進歩的知識人〟には違和感を覚えていたので、感心しながら聞いていたのであった。それ故に記憶に残ったのだろう。

当時も、現在と同じように、やたらテレビは子供にマイクを向けて大人への批判的言辞を言わせようとしていた。子供の意見をそのまま面白おかしく持て囃して拡散していた。

取りわけこの頃は、「七〇年安保」の前夜で、中国・毛沢東の奪権闘争、文化大革命の影響もあって多くの名のある大学では、著しく政治偏向した活動家の学生が自治会を牛耳って、教室棟を机や椅子で封鎖して授業を不能に陥れたり、大衆団交と称して学生部長や学部長を取り囲んで高飛車に要求を突き付けたりしていた（東大では、学生の要求に応じない林健太郎文学部長が一週間余りも監禁される事件を引き起こしていた）。

伯父には、もっともらしく権利要求が掲げる左翼学生も、非行で補導される中学生も、根っこは同じで、若者が年配者を軽んずる情動から発していると見えたのだろう。連日報じられる師を師とも思わない革命思想にかぶれた学生達の言動も念頭にあって「子供に大人への批判などさせてならない」という言葉に力が入ったに違いないが、真意は、世の大人達よ、次の世代のためにも、もっとしっかりしようぜ、というところにあったはずである。

伯父自身もかなり腕白でやんちゃな少年だったから、それだけに大人の風圧を感じながら成長したという記憶が体に染み込んでいたと思われる。結果として子供を甘やかしてしまう戦後の教育思潮が、伯父には気に食わなかったことは間違いない。伯父のこの言葉は、その後ずっと頭の隅にあって、何かの折にはよみがえって私を内省させたのであった。

教育への関心と「公」への関心はもとより同根だが、「総調和運動」にも関わっていたのだから政治の動きも、伯父は注視していて現状を批判する随筆を結構書いている。その中に、私が「甥の大学生」として登場する一文があった。いま再読して改めて小説家らしい文章だなあと思ったのである。その要旨を掲げてみたい。

それは新鷹会の『大衆文芸』昭和四十二年四月号に載っている連載随筆「八方放言録(12)」で、同年四月に予定されている都知事選について述べたものであった。題して〝東京島対決〟。この選挙では社会共産両党推薦の美濃部亮吉候補(前東京教育大学教授)が、かなり接戦だったと記憶するが松下正寿候補(立教大学総長、自民民社両党推薦)を破って、所謂「革新都政」が初めて出現する。随筆は両者の出馬が確定した時点で書かれている(公明党は独自候補を擁立していたはずだ)。美濃部氏と松下氏の選挙戦を「何れが武蔵か小次郎かは別にして」「武蔵と小次郎の巌流島決闘」になぞらえて〝東京島対決〟であるということで、それがタイトルとなっていた。

伯父はこの選挙を「氷炭相容れない日本の思想界の対立」として捉え、「反体制・革命主義」陣営と「体制・議会主義」陣営の争いと見立てて、労働界での総評と同盟の決闘、政党レベルでの社会党と民社党の血闘であるとして、米ソ冷戦を背景とする南北朝鮮の対立や南北ベトナムの紛争（ベトナム戦争）などを頭に入れて書いている。もちろん伯父の立場は旗幟鮮明で、左翼アカデミズムの大御所と目される向坂逸郎《さきさか》氏（もと九大教授）や大内兵衛氏（もと東大教授）らが美濃部氏を知事選に引き出したとして、「（反体制陣営が）候補者難で困っているところへ、九大の向坂老教授と共に老いの一徹、いよいよマルキシズムに凝り固まった大内老教授が、その愛弟子の尻を叩いて否応云わさず巌流島へかり立てたと、私は見ている」と真相を推測している。

そして「美濃部をこの島に駆りたてた大内老剣士は、その盟友向坂剣士が、三池の争議指導にあたり、例の大牟田の街ぐるみ戦術から、流血を惜しまぬ大海戦までやってのけながら、ついに惨敗してのけた無念さを忘れている筈はない」とか、「正義は革命と思い込み、手ぬるい議会主義では到底社会党の天下は来ない。…そう計算した老剣士が、東京ジマこそ、最も有利な乾坤一擲の決戦場と判断して、都の公安条例の改廃という秘剣を持たせて美濃部剣士を送り出した」とかという文章が続く。

こうした書き方を見ると、伯父が進歩派に相当な嫌悪感を抱いていたことが分かる（「大牟田の街ぐるみ戦術」の惨敗とは、昭和三十年代半ば、向坂教授が石炭産業の斜陽化を背景とする三井三池炭鉱の労働争議を社会主義革命の導火線にしようと労使対決を煽って挫折したこと。公安条例とは、集会やデモなどを公共の安全と秩序を維持する観点から規制する地方公共団体制定の条例のこと）。

随筆は美濃部、松下両氏による対決が確実となった状況を述べたあと次のように展開する。

「かくして、両者は東京ジマにあがった……と、ここまで来た時に来客があった。／『オヂサン、何を書いているんですか』／甥の大学生だ。その大学生が卒業免状を見せに現れたのだ。私はあわてて机上の原稿紙を片寄せて、咳一咳《がいいちがい》、たずねてみた。『君は、松下派かね。それとも美濃部派かね』／すると彼は、フフンと笑って答えたものだ」

このあと「甥の大学生」との一問一答となるのだが、必ずしも咬み合わない。この大学生は「ボクは、ゼンガクレン（全学連）じゃありません」と言ったり、「もう一つ別の学校に行くんです。右を見て、左を見て……、一方ばかり見ていると、馬車馬になりますからね」と言って「私」をやや安心させるが、「オヂサン、老いの一徹をやめた方がいいですよ」「自由に背を向けて、やたらに号令したがることですよ。若い者だって、ちゃんと自由の大切さぐらい知っています」などとたしなめたりもしている。

随筆は次のように終っている。

「『わかった。あとは云うな。わしはお前に決して鞭を当てようとは思っていない。思うままにウロウロしてみるさ。それが青春なんだ。時に、君は巌流島の決闘を知っているかね』
『巌流島……吉川さんの宮本武蔵と、村上のオヂサンの佐々木小次郎ですか』
『まあそんなものだ』
私は、それ以上東京ジマの話を持出す気がしなくなった。歴史を決定してゆくものは、老剣士の悲壮な決闘の覚悟なのか、それともこうした一見無関心な常識なのか……」（…の箇所はママ）
この一文の載った『大衆文芸』は、三月下旬、立正大学（夜間の史学科）への編入学の手続きで保証人を頼みに行った時、義伯母から「健生さんのことが書かれているわよ」と手渡されたのであった。『大衆文芸』は都内のいくつかの書店でも購入できたが、この号に関しては刷り上がってホヤホヤのものを義伯母から直にもらったのである。翌四月には『徳川家康』の最終巻（第二十六巻）が刊行されている。
甥が卒業証書を見せに来たとか、もう一つ別の学校に行くと言ったというのは本当であるが、「オヂサン、何を書いているんですか」と尋ねたという箇所も含めてほとんどが伯父の創作であった。なるほど、小説家というのは虚実を巧みに織り交ぜて、自分の考えを文章にするもんなんだなと当時、一読して思ったが、今回改めてそれを感じたのである。
この随筆〝東京島対決〟では、時流の左翼思想になびきそうもない「一見無関心な常識」

的な若者を登場させることで、「マルキシズムに凝り固まった大内老剣士」の頭の中が浮き世離れしたものであることを指摘したかったのだと思われる。同時に「オヂサン、老いの一徹をやめた方がいいですよ」と言わせることで、伯父自身も、所詮マルキシズムは徒花であるにしても、その言い方が短兵急になってはならないと自戒しているようにも思われるのである。

八一、気になっていた『海底戦記』を読む
――「戦中の記念碑的長編、『御盾』のみを躊躇することなく収録した」――

伯父の小説で、どのようなものだろうかと以前から気になっていたものがあった。かつてその著作巻末に時たま掲載されていた著者紹介欄で目にした第二回野間文芸奨励賞（昭和十七年）受賞作、『海底戦記』である。幸いにも平成十二年八月、中公文庫に入ったことで容易に読むことができたが、一読して、そのノンフィクションタッチの文章にまず驚いた。戸高一成氏の解説には「日本海軍が勝利の時期にあったころの潜水艦の戦いを見事に描いたドキュメンタリーノベルであり、日本海軍と日本国民が、〝かくありたい〟と考えた潜水艦戦の姿だったのである」とある。「山岡荘八」の筆名を使い始めて十年目、第二十三回サンデー毎日大衆文芸入選から五年目、三十六歳の時の作品である。

海軍報道班員として昭和十七年春、マレー半島・ペナンの日本海軍潜水艦基地にあった伯父が、ペナンから佐世保まで、帰国する潜水艦に同乗した体験をベースにしながら、潜水艦の対空母戦の模様を描いた小説である。妙な譬えになるが、ピカソの「泣く女」や「ゲルニカ」を見慣れた眼には、その若き日のデッサンを目にするとこれが同一人物のものかと驚かされると思う。しかし、このデッサン力が基礎にあればこそのピカソの作品である。そうした驚きに似たようなものを『海底戦記』に感じた。このリアルな観察力と筆力があってこそ、その後のさまざまな小説が生まれたのだと思った。そして、艦長以下、戦いに命を懸ける乗組員たちのキビキビした動きを正面から描写しているところに、壮年期の、戦時期の、伯父の人生姿勢を垣間見た思いがしたのである。

これに続く作品に『御盾《みたて》』がある。昭和十八年一月から昭和二十年四月にかけて『キング』（のち『富士』に改題）に連載されたものである。

日本海海戦（日露戦争）で示された日本海軍の力に怖れを覚えた米国は、自らが主導したワシントン会議（大正十年、一九二一）で主力艦の保有量を米5・英5・日3の比率とすることと併せて日英同盟の廃棄に成功する。さらにロンドン会議（昭和五年、一九三〇）では日本は補助艦までも制限される。何としても日本の海軍力を殺《そ》ごうとする米国の真意がわからず軍縮を軍備負担の軽減であると歓迎する声が国内にある中で、海軍はどう国防の責めを果たすべきかがテーマとなっている作品である。ワシントン会議の全権団の一人が不首尾をわびると、東郷元帥は「しかし、いかな英米も、訓練まで制限は出来まいからなあ」と洩らしたというが、海の防人たる海軍軍人一人ひとりが軍艦の削減を補う「御盾」となるべく精励する姿を中心に、米国の陰に陽に平和をほのめかす巧みな外交戦術、それに翻弄される国内世論、日米間の思想（国柄、宗教、家族観、恋愛観…等々）の差違などを絡ませながら展開する「大説」である。

「兵学校の巻」「猛訓練の巻」「黎明の巻」とあって、ワシントン会議から十年後のロンドン軍縮条約の締結では、統帥権干犯問題が起こり浜口雄幸首相の遭難事件につながるが、「本稿は一先ずこゝで擱筆」するとして首相遭難で筆を止めている。全集の詳細年譜によれば昭和十九年六月に『御盾—兵学校の巻—』が刊行されている。全体が出版されるのは昭和四十八年刊行の大衆文学大系28が初めてである。尾崎秀樹氏の解説には、『海底戦記』の「熱気の中で連作小説『御盾』を書いたのだ」とあった。そして「単にその経過を述べるだけでなく、そこに登場する人物それぞれの風格や心理の動きがそれなりにとらえられ、彼らをめぐる女性像の描出もあって、小説としてのおもしろみを添えている」とも評している。

海軍の軍縮は対外的駆け引きではあったが、その蔭で思想の分裂が国内に萌していたことを示唆する小説ともなっている。

例えば、ワシントン軍縮条約の締結は、戦艦保有数制限から建造中の「土佐」四万五千トンを自らの魚雷で葬らざるを得ない無念の結果をもたらした。その一方で、「或る憲法学者は帝国大学の教壇にあって、憲法第一章第一条を学生たちに教えなかった。或る政治学者は、マルキシズムの実践を学生に強い、或る代議士は、議場で軍備の全廃を叫んだ」との記述がある。明治の開国以来、国際社会に躍り出た「近代国家日本」ではあったが、その荒波にもまれているうちに、指導者層の中に自己を見失って動揺する者が生まれていたことを描かんとしているかのようであった。大正から昭和初年において、既に今日と類似した思想の混迷があったということになろうか。

さらに詳細年譜によると、『御盾』は伯父にとっては「戦中の記念碑的長編」で、「この年（註・昭和四十八年）、講談社から大衆文学大系が出る時、作者は躊躇するところなく右全（註・『御盾』の全三巻の意）のみをこれに収録した。作者にとっては、大変愛着の深いものだったためである」とある。戦争が過ぎ去ったかに感じられる戦後の日々にあっても、「時代小説家」との世評が確立したと見ていい昭和四十年代の後半にあっても、伯父にとっては戦時中の記憶は身近なものだったのである。「躊躇するところなく」『御盾』の全巻「のみ」を収載したところに、やはり伯父の生き方が示されていると思うのである。冒頭で触れたように、年譜は杉田幸三氏の手によるものであり、長年にわたって伯父のところに出入りしていた氏は事情を十分ご承知だったと思われるから、「躊躇するところなく」云々はそのまま受け取っていいはずである。

「山岡荘八」は、確かにには時代小説家ではあったし、長編短編いろいろな時代物が多くある。

歌舞伎の原作となった短編もある。しかし、それだけではなかった。そうした範疇では捉え切れないところが多々あった。

『御盾』に関連して、私にとって実に印象深い左記のようなことがあった。

『台湾人と日本精神《リップンチェンシン》』（小学館文庫）の著者・蔡焜燦《さいこんさん》氏は昭和二年のお生まれで、終戦時は岐阜陸軍整備学校奈良教育隊に属しておられた。台湾の半導体関連の大メーカーの創業者であり、司馬遼太郎氏の『街道を行く40—台湾紀行』（朝日文庫）に老台北《ラオタイペイ》の愛称で登場する方としても名高い。「台湾歌壇」の代表も務められた。その蔡氏に、平成二十年五月、都内でお目にかかったことがあった。その折、蔡氏とごく親しくされていた三宅章文氏（三宅〈黄〉教子「台湾歌壇」前事務局長の兄君。不二歌道会会員で剣道四段。在台湾の三宅女史には、歌集『光を恋ひて』—平成二十四年刊—がある）が「この方は山岡荘八の甥御さんです」と紹介するので、いくら蔡氏が「愛日家」を自称するほど日本のことに関心をお持ちであるにしても、このような紹介の仕方では戸惑われるのではなかろうかと少々訝《いぶか》っていると、「ふむッ、山岡荘八？」と仰有ったかと思うと、「そうだ、『御盾』だ。『御盾』がある」と言われたのである。

これには本当に驚いてしまった。『御盾—兵学校の巻—』の刊行は昭和十九年であり、奈良教育隊時代に読まれたのだろうか。それとも、それ以前の雑誌連載時から読んでおられたのであろうか（連載は昭和二十年の春まで続く）。「そうだ『御盾』がある」とのお言葉にも驚かされたが、ご記憶の確かさにも本当にビックリさせられてしまった（この時は、かねて気に掛けていながら、私はまだ『御盾』を読んでいなかった)。

終戦時、蔡氏は十九歳である。当時の若者の心に強い印象を刻んだということだろう。その戦中の小説は著者にとっても後々まで愛着を覚える作品だったのである。

八二、なぜタイトルが『小説太平洋戦争』となったのか?
——主権回復二十周年記念国民大会の会長を務める——

小説家・山岡荘八を語るには、昭和三十七年から足掛け十年にわたって、ある時期、『徳川家康』と併行して書かれ、『講談倶楽部』(のち『小説現代』と改題)に連載された「小説太平洋戦争」を見落とすわけには行かない。なぜ昭和三十七年になって書き始めたかについて、「私にとって忘れることの出来ない先輩、吉川英治先生が実は、物語戦史的な作品を海軍側から委嘱されていた事実を私は知っていたからで」、「私が、昭和三十七年までこれを書き出さなかったのは、あるいは先生が書き出されるのではないか……というためらいが私にはあったからである」(「あとがき」、単行本第九巻所載。…の箇所はママ)としている。吉川氏は昭和三十七年九月、七十一歳で亡くなっている。

単行本で九巻となった『小説太平洋戦争』は、これまた「大説」であって、山岡荘八歴史文庫に収められている。『御盾』の姉妹編と言ってもいい内容であるが、『御盾』の方は、戦時中の作品であり海軍士官の立場に身を置いて書いた感じのものだけに、戦局の行方への期待と危惧とが綯《な》い交ぜの執筆時の緊張した胸中が察せられるような筆致である。それに比べて、『小説太平洋戦争』は砲火が収まった戦いをじっくりとふり返り、後世のためにその真相を書き留めておかなければならないといった感じの筆遣いとなっている。『御盾』は三十歳代後半のものであるが、五十六歳から書き始めたのが『小説太平洋戦争』であった。

ところで、日本の戦争を描くのに、なぜそのタイトルが『小説大東亜戦争』とならなかったのか。『御盾』の末尾「作者附記」には「稿を改めて〈大東亜戦争の巻〉を開戦前夜の風雲の中から書き起してゆきたいと思っている」とあった。それが『小説太平洋戦争』となった理由をもし尋ねることができるとしたら、伯父は「そのことは分かっているよ」と軽く手を振るような気がする。

伯父とても、被占領期（主権喪失期）の出版報道が占領軍の検閲下に置かれて、日本側の呼称である「大東亜戦争」がデリート、削除され、代わって「太平洋戦争」の語が強要されたことを知らないはずがない（実際に他の作品の中にはごく自然に「大東亜戦争」の語が出て来る場合がある。ちなみに米国側は対日戦争を対独のヨーロッパ戦線 European Theater に対して「太平洋戦線」Pacific Theater と呼称する場合が多かったようだ）。海軍報道班員の故だろうか、『海底戦記』『御盾』『元帥山本五十六』などの作品で戦意を煽ったと占領軍が判断したせいだろうか、戦後「公職追放」（昭和二十二年一月〜二十五年十月）になっている。詳細年譜によれば、右の著作のほかに、例えば「武士道拾遺」（「母、切腹、義理、意地」）を大衆文芸（昭和十六年一月～四月）に、「軍神杉本中佐」を富士（同一月～十二月）に、「アギナルド将軍」をキング（昭和十七年三月）に、「硫黄吹く島＝栗林忠道大将伝」を週刊朝日（昭和二十年四月～七月）に等々と、進駐して来た占領軍が気になったであろう作品を数多発表している。「軍神杉本中佐」は、支那事変で出征中、山西省で被弾陣歿した杉本五郎中隊長（昭和十二年歿、享年三十八歳）の忠烈無比、至正至純な生き方を描いたもので、翌昭和十七年には単行本となって講談社から刊行されている。

言うまでもなく、公職追放の主体は外から来た占領軍であり、それは「敵国」日本への砲火なき軍事作戦であった。政治家や官僚、軍人ならともかく、公職ならざる民間の言論人に対する公職追放の指名は心理的な圧力そのものであり、思想抑圧の攻撃であった。しかし、民間人だから追放中も作品を書き発表することはできる。検閲という制約はあっただろうが、伯父も結構書いている。『徳川家康』の新聞連載が始まったのも、追放解除の七ヶ月前だった。ともかく、追放の指名をうけたことは、「骨のある日本人である」と占領軍が認めたことにほかならないから、主客ところを替えれば追放は名誉なことだったのだ。

世田ヶ谷区若林町の旧宅時代、隣家が占領軍に接収され夜な夜な怪しげなパーティーが開かれたという。それにカチンと来て、正月が来るや、これ見よがしに大きな「日の丸」を玄関に掲げた、と伯父は何度も語っていた。占領下にあっても国威を示そうとしたのだろう（正月の数日に限って国旗掲揚が許された。しかし、実際に掲げた家は稀有だっただろう。昭和二十四年一月からは国旗の自由使用が許可される。これが被占領期の現実であった）。こうした伯父だから、タイトルが『小説太平洋戦争』となったについては、占領軍になびいたというよりも、伯父流の考えがあってのことだったと思うのである。

前に少しふれたように、被占領（主権喪失）期の苦衷を知るからこそ、昭和四十七年五月には主権回復二十周年記念国民大会の会長を務めてもいる（大会は沖縄返還協定が発効した五月十五日の翌十六日だった。主宰した憲法学の三潴信吾先生によれば、戦後初の「主権回復記念」行事で草鹿任一海軍中将らが大会顧問、出席者は三百名だったという――『日本及日本人』平成十四年陽春号――）。しかし、残念ながら昭和二十七年四月の講和条約発効（被占領終了＝主権回復）以後においても、ごく一部を除き、新聞も雑誌も放送も、そして政界も教科書までもが、「太平洋戦争」一色であり、占領軍お仕着せの「太平洋戦争」史観の下で、「あの戦争」を冷たく突き放して他人事のように語っている。

こうした状況を念頭に、大衆作家としては、あの苦しい戦いに力を尽くしながらも不本意な結果に終わった日々を、具体的に書き残し、広く次世代国民にも読んでもらいたいとの思いが強かったのではないか。事実、「あとがき」には「その荒筋だけでも読み易く書残しておくことは、この戦争に物語作家として従軍した私の責任であったと思い返して筆を執ったのがこれである」とある。『小説太平洋戦争』で、日本人が戦った戦争、「大東亜戦争」を語っているようにも読めるのだ。広く読んでもらえなければ意味がない。読んでもらえれば、日米通商航海条約の廃棄や「石油禁輸」で追い詰められていた時代の真相も、さらに余裕もないまま戦争に突入して行った日本側の問題点も、分かるはずだとの思いである。対日開戦の腹を固めていた米国に立ち向かうには、当時の日本側の態勢は、対米交渉に恋々としていて戦略を欠き、あまりにも甘かった。陸海軍一体の協力態勢ができていたとは必ずしも言えなかったし、戦地の実情把握が不十分なまま大本営が発令することも間々あった等々、戦後になって見えて来たことも当然あった。

さらに、当時、海軍側には「太平洋戦争」、あるいは「対米英戦争」の呼称にしたいとの意向があったが、支那事変の戦闘区域を含むということから、開戦後の閣議（十二月十二日）で「大東亜戦争」に落ち着いたという経緯もあった。海軍報道班員だった伯父として、それが頭にあったのかも知れない。戦争の本質は「対米英戦争」だったとの認識である。そのせいか支那大陸での戦闘はほとんど書かれていない。

第九巻の「敗戦の衝撃と混乱」の章に、この点に関連するかのように、次のように書かれた箇所がある。

「私は日本人として『大東亜戦争』の名称をそのまま軽率に肯定することは出来ない。日本人が聖旨にさからって突入した節があるからだ。／しかし、万民の『天皇陛下万歳！』の声がその不遜な逸脱を清め、国体護持のために流した赤子の自決の血潮が更にこれを清めて、結果としてわが国体の理想に近い、人種平等の世界に近づく端緒になったと思っている。／即ち、それを予期して戦ったのだと云っては傲慢にすぎるところがあるが、われわれが夢中で不平等な人種的偏見の上に組立てられた旧秩序に、挺身反抗している間に、ついに神風がこれを助けてくれることになったと敬虔に受取りたい。／神風という言葉の内包するものは迷信では断じてない。どこまでも合理のきわみの自然と誠実の合一点をめざす『心――』の力なのだ」

戦後になって、戦争の性格についてとやかく言われることがあるが、伯父には先ずは昭和十六年十二月八日の「米英両国ニ対スル宣戦ノ詔書」（所謂「開戦の詔書」）を読むべしとの思いが強かったのだと思う。そこに「今ヤ不幸ニシテ米英両国ト釁端《きんたん》（争いのはじめ）ヲ開クニ至ル、洵《まこと》ニ已ムヲ得ザルモノアリ。豈《あに》朕カ志ナラムヤ」（句読点を補記）とあり、さらに「隠忍久シキニ弥《わた》リタルモ、彼（米英）ハ毫《ごう》モ交譲ノ精神ナク、…東亜安定ニ関スル帝国積年ノ努力ハ、悉ク水泡ニ帰シ、帝国ノ存立亦《また》正ニ危殆《きたい》ニ瀕セリ。事既ニ此ニ至ル」（同）云々とあって、「自存自衛ノ爲」に宣戦せざるを得なかったわが国の切羽詰まった立場が述べられている。伯父は、右の一節で開戦時、苦しい立場のわが国には自存自衛で精一杯で余力はなかったと言いたかったのだろう。さらに何よりも開戦は、陛下に遙かお察し及ばざる多大なご心労をお掛けすることになったとの思いがあって、右のような一節となったのだろう。

このように書きながらも、こと戦争の名辞に関しては、伯父の体に染み込んでいるのは、やはり「大東亜戦争」であった。何度か戦時中の話を聞いたことがあるが、「太平洋戦争」

なる語が、伯父の口から出て来たことは一度もなかった。例えば、報道班員として、マレー半島を汽車に乗り無蓋車で南下中、召集された又従兄と遭遇して驚いた話、芥川賞作家の某氏と戦地で行動中、危険を避けたいと頼まれて乗船の順番を譲ってやった話（この話には「あいつはな、そういう狡《こす》いところがあるから、その後作品が書けないんだよ。そんなもんなんだよ」と、小説家的偏見？…をともなっていた）、中国人と日本人では顔の洗い方が違うため日本の間諜兵の身元がすぐにばれてしまった話などに始まって、近衛文麿公と東條英機大将の忠誠心の深浅如何《いかん》、ルーズベルト米国大統領にみる政治的見識の軽薄さ等々を興味深く聞いたが、「支那事変」と「大東亜戦争」しか出て来なかった。

『小説太平洋戦争』の「あとがき」の中で、対米英宣戦当時をふり返って、伯父は「…正直に云って、私は一種の武者震いを感じた」としながらも、左のように記している。

「数度の中南支従軍で、日支事変を終わらせないものが何であるかということだけは、薄々感じていた…。／日支事変を泥沼へ追い込んでいるものは、決して近衛や東條でもなければ蔣介石でもないようだった。両者が握手しそうになると、列強の間から援蔣の手が動いたり、原因不明の不思議な事件が突発したりして戦線は思わぬ方向へ拡大する。前者の主役はアメリカとイギリスであり、後者には世界赤化をめざすコミンテルンの手が動いている、ということだけは気付きだしていたが、それがそのままアメリカもイギリスもソ連もみな敵に廻して戦われなければ、解決の道はないなどとまでは考え詰めたことはなかった」

武器での戦いの背後に、さらなる戦闘継続と戦線の拡大で日本の国力消耗を狙う見えざる動きと包囲網があったと言いたいのだと思う。

伯父が大会会長を務めた主権回復記念行事に関連して付言させてもらうと、三潴信吾先生を中心に昭和四十七年以降も続けられていたが、それとは別に平成九年の「四月二十八日」(昭和二十七年のこの日、サンフランシスコ講和条約が発効した)から始まった国民集会は千数百人規模の大きな催しとなっている。井尻千男先生、入江隆則先生、小堀桂一郎先生のお三人が世話人となって新たに始まった国民集会であった。私は平成九年四月から拓殖大学の講師を務めることとなり、それに先だって同じく四月から拓殖大学の教授に就任されることになっていた井尻先生(当時、日本経済新聞編集委員)に同年一月、お目に掛かったが、その際、先生から「かねてから心に懸けている主権回復の意義を広く知らしめる活動をしたいと考えている。ついては同趣旨の活動を行っている団体があったら教えて欲しい」と言われて、三潴先生のことをお伝えしたのであった。その翌年か翌々年の国民集会の折、「先達をご紹介します」との井尻先生のお言葉で三潴先生がご登壇、挨拶をされている。会場は九段会館だった。

井尻先生に初めてお会いした時には、三潴先生の主権回復記念行事のことは存じ上げていたが、昭和四十七年五月の伯父が大会会長を務めた「主権回復二十周年記念国民大会」のことまでは知らなかったので、当然のことながら伯父のことは何もお話しなかった。

八三、シュバイツアー博士への「冷評」
――「今の日本で、国宝級の人物はこの三人だよ」――

戦争とは関係ない話であるが、ある時、「健生、お前も、シュバイツアーって、知っているだろう。西洋人で偉い人物というのはな、あの程度なんだよ」と、冷ややかに語っていたことがあった。教養課程の英書講読で、アフリカ赤道直下のランバレネで奉仕的医療活動を続けるシュバイツアー博士の伝記を読んだあとだったので、「えッ」と思ったが、伯父が見当はずれのことを言うはずがないとも思った。その時は分かったような分からないような気分だった。その後も思い出しては、伯父は何を言いたかったのだろうかと考えることが度々あった。改めて別の伝記を読んだわけではないが、伯父は、西洋人の頭に染み込んでいる有色人種に対する優位意識だけでなく、欧米人は自他の壁を乗り越えられず、自他一如のような境地はなかなか理解しがたいのだよと言いたかったのではないかと思う。シュバイツアー博士が亡くなったのは昭和四十年九月だから、その頃、耳にしたのだろう。

シュバイツアー博士への「伯父らしい批評」を耳にしてから四、五年後、「今の日本でな、国宝級の人物といったら、足立正と太田耕造、そして岸信介の三人だよ」と、しみじみと語っていたことがあった。話の詳しい中味は覚えていないが、「国宝級の人物」という言い方が印象的だったし、太田先生のお名前が挙げられたこともあって、お三方の名前はハッキリと記憶にある。

　足立氏は当時、日本商工会議所の会頭で、「足立日商会頭」の文字は新聞の見出しで時々、目にしていた。著名な方だった。しかし、私の頭にある足立氏は、なんと言っても昭和三十五年一月、岸内閣が推し進めた日米安保条約改定の際、新条約調印の全権団に財界代表として加わり署名していたことである。伯父の話を聞きながら、やはり足立氏は立派な人だったのだと勝手に納得していた。太田先生は私が卒業した亜細亜大学の学長で、ポツダム宣言を受諾した鈴木貫太郎内閣の文部大臣であった（玉音放送前日の八月十四日、お召しにより全閣僚も顔を揃えた御前会議で再度の御聖断を拝聴しており、当然に「終戦の詔書」にも副署されている）。その太田先生のお名前が伯父の口から出て来て驚いた。かつて『小説岸信介』を著していた伯父が、岸元首相に一目も二目も置くことは不思議なことではなかったが、足立氏と並んで、太田学長のお名前が出て来たことは、やはり驚きであったが、しかし何となく嬉しかった。

　太田先生のことを何も知らなかった高校三年生の時、私は亜細亜大学の学生総会が、「安保反対」の声が喧《かまびす》しかった二年前に、安保改定賛成の決議をしていた旨の記事を読んでいる（朝日新聞連載の「大学の四季」欄。前述のように高校一年生当時、「安保反対は間違いだ」と考えていたので、賛成の決議をする大学生がいても当然だとは思ったが、安保反対が進歩的であるかの如き「狂風」が紙面の上で吹きすさぶ「六〇年安保」の最中に、すごい学校があったものだと感心したことを覚えている）。この決議と太田先生が直接的に関係のあるわけではないが、「国宝級の人物」云々の話を聞いた時は、岸氏は総理退陣から十年近くが経っていて、「もし、あの時、首相がたじろいで安保改定が潰れていたら、どうなっていただろうか…」ということで、改定を成し遂げた岸氏への世間一般の評価が高まりつつあった頃である。そして、足立氏は改定条約調印の全権団に加わっていたとなると、伯父の言う「国宝級の人物」はすべて、私の目には「安保改定がらみの人物」に写ったのであった。もちろん伯父にはもっと別の意味があったに違いないのだが、私の頭の中では高校一年生の時の「安保騒動」が生々しく記憶されていたということである。

太田先生は思想的には国本社を起こした平沼騏一郎氏に近い弁護士で、文部大臣に就任される前、法政大学教授から平沼内閣では書記官長を務めておられた（昭和十四年）。戦後の一時期、岸氏と同様にA級戦犯容疑で巣鴨拘置所に入っている。実業界一筋だった足立氏は公職追放になっている（これらは本質的には不名誉なことではない）。先生は昭和五十六年十一月に亡くなられたが、その際の亜細亜大学の広報紙（太田耕造先生追悼特集号）に、太田先生と岸元首相が親しい関係にあったとの記事もあって、それを目にした時、岸氏を軸に「三人の国宝級の人物」が私の頭の中では「なるほど、そうだったのか」と、パッとつながったのであった。改めて今、確かめるべく広報紙の合本を繙いたら、次のような文章であった。

それは同大学法学部の工藤重忠先生（長く教務部長を務められ、私は「現代政治論」を受講している。

後に松蔭女子短大学長、法学博士）がお書きになったもので、「岸内閣ができる頃、岸さんの懐刀と言われた、高知選出の武知勇起議員が岸さんの使いでしばしば先生宅に来られ、〝政界復帰〟を慫慂《しょうよう》していた」。しかし、その答えは、何時も「ノー」で、「僕の晩年は青年人材の育成が全てだ」とのことだったというものだった（「太田先生の憶い出」、『THE ASIA』二五五号所載）。太田先生の方が七歳年上で、歿後一年、学内に建てられた胸像の台座正面には「太田耕造先生　岸信介書」と彫られている。

その太田先生が、福島県のご出身で白虎隊生き残りの山川健次郎博士の教え子であることは承知していたが、敬虔なクリスチャン（プロテスタント）でもあられたことを葬儀の折に初めて知って少し驚いた。お若い頃に入信されていたという。なぜ驚いたかと言うと、亜細亜大学の構内には戦歿同窓生の御霊を祀る興亜神社があるのだが、毎年十一月三日に斎行される慰霊祭の折には、厳かに玉串を捧げ拍手を打っておられたからである。それこそ敬虔なご態度で拝礼されていた。一部のクリスチャンが生硬にも、神社仏閣を毛嫌いするのを目にしていたので、ごく自然に玉串拝礼をされていた先生がプロテスタントだったとは思いもしなかったのである。

驚きはしたが、やはり太田学長は偉い人だったんだと敬いの気持ちを強くしたのであった。

伯父の「国宝級の人物はな、この三人だよ」との言葉を耳にした頃、太田先生は亜細亜大学の学長の一方で、「日本国憲法の無効と帝国憲法の復原改正」（純法理的には当然の見解なのだが）を説く「憲法の会」会長でもあったし、かねて改憲論者だった岸氏は、あらたに「自主憲法」制定の国民運動を提唱しつつあった。伯父の言葉は、今も時々よみがえるが、その都度、つねに「公」と「私」が念頭にあったであろう伯父の胸の裡が偲ばれるのである。

八四、戦後日本における異色作、『小説太平洋戦争』
――「八月十五日、再び天皇は慈父として国民の前に姿を現わしたのだ」！――

『小説太平洋戦争』は「開戦前夜の苦悶」に始まって、「七人の絞首刑」「満州国の終焉」を以て終わるのだが、戦いの経緯はもとより、ポツダム宣言の受諾という国家的悲劇に至る終局にあって、日本国家の歴史的本質（国体・国柄）が浮上した事実を、御聖断と玉音放送にいたる経緯を、きちんと書いて置くことが、物語作家として同時代に生きた自らの責務と感じていたのではないか。負け戦の中で、整然と秩序だって矛を収めることは容易なことではなく、世界の戦史の中でも奇跡的なことだったからである。そこにまた再興復興の根があるのだ。

「昭和二十年の八月十五日が、日本国民にとってどのような日であったかは、改めて書くまでもなかろう。／皮肉な云い方をすれば、戦場の全域で、その忠誠さにおいて世界に類例を見ないわが日本の兵士たちが、口々に、

『――天皇陛下万歳!』を叫んで死屍を積んでいったにもかかわらず、西洋模倣に憂身をやつして、民族の特質、本質を政治に活かし得なかった無能な政治家たちと、同質の混乱で、皇軍を僭称していながら、実は、天皇を完全にロボットにまつりあげてしまっていた軍上層部の手から、全日本人の手に、再び天皇を奪還した日であったと云って差支えないと思う。/言葉を変えて云えば、桜花の散りぎわに生命の美を感得しながら、無数にこの世を去っていった、『――天皇陛下万歳!』の純一無雑な日本の声が、天に届いた結果であったと云ってもよい。/とにかくこの日から、天皇は再び一つの生命体であるわが大和民族の慈父として、赤子である国民の前に姿を現わして来られたのだ」(第九巻、「あゝ、八月十五日!」)

所謂「終戦の詔書」の日付は八月十四日であって、その詔書が「自分が国民に呼びかけることがよければ、いつでもマイクの前に立とう」と仰せられた陛下によって録音され、全国に告げられたのが翌八月十五日正午からのラジオ放送であった。「八月十五日」はまさに玉音放送のなされた日であった。そのことを伯父は「この日から、天皇は再び……慈父として、赤子である国民の前に姿を現わして来られたのだ」としているのだ。陛下によって、陛下の御聖断によって、救われたとの思いが伯父には強かった。

「あれほどひどい姿の敗戦国でありながら、占領軍の何の警衛も庇護もなしに、裸の天皇が日本中の民の間を聖書の中の聖者のように訪問して歩かれて(註・三万三千キロに及んだ昭和天皇戦後の御巡幸）、誰も危害を加えようとする者が無いどころか、驚喜してこれを迎えたのだ。／ヒットラーやムッソリニーの悲惨な最期をよく知る世界の人々は、この陛下のご巡幸を固唾をのんで見ていたらしい。どこで、どのような不祥事が勃発してゆくかと……／しかし、それは国民再起の原動力になるだけで、決して不祥事には繋らなかった。／したがって、崩壊したのは、実は『天皇機関説』式の近代国家の『大日本帝国――』であって、伝統の神国日本は、見事に甦生していたのだ。ほんとうに国体の尊厳を知ろうとしている人々に、逆にその深遠さを悟らせ、改めて自信と誇りを深めさせてゆくこととなった」（第九巻、「敗戦の衝撃と混乱」。…の箇所はママ）

「天皇機関説」とは、天皇を国家の最高機関とするという帝国憲法の法理解釈から導かれたものだが、伯父はそれはそれとしても、そうした合理的制度的な法文解釈だけでは到底説き明かせない、それとは遙かに次元を異にする天皇と国民の「深い信頼と敬愛」の歴史的で濃密な関係があると言わんとしているのだ。ポツダム宣言の受諾による被占領統治という国家の非常事態において、太古の記紀神話に発して連綿と続くわが国独自の一和的な君臣関係が顕現したと言いたいのだ。

このように自らの半生を語るかのように伯父は筆を進めている。右の引用数箇所からも察せられるように、『小説太平洋戦争』と言いながら、小説のトーンがおよそ日本悪玉論のよそよそしい所謂「太平洋戦争」史観とは異質なのである。戦後の日本では異色の戦争小説となっている。

八五、「日本的な生命観が、アメリカにとって最も恐ろしい敵であった」!
――「当時の日本人の感情を忘れてはならない」――

さらに言えば、『小説太平洋戦争』では、「皇軍」とか「皇軍精神」とかという言葉が当然のように肯定的文脈で語られている。

「皇軍には皇軍としての、特異なたしなみと労《いたわ》りが厳存しなければならない」はずが、フランスに学び、ドイツに学ぶうちに、「日本陸軍のあり方は、何時か、ヨーロッパ文明の前に脱帽しかけ、厳正な軍紀と装飾された威儀に重みをおきすぎて、もっとも肝腎の皇軍精神の内容を失いかけていた」(第三巻、「ジャワ軍政の成功」)といったような文面もある。戦後の日本で、世間的にある程度は名の知られた文筆家で、「皇軍」の語を本来のあるべき国軍を示す言葉として真正面から取り上げた人物がどれだけいるであろうか。また、重い任務を黙々とこなす召集兵たちを描くに幾度となく「他の国の軍隊だったら反乱が起きたであろう」とその律儀さに心を震わせ、「個々の命を超えた民族全体の命というものを日本人は理解していた」といったフレーズも何度か出て来るのである。

ミッドウェー海戦を記す中では、次のような箇所もある。

「歴史の上に全く無意味な『犬死――』などは存在しない。それは後世の人々が、その意味するものを探りだそうとする努力を怠り、その過去の事実から反省の資を摂取する才能を持たない場合の、まことに不遜な片付け方ではあるまいか」(第三巻)

もちろん、空母・巡洋艦・駆逐艦の数やトン数、雷撃機・爆撃機の数、その航続距離と最高時速…等々、彼我を対比する客観的数値も多く出て来る。その一方で、「ガダルカナルの死闘」「ニューギニアの鬼哭」「ビルマ戦線の鬼たち」「サイパン玉砕の悲劇」「死のレイテ島決戦」「硫黄島の玉砕戦」「戦艦『大和』出撃の真相」「最終特攻戦となった沖縄」「惨烈！沖縄戦の終末」等々…と銘打った各章で、苦戦苦闘続きの戦いの様相を描き、満洲国皇帝に最後の最後まで仕えた日本人のことも書き留めている。

「ガダルカナルの死闘」の章では、五ヶ月にまたがる連載執筆中に三度熱を出したという。「主治医は過労と云うが、私はそうは思わない。私の神経は、執筆中つねに無数の幽霊に囲《い》繞《にょう》されて、気がついた時には全身が汗ばみ、悪寒がし、ひどい発熱を伴っている。／何のために…？　それは私にはわかっている。／戦後二十年、未だにあの島にさまよい続けているに違いない無数の魂魄と私とは、同じ血でつながった日本人だからなのだ…」(第三巻)と書いている。「日本人かく戦えり」を描かんとして力が入っている。思いがこもっている。

三島事件に触れた項でも述べたが、左のような一節もある。

「『――どんなことをしても生き残って……』などという自分中心の生き方の肯定は、ずっと後の占領政策の影響によるもので、当時の軍隊内の常識ではなかった。／日本人の生存本能は、自分を生命永遠の流れの中におくからだ。／この日本的な生命観が、実はアメリカにとっては最もおそろしい敵であった」(第八巻、「最終特攻戦となった沖縄(一)」。…の箇所はママ)単行本で八頁におよぶ「あとがき」の終わりに、「さて、こうして書きあげてみると、私の作品はひどく貧しい。書きとめたい事はまだたくさんあった」としながらも、「しかしながらこの民族未曾有の悲劇の荒筋だけは、当時の日本人の感情で、辛うじて伝え得たのではないかと思っている」と記している。ここには「当時の日本人の感情」を忘れてはならないとの伯父の思いがある。

本項で抄出引用した箇所を見ただけでも、戦後の思潮との距離を覚える人は多いと思うが、こうした「山岡荘八の全体像」は、戦後の日本では少々扱いにくいのではなかろうか。言論人に限らず政治家でも教育者でも、所謂「保守」派を含めて、おしなべて、「戦前」を端《はな》から冷笑し突き放して、自分とは無関係であると言いつのるのが戦後の思潮だからである。

前項で引用した「その忠誠さにおいて世界に類例を見ないわが日本の兵士たちが、口々に、『天皇陛下万歳!』を叫んで死屍を積んでいった…」という箇所についても同様で、今日では違和感を覚える人がいることだろう。ことに「天皇陛下万歳」が理解し難《にく》く、特別で特殊なことのように思う人が少なからずいるだろう。なぜなら昭和二十二年六月三日、文部省は学校における「天皇陛下万歳」の奉唱の取りやめを通達しているからである。意図的に縁遠くされてしまった。この通達の背後に「日本人の再教育」によって日本国家の統合力を弱めようとする占領軍の意図が潜んでいることは多言を要しないだろう。こうした戦後の思潮の中にあって、伯父は戦時の国民感情を正面から書き残そうとしているのだ。

よくよく考えれば占領軍が起草した問題多き日本国憲法も帝国憲法と同じく「第一章 天皇」であって、西欧的な概念から見れば日本は今も昔も立憲君主国であることに変わりはない。そもそも日本国憲法は建て前にせよ、「帝国憲法の改正」ということで公布されている（戦後の憲法学習では、帝国憲法と日本国憲法の差違を強調し過ぎて、国家の連続性が見えにくくなっているように私には思われる）。いつの時代でも、武家の時代にあっても、国の中心に天皇を仰いできた日本国家の連続性から見て、ことに明治から今日に至る国民国家の下で、「天皇陛下万歳」を唱えることは特別なことではないはずである。対立する政党政派が均しく仰ぐ中心があって、すなわち「国家の統合」が現実のものとなって、治安が保たれ国民は枕を高くして眠れるはずだし、与野党間で口角泡を飛ばす政策論争が可能となる。まして戦時下はどこの国でも自国意識が高揚するから、出撃するわが兵士たちが意を決するかのように「天皇陛下万歳！」と叫んだというのは分かるような気がする。

例えばの話として、英国海軍戦艦の乗員が国歌〝God Save the King〟を唱いつつ軍艦と運命をともにしたといった文面だったらどうであろうか。それほど抵抗なく読めるのではなかろうか。歴史も文化もまったく異なるから単純には比べられることではないが、ここから類推しても「天皇陛下万歳」の奉唱は、日本国家の歴史的なあり方として特別に変わったことではないはずだ。しかし、自国のことになると斜に構えがちになる。

こうした思想傾向はたぶんに「後の占領政策の影響によるもの」であることは言うまでもない。昭和四十八年刊行の大衆文学大系に、戦中期の作品『御盾』を「躊躇するところなく収めた」のも、「当時の日本人の感情」を忘れてはならないとの考えからであろう（『小説太平洋戦争』の単行本第九巻の巻末にある「あとがき」は、山岡荘八歴史文庫版では第一巻冒頭に「執筆を終えて」とのタイトルで掲げられている）。

平成二十三年六月、第一回配本の集英社創業八十五年企画『戦争と文学』（全二十巻・別巻）を見たら、別巻所載の年表［一八九三年～一九八九年］に『御盾』と『小説太平洋戦争』の作品名がわずかに記載されていたが、〔長編作品紹介〕の項には当然のように伯父のものはない。

八六、「無条件降伏どころか、〝無限大の要求〟をしていた」
――〝マルクス〟が語られた「国民総調和の日」の講演――

昭和四十四年八月、第十一回「国民総調和の日」の祭典で講演をした伯父は、「将来世界連邦が出来ると見通している」云々といった小説家的な「願望」をいろいろ語っている。そのためには総調和運動が絶対に必要になってくると多岐にわたって説いている。その中で、左のように述べた箇所があった。

「日本は無条件降伏を占領軍にいい渡され、そして今日誰もが無条件降伏をしたと言っておりますが、これは歴史的にいうとあやまりであります。決して無条件で降伏したのではないという事を認識しておかなければならないのであります。日本の出しました条件は厳然としています。それは国体護持を許すならば降伏しても良い。こういう事であったのでありますが。我々民族にとっては、これはぎりぎりの精神的にいうならば無限大の要求をしたのであります」（『総調和』十九号）。

「日本の出しました条件」とは、降伏を迫る米英華の対日宣言（ポツダム宣言、後にソ連も参加）に対して、「天皇統治の大権を変更するとの要求が含まれていない」との了解の下に、受諾すると回答したことを指すのだが、「これはぎりぎりの精神的にいうならば無限大の要求をしたのであります」とは、いかにも伯父らしい言い方である。しかし、よくよく考えてみれば、その通りであろう。

「天皇統治の大権」などと言うと今日では旧時代の考えであるとして一蹴されそうであるが、国家元首に付随する法制上の権限で類似の規定は他の国の憲法にも盛られている。日本の場合は、古く記紀神話に発するもので、成文法的には八世紀初めの律令で確認され、それ以降ずっと武家政治の時代であっても「国の中心」に天皇を戴いて来た伝統（国柄・国体）が、明治の立憲制度（成文憲法）導入の際に、「天皇の統治大権」として改めて法文化されたものと言っていいだろう（もちろん内閣や議会などが関わるが）。ポツダム宣言の受諾に当たって、その天皇統治の大権に変更なしとの留保条件をつけたことは重大な事実であって、〃戦局の不利を認めて武器を置くことはやぶさかではないが、日本は日本として今後も歴史的な存在であり続けるぞ〃との意思表示をしたことになるのだ。そのことを伯父は「我々民族にとっては、これはぎりぎりの精神的にいうならば無限大の要求をしたのであります」と説いていたのだと思う。

この講演を私は聞いている。明治神宮の参集殿だった。東京に出て来て六年あまり、教員になって最初の年の夏のことだった。しかし、私の記憶に強く残ったのは、実は右の抄出箇所ではなく、マルクスは何らかの事情で『資本論』の第一巻だけを出して続きを出さなかったと述べた箇所であった。伯父の口からマルクスの『資本論』云々が語られたことが、この時、ちょっと意外な感じがして脳裡に焼き付いたのであった。しかし、すでにこの十年前に刊行された『小説岸信介』の「あとがき」で、左翼に甘い進歩的文化人をたしなめていたのだから、それほど異とすることはなかったのだが、私自身も、いつの間にか伯父を時代小説家として一面的に見るようになっていたのだろう。

講演の前後を『総調和』十九号で確かめたら、マルクスにはダーウィンの『種の起源』が少々まぶしかったらしいと述べている。第一巻を出してから、『種の起源』を読んだマルクスは自分の学問が貧弱にみえたのではないか、それで第二巻を出すことなく死んだ、そこでエンゲルスがその志をつぐものとして『資本論』の第二巻と第三巻を出すことになったのだろう旨を語っていた。

講演は「七〇年安保」前年の、東大入試が中止になるなど左翼学生運動が極端に暴力化して、多くの大学で教室が活動家に占拠されて授業不能に陥っていた頃だったから、伯父は「左翼学者の闘争主義」を批判する中で、マルクスに触れていたのだった。そして「厳密に言えば(相対性原理の)アインシュタインが出てくるまでが近代だと思うのです。そしてアインシュタインが出て現代の宇宙時代に入っていったわけです」などとも述べていた。

伯父が講演をしたこの第十一回「国民総調和の日」の祭典委員長は徳川夢声氏であった。事後の懇親の席などで、伯父は話術の達人の徳川氏とどのような話をしたのだろうか、いささか興味を覚えるところである。明治神宮参集殿から代々木の国立第二体育館へ場所を移した「国民総調和の日」のアトラクションの席では、毒舌で鳴らした作家・今東光氏が講演をしている。

八七、杉田幸三氏曰く「私には山岡荘八の侠気の強さが魅力だった」
——この泡盛は「沖縄が再び日本の沖縄県になるまで」封を切らない——

沖縄返還協定（昭和四十六年六月調印）が発効した昭和四十七年五月、伯父が一本の泡盛を抱えて首相官邸に入ったという政界裏話が、当時購読していた毎日新聞の三面に小さく出ていた。伯父は時の佐藤総理とは「国民総調和の日」運動でも同志的な関係にあったから、敬意を表そうとしたのだろうと勝手に解釈して、伯父宅の離れに住んでいたのだったが、特に尋ねることもせず大して気にも止めなかった。しかし、後に『小説太平洋戦争』（第七巻、第八巻）を読んでいて、あの泡盛持参には単なる敬意以上の深い意味のあることが分かって、我ながら少々感動したのであった。

小説には「わが家には、沖縄が再び日本の沖縄県になった日に、謹んで封を切って頂戴しようと思い定めている一本の泡盛酒が保存されている」と記されていた（『小説太平洋戦争』は返還協定が発効する前年の昭和四十六年の秋で擱筆されている）。

昭和三十七年、沖縄出身の金城和彦氏によって殉国沖縄学徒顕彰会が発足、それ以来、沖縄戦終結の「六月二十三日」を期して毎年、顕彰慰霊祭（於・靖國神社）が齋行されている。かねて金城氏から、沖縄戦を現地の人々がどのように戦い、どのような感慨を持っているかを知らされていた伯父は、その最初の殉国沖縄学徒顕彰祭に参列している。その後も学徒慰霊行事に顔を出しているが、さらに氏を通して、地元・沖縄で終戦直後から献身的に慰霊の営みを続けておられた氏の父君・和信《わしん》氏とも交流があった。『小説太平洋戦争』の中で、父君が一壺の泡盛を持って伯父宅を初めて訪ねた折のことが語られている。

それはまだ主権回復前の昭和二十五、六年頃のことで、父君の願いは「国に殉じた清純な少年少女のみ霊の靖國神社への合祀」と「沖縄の祖国復帰」の二つであったという。「話を聞きながら、私は何度か慟哭した」「微力を尽す約束をして別れた」と小説にはある。その際に、「二つの目的が達せられた日に、私は頂いたこの壺の封を切って乾杯します」とも約束したという（前に三島事件に関連して、『佐藤栄作日記』の中の沖縄返還協定調印に関する記述に触れたが、伯父の沖縄への思いは格別なものがあった）。

靖國神社への合祀が実現してからさらに十年、「佐藤総理の憑かれているような熱心さによって」沖縄返還の途が開けたと見ていた伯父は、祖国復帰が実現したことで、この泡盛を抱えて官邸を訪れたのであった。伯父の「生真面目」な一面を示す話だと思って少々感動したのである。「沖縄の決戦前夜」「沖縄戦・神雷出撃！」「米軍慶良間に上陸す！」「沖縄県民はかく戦えり」「沖縄に立つ往生戦の火柱！」等々の各章を執筆しながら、住民が共に戦った沖縄戦の惨烈さに、幾たび、伯父は戦慄を覚え慟哭したことであろうか。

鹿屋《かのや》の特攻基地（鹿児島県）にあって、「戦う沖縄住民や同胞部隊の困苦を想って、敢然と帰らぬ空に飛び立ってゆく若人たちの姿」を目にしていた伯父は、戦後、沖縄の「全島数ヶ所での講演で、おびただしい県民の犠牲と、それを救おうとして次々に死の旅に立っていった若い戦友のことを想って胸がつまり、何度か壇上に立ち往生した覚えがある。／それだけに、自分も現地に従軍していたかのような錯覚を起こすほどに沖縄の地理も人情も、切なく体に刻み込まれている」(第七巻)と回想している。

昭和四十一年二月から三月にかけて、文藝春秋文化講演会(沖縄タイムス、琉球放送共催)で那覇、名護、コザ(現、沖縄市)、宮古の各地を巡ったと全集所載の年譜には記載されている。「沖縄県民の受難は言語に絶する。しかし、本土でのこれに対する協力ぶりも又、一人の作家の人生観を一変させるほどに、凄烈をきわめたものであった」とも特攻作戦をふり返っている(第八巻)。「硫黄島が東京都の京橋区役所の所管であったように、当時、二府四十三県の一つであった沖縄県は、まぎれもなくわが日本列島最南端の『本土——』なのだ」。沖縄戦は、第一回目の硫黄島での玉砕戦に続く第二回目の本土決戦であり、それ故に九州各地から沖縄海域の米艦隊に向けて特攻機を繰り出したのだ。「あたかも『沖縄戦』は『本土決戦』では無かったかのように両者を区別して考え勝ちである。/このことは、沖縄県民にとってたまらなく不満であり不快であったに違いない。本土決戦と沖縄戦を区別しなければならなかったのは、追い詰められた当時の大本営の作戦用語であって、実際にはこれが本土戦の第二回目であったことを銘記しておく必要があると思う」(第七巻)としている。

全集の詳細年譜の昭和四十三年の項に、「十月二十八日〜一週間『小説太平洋戦争』取材のため沖縄へ」とある。昭和四十四年の項にも「三月十五日〜二十一日まで、沖縄へ取材旅行」とある。文献資料を補うべく、改めて現地に行って、取材者の冷静な眼で海岸線の様子、砂浜の幅、丘陵の起伏、方位、洞窟の奥行き、その広さ等々を確かめ、さらには体験談にも耳を傾けたことだろうが、ふとした拍子に嗚咽する伯父に地元の案内人は驚かれたのではなかろうか。涙を伴った取材の旅となったことだろう。

また詳細年譜の昭和四十五年の項には、「『三度び沖縄を訪れて』を琉球新報（四月十日）」とある。もちろんまだアメリカの施政権下の沖縄である。

前に記した伯父が会長を務めた「主権回復二十周年記念国民大会」（於・明治神宮参集殿）が開催されたのは、昭和四十七年五月十六日のことで、沖縄返還協定発効の翌日であった。本土の占領統治終了より二十年遅れたし、なおさまざまな難題を抱えてはいるが、「沖縄が再び日本の沖縄県になった」のは、その前提に日本の「主権回復」があったからだということである。その主権回復も、他国と比べた場合、なお十全とは言えない面があるにしても、すべてがそこから始まるのである。

自著にたびたび伯父・荘八に師事したと記した「年譜」の筆者、杉田幸三氏は「昭和二十年終戦後のある日」、二十三歳で三十九歳の伯父を訪ねたという。以来、三十余年にわたっておつき合いをされたが、「私には山岡荘八の侠気の強さが魅力だった」と回顧されている（山岡荘八著『史談徳川家康』解説。毎日新聞社、昭和五十七年刊）。「侠気」とはいささか古風な感じの言葉であると思って辞典で確かめたら、「おとこぎ、男気」とあった。「権勢や強者に屈せず、弱者を助けて正義を行おうとする心」（大辞林）とあり、「強きをくじき弱きを助ける心だて」（広辞苑第三版）とあった。なるほど「侠気」とは、そういうことなのかと得心した。

八八、小説家がわざわざ「小説」と銘打った作品
――『小説太平洋戦争』と『小説明治天皇』――

『徳川家康』は昭和二十五年から昭和四十二年まで書き継がれたが、『小説太平洋戦争』の執筆時期は『徳川家康』と五年近く重なっている。さらに『小説太平洋戦争』連載開始の翌昭和三十八年八月から昭和四十三年九月まで『主婦と生活』誌に連載され、執筆の時期が『徳川家康』と四年ほど重複する『小説明治天皇』がある。これも伯父を語るには見落とせない作品だと思う。待ち望まれた皇子・祐宮《さちのみや》（明治天皇）の御降誕から筆を起こし、御父・孝明帝の崩御、新帝の践祚までで擱筆されている。

伯父自身がどこかに「これらの三作品は言わば私の三部作である」旨を書いていたのを読んだ記憶がある。その時、えッ三部作？と思って、ずっと気になっていたが、あらためて辞書で三部作の意味を引いてみると、「独立していながら相互に関連し合い、一つのまとまりをなす三つの作品」（大辞林）とあったので、なるほど、大衆小説にだって三部作はあるはずと納得できたのである。これらの三作品は四年近く執筆時期が重なっているが、三つに共通するものは何かと思いめぐらすと、やはり、『徳川家康』第一巻「あとがき」にある「過去の人間群像から次代の光を模索してゆく理想小説」ということになるだろう。そこには「私

の〝戦争と平和〟であり、今日の私の影である」とも記されている。

ひと先ずは得心できたものの、やはり「三部作」の語が独善的で大袈裟な感じがして気になっていたことは否めなかった。その後、拓殖大学の八王子図書館で授業の下調べをしていた際、たまたま目に入った小学館の百科事典「日本大百科全集」で〝山岡荘八〟の項目をみてビックリした。そこには「……大河小説『徳川家康』を執筆、『小説明治天皇』、『太平洋戦争』とともに日本民族の個性を探る三部作となった。戦時中、鹿児島県の鹿屋で特攻隊を見送った体験が諸作品の原点を形成している」とあったのだ。「三部作となった」との事典の文字を目にした時、見えない糸に導かれているような感じがしたのであった。〝山岡荘八〟の項目が事典にあったこと自体が驚きであったし、懇切な内容も嬉しかった。

史実を踏まえながらも、伯父は、『小説太平洋戦争』とすることで、自らが思うところ願うところに書き及んでいる。自らをさらけ出している。このことは『小説明治天皇』についても言える。二段組の単行本で全三巻となった『小説明治天皇』では、黒船来航にあえぐ幕末の政局と明治維新への胎動を描く中で、伯父の国体観、文明観が随所に滲み出ている。それ故に「小説」の二文字を冠したのではないのか。小説家がわざわざ「小説」とことわるのも奇妙な話ではあるが、伯父にとって、それだけどちらも書く内容が重いと自覚していたからだろう。溢れ出る思いを書かずにはおられなかったのだろう。こうしたところに伯父の生き方が示されているように思われるのである。

『小説明治天皇』は、単行本が刊行された直後（昭和四十三年秋）に読んだのだが、小説に形をかりた幕末維新の精神史ではないかと思ったのであった。最近、再び全三巻に目を通して、改めてその念を強くした。例えば左記のような箇所である。

孝明天皇の「攘夷一途のご精神」とは、いかなるものなのか。夷人（異人）嫌いの「時勢を知らぬ頑《かたく》なさと評するものが無くもない」が、そんな次元のことではなかった。「彼等の持つ文明の本質は『侵略――』と『征服――』という他民族の犠牲のうえに成立っている」、「それに屈服することは不正にくみすることであり、真理を軽んずるものにほかならない」、「真理に仕え、ご自身も又真理であろうとする孝明天皇は、どこまでも『攘夷――』という文字で表現された日本民族の良心を曲げようとはなされなかったのだ」として、朝廷（祭祀）と幕府（政治）の関係を縷々説いている。

また、禁制の海外渡航を企てて、黒船に身を投ずべく下田へと向かう長州藩出身の吉田松陰を見送るために集まった同志達の胸中を「彼等の胸には、不正を憎む赤い血がふつふつと音を発てて流れている。／彼等にとって、ペルリは許しがたい無礼な夷人であったが、それを許した幕府は、更に更に許しがたい無能無定見な存在に見えた」と描き、尊攘派の志士にして歌人・佐久良東雄の口をして、「そもそも今は、早急に国の姿勢を整うべきところ、しかも諸大名の力を借りて事を行うては相成らぬ。されば必ず、徳川幕府に代わるに、毛利幕府とか島津幕府とかが出来るばかりでござる」などと語らせている。

次のような記述もある。

安政元年四月六日、幕府が米国との和親条約締結を奏上した翌日のこと、庭木の毛虫退治の火が広がって内裏が炎上する。江戸時代になって六度目という。避難すべく急遽、内侍所《ないしどころ》（三種の神器のひとつ、八咫《やた》の鏡）とともに下加茂社へ、さらに聖護院へと遷幸された孝明天皇は、祐宮を「お側におかせられた」。それは「ご愛情からだけではなさそうで」、「こうした非常時だけに、内侍所と主上、そして男系の若宮と、ゆるぎない皇基をご確認なさりたかったのに違いない」。五十年ほど前に読んだ時には読み飛ばした箇所であったが、再読して「男系の若宮」云々の一節は見落とせないところではないかと思ったのである。

そして、内裏の再建にはロシアとの交渉で手腕を発揮した勘定奉行・川路聖謨《としあきら》が関与する。新内裏は、「高山彦九郎が、その見すぼらしさに三条の橋上から慟哭したようなものでは無かった」。勘定奉行として新内裏の検分のため上洛した川路は、築地《ついじ》の外から御所を拝して、次のような歌を詠んでいる。


武蔵野の千草の末の露の身に大内山をあふぐかしこさ

川路は、「当時幕府側にあってかくれない偉材であった」、「純真に皇室を尊び慕う、こよない能吏であった」として、「これも又維新途上の幕臣一般のこころのありかたを知るうえで、忘れてならないことである」としている。維新前夜、外交方針をめぐる齟齬から政局的に徐々にきしみが顕在化する朝幕関係ではあったが、それとは次元を異にして、国体（国柄）への確信にはいささかの揺るぎもなかった事実を伝えんとしている。のちに川路は、江戸開城の報に接するや、徳川氏に殉じて鉄砲と刀で壮烈な自決をとげる。その川路にして「築地の外から見ただけで、その日の日記にこうした一首が書き添えられているのだから、当時の幕臣一般の心情は決して反皇室のいろなど持っていなかったことは明瞭であろう」と記している。

この火事は洛中の民家にも広がり、幕府（京都所司代）は、罹災民に一日米四合を配給して木材の値上げを禁じ、日用品の導入を許って復興を助けたという。「これを今日になって眺め直すと、この天譴にも似た大火災のために、実は、皇室と幕府の間に温い人情が架橋されていったと言うことである」。「勅許を待たずにペルリの跳梁を許してしまった……そのひけ目が、そのまま恐懼して『都の再建――』に至誠を披瀝させる原因になっている。／そして、そのため、後の倒幕、尊皇のはげしい対立の底に、憎もうとしても憎みきれない一点の情を残して、ついに日本を二つに割ることなく明治期を迎え得た大きな同胞愛の根になっている……／ここらにヨーロッパ風の歴史観では割り切れない日本人の国体観があったのだ……」（…の箇所はママ）と説く。

さらに、「この内裏の再建をめぐって、もう一つの大きな新時代の芽の種が蒔かれている」。

それは幕府だけでなく、水戸、尾張、越前の親藩の他に、島津、毛利などの「諸藩に埋れてあった尊皇心」を動かして、「最初は、もっとも速やかに、もっとも早く復旧してあげなければという計画が、途中から『皇威尊崇――』の規模に内容を変えて、諸大名と皇室の間に、断ちがたい親愛感を盛上げていったことは、その後の維新にどれだけ流血量を少くする原因になったか計り知れないものがあった……」（……の箇所はママ）とする。

小説は祐宮（明治天皇）の傅役《もりやく》である田中河内介のひたむきな奉公ぶりを核として展開する。河内介自身も悲劇的な最期をとげるのだが、ペリー来航から明治維新まで十五年、この間のさまざまな出来事を追いながら、そこに日本独特の清冽なるものが貫いていることを説かんとしている。大衆作家・山岡荘八は「ヨーロッパ風の歴史観では割り切れない日本人の国体観」の真相とその実在を熱く、篤く語っている。

小説の終盤では、十七歳で皇位を践まれた「童形の天子」、明治天皇が発せられた「御践祚第一の御宸翰」について、その全文を引用した上で、次のように記している。

「この『朕幼弱をもって大統をつぎ……』にはじまる御宸翰の、『――億兆一人もその処を得ざるときは、みな朕が罪なれば、今日の事、朕みずから身骨を労し、心志を苦しめ、艱難の先に立ち……』の一句を拝誦するたびに、大帝のご生涯はまさにこの一語のきびしい実践に尽きているのを知って、涙せずにいられないものがある。／これこそ童形の幼帝が、父の帝からその身魂に刻みつけられたわが皇室の伝統精神の美わしくも貴い真髄にほかならない。／それにしても童形の天子が、万民を『赤子――』と呼ばせられ、その艱難の先に立とうとするような例が、世界の何れの国にあったろう？　権力をもって民にのぞむ、世のつねの君主と日本の朝廷のあり方とは根本的に異質であり、地上唯一のものであった……」（同前）

「御宸翰の中に述べられている新帝のご決意は、それがそのまま側近たちの手になるものとは断じがたい。／おそらく新帝は、熱心にこの文章の中に、新たな祈りと決意を語りこめられたに違いない」

「公」のより良きあり方を願い求めたであろう伯父の、明治大帝への懐《おも》いの深さが偲ばれる一節だと思うのである。

『小説明治天皇』は、山岡荘八全集（第四十五巻、第四十六巻）、山岡荘八歴史文庫（第八十六巻〜第九十一巻）の両方に収められているが、単に『明治天皇』となっていて、雑誌連載時と単行本にあった「小説」の二文字が落ちている。伯父は意味も無く「小説」の文字を冠したとは思われないのである。

ちなみに「小説明治天皇」を連載した『主婦と生活』誌の発行元は、主婦と生活社であるが、その創業者・大島秀一《ひでいち》社長は、新潟県巻町（現・新潟市）の出身で伯父より十歳年長だった。同じ新潟県人としてのつき合いもあったことだろう。大島氏は昭和三十年代までに衆議院議員を三期務めている。当時の中選挙区制では新潟県第一区の選出で、私の生まれた旧・小出町は新潟県第三区だったが、「大島秀一」の名前は新聞を読むのが好きで選挙好きの中学生の頭に染みこんでいた。

八九、伯父の二作品が〝《日本主義》ブックフェア〟の書籍コーナーにあった
――「『天皇機関説』式の近代国家は崩壊し、神国日本が甦生していた」――

平成二十年二月、〝日本主義―いま、あらためて「日本」と「アジア」を問う〟をテーマとするブックフェアが、紀伊國屋書店の東京・新宿本店で開かれた。大手書店などが、ある事柄にしぼって関連書籍を並べるブックフェアは、それほど珍しいことではない。この度の企画には昭和十年代の思想動向に関係する本が展示されるということで出かけたのだが、そこに思いも掛けず、伯父の『小説太平洋戦争』と『明治天皇』が並べられていたのには、少々驚いた。昭和十年代に関連するいろんな書物が並んでいた書籍コーナーに伯父の二作品があったのである。

前に何度か記した小田村寅二郎先生は、昭和十二年、東大に入学されたのだが、その法学部の講義内容があまりにもわが国の伝統や思想から遊離していることに驚き、そのことを翌年、学外の雑誌に掲載の論文で指摘したのであった。今日では昭和十年代の日本と言えば、「国粋」一色に塗り固められていたかに思われる人が多いだろうが、さにあらずで、東大では、

例えば憲法学の講義で、肝心の「国柄」についてまったく触れられなかったという。憲法学の教授は「得意とする帝国議会の事項に関しては、実にテキスト全頁（三〇〇頁）の四分の一」を割きながら、第四条「天皇ハ国ノ元首ニシテ統治権ヲ総攬シ此ノ憲法ノ条規ニ依リ之ヲ行フ」という「統治権上の最重大条項に関しては、奇怪至極にもその条文すら、テキスト中に一ヶ所も記載せられてをらなかった」（かな遣いママ、『昭和史に刻むわれらが道統』）というのだ。さらに政治学の講義では「欧州での政治学原理」を説くのみのであったという。「マルキスト（共産主義者）と手を握り右翼に砲弾を打ちこまねばならぬ」と教室で公言した教授もいたというから、およそ戦後の人間が思い描く「昭和十年代」像とは異なる実態だったわけである。

小田村学生は「学問の自由」の名の下で恣意と放縦が東大で罷り通っている、と体験的見解によって問題点を明らかにしたのであった。戦後、論壇やマスメディアで持て囃された「進歩的文化人の反日的左翼偏向の言説」は、既に戦前に萌していたのだ。

この論文に対して、折からの天皇機関説問題と関連ありと大学側は受け止めたらしく、外部と通謀して教授を誹謗したものと判断して小田村学生を無期停学とし、ついには退学のやむなきに至らしめたのであった。当時は「小田村事件」と呼ばれて、教育界のみならず政界にまで波紋をひろげた事件であったようだ（事件の経緯と広がりについては前出の小田村先生の御著『昭和史に刻むわれらが道統』に詳しい）。若き日の先生は、ひるむことなく同憂の仲間と共に「日本学生協会」を結成して学風改革の運動を大々的に展開し、さらに戦争という非常事態はすべからく短期であるべしとして、講和（終戦）の目途なく戦意の昂揚を叫ぶ東條内閣の戦争指導をも批判して検挙されている（昭和十八年）。

支那事変から大東亜戦争への過程で、官界や学界の中には、軍部の一部にも、統制経済、経済新体制に名をかりて計画経済（共産化）を目論む動きもあったのである。こうした昭和十年代の歴史は、長らく「右翼」「反動」の時代というレッテルをはられたまま顧みられず、「忘却の淵に追いやられていた」が、ようやく研究者によって光が当てられるようになった。そのことを物語る〝《日本主義》ブックフェア〟の開催であった。

なぜこのことに関して詳しく記すかというと、右の日本学生協会とは、私が学生時代に参加して、自分自身の内面を凝視して人間観を深めることの大切さや短歌詠草の意味合いを学んだ前述の宿泊研修「合宿教室」を主催する国民文化研究会（昭和三十一年発足、現在は公益社団法人）の前身だからである。小田村先生はお亡くなりになる（平成十一年）少し前までその理事長であり、亜細亜大学の教授でもあって、学生時代も、その後も私は大変お世話になったからである。

紀伊國屋書店二階のイベントコーナーには、小田村先生たちの昭和十年代の活動に関する柏書房から刊行の研究書、竹内洋・佐藤卓己共編『日本主義的教養の時代―大学批判の古層』も当然並んでおり、同じく柏書房刊の日本学生協会関連の大部の資料集『日本主義的学生思想運動資料集成Ｉ―雑誌篇―』全九巻（以下、「資料集成」と略記す）もあった。もともとこのブックフェアは柏書房との共催だったから当たり前のことだが、他社からの書籍も多く並んでいた。橋川文三、伊藤隆、松本健一といった方々の著作もあれば、北一輝、田辺元、蓑田胸喜、戸坂潤、大川周明、西田幾多郎、平泉澄、葦津珍彦ら歴史上の人物といってもいい人達の論考もあった。案内パンフには「精選和書462点、608冊！」と記されていて、そうした中に、伯父の二作品があったのには、ちょっとビックリしたのであった。思わぬところでの出会いに驚いたが、虚構の〝南京大虐殺〟を描いて批判にさらされた九巻ものの歴史コミックも並んでいたから、大衆小説があっても、それほど驚くことではなかったのだ。

『小説太平洋戦争』には、これまで見てきたように、当然のごとくに戦前戦中期を嘲笑し突き放す戦後の大勢的な観念とは異質の表記が多々あった。戦前戦中期をあざ笑って冷視する見方は、被占領期に「検閲」や「墨塗り教科書」、「真相はこうだ」（ラジオ番組）などで情報操作を行った連合国総司令部（ＧＨＱ）と、それに呼応した進歩的文化人らが戦後の言論界や教育界に勢力を張ったこととが深く関連しているように思う。伯父の小説の中では、「皇軍」とか「皇軍精神」とかいう戦後では顧みられない言葉が、というよりも揶揄の対象になりかねない語句が正面から肯定的文脈で語られ、「昭和二十年の八月十五日」の玉音放送を指して「この日から天皇は再び一つの生命体であるわが大和民族の慈父として、赤子《せきし》である国民の前に姿を現わして来られたのだ」と記されていた。昭和天皇の御巡幸について述べる中では「崩壊したのは、実は『天皇機関説』式の近代国家の『大日本帝国――』であって、伝統の神国日本は、見事に甦生していたのだ」等々と書かれていた。

『小説明治天皇』でも、例えば幕末、文久三年（一八六三）の足利三代木像梟首《きょうしゅ》事件を語る中では、「一君、即ち天皇は、人にして神、神にして人であって、いささかも私心なく、万民をわが子として愛《いつく》しみながら治められる。その天皇と万民の間に、一切よこしまな権力が介在してはならないのだということで…」とか、「これは『政治は親のこころで』という万民（人類）の切なる希いを、最も素朴に、端的に表現した日本的な民主主義祈願の姿だと言える」とか、さらに「平等の親の愛をそそごうとし、みんなも又、注いでくれるものと信頼して慕い寄ってゆく姿がわが国柄なのだ」「万民を赤子と見て、大自然の親の愛情で統治しなければならないものとして在る朝廷！」等々とある。

このような歴史的な日本国家のあり方を語ろうとする文言が当然のように出て来るから、〝《日本主義》ブックフェア〟に登場してもおかしくはなかったのだろう。

伯父の戦時中の長編小説『御盾』に触れた項で、その小説の中に大正時代のワシントン体制下の国情に関連して、「或る憲法学者は帝国大学の教壇にあって、憲法第一章第一条を学生たちに教えなかった。或る政治学者は、マルキシズムの実践を学生に強い、或る代議士は、議場で軍備の全廃を叫んだ」との箇所があると記した。小田村事件は昭和十年代半ばで時期が喰い違うが、そこは学者とは異なって時系列を飛び越えられる小説家の特権で、『御盾』執筆の数年前に、波紋を呼んだ小田村事件が提起した問題点をも頭に入れて書き込んだのではなかろうか。それとも「大正デモクラシー」の時代として今日評価されている大正期に伝統軽視の動きが既にあったのだろうか。もっとも、昭和十年代の東大の学風に見られたようなインテリの想念に巣喰った欧米尊崇的な自国軽侮の傾向の、その根源は明治の開国期にまでさかのぼるのだから、昭和十年代も、大正時代も、本質的には変わりはないとも言える。

ともかく、伯父が歿してから三十年余りが経った時期のブックフェアだったから、驚きとともに、私は嬉しかった。伯父は『小説太平洋戦争』の「あとがき」で、「私の作品はひどく貧しい」が、「この民族未曾有の悲劇の荒筋だけは、当時の国民感情で、辛うじて伝え得たのではないかと思っている」云々と記していた。以て瞑すべしと私は得心したのであった。

九〇、「山岡荘八生誕之地」碑の除幕
――魂魄の新たな依り代、「名誉市民」称号の追贈――

平成二十二年十一月三日、伯父の故里・魚沼市で「山岡荘八生誕之地」と彫られた碑が除幕された。市内の「道の駅ゆのたに・深雪《みゆき》の里」に建てられたこの碑は、地元の山岡荘八顕彰会のご尽力によるもので、徳川宗家十八代の徳川恒孝《つねなり》氏が揮毫されている。伯父の小説には『徳川家康』だけでなく『徳川慶喜』（東京新聞に連載された当初は「士魂山脈」という題名で、「徳川慶喜」という副題が付いていた）や『徳川家光』もある。血縁につらなる一人として有難いの

一言につきるが、亡き父母を語っては泣き、残雪を見ては嗚咽した伯父への郷土からの何よりの贈りものであった。伯父の胸中が改めて察せられてならなかった。「菊ひたし…」の句を刻んだ山岡荘八文学顕彰碑とならんで魂魄の新たな依り代となるに違いない。

山岡荘八生誕之地碑が十一月三日に除幕されたのも、私には意味あることのように思われる。高等小学校二年生、十四歳だった伯父が、両親や学校の先生の反対を押し切って、東京へと旅立った日が大正九年の「十一月三日」だったからである。ちょうど九十年前の秋、故里を後にした山内庄蔵少年が、「山岡荘八」となって世間と交わったことを追想する碑が、旅立ちと同じ日に故郷で除幕されたのである。

さらにこの上もなく有難いことは、平成二十二年が伯父の三十三回忌に当たっていることもあって、右の除幕に先立つ六月十五日、市議会が伯父に「名誉市民」の称号を追贈することを決めたことである。ここに至るまでにも多くの方々のお力添えがあったはずと感謝するばかりだが、もしこのことを現実に伝えることができたとしたら、伯父はどのような顔をするだろうか。「生誕之地」碑の建碑と並ぶ最大級の贈りものに、照れながらも、たちまち滂沱たる涙であの大きな鼻髭まで濡らすのではなかろうか。

魚沼市のホームページの「名誉市民」には、次のように記されている。

山岡　荘八（故人）

四たびお招きに預かった園遊会

昭和39年1月、新春恒例の「宮中歌会始の儀」に陪聴の栄に浴した伯父は、さらに両陛下が各界の人々を春と秋にお招きになる園遊会に、四たびその光栄に浴している（昭和40年春、昭和42年春、昭和44年秋、昭和48年秋）。写真は昭和48年10月31日の4度目の園遊会での一コマ（山梨日日新聞から）。緊張気味の伯父と頭を下げている義伯母。伯父は同月2日の神宮第六十回御遷宮では臨時出仕者として庭燎奉仕の任を仰せつかっている。

この4年前の昭和44年11月、三度目のお招きとなった際の様子について、各紙は「作家の山岡荘八氏には天皇陛下が『昼間書くの』とおたずねになり、同氏が『夜です』とお答えすると『夜通し書いていて大変でしょう』と笑顔で話しかけられた」（読売新聞）とか、「両陛下は招待客をおまわりになり、作家の山岡荘八氏には『よく来てくれました。夜通し書くので大変でしょう』と気軽の声をかけられた」（朝日新聞）とかと報じていた。毎日新聞の紙面には、陛下の「このごろは書いているの？」とのおたずねに、山岡さんは「一生懸命書いています」とお答えしたとあった。

この写真の園遊会から3年後、昭和51年11月の天皇陛下御在位五十年奉祝行事では、伯父は奉祝実行委員会の会長を務めている。

作家

山岡荘八（本名　藤野庄蔵）は、明治四十年、旧北魚沼郡小出町佐梨に生を受けました。高等小学校を卒業後、志を立て上京し激動の社会の中、多くの文芸作品を残し七十二歳の生涯を閉じました。

山岡荘八は七十二歳の生涯の中で代表作「徳川家康」をはじめ十数編に及ぶ有名な長編歴史小説を執筆し、短編分野でも優れた作品が多い作家であったと評価されており、長谷川伸賞、吉川英治文学賞等を受賞しています。なかでも、「春の坂道」「独眼竜政宗」「徳川家康」の三編は、ＮＨＫ大河ドラマとなりました。

また、他の分野でも、天皇陛下御在位五十年奉祝実行委員長を務められたり園遊会に三《(ママ)》回もご招待されるなど異例の活躍をされました。永年の卓越した功績により昭和四十八年に紫綬褒章を受章し、昭和五十三年には従四位勲二等瑞宝章を追贈されています。

平成二十二年六月十五日　魚沼市名誉市民称号授与決定

伯父の胸中を思って、ひとつ付け加えさせてもらうとしたら、〝昭和三十九年一月十日、新春恒例の「宮中歌会始の儀」に陪聴者として参列している〟ことがある。伊勢の神宮の第六十回御遷宮に際して、庭燎の奉仕を仰せつかったことと並ぶ人生の感激的出来事だったに違いないと思うからである。この折の御題は「紙」で、新聞の縮刷版を見たら舟橋聖一氏、伊藤整氏、有吉佐和子氏らも陪聴者だった。

九一、初めは「小さな行き違い」だったが…
――悲しいかな、すべてが伯父の不祥事になってしまう！――

故里における新たな建碑には感謝の言葉しかないが、身内側のことではあるが、母（昭和六十二年歿）には、碑の除幕に関連して、「小さな行き違い」の苦々しい思い出があった。

昭和五十六年十二月、旧・小出町向山での山岡荘八文学顕彰碑除幕の折、東京から養女夫妻が見えたのは結構なことだったのだが、除幕式の数日前にもらった電話で、「当日は近くの温泉に泊まるつもり」ということを耳にした母は、早速に、伯父がかつて何度も宿泊し、「母・セイ」とも泊まったことのある大湯温泉の某旅館に予約を入れた。私も幼き日に祖母に連れられて泊まっている。ところが、彼女らの頭にあった宿は、モラロジー（道徳科学）の創唱者・広池千九郎博士が湯治で利用した栃尾又温泉にあった。大湯温泉から二キロほど奥のひなびた温泉場である。それを知って、母はあわてて予約を取り消したのであった。

この二年後の参議院選挙で養女の婿の藤野賢二氏（本名、旧姓「金子」）は、「山岡賢次」を名乗って全国比例区から出馬して、赤絨毯を踏む。それはモラロジー研究所と立正佼成会（前述のように、当時の庭野日敬会長は新潟県十日町市の出身で、「国民総調和の日」の式典を主催した社団法人日本会の理事でもあって、伯父ともつき合いがあった）の支援をバックにしてのことだった。「賢次」氏と称する所以も庭野会長の選名だという。除幕式の頃は、出馬の話が水面下で進行中だったと思われる（伯父の作品に『小説岸信介』があるが、岸氏の政治人脈がものを言った感じだった）。

彼女たちにしてみれば、栃尾又温泉に一泊することはモラロジー関係者への「みやげ話」をつくることに他ならなかったのだろう。伯父は、広池博士の思想と理想に共鳴し、大衆作家の良心と心意気から広池千九郎伝『燃える軌道』の筆を執ったはずだったが、その最晩年の伯父が命を削ったに等しい作品が出馬に「活用」されたのである。

悲しいことに母は兄・庄蔵（荘八）に焦点を当てていたから、近くの温泉と言えば大湯温泉しか頭になかったのだ。「小さな」、やがて「大きくなる行き違い」の伏線がそこにはあったのである。

あれやこれや、筆名「山岡荘八」を踏み台にして、山岡某を名乗って当選を果たしたことを、あの世の伯父は「うまいことやったもんだなあ。すべてを都合のいいように利用したんだな」と苦笑していることだろう。苦虫を噛みつぶすように「やられてしまったか！」と眉をしかめて、仕様がない連中だとしているだろう。ここまでは想像の域を出ないが、しかし、戸籍を変えて、本姓を「藤野」から「山岡」にしたと知ったら、怒髪、天を衝くが如くになるはずである。目に見えるようだ。わが人生を踏みにじるにもほどがある！「山岡荘八で稼いで、藤野庄蔵で納税します」などと書いたり言ったりしていた伯父である。「藤野庄蔵」で死んで逝った伯父である。何よりも誇り高く生きようとした伯父である。

義伯母・藤野秀子のペンネームが「山岡道枝」であることは前に記したが、私が何度かもらった便りは藤野秀子からのものもあったし山岡道枝名義のものもあった。小説家の家の風流心（？）もあってか、養女・藤野稚子の通称名は「山岡秀江」である。その花柳流名取りの「花柳直八」という名の直が実父（義伯母の弟御）の名の一字であるように、「山岡秀江」の秀は養母・秀子から採ったものだろう。江は実母からの一字と思われる。もちろん伯父が考えたに違いなかろう。こうした延長上で、通称を名乗る場合のこともあろうかとして「藤野賢二」に伯父が付けた名前は「山岡賢次」ならぬ「山岡賢司」であった（「山岡秀江」は本名の「稚子」

に未練があったのか、「山岡」姓取得では「山岡稚子」としたようだ)。

私は平成二十一年三月、『週刊新潮』の金銭スキャンダルを報じるゴシップ記事の中で、「山岡賢次」への「改姓改名」の事実を知った。それはかなり前のことだったらしい。もちろん家庭裁判所が認めたわけだが、昭和六十三年三月、法務政務次官を務めていた頃のことだという。

通称だとばかり思っていたので、それが本名となっていたと知って驚き呆れた。友人の弁護士に聞いてみたが、普通は考えられないケースだとの答えだった。私は、国会での議席を狙うからには、それなりの国家的経綸があるはずだから、何時か勝負をする場面が来た時、そんな折には、通称ではもどかしく勝負をし難《にく》かろうと思っていた。議席を得る当初は仮の名の「山岡」は役立つが、本気で男が仕事をする時には「山岡」は邪魔になるはずだとずっと思っていた。「山岡」が負担になる日が来るはずだと長いこと思っていた。

ところが実際は逆で、「藤野」が邪魔だったわけである。人生観の相違と言えばそれまでだが、何とも悲しい現実であった。

一時期、閣僚(野田民主党内閣で五ヶ月)になったため、他のいくつかの金銭スキャンダルとともに「不審な改姓」が国会で取り上げられる始末であった。こんなところに「山岡荘八」の名が何度も出て来るのかと、たまたま見たテレビの国会中継が悲しかった。何気なしに電源を入れたら、委員会審議の模様が中継されていたのだ。〝山岡〟という言葉が行き交うたびに得も言えぬ不快感に襲われた。伯父・荘八が軽く扱われているようで、堪らなかった。身過ぎ世過ぎの利便から知恵を絞ったのだろうが、伯父のもっとも嫌う生き方であった。伯父をよく知る人がいるとしたら「〝山岡荘八〟たるものが大きな隙を作ったものだ」となっただろう。古来、「小人に罪なし玉を懐《いだ》いて罪あり」という言葉があるが、念のため慣用句辞典を見たら春秋左氏伝からの語句で、「品性が卑しいからといって、初めから罪を犯すものではなく、ただ、身分不相応の財宝を持ったりするから罪を犯すようになるのである」とあった。

ここから類推すれば、分不相応の「玉」を用意した伯父の落度となってしまうのである。すべてが伯父・荘八の不祥事になってしまうのが悲しかった。それが分からないらしいのが、なお悲しかった。伯父にぶら下がって、日々、伯父を引きずり降ろしているように見えたのだ。「棺蓋いて事定まる」との語句もあるが、後の世代の言動が故人の評価と無関係であるとは誰が言えよう。

そもそも、自らの筆名や芸名であっても、それがどんなに世間に広まろうとも、それを本名にしようなどと思う者はまずいないだろう。まして義父の筆名だ。否、義父（他人）であるが故に、その誇りを傷つけてまで利用する。有権者の関心を引くために「山岡」を名乗っただけなら、品がなく不愉快ではあるが、まだ人間味がある。しかし、戸籍を手直ししてしまったとなると次元を異にする。驚き以上に憐愍の情を覚えるのは私だけだろうか。当初支援したモラロジー研究所も立正佼成会も、面目丸つぶれだったであろう。日頃、会員に説いていることと真逆のことをやられてしまったのだから。参議院議員二期目の途中で衆議院に転じた際にも、とかくの黒い噂があったが、両団体とも、途中から支援をやめたのではなかろうか。

世間に向かって、「おやじの後継者」「おやじの遺志を継ぐ」などと言ったり書いたりすることはいとも容易い。しかし、その真贋は、その真偽のほどは、「藤野」を足蹴にした一事を見るだけで、十分だろう。口先では何とでも言えるが、行ないの根本が喰い違っていた。金銭上の疑惑など論外であった。他所《よそ》の家の内輪の細かい事情にまで関心を持たれる方は少ないと思うから、「おやじの遺志を継ぐ」の麗言は仮に世間で通ったかも知れない。だが、何事によらず自分自らを欺くことは何人にもできないのである。

「山岡荘八の秘書」などという表記を散見すると、私は吹き出してしまう。そして、伯父の相貌が浮かんで来て、やがて悲しくなる。

私自身の品性が疑われるようで、このことには本当は触れたくないのだが、「私の中の山岡荘八」を書くからには、そこで流された「純」なる涙を目にして来たからには、致し方ない。「おい、健生、そんな分かりきったことを書かなくていい。世間様はお見通しだ。分かる人は分かっているよ。俺にあんまり恥を掻かせるなッ」と、伯父の怒声が聞こえて来るようで、何ともやりきれない。

私の胸の裡に時折きざす心象風景を記すと右のようになるのである。

九二、女房からの褒詞！「戦後を必死に、ひたむきに生きた主人の心が滲んでいる」

――〝ただ一つ残れる赤き柿よ… 夜を訪れる霜と語れよ〟――

伯父が亡くなった翌春発行の『大衆文芸』山岡荘八追悼号（昭和五十四年二月号）に、義伯母の「夫《つま》を憶う」と題する一文が載っていて、そこには左のような詩が紹介されている。義伯母は「昨夜は眠られませぬままに、主人の机の中を覗きましたところ、次のようなメモが出て参りました。この文字の中から、戦後を必死に生き続けた主人の心を、少しなりとも摑み取って頂けましたら、この上ない歓びでございます」と記している。「決して上手とは言えぬ主人の感懐で御座いますが、ひたむきな主人の生きざまがこの中に滲んでいるような気が私には致します。／女房の一人よがりとお許し下さいませ」とも記されていた。

偶感　柿一つ

（敗戦の混乱の中に立って）

陽光　見えず

焼土むなしき　ほとり
ただ　ひとつ　残れる
柿の赤さよ。

灰いろの
地上にすさぶ　烈風に
命　かざして
汝のみ　悔いず。

葉は　おとされ
枝は　古りぬ
されど　夢は破れず
かはたれの空に　真光る。

ただ一つ　残れる柿よ
汝のみ　莞爾と
夜を　訪れる

霜と　語れよ。

これまでも何度か読んではいるが、「思い出の記」の筆を執る中で読むと、これまで以上に伯父の胸中が察せられる。

下手な注釈は止めた方がいいと思いながらも、ひと言書きたい。

日が沈み薄暗くなって、ものが見えにくくなった「かはたれ」（彼《か》は誰《たれ》）時、そこにあっても「ただひとつ　残れる柿」は、凛として「赤」く真光っている。間もなく訪れ来たる霜夜《しもよ》に包まれても、負けてはならない柿である。「ただ一つ　残れる柿よ」、「莞爾」として「霜と語れよ」と、敗戦後の現実（被占領期）がいかに厳しかろうと志操高く生きよ！と自らを励ましている。

義伯母の言葉にある通りで、この詩にはまさに「戦後を必死に生き続けた心、ひたむきな生きざまが滲んでいる」。義伯母の言葉は「夫・山岡荘八」への「女房」からの褒詞にほかならない。この女房あっての「山岡荘八」だったのだ。そして、敗戦後という只ならぬ日々にあって、裡に秘められていた生来の「山内庄蔵」の人間性がはからずも表に現われたのだと思う（本書の一四〇頁に掲載した「昭和二十年作の俳句」と当然のことながら根本は同じだ。いずれにしても伯父の人生にとって敗戦はやはり重大な出来事だったのだ）。

九三、「山岡荘八こと藤野庄蔵は…」と、自ら書いた墓誌
――ついに伯父夫妻は「無縁仏」になってしまったのか――

伯父は、藤野の養母が亡くなった翌年（昭和四十年）、墓を川崎市北部の墓苑に建てた。その際に「藤野家之墓」「山内家之墓」の二つを並べて建てて、左のような墓誌を自ら書いている。

誌

山岡荘八こと藤野庄蔵は
北越小出町の山内家に生れ
加賀安宅の藤野家に入る
昭和三十九年一月廿七日
養母益 世を去るに及び
ここに遺骨を納め妻秀子
と共に両家の祖霊を
併せ供養しやがて自らも
この地に眠るべきものとする

昭和四十年一月　　山岡荘八

この十三年後、「山岡荘八こと藤野庄蔵」の遺骨が納められている。その折、「妻秀子」は次のように墓石に刻んでいる。

山岡院釈荘八真徳居士　俗名藤野庄蔵　昭和五十三年九月三十日歿　行年七十一才《(ママ)》

右の法名の「山岡院《さんこういん》」と「真徳居士」は亡くなった際に新たに授与されたもので、「釈荘八」は伯父が従軍する折に自ら号したものであった。伯父が入婿する前に養父は既に亡くなっていたが真宗の仏僧であったということで、自らに付して戦地に出立した。これによって幾分気持ちが落ち着いたとどこかに書いていたのを読んだ覚えがある。伯父宅の仏壇に、黒檀《こくたん》製（?）の小さな位牌があって、そこに白く「釈荘八」の三文字が書かれていたのを目にした記憶がある。

伯父納骨の翌年には「妻秀子」の遺骨が納められている。しかしながら、今や、藤野庄蔵、藤野秀子夫妻の御魂を祀るべき「藤野家」が消えている。伯父夫妻の御魂は「無縁仏」になってしまったのだろうか。現在「山岡家」という標識が墓所の入り口にはあるが、伯父夫妻の納骨の時分にはなかった。

自ら墓誌に「加賀安宅の藤野家に入る」と記した伯父は、養母・益のつれ合い（真宗寺院の僧侶）の三十三回忌の法要を営んでいる。昭和三十年頃だったと思うが、案内をもらって父が参列している。私はまだ小学生であった。上越線の小出から宮内（長岡）、直江津を通って、石川県の小松までの信越本線・北陸本線経由の長旅を、その後、父が幾度となく楽しそうに語っていたことでよく覚えている。藤野家に入り婿した伯父は、当然至極のこととして「藤野」の家名を大切にしていたのである。ともかく伯父は「藤野庄蔵」で人生を終えているのである。

しかし、藤野庄蔵の藤野家はなくなっても、大きく見方を変えれば、真実《まこと》の祈りのあるところ、御魂が天翔り依り来るのが日本古来の霊魂観である。新潟・魚沼の地には、新たに「山岡荘八生誕之地」の碑が建てられた。〝菊ひたしわれは百姓の子なりけり〟と刻まれた「故里のいしぶみ」もある。荘八の遺骨（分骨）を納めた両親が眠る墓もある。さらにはありがたいことに、荘八ゆかりの碑が全国各地に建てられている。それらを依り代に、伯父の御魂は、日々、国中を経巡《へめぐ》っているように思われるのである。

九四、父の死で、ハッと気づいた伯父の「孤独」!?
――伯父からもらった「浴衣、ネクタイ、革靴」――

伯父が亡くなって五年後の昭和五十八年十月、父が七十四歳で歿した。母とは半年早い生まれの同年齢で、伯父とはやはり三つ違いだった。隣町の由緒ある農家の次男で、実直でまじめ一方の人物と言ってよく、酒が入ると地元の民謡を大きな声で歌ったり（今思い返しても、こぶしが利いてかなり上手だった）、饒舌にはなるが、ふだんはおとなしかった。息子の私には母の方が何倍もあれこれ口やかましかった。

私の少年時代、わが家には二、三里離れた農家の娘さんが一、二年交代で住み込んでいて、おもに朝夕の食事の支度を手伝っていた。昼間は町の和裁学校に通えるということで、給料を払っている気配はなかった。マイカーが普及した現在では考えられないし、そもそも花嫁修業に裁縫を習うという考えも稀になったとは思うが、当時、わが娘《こ》のために和裁習得をと考える親御さんは珍しくなく、口コミで訪ねて来ては母と話し込み、「そいじゃ、まあ、来年の春から…」などと言って帰って行った。祖母譲りの強いところがある母は、お節介なところもあって、やや婚期の遅れた男女を縁づけたり、後添いの世話を焼いたりしていた。姑との関係で苦労している近所のお嫁さんの愚痴に耳を傾け励ますようなこともしていたが、

髭のない、とぼけた自画像

伯父の歿後一年を期して上梓された山岡荘八随想集『睨み文殊』の目次には、「挿絵＝著者『霜汁帖』より」とある。その挿画の中に酒を嗜んだ伯父らしいものに混ざって、「三十七年 恥酔生 自像」と題するものがあった。

三十七年は昭和三十七年のことだと思うが、まったく似ていない。何よりも自慢の鼻髭がない！。眉毛の形も目つきもちがう。

全集の年譜をみたら、この年の五月十日、「水道橋能楽堂で、文士狂言『舟渡聟』」に出演。聟山岡荘八、舟頭村上元三、舟頭女房泉徳右衛門」と記されていた。泉徳右衛門氏は日本舞踊・泉流の初代家元だ。髭がないのはそのためだろう。髭がないと締まらない。そんな顔を画き出すと思わずと気持がくだけて、とぼけた感じの「自像」になったのではなかろうか。こうしたことも大衆小説家・山岡荘八の一面である。

しかし、決して出しゃばりではなかった。仲を取り持っても表向きの仲人は他の人を立てるようなところがあった。父は几帳面で母に比べて口数が少なく、どちらかと言うと商家には向かないタイプだった。わが両親は俗に言う「嬶《かかあ》天下」の夫婦であったが、夫を立てるべき時は立てる母だった。

帰省した伯父は「おー、秀雄、変わりなかったかい」などと父に話しかけ、過ぎし日の郷土の仕来りや習俗について、「アハハハッ、あぁ、そうだ、そうだ。そんな風だったなあ」と、懐かしそうに楽しそうに盃を交わしながら話すことが多かった。父は、どこの家とどこの家が親戚で、あそこの家の先代はどこから嫁を貰っているといった話が得意で、伯父も「なるほど、そうだったんだ。思い出したよ」などと相槌を打っていた。しかし、それで酒が終わる伯父ではなかったから、怒声の方はもっぱら母に向けられていた。母も怒声ばかり浴びていたわけではないが、呑むほどに呑むほどに、「お前みたいな、わがまな婿取りに何がわかるかッ」と、大きな声が発せられたのだった。それは少々荒っぽい「妹への愛情表現」だったんだと、今にして思う。自伝の中で、伯父は父・太郎七の涙もろさに加えてその律儀さ実直さについても語っているが、私の父に在りし日の父・太郎七の面影の一端を見ていたのかも知れない。どちらも家格からいったら山内家より上の旧家から婿に来て、不向きな商売をすることになったのだから。

その父の葬儀がひと段落した時、ハッと気づいたことがあった。

葬式（告別式）は檀那寺の本堂で営まれ涙ながらに父を送ったのだが、その晩、近所の人たちが家に寄り集って念仏を上げてくれた。魚沼地方では葬式の夜、近隣の人達が忌中の家に集って念仏を誦《とな》える慣わしがある。これを「無常念仏」と呼ぶ。鉦《かね》に合わせて念仏が始まるやいなや、どッと涙が溢れ来て、一時間あまりの間、私はしゃくりあげていた。予想だにしなかったことで、こんなに泣けるものかと驚いた。告別式の時の比ではなかった。とにかく涙が湧き出て来て止まらなかった。実の父との別れが、このように理屈抜きの涙を誘い湧き出させるものなのかと驚くばかりであった。

その数日後、五年前の伯父の葬儀の際には、どうだったのだろうとの思いがふと頭をよぎった。伯父の葬儀の時、唯々悲しいだけの切ない涙を流した者が果たしていたのだろうかと思ったのである。

私は、ことに東京に出て来てからのことになるが、伯父から実に多くのことを教わった。臨終にも立ち会った。頬ずりされた遠い日のチクチクとした髭の痛みも、深酒をして眠る伯父の手足を勝手に揉んだ少年時代のことも、お湯割りの「緑川」に舌なめずりする伯父の表情も、さまざまなことが葬儀の折によみがえり頬を濡らしたのだが、しかし、涙の量は父の時の方がその何十倍も何百倍も多く湧き出たのである。何千倍と言ってもいい。それを思うと別の意味で今でも泣けて来るのである。

私は今、着古された浴衣に袖を通している。文春文士劇の際、楽屋で配られ、伯父がふだん着ていたものである。どのタイミングでもらったのか全く記憶にない。おそらく伯父宅の離れに住んでいた昭和四十六、七年頃のことに違いなかろうと思う。その時、「風呂上がりに、健生さん、着るかしら」などと義伯母から言われて、亡妻がもらったものだろう。あるいは、少々くたびれているから「將生ちゃんのお襁褓《むつ》に使えるかしら」などと言われてもらったものが、お襁褓に潰すのが惜しくてそのまま箪笥に仕舞い込まれたものかも知れない。確かめる術はないが、伯父のものだと言えば何でも私がありがたがるからと、妻も喜んでもらったはずである。

生地は「ねずみ」、柄は煉瓦格子で、鏤《ちりば》められた「文春」の文字が白く染め抜かれている。

袖を通すと、改めて神棚仏壇を背に居間で胡座をかいている伯父の姿がよみがえる。

私が訪ねる時は、いつも裏の玄関を開けて、多くの場合、お手伝いさんにも誰にも気づかれずに、そのまま上がって居間に入るから、伯父にしてみればいきなり私が顔を出す感じになるのだろう、障子を開けると書類から目を離して、「健生か、何用だ?」といったように顔を上げるのが常だった。それが、私の瞼に一番強く焼き付いている伯父の姿である。家では何時も着物だった。

伯父からもらったネクタイもある。トリコロールカラーのストライプ（縞模様）のもので、その時、伯父は珍しく不在だった。しばらくして戻って来た伯父が、背広から着替えるのを端で見ていると、洋服箪笥（現在、わが家にある）の中から、一本のネクタイを取り出して、「おい、これ遣るよ」と言って、私に手渡した。縞柄のネクタイはモーニングなどの礼服の際に付けるものと思っていたので、「僕なんかが縞柄を締めてもいいんですか」と聞くと、「この色と幅の縞なら勤めに行く時に締めていいんだよ。大丈夫だ」とのことだった。私が教員になって毎日ネクタイを締めるようになった昭和四十四年のことである。しかし、その後、一度も締めたことがない。当時、伯父は六十歳代の初めであって、いくら密かに伯父を誇りに思い憧れていても、二十六歳の私が締めるには地味だと思って洋服箪笥の隅に仕舞い込んでいたのである。

今、改めて見てみると、やはりかなり細い。昔のものだから仕方がない。しかし、そんなことを気にする年齢ではないのだから、これからは折々に締めて外出しようと思う。このネクタイを締めて教壇に立ってみよう。

オーダーメイドの茶色の革靴もある。これは私の足の方が少し大きくて、無理すれば足は入るが少々痛くて使えない。履かれないことが分かっていてもらったのである。昭和四十七年八月末、伯父宅の離れから横浜に引っ越す際、「おいッ、ちょっと来い」と表玄関まで連れて行かれて、どれでも好きな靴を持って行けと言う。試しに履いてみたが少しきつい。「健生は何文だ？ やっぱり窮屈か、靴だけは足に合わないと駄目だよ」と伯父が言うのを承知で、敢えて一足もらったのであった。

改めて下駄箱から取り出して、よく見てみると、左の靴の内側に「注文靴専門・東京 サトウ靴店」という布製ラベルが縫い付けてある。さらに、踵《かかと》には小さな鋲が二個宛打ってある。歩くたびにカツ、カツと、リズミカルに「音」が鳴る靴である。今ではゴム製踵（ゴム鋲）が一般的だと思うが、当時は珍しいことではなかった。伯父の靴音はどんな感じだったかなあと、その鋲を見つめながら、思わず耳を澄ましたのであった。

あとがき

「バナナ、サンドウィッチ、豚カツ」から始めた思い出の記が、まさか「浴衣、ネクタイ、革靴」で終わることになろうとは予想外の展開であった。書き始めた頃は「浴衣、ネクタイ、革靴」の存在は、忘失していて頭の隅にもなかった。当初は、どれだけ書けるのか見当がつかず、正直に言って漠とした気持ちを抱いたまま、「はじめに」の項から順に書き出したのであったが、書き進むうちに、いろんなことが次々によみがえって来て、私自身が驚いた。こんな形のものになるとは夢にも思わなかった。私の中で、伯父・荘八の存在がいかに大きかったかを改めて思い知らされた感じである。

思い出すままに書いたので、話が前後した箇所が多々ある。伯父とは間をおいて会っていたから、それだけにひとつひとつが余計強く印象に残ったのだろう。まだ他にも何かありそうな気がするが、切りがないのでここらで筆を擱くことにする。

伯父の思い出を書いているつもりが、いつの間にか、多くが私自身の独り善がりの懐古談になってしまったようだ。しかし、それもこれも私にとっては、伯父を語ることだった。若い時分から、伯父のことを知友にほとんど語らずに来たが、伯父の存在を抜きに、わが人生はなかったんだと認識を新たにした次第である。

今となれば「山岡荘八」を知る人は少なくなった。大学の授業で遠回しに何人かの名前を挙げながら質問してみても、知る学生は稀有だ。それでも全百巻から成る「山岡荘八歴史文庫」のほとんどが電子書籍化されているということは、若い年代の読者がいるということだろうか。わが家にやって来る各年代のセールスマン諸氏にそれとなくそっと尋ねてみると、五十歳代の人は少しは反応する。「去る者は日々に疎し」の世の慣いそのままである。それ故に、故郷では新たな碑を建てて顕彰しようとしている。その温情には謝すべき言葉もない。

〇

とにかく激しかった。燃えるような思いを胸に湛えながら、それをエネルギーにして生きたのが伯父の人生だった。その作品は、胸中に蔵した溢れんばかりの情念の表出に他ならない。少年の日に目にした、酒席でのあの度外れた感情の激発、それをもたらすマグマが胸中に渦巻いていればこそ、筆一本で生涯を貫くことができたのだと思う。そして、日本の国が、日本人が、日本人の生き方が、好きで好きでたまらなかったように思う。その一員である自分自身もたまらなく愛おしかったに違いない。その自分を生み育ててくれた父母は、さらに愛おしく感じていたに違いない。それが数え七十二歳で逝った山岡荘八の人生だった。それが「私の中の山岡荘八」だった。

伯父の作品では、どうしてもベストセラーとなった長編小説『徳川家康』が目立ってしまう。ほかにも『織田信長』や『伊達政宗』などの作品が話題になったことから、伯父は名のある武将ばかりを書こうとしたと思われている向きがあるかも知れない。この点について村上元三氏は「庶民の生活を書いて、小気味いい短編もあるし、時代小説の中にも、しゃれたユーモアラスな作品もある。／山岡君の作品を通して言えるのは、人間を愛し、いかに生きるべきか、という問題を突きつめて行ったことだろう」と評している（山岡荘八随想集『睨み文殊』「序にかえて」。講談社、昭和五十四年刊）。武将に限らず、百姓に限らず、剣豪に限らず、志士に限らず、男に限らず、女に限らず、日本人そのものの哀歓と節義に関心があったのだ。ことさらに庶民派というような言い方は好まなかったはずである。それが「私の中の山岡荘八」だった。時代小説が多いことは事実だが、時代を問わずに書いている。

この「思い出の記」を書く過程で、古本屋で手に入れたまま本棚で埃をかぶっていた『女の一生』（東方社）を読んだのだが、いささか感じるものがあった。幕末維新期、越後長岡藩は押し寄せる薩長中心の官軍に抗するという大義に背く苦渋の途を歩むことになる—北越戦争—が、その折、長岡藩士の婿取り娘・美津の一家が、どう処したかが描かれていた。刊行は昭和二十九年四月であるが、発表は詳細年譜によれば昭和十九年「大衆文芸（一月～五月）」、昭和二十年「大衆文芸（一月～三月。このあと十一月）」であったから、「八月十五日」をまたいでの執筆だったのだろう。刊行時の加筆はあったのだろうか。いずれにしても「八月十五日」をまたいでの執筆刊行であった。そこには、時代の荒波にもまれながらも、武門の妻女の矜持を胸に、変わることなくつつましくも強く生きようとする日本女性の姿が描かれていた。一読して、数ある伯父の作品の中でも、傑作の部類に入るのではないかと思ったのである。

かつて座談会で、伯父は「大衆文芸と、通俗文芸とは全然別物だ」旨を語っていたが、香気高く生きようとする者を後押しするような小説であると思った。この歳で読んだから、余計強くそのように感じたのだろう。

その後、中谷治夫氏の『大衆文学への誘い―新鷹会の文士たち―』（文芸社）を読んだのだが、伯父の『女の一生』が詳しく紹介されていた。そこには「『女の一生』は一行たりとも簡単に読み流すことを許さない、読んでいて胸を締めつけられるような、息苦しい感じのする小説である。そして読み終えた後には、日常の生活の垢で汚れていた心身が、きれいに洗われたように思われる作品である」とあった。「傑作ではないか」と思ったことが甥っ子の「ひいき目」ではないらしい（中谷氏の父上は、ドイツ文学を講じる一方で早くから大衆文学論を展開した早稲田大学名誉教授の中谷博氏で、戦中期の伯父の作品『太陽―鴉片《アヘン》戦争の巻―』を高く評価している）。

○

頬ずりされた遠い日のチクチクとした髭の痛みが、言わば私の荘八原体験だった。あの日から六十年余の月日が経つ。歿してからでも三十五年の時が流れようとしている。皮膚感覚で伯父を思うことには変わりがないが、時間が経つにつれて、新たな気持ちで伯父を見ることが多くなった。そこで縁者の身びいきと一笑に付されることを覚悟の上で書いてみたのである。上っ面だけになったが思い出すままに書いて来て良かったと思っている。何よりも「わが人生の中の山岡荘八」を再認識することができたからである。

先日、大学からの帰り途、新装開店のポスターに釣られて立ち寄った八王子市内の蕎麦屋に「緑川」の純米酒が置いてあった。ちょっとビックリした。しかし、嬉しかった。真っ昼間だったが、思わず注文してしまった。店の人が言うには「お酒屋さんのお薦めで置いているんだが、結構人気があるんですよ。口当たりが良くて」とのことだった。ちょうどその日は伯父からもらったネクタイを締めていたこともあって、つい調子に乗ってお代わりした。冷やでちびちびと飲んでいると、いい気分になって来るとともに、次第に伯父が一人ぼっちのように感じられて来て、思わず涙を催してしまった。「私の中の山岡荘八」が淋しそうにしているのだ。あるいは、それは幻想だ妄想だと言われるかも知れない。しかし、涙が湧き来て慌ててハンカチを取り出したのは事実であった。

かつて恩師の夜久《やく》正雄先生（亜細亜大学名誉教授―国文学―、お仲人の小田村寅二郎先生とは旧制一高・東大で御一緒。平成二十年歿）から、「君は山岡さんの小説を全部読んでいるんだろう。山岡さんのことを何か書いたらどうか」と言われたことがあった。その時、心底から「とんでもないないことです」と尻込みをした。三十年ほど前のことである。その際、「山岡荘八って、書く対象になるんですか」と逆にお聞きした。すると、先生は「あれだけの作品を残したんだから、対象になるさ。作品の全体像を掴んでいないと書けないものなんだよ」とのことで、それもそうかなとは思ったが、伯父の小説のかなりは読んではいたがむろん全部ではないし、伯父の小説だから読んだのであって、伯父の表情を思い浮かべ息づかいを想像しながら読んだのであって、決して客観的には「いい読者」ではないから、自分にはとても無理だとの気持ちは変わらなかった。今も同じである。それでも先生のお言葉が時々よみがえることがあって、伯父の思い出なら、少しは書けるかなとの考えが頭をよぎることがあった。

この歳になって、「伯父・荘八の思い出」を書こうと思い立った気持ちの底には、「山岡さんのことを書いたらどうか」と仰有った夜久先生のお言葉があったようにも思う。今、筆を擱くに当たって、改めて先生のお言葉がよみがえったからである。

○

最後に、蛇足ながら、伯父が「大衆作家」について自ら述べた一節があるので、やや長くなるが掲げたい。伯父はこんな風に考えていたのかと教えられ、思いを新たにしたのである。それは短編集『柳生の金魚』（東京文藝社、昭和四十五年十月刊）の「あとがき」である。そこには「大衆の呼称」が「戦後には通俗とか、安値とか、粗末とか、甚だ好ましからぬものの冠詞にされてしまったのだが、本来の意味はそのようなものではなかった」として、次のように記されてあった。

「『大衆――』は云うまでもなく仏教語なのだが、あまり賢明ならざる一般民衆の謂いではあっても、まるっきり仏と無縁の外道を指すのではない。羅漢や菩薩と呼ばれるほどの深い悟道には達していなくとも、すでに仏の教えを心に受止めて眼覚めようとしている。

したがって、やがて羅漢ともなり、菩薩ともなる可能性を持って、仏門に集まって来ているのが大衆なのである。

　現代的に云えば、社会人として納税もし、子女を育てながら、尚お向上《（ママ）》しようとして、悩み、泣き、笑い、苦しんで生きてゆく健康な生活人の謂であって、所謂ミイちゃん、ハアちゃんや脳天気のゲバ学生や、ゲバ教師などのことではない。

　文学的な教養は別にして、社会の構成単位をなしている大人なのである。

　そうした人々の中で、共に生きようとするところに『大衆作家――』はある筈だった」

さらに続けて、娯楽性も、サービス精神も忘れてはならないし、「諷刺も、ベッドシーンも、思いがけない危禍も殺人も、不道徳も絶望も、希望も失意も錯綜させる」が、「それが、健康な大衆、つまり私とともによりよい社会を造ろうとして善意をかざして生きている人々の生活を、打ちのめすようなことは書きたくない。それが大衆作家の矜持であり自制でなければならないと、これは今でも思っている」、「いろの道を小説で教える必要もなければ、姦通の仕方を指南することもない。人間がみんなニヒルであったり享楽主義者であったり、破壊主義者であったりしたら、まじめな人人の税金が高くなってやり切れまい」、「大衆の好みや弱点に、殊更に媚びたり、脅かしたりするもの」まで「『大衆作家――』と呼ばれ『大衆小説』と呼ばれることに私は内々腹を立てている」云々と述べて、「この短編集は、そんな気持ちで生きてきた、この私の、ここ十年あまりのぬきさしならない器量の正体である」、「この私の裸像を見る気で読んで頂ければ幸いである」と結ばれていた。

かなりの気負いが感じられる一文である。この時、伯父は六十四歳だった。

冒頭の「はじめに」の中で、私は、伯父・荘八は「いつも何かを求め、何かを願い、何かを念じながら、世間と闘っていたようにも見える」と認めた。漠然とした印象から、そのように書いたのだが、右のようなことだったのだ。ここには「健康な生活人」とともにありたいと願う大衆作家の自負心が溢れている。自らの作品を「私の裸像を見る気で読んで頂ければ幸いである」としているところに、山岡荘八の真骨頂があるように思う。伯父はやはり小説家であり、夢多き理想家だったのだ。その人物像の一端なりを拙稿から感じとっていただけるなら、それに過ぎる喜びはない。

最後に、本書の上梓を快くお引き受けいただいた株式会社展転社の藤本隆之社長に衷心から御礼を申し上げたい。

筆を擱くに当りて
胸内《むなぬち》の思ひに涯《はて》のなかりしと激しき一世《ひとよ》のいよよ偲はゆ

平成二十五年九月三十日　荘八三十五年祭の日に

山内健生

改訂増補版「あとがき」

伯父は平成三十年九月に四十年祭を迎える。いまでは「山岡荘八」を知る人は多くはないと思うが、私自身は、時間の経過に反比例して、年齢を重ねたせいか年ごとに伯父のあれこれを思うことが多くなった。気がついてみたら、私は伯父の亡くなった年齢を越えた。そうした中で、前著の刊行後、書き込んでおけば良かったなあとあとで少々残念に思ったことどもを書き加えたのが本書である。新たに加えた写真についてもまったく同様である。

同一人についての「思い出」であるから似たような内容の繰り返しではあるが、血縁につらなる者としては独り善がりと言われようとも、ぜひ書き加えて置きたいと思ったのである。前著の「あとがき」に「思い出すままに書いた…」と記したが、追記をしたので思い出すままではなくなったが、その点は御容赦願いたい。

伯父の亡くなった年齢を越えたと右に記したが、たとえ私が、この先あと十年二十年生きようとも、激しく濃密に生きた伯父の人生には到底及ばないと改めて思う。

いま再び筆を擱くに際しても、猶も何か書き残したことがあるような気がするが、ある事柄に関してそのすべてを書き残すことなど凡そ不可能なことであると自らに言い聞かせている。筆名の「荘八」にあやかって「八十項」にしたかったのだが、溢れて「八十八項」どころか、「九十四項」になってしまったなどと記せば、まったくのお笑い種《ぐさ》であろう。

前著の六十八項が九十四項に増えたと言っても、既に故人であるから、わが胸に甦ったことを追記したまでのことであって、新たな出来事があろうはずもない。とは言いながらも前著の筆を擱いてから、嬉しいことがふたつあった。

ひとつは伯父原作による三作目の大河ドラマとなった渡辺謙主演「独眼竜政宗」（昭和六十二年放映）が、平成二十六年四月から毎週土曜日にNHKテレビのBSプレミアムで再放送されたことである。知人が知らせてくれた。視聴率の高さでも話題になったドラマだったが、大学での授業時、それとなく質問したところ山岡荘八は知らないが再放送中の「独眼竜政宗」なら知っていると答えた学生が大教室ながら数名いた。それでも嬉しかった。

ふたつ目は『小説太平洋戦争』が、平成二十七年の六月から七月にかけて、新装の文庫版で六冊となって刊行されたことである。この小説は、海軍報道班員として関わった戦いの経緯を自らの半生を語るかのように、昭和四十六年秋まで足掛け十年にわたって書き継いだ長編である。単行本で全九巻となり、山岡荘八歴史文庫にも全九巻で収められているが、平成二十七年が「戦後七十年」ということからだろうか、新たに六巻本として講談社文庫に入ったのである。その新聞広告を見て、新刊などあり得ないと思っていたので嬉しかった。それだけでなく、執筆から五十年前後の年月が経っても読者がいると出版元が判断したことが嬉しかった。その内容はごく一部ではあるが本著でも前著と同様に触れてある。

そして、さらに予想だにしなかったことが起こった。このほど前著の韓国語版がソウル市の東西文化社から刊行されたのだ。訳者・秋泳炫氏（元朝鮮日報編集部）は、かつて昭和四十四年、伯父の小説『徳川家康』が『大望』の標題で同社から翻訳出版された際に一部を担当されたという。わが著作の韓国語訳など、絶句するほどの驚きで光栄なことあった。「翻訳者あとがき」によれば、東西文化社の高正一社長が拙前著を「日本の三省堂で発見」、「私にも読んでみるように」と言われたことが発端だった。まさに「山岡荘八」のお蔭である。

本書は少々長くなってしまったが、言わば私流の伯父に捧げる筆による山岡荘八記念碑、「紙碑」である。追記したことで、「八方破れ」にも見えかねない大衆作家・山岡荘八の胸底にあった「純」なる熱き真情を、さらに感じ取っていただけるなら、それ以上の喜びはない。

拙き本書を最後までお読みいただいたことに衷心から感謝申し上げたい。

最後に、前著に続き「改訂増補版」の上梓をご快諾いただいた株式会社展転社の藤本隆之社長に心から御礼を申し上げたい。

日をかさね年経ぬれどもわが伯父の面輪《おもわ》声音《こわね》の間近く覚ゆ
時往けど思ひ出新たにわきいづる過ぎ来し日々のきのふの如くに

平成二十九年九月三十日　荘八三十九年祭の日に

山内健生

山内健生（やまうち　たけお）

昭和19年11月、新潟県北魚沼郡小出町（現・魚沼市）に生まれる。亜細亜大学商学科、立正大学史学科を卒業後、神奈川県立高校に奉職。全日制課程勤務の後、夜間の定時制課程に移る。その傍ら國學院大學大学院に学び、文学研究科博士課程後期（神道学専攻）を単位取得満期退学。亜細亜大学講師（昭和59年度～平成26年度）、拓殖大学政経学部講師（平成9年度～同26年度）、拓殖大学日本文化研究所客員教授（平成14年度～同28年度）を歴任。東京医薬専門学校、皇宮警察学校、警察大学校などの教壇にも立つ。現在、公益社団法人国民文化研究会常務理事・同（月刊紙）『国民同胞』編集長。著書に『「深い泉の国」の文化学』（展転社）、『「深い泉の国」の日本学』（同）、『古事記神話の思想—日本思想研究序説—』（国民文化研究会）、『日本思想史論考』（大東出版社）、『欧米名著（明治）邦訳集』（共著、国民文化研究会）、『名歌でたどる日本の心』（共著、草思社）、『語り継ごう 日本の思想』（共著、明成社）、『アジア人の見た霊魂の行く方』（共著、大東出版社）などがある。他に、山内恭子追悼歌集『折々草』正・続がある。

改訂増補版
私の中の山岡荘八
思い出の伯父・荘八
〈ひとつの山岡荘八論〉

平成三十年四月二十九日　第一刷発行

著　者　山内　健生
発行人　藤本　隆之
発　行　展　転　社

〒101-0051 東京都千代田区神田神保町2-46-402
TEL　〇三（五三一四）九四七〇
FAX　〇三（五三一四）九四八〇
振替〇〇一四〇―六―七九九九二
印刷製本　中央精版印刷

ISBN978-4-88656-451-1